NICOLE C. VOSSELER

Die Eisbaronin

GOLDMANN
Lesen erleben

Nicole C. Vosseler

Die Eisbaronin

Zu neuen Ufern

Roman

GOLDMANN

MIX
Papier aus verantwortungsvollen Quellen
FSC® C014496

Penguin Random House Verlagsgruppe FSC® N001967

1. Auflage
Originalausgabe Dezember 2021

Dieses Buch wurde vermittelt durch die
Montasser Medienagentur, München.
Umschlaggestaltung: UNO Werbeagentur GmbH
Umschlagmotiv: © akg-images/historic maps
(Hamburg und seine Umgebungen (1875)
von Wilhelm Heuer); Frau: © FinePic®, München
Redaktion: Ilse Wagner
LS · Herstellung: ik
Satz: KompetenzCenter, Mönchengladbach
Druck und Bindung: GGP Media GmbH, Pößneck
Printed in Germany
ISBN: 978-3-442-49150-6
www.goldmann-verlag.de

Besuchen Sie den Goldmann Verlag im Netz

Wenn Eis schmilzt, verschlingt es so viel Wärme, wie Wasser braucht, um sich zu erhitzen. Und doch bleibt es dabei kalt, dem Gefrierpunkt treu.

Solide und scheinbar schwer schwimmt Eis als massiger Berg auf den Meeren der Welt. Feindlich und tot kommt es uns vor, dabei ist es die Triebfeder des Lebens auf der Erde. So still und starr es auch wirkt, so veränderlich ist es, fortwährend in Bewegung. Sogar Gletscher gehen auf Wanderschaft, unter ihrer eigenen gewichtigen Existenz dahingleitend.

Selbst unter Druck bricht Eis nicht. Es gibt nach, noch im bittersten Frost, und Eis, das einander nahe ist, fließt ineinander. Sobald die Last abfällt, gefriert es wieder und wird eins, stärker als zuvor.

I

Jökulhlaup

Nienstedten bei Hamburg, 1867

Jökulhlaup, isländisch; Gletscherlauf, deutsch; *glacier burst*, englisch.

Von einem Gletscher aufgestaute Wassermassen, die das Eis durchbrechen und talwärts stürzen. Besonders gewaltig ist ein Jökulhlaup, der durch den Ausbruch eines eisbedeckten Vulkans ausgelöst wird. Eine Monsterflut, die alles mit sich reißt, zertrümmert und verschlingt, tsunamigleich.

1

Wie Kolkraben scharten sich Nachbarn und Bekannte um das offene Grab, ihre Ehefrauen und Töchter in den schwarzen Reifröcken und Capes wie Stare auf einem Feld.

Die Bediensteten der einzelnen Familienzweige standen beisammen und die Angestellten von *Petersen & Voronin*, vom Prokuristen bis zum Botenjungen. Auch eine Abordnung aus der Londoner Dependance war gekommen, per Telegraph informiert; die Nachricht an die beiden Kontore in Madras und Bombay würde noch einige Wochen unterwegs sein. Schiffsmakler und Seeleute gaben das letzte Geleit, Geschäftspartner von nah und fern und einige Honoratioren Hamburgs.

An Sperlinge erinnerten diejenigen, die kein schwarzes Kleidungsstück besaßen, sich höchstens einen Trauerflor leisten konnten. Ganze Schwärme von ärmlich aussehenden Männern und Frauen, Halbwüchsigen und Kindern, die in der Nähe zueinander mehr Trost zu finden schienen als in den Worten des Pastors. Zu sehen, wie wohlgelitten ihr Onkel gerade bei ihnen gewesen war, ließ neue Tränen in Cathrin Petersen aufsteigen.

Mitten aus dem Leben gerissen. Hier war es keine Floskel. Auch mit zweiundsechzig Jahren war Thilo Petersen das gewesen, was man einen virilen Mann nannte. Überlebensgroß, auf eine ruhige und zurückhaltende Art. Von einer kraftvollen Präsenz, die selbst im Hintergrund immer spürbar blieb und jeden Raum im Gleichgewicht hielt, Halt und Sicherheit versprach.

Ungerecht und unbegreiflich kam es Cathrin vor, dass er, ausgerechnet er, nun nicht mehr da sein sollte, nirgends auf dieser ganzen weiten Welt.

Ein Lachen flog über den Friedhof der kleinen Gemeinde, schrill und freudlos, deshalb jedoch nicht weniger verstörend. Umso mehr, als dieses Lachen zu einer elfenhaft schönen Frau gehörte, die mit geschlossenen Augen das Gesicht der Sonne entgegenstreckte.

Unwillkürlich zuckte es um Cathrins Mund, auf eine zärtliche wehe Weise. Ihre Schwester Marie verstand, welche Ironie darin lag, dass sie Thilo unter einem heiteren blauen Himmel beerdigten. Bei Sonnenschein und Vogelgezwitscher und dem neuen Grün des Frühlings. Wie absurd es war, hier an seinem Grab zu stehen, der nie auch nur einen Tag lang krank gewesen war, sich bei einem Schnupfen höchstens einen Schal umgebunden hatte, bevor er ins Kontor fuhr.

Ihr Vater Christian, das Gesicht aschfahl und die Strahlkraft seiner blauen Augen erloschen, zog Marie an sich, um sie vor den irritierten Blicken derer abzuschirmen, die von ihrer Besonderheit nichts wussten. Ungehemmt schluchzte Marie an seiner Schulter; klagende

Laute, von den Möwen aufgegriffen, die weite Kreise über der nahen Elbe zogen.

Für den Moment war Cathrins Groll gegen ihren Vater erloschen, schließlich hatte er gerade seinen Bruder verloren. Ebenso ihre Differenzen mit Jette, der ältesten der drei Schwestern, die sich auch hier noch mit Mann und Kindern als Musterbild der großbürgerlichen Familie präsentierte. Sogar der alte Ingrimm auf ihre Mutter Henny war besänftigt, auf deren Arm sich Großmutter Pohl stützte, verwittert und altersbrüchig.

Eine schwarz behandschuhte Frauenhand schloss sich um Cathrins. Auch die klarblauen Augen von Betje Reintjes waren rot geweint. Betje, Hanno und deren Söhne und Töchter an ihrer Seite zu haben gab Cathrin den Halt, dessen sie so sehr bedurfte. Auf beschämende Weise unfähig, selbst Trost zu spenden.

Cathrins Herz blutete für Katya, die erstarrt am Grab stand, plötzlich allein nach über dreißig Ehejahren. Durchscheinend blass wirkte sie in ihrem schwarzen Witwenstaat, das Blau ihrer Augen ausgewaschen. Eine Säule aus Eis, die beim leisesten Windhauch zu zerspringen drohte und sich jede mitfühlende Geste, jedes Beileidswort verbat.

Katyas Bruder Grischa, das Gesicht wie Granit und Silberspuren im dunklen Haar und dem Bart, ließ sich davon nicht abhalten. Mit derselben Zielstrebigkeit, mit der er früher Schiffe über die Meere gesteuert und sich selbst sicher durch die Stürme und Untiefen des Lebens gelenkt hatte, trat er zwischen seinen erwachsenen Kindern und den Enkelkindern hervor und legte den Arm um Katya.

Als ob er nicht nur seine Schwester in ihrem Schmerz auffing, so kam es Cathrin vor, sondern auch sie ihn. Schock und Trauer standen auf ihren einander zugewandten Gesichtern, und ein namenloses Entsetzen.

In Cathrins Ohren dröhnte es noch immer wie Hammerschläge, jenes panische Klopfen an der Haustür zu solch früher Stunde, dass es nichts Gutes verheißen konnte. Das Stimmengewirr und Hennys Schluchzen und wie Marie allein schon durch den Aufruhr zu heulen begann. Und dann hatte es Cathrin selbst den Boden unter den Füßen weggezogen.

Nicht zum ersten Mal seit der Todesnachricht hatte sie das Gefühl, dass man ihr etwas verschwieg.

2

Es hätte ein ganz gewöhnliches Familienfrühstück sein können, an diesem Sonntag in Hamm. Eines der Dörfer im Speckgürtel Hamburgs, wo die Villen gut betuchter Bürger nach und nach die Bauernhäuser verdrängten.

Henny Petersen hatte lange gezaudert, ob es nicht noch zu kühl war, dann aber doch nach dem Gottesdienst in der Dreifaltigkeitskirche die Tafel draußen decken lassen. In der Sonne strahlte das Porzellan mit der Säulenfassade der Villa um die Wette, und der Duft von Kaffee und Eiern und noch warmen Rundstücken mischte sich mit dem des frischen Grases und der Frühlingsblumen.

Die Kinder waren bereits vom Tisch entlassen, vom Ufer des Teichs sprudelten ihre Stimmen herüber. Aufmerksam beobachtet von ihrer Mutter Jette, falls Thalia, mit vierzehn Jahren die Älteste, die Aufsicht über ihre Geschwister vernachlässigen sollte. Claudius und Viktoria waren schon recht vernünftig, aber gerade Nesthäkchen Richard war ein ziemlicher Racker.

Mit knorrigen Fingern zerrupfte Großmutter Pohl die nächste Scheibe Hefezopf und tunkte Fetzen für Fetzen in ihren Milchkaffee. Fürsorglich zog Henny das wollene Tuch enger um die Schultern ihrer betagten Mutter und erntete dafür ein zahnloses Lächeln.

Cathrin lag die Idylle schwer im Magen. Genauso behaglich hatten sie und Marie bei Katya und Thilo am Tisch gesessen, keine drei Wochen war es her, und nichts, absolut nichts hatte ahnen lassen, dass sie Thilo niemals wiedersehen würden.

Nichts in ihrem Leben hatte sie darauf vorbereitet. Nicht der Tod von Großvater Pohl damals, von dem ihr nur wenige Erinnerungen geblieben waren, bevor ihn im Kontor ein Schlaganfall ereilt hatte. Zwei Monate, ehe er in den Ruhestand gehen und sich mit seiner Mathilde noch etwas von der Welt ansehen wollte, die er nur von Schiffspapieren und Zollerklärungen auf seinem Schreibtisch her kannte.

Es war auch nicht dasselbe wie bei Cathrins geliebtem Opa Arno Petersen, der ihr immer vorgekommen war wie ein gutherziger Riese aus einem Märchen. Tapfer hatte er sich gegen das Verwittern gestemmt, selbst als er schon dalag wie ein morscher Baum; fast fünfzehn Jahre war es jetzt her.

Mit Thilo hatte sie den Mann verloren, den sie als ihren eigentlichen Vater betrachtete. Ein solch unermesslicher, tiefgreifender Verlust für Cathrin, dass sie nicht wusste, wie sie ihn je verwinden sollte. Der sie hier an diesem Tisch überdeutlich spüren ließ, wie allein sie inmitten ihrer Familie war.

Sie blickte zu Marie, die das ganze Frühstück damit

zugebracht hatte, an einem einzigen weich gekochten Ei zu löffeln. Kaum hörbar vor sich hin summend, ging sie jetzt ganz darin auf, mit ihren Elfenfingern die Schale in unzählige Stückchen zu zerbrechen und auf dem Teller zu einem gleichmäßigen Muster zu arrangieren.

Ihre dreiunddreißig Jahre sah man Marie nicht unbedingt an, ihr eigentümliches Wesen indes schon, spätestens auf den zweiten oder dritten Blick. Geistig minderbemittelt, lautete oft genug das Urteil Fremder, vorschnell gefällt. Maries Welt war bunter, facettenreicher, lauter, intensiver; eine beständig herandonnernde Brandung aus Sinneseindrücken, die ihren wachen Verstand durcheinanderwirbelte. Davor konnte sie sich nur abschotten, das hatte Cathrin früh verstanden.

Unvermittelt hob Marie den goldblonden Kopf von ihrer Puzzlearbeit. Ihre blauen Augen ließen tief blicken, in dieselbe uferlose Trauer hinein, die auch Cathrin empfand. Ein seltener Augenblick schwesterlicher Innigkeit, bevor Marie sich wieder dem Mosaik aus Eierschalen widmete, auf der Suche nach Ordnung in dieser furchterregend chaotischen Welt.

Hausmädchen Mine trat mit einer Kanne frischen Kaffees an den Tisch, bei Ludger Niebuhr machte sie den Anfang. Obwohl Jette in jeder Hinsicht eine glänzende Partie gewesen war, hatte Maries bloße Existenz ihre Chancen seinerzeit geschmälert. Zu groß waren die Befürchtungen potenzieller Schwiegereltern gewesen, so etwas könnte womöglich erblich sein.

Ludger Niebuhr hatte sich davon nicht abschrecken

lassen. Deutlich älter als Jette, hatte er nicht nur Geschäftserfahrung und eigenes Vermögen mit in die Ehe gebracht, sondern auch die nötige Reife, um mit Jettes Launen und Allüren umzugehen. Die Brauen buschig, der grau melierte Backenbart üppig, erinnerte er an einen missgestimmten Straußenvogel, fand Cathrin.

»Menschlich war es gewiss eine nachvollziehbare Entscheidung. Schließlich hat er Katya stets auf Händen getragen«, ließ Ludger sich jetzt vernehmen und griff zu der nachgefüllten Tasse, ohne Mine in irgendeiner Form zu beachten. »Trotzdem halte ich eine solche Verschiebung der Machtverhältnisse innerhalb der Firma für bedenklich.«

Die Nachwehen der Beerdigung: Thilos Testament, in dem er jeder der drei Petersen-Schwestern die gleiche großzügige Summe vermacht hatte. Dass Maries Geld von Katya treuhänderisch verwaltet werden sollte und nicht etwa von Christian und Henny, hatte schon für hochgezogene Brauen gesorgt. Ludger nahm es dazu persönlich, dass er keinerlei Zugriff auf Jettes Erbteil haben sollte oder auch nur ein Mitspracherecht; eine Schmach für einen Mann wie ihn.

Vermutlich verbiss er sich deshalb wie ein Terrier in die Tatsache, dass Katya nun mit Thilos Anteilen die Hälfte von *Petersen & Voronin* in ihren Händen hielt. Cathrins Vater kaute genauso schwer daran, auch hier zogen Christian Petersen und Ludger einmal mehr an einem Strang.

»Wem hätte Thilo seine Anteile denn sonst vermachen

sollen?«, fragte Cathrin herausfordernd. »Grischa? Oder Vater? Das Ergebnis wäre doch dasselbe gewesen.«

In gewohnter Freundlichkeit, aber eine Spur lauter als nötig, bedankte sie sich bei Mine für das Nachschenken. Zu subtil für Ludger, für solche Zwischentöne war er taub.

»Mein liebes Kind«, sprach er Cathrin ungeachtet ihrer fast fünfundzwanzig Jahre an. »Die Leitung eines solchen Unternehmens bedeutet eine große Verantwortung. Jede Entscheidung, die es zu treffen gilt, kann folgenschwere Konsequenzen nach sich ziehen, auf Jahre hinaus. Jegliche Sentimentalität ist da fehl am Platz.«

»Weder Katya noch Thilo haben sich jemals sentimental gezeigt, wenn es um das Geschäft ging«, hielt Cathrin dagegen, Jettes warnenden Blick ignorierend. »Katya hat das Unternehmen mitbegründet, der Eishandel war überhaupt erst ihre Idee. Sie hatte darin schon jahrelange Erfahrung, als du noch die Schulbank gedrückt hast.«

»Müssen wir das denn ausgerechnet heute …«, begann Henny, zaghaft bemüht, den Sonntagsfrieden zu wahren.

Ludger ließ sich davon nicht beirren. Für ihn war eine Auseinandersetzung erst dann beendet, wenn er den Gegner auf seine Seite gezogen hatte.

»Bei allem Respekt, verehrte Schwägerin«, widersprach er Cathrin. »Thilo hätte besser daran getan, die Last der Verantwortung auf mehrere Schultern zu verteilen.«

»Zu viele Köche verderben den Brei«, gab Cathrin patzig zurück.

Ganz und gar nicht wie die abgeklärte Geschäftsfrau, die sie sein wollte. Trotzdem sah sie voller Genugtuung, dass sie Ludger an seinem empfindlichsten Punkt getroffen hatte, seiner Eitelkeit.

»Mit Verlaub, das sehe ich anders. Ein zusätzlicher Mann in der Geschäftsführung hätte der Firma mehr als gutgetan.«

Daher wehte der Wind also: Ludger hatte selbst auf Thilos Anteile gehofft. Das Testament hatte Katya mit einem Schlag doppelt so reich, doppelt so mächtig gemacht, wer hätte nicht an ihrer Stelle sein wollen.

»Du wirst doch ohnehin bald Vaters Position übernehmen«, entgegnete Cathrin.

»Was er sich auch mehr als verdient hat«, warf Jette ein.

»Das stelle ich doch auch gar nicht in Abrede«, wehrte Cathrin ab. »Es geht mir nur darum …«

»Weißt du«, schnitt Jette ihr das Wort ab, »du solltest solche Dinge denjenigen überlassen, die etwas davon verstehen.«

»Ich bin mit dem Geschäft groß geworden«, verteidigte sich Cathrin. »Von klein auf war ich mit Thilo im Kontor, mit Grischa auf den Schiffen und in Zollbüros. Ich habe mit Katya unser Eis in Norwegen geholt und sogar die Webereien und Manufakturen in Indien besucht. Das ist weitaus mehr, als Ludger von sich behaupten kann.«

»Ein nettes Steckenpferd«, erwiderte Jette geschmeidig. »Aber vollkommen nutzlos. Du hättest dich lieber mal mit Nadelarbeiten beschäftigt oder um sonstige hausfrauliche Fertigkeiten bemüht. Dann würdest du nicht immer noch am Rockzipfel von Papa und Mama hängen. In deinem Alter.«

Cathrin kümmerte es herzlich wenig, ob sie verheiratet war oder nicht; dass Jette, durch und durch Tochter ihrer Mutter, es ihr bei jeder Gelegenheit unter die Nase rieb, hingegen schon. Die zwölf Jahre, die sie trennten, hatten sich über die Zeit zu einer Kluft zwischen Generationen ausgedehnt. Unvereinbare Vorstellungen und Werte, an denen sie sich wie Streichhölzer rieben und genauso leicht entzündeten.

Schweigend verfolgte Christian Petersen den hitzigen Wortwechsel der beiden, einmal mehr erstaunt über diese drei so unterschiedlichen Töchter, die aus ihm und Henny hervorgegangen waren. Jette in ihren Farben von Milch und Honig, die mit Ende dreißig gerade in voller Blüte stand. Verwöhnt, aber diszipliniert und dazu noch scharfsinnig, selbstbewusst in ihrer Ehe wie der Mutterschaft. Marie, dieses versponnene Elfenkind, für das sie einen sicheren Hort geschaffen hatten, in dem sie aufblühen und ihrer künstlerischen Begabung nachgehen konnte.

Und Cathrin.

Aus einer Laune der Natur heraus war sie äußerlich ganz nach Thilo, seinem Bruder, geraten. Die Erbanlagen eines gemeinsamen Vorfahren, durch Christian an sie weitergegeben. Das Haar so hell, dass es fast weiß war, und so seidig, dass keine Brennschere, kein noch so kunstfertiger Kniff mehr als einen schlichten Knoten zustande brachte; ein ewiger Kummer für Henny. Die Augen kühle Kiesel unter Brauen und Wimpern wie Raureif, die Züge eine verfeinerte Version von Thilos, geradlinig und schnörkellos. Wie aus demselben blassen Stein geschnitten und zu lebendiger Leuchtkraft poliert.

In diesen Tagen tat es weh, in ihrer Nähe zu sein, so ähnlich sah sie ihm.

Christian wollte die Augen davor verschließen und konnte es nicht. Sobald er die Lider auch nur senkte, tauchte dahinter Thilos brutal zerschundenes Gesicht auf, schon kalt und tot.

Gestern erst, so kam es ihm vor, waren sie noch zwei Jungen gewesen, die vor dem Gemischtwarenladen ihrer Eltern am Kehrwieder umhertollten, und nun war nur noch er selbst übrig, tiefe Linien unter den Augen und das Haupt wie von Asche bestäubt.

Sechzig Jahre lang, ein Menschenalter, hatte Thilo ihn auf seinem Lebensweg begleitet. Ein großer Bruder im besten Sinne, auf nüchterne Weise fürsorglich. Von jeher stärker, reifer, vernünftiger; ein Bleistiftstrich am Türrahmen, an dem Christian sich stets gemessen hatte, bewusst oder nicht. Auseinandergetrieben von ihren unterschiedlichen Charakteren, war Thilo dennoch eine feste Größe in seinem Leben geblieben; ein zutiefst vertrauter Fremder, auf den Christian manchmal neidvoll schielte.

Wenn schon ein Mann wie Thilo, baumstark und von

besonnenem Gemüt, ein Opfer roher Gewalt werden konnte, wie viel zerbrechlicher war dann ihrer aller Dasein? Über Nacht war die Welt zu einem Ort des Schreckens geworden. Voller unsichtbarer Gefahren, vor denen Christian seine Familie schützen wollte. Allen voran Cathrin. Um sie sorgte er sich am meisten, und gerade sie war die Letzte, die sich in Watte packen ließ.

In Cathrins ersten Lebensmonaten hatten sie befürchtet, nach Marie ein zweites Muschelkind bekommen zu haben, so viel schrie sie. Das Gegenteil war der Fall.

Cathrin schrie, weil sie ihren Hunger nach dem Leben nicht gestillt bekam. Unersättlich war ihre Gier danach; mit beiden Händen packte sie, was sie zu fassen bekam, und stopfte es sich in den Mund, um es mit allen Sinnen in sich aufzunehmen. Kopfüber stürzte sie sich in diese neue und aufregende Welt, ungeachtet aller Schrammen und Beulen, die sie sich dabei holte. Jede beschützend ausgestreckte Hand schlug sie beiseite und brüllte in der Sicherheit des Laufgitters stundenlang wie am Spieß.

Zu wild, zu eigensinnig war sie, als dass Christian und Henny sie hätten bändigen können, nicht einmal mit der Hilfe der resoluten Kinderfrau. Nicht neben Jette, die an der Schwelle zum schwierigen Backfischalter stand, nicht mit den Anforderungen, die Marie jeden Tag an sie alle stellte.

Besonders Hennys Nerven lagen allzu bald blank.

Einmal, kurz vor Cathrins erstem Geburtstag, war Christian dazugekommen, wie Henny das Kind anschrie und schüttelte. Beide im Schock, nachdem die Kleine, nur einen Wimpernschlag lang aus den Augen gelassen, sich am Bein einer Konsole hochgezogen hatte und die Vase darauf um Haaresbreite an ihrem Kopf statt auf dem Boden zerschellt wäre. Der vorläufige Höhepunkt eines permanenten Kriegszustands, der weder Henny noch Cathrin weiter zuzumuten war.

Kurzerhand hatte Christian seine wutstrampelnde Tochter unter den Arm geklemmt und war nach Teufelsbrück hinausgefahren. Obwohl er wusste, dass das Haus dort im Umbau war, die gerade erst gekittete Ehe von Katya und Thilo noch fragil; er hatte sich nur nicht anders zu helfen gewusst.

Wie ein Äffchen hatte Cathrin sich an Katya geklammert und schutzsuchend den Kopf an ihre Brust gedrückt. Mit einer zu Hause kaum je gezeigten Zutraulichkeit, die Christian ins Herz schnitt. Erst als Katya ihm mit leuchtenden Augen zugenickt, ihn sogar sacht an der Schulter berührt hatte, wie zum Trost, konnte er aufatmen.

Bis heute plagten ihn Schuldgefühle, dass er damals seine Tochter weggegeben hatte. Sie als das Kind von Katya und Thilo aufwachsen zu sehen, über die Jahre nur zu Besuch im eigenen Elternhaus, für einen Tag, einige Wochen, mehrere Monate, schmerzte noch immer.

Bereut hatte er es nie.

Das Gespräch am Tisch hatte sich wieder der Firma zugewandt, wie so oft. *Petersen & Voronin* war nicht nur das Wurzelwerk, das die Familie ernährte, es erstreckte sich auch bis in den letzten Winkel ihres Daseins. Im Grunde ihres Wesens waren sie alle Hamburger

Händlerseelen, fasziniert von der Dynamik aus Angebot und Nachfrage. Süchtig nach dem Wettbewerb, dem nächsten lohnenden Geschäft, eine gute Bilanz ihr bestes Ruhekissen. Auch das war Thilos Vermächtnis.

Christian beobachtete Cathrin, wie sie leidenschaftlich auf ihrem Standpunkt beharrte und dabei kein Blatt vor den Mund nahm.

Unter der Hege von Katya und Thilo war ein vor Lebensfreude schier platzendes Mädchen aus ihr geworden, dem kein Zaun, kein Baum je zu hoch war, kein Wasser zu tief, aber auch kein Buch zu dick. Eine unerschrockene Reiterin bis heute, die sich von keiner Hürde bremsen ließ. Nie schien es für sie irgendwelche Grenzen zu geben und keinen anderen Herrn und Gebieter außer ihrem eigenen Willen.

»Solange du nicht die notwendige Erfahrung mitbringst«, maßregelte Ludger jetzt seine junge Schwägerin, »steht es dir schlichtweg nicht zu, dich in geschäftliche Belange einzumischen.«

»Dann gebt mir doch endlich einen Platz in der Firma!«, rief Cathrin aus. »Und wenn es nur als Schreibkraft ist. Wie soll ich denn sonst Erfahrung sammeln?«

Ihr sehnlichster Wunsch, fast von Kindesbeinen an. In dem Kaufmannsladen, mit dem sie als kleines Mädchen gespielt hatte, hatte sie die Äpfel und Birnen aus Holz kurzerhand zu Ananas und Mango aus Indien erklärt, das Sortiment aus eigenem Antrieb um Stoffreste aus Katyas Nähkorb erweitert und mit ihrer erwachsenen Kundschaft um jeden Heller gefeilscht wie ein gewieftes

Marktweib. Auf eine Art, die sich nicht damit erklären ließ, dass sie viel Zeit bei Betje und Hanno im Laden verbrachte. Durch und durch eine Petersen war sie, den Geschäftssinn eingeschlossen.

Wenn Christian sich ein Kind hätte erträumen können, wäre es wie Cathrin gewesen. Sein größtes Glück. Seine empfindlichste Schwäche, weil sie ihn, heute älter, reifer und vielleicht weiser, an all seine Fehler erinnerte.

»Vater«, richtete Cathrin jetzt das Wort an ihn.

Nicht fragend, bittend oder gar flehend, sondern als unmissverständliche Forderung.

Natürlich würde Cathrin sich nicht damit zufriedengeben, Geschäftsbriefe zu verfassen oder die Bücher zu führen. Für sie gab es nur alles oder nichts, das unterschied sie von Katya. Christian konnte sich allzu gut vorstellen, wie sie und Ludger, den er als Geschäftsmann wie Schwiegersohn schätzte, ständig krachend zusammenstießen wie zwei Steinböcke mit ihren Hörnern. Er sah die konsternierten Blicke der Geschäftspartner schon vor sich, die es nicht gewohnt waren, wenn eine junge Frau derart unverblümt den Ton angab und die Zügel an sich riss.

Wäre sie ein Mann gewesen, hätten ihr alle Türen offen gestanden. Aber als Frau summierten sich ihre Eigenschaften zu Mängeln auf. In Hamburg war man auf Unwetter und Sturmfluten eingestellt. Nicht auf ein Naturereignis wie Cathrin Petersen.

Es schmerzte Christian, dass er für seine Tochter nicht die Welt verändern konnte. Dass sogar noch die Fußstapfen, die Katya hinterlassen hatte, zu klein für sie waren. Mit dem Kopf durch die Wand wollte sie, und Christian fürchtete, sie würde sich dabei den Schädel einrennen.

»Nein«, lehnte er zum wiederholten Mal das Ansinnen seiner Tochter ab. »Und dabei bleibt es.«

Cathrin schluckte schwer an der Antwort ihres Vaters, obwohl sie damit hätte rechnen müssen. Zu oft hatten sie schon darüber gestritten, und trotzdem hoffte sie jedes Mal, er würde sich anders besinnen.

Ein stummes Kräftemessen entspann sich zwischen ihnen. Christian, der bei Damen jeden Alters für seinen Charme beliebt war, sich Cathrins Schwestern gegenüber liebevoll und nachgiebig zeigte und Henny jeden Wunsch von den Augen ablas, blieb bei ihr, Cathrin, streng, geradezu hart.

Eine Herausforderung, die Cathrin bereitwillig annahm, indem sie zu einer lebhaften Rede über Ungerechtigkeit und Willkür ansetzte. Umso flammender, je mehr es in den Augen ihres Vaters aufglomm. Je ungehaltener Ludger und Jette sie zu unterbrechen versuchten, die begütigenden Einwände ihrer Mutter kaum lauter als das Flüstern von Frühlingslaub.

Maries Summen war bedrohlich angeschwollen, unvermittelt schlug sie mit der flachen Hand auf den Tisch, dass Porzellan und Silber nur so klirrten.

»Thilo ist tot«, stieß sie hervor, ihre blauen Augen starr und eine erregte Röte im Gesicht.

Der nächste Schlag ihrer Hand katapultierte die Tasse zur Seite, und der frische Kaffee explodierte auf dem Tisch.

»Thilo. Ist. Tot.«

Beruhigend sprach Christian auf Marie ein und rieb ihr den Rücken, während Henny nach Mine rief und die Schulter ihrer Mutter streichelte, die erschrocken zusammengezuckt war.

»Jetzt sieh nur, was du angerichtet hast«, fauchte Jette in Cathrins Richtung.

Cathrin schwieg mit brennenden Wangen, einmal mehr auf den Platz des Störenfrieds verwiesen.

3

Zügig rollte der Wagen durch das Häusermeer, und doch nicht schnell genug für Cathrin. Erst als der Mastenwald des Hafens an ihr vorüberzog, konnte sie wieder frei atmen.

Dich hätte es sowieso nie geben dürfen, hatte Jette ihr einmal vorgeworfen, als Cathrin noch klein gewesen war, reinste Säure unter zuckersüßem Tonfall. *Du hättest Mama bei der Geburt umbringen können, das habe ich genau gehört. Deshalb wollten sie dich nicht haben.*

Tief verletzt hatte Cathrin sich auf ihre viel ältere, viel größere Schwester gestürzt und nicht einmal von ihr abgelassen, als diese vor Schmerz heulte. Die ausgerissenen goldblonden Haare zwischen Cathrins Fingern eine Trophäe, für die sie Schelte und Strafe fast stolz in Kauf nahm.

Nur Katya und Thilo zuliebe war sie in ihr Elternhaus zurückgekehrt. Der Versuch, jetzt, im Erwachsenenalter, doch noch in diese Familie hineinzuwachsen, der sie entsprungen war. Aber offenbar war dafür bereits viel zu viel Wasser die Elbe hinabgeflossen.

Wäre es nach ihr gegangen, wäre sie längst ausgezogen,

in eine kleine Wohnung, ein möbliertes Zimmer. Aber jeder Vermieter, bei dem sie vorstellig geworden war, jede Hauswirtin hatte das schriftliche Einverständnis ihres Vaters verlangt, und das gab er ihr nicht. Hilfesuchend hatte sie sich an Thilo gewandt, auf dem Papier war schließlich ein Herr Petersen so gut wie der andere. Doch auch er hatte ihr ein solches Dokument nicht unterschrieben, dafür war er zu korrekt gewesen.

Hinter den herrschaftlichen Villen der Elbchaussee schob Cathrin das Wagenfenster auf und ließ den Wind und den Geruch des Wassers herein. Der starke Dunst von Landwirtschaft hing in der Luft, nach Schweinen, Kühen und Schafen und frisch aufgebrochenen Äckern, der süße Duft der Obstblüte. Mit nassen Augen blinzelte Cathrin in das Wechselspiel von Sonnenstrahlen und Schattenflecken der Bäume hinauf, die hier noch urwüchsig und ursprünglich waren.

Thilo hatte sie immer darin bestärkt, dass sie alles erreichen konnte, was sie wollte. Ohne ihn würde sie vielleicht ihre Träume begraben müssen.

Wie eine sonnengebleichte Schneckenschale lag das Haus zwischen alten Bäumen. Jan, der Stallbursche, lief herbei, um zusammen mit Kutscher Hans die Pferde zu versorgen. Trude erschien in der Tür, um Cathrin an ihren ausladenden Busen zu drücken.

»Sag Frau Katya Bescheid«, rief Trude über ihre Schulter. »Unsere Deern ist zu Hause.«

Griet, ein halbwüchsiges Mädchen mit nussbraunen Zöpfen, deutete einen Knicks an und eilte die Stufen hinauf. Zusammen mit dem Stallburschen war sie die Jüngste in einer ganzen Reihe von Mädchen und Jungen, die über die Jahre hier zum ersten Mal ein sicheres Nest erlebt hatten. Auch die beiden Kinder von Trude hatten einmal dazugehört; mit ihnen zusammen war Trude hierhergekommen, auf der Flucht vor ihrem prügelnden Ehemann, und dann geblieben.

Bestürzt blickte Cathrin auf die gepackte Reisetasche, die Griet am Fuß der Treppe abgestellt hatte. Katyas Tasche, abgegriffen und blank gewetzt von unzähligen Meilen im Pferdewagen und auf See. Einen mitfühlenden Zug auf dem gütigen Gesicht und die Augen feucht, strich Trude Cathrin über die Wange, bevor sie Kutscher Hans für eine Erfrischung und einen kleinen Schnack in die Küche lotste.

Cathrin ließ sich durch die Räume treiben, in denen sie groß geworden war. Die abgelegte Sommerresidenz eines Tuchfabrikanten, wie aus Licht und Luft erbaut. Anders als die protzige Villa in Hamm mit ihren schweren Teppichen und Vorhängen, bis in den letzten Winkel vollgestopft mit teurem Mobiliar und Nippes. In der es für Cathrin niemals wirklich einen Platz gegeben hatte, nicht zwischen Marie, der man alle Freiheiten einer Närrin schenkte, und Jette, der geborenen Bienenkönigin.

Cathrins Zuhause war hier, wo ihre neugierigen Kinderhände alles hatten anfassen dürfen, auch die Kostbarkeiten, die Katya und Thilo auf ihren Reisen gesammelt hatten.

Ihr Blick fiel auf die indische Schale, von Katya besonders in Ehren gehalten. Wehmütig zeichnete Cathrin die Narben im Porzellan nach. Immer schon war sie von den Fugen fasziniert gewesen, die die Bruchstücke zusammenhielten, und von den Goldtropfen, die verloren gegangene Splitter ersetzten. Ein Versprechen, dass sich alles heilen ließ, das hatte Cathrin verstanden, noch ehe sie solche Gedanken in Worte fassen konnte.

Dieses Mal würde es nicht so sein.

Bis in den letzten Winkel durchdrang Thilos Gegenwart das Haus. Als ob er im Sessel sitzen würde, sobald sie sich umdrehte, eine Zeitung auf den übereinandergeschlagenen Beinen, eine Tasse Tee neben sich. Oder drüben im Arbeitszimmer an seinem Schreibtisch, unter dem die kleine Cathrin so oft gespielt hatte und wo sie dann auf seinen Schoß geklettert war, um sich von seinen Kalkulationen erzählen zu lassen, die ihr genauso bunt und spannend vorgekommen waren wie Katyas Märchen.

Die Leere, die sie stattdessen vorfand, war ein Kahlschlag in der Seele. Kein Wunder, dass Katya dem entfliehen wollte.

Cathrin trat durch die verglaste Tür ins Freie. Nicht in eine dieser aufgeräumten Parklandschaften mit ausgezirkelten Blumenrabatten, mit denen die Bürger der Hansestadt Geld und Geschmack demonstrierten. Dies war ein Garten Eden, in dem Hennen frei herumscharrten und zufrieden gluckste. Wo alles saftig wuchs und dazu einlud, daran zu schnuppern oder davon zu kosten, bevor es im Haus auf den Tisch kam. Sogar die Rosen des Sommers waren Bauernsorten, deren sonnenpralle Hagebutten die Speisekammer über den Winter mit Marmelade füllten.

Ein Paradies für ein Kind wie Cathrin, das es liebte, zwischen den Fingern Löwenmäulchen auf- und zuschnappen zu lassen, mit Butterblumen, Klee und Gänseblümchen ein Bankett für ein Feenvolk auszurichten und Schmetterlingen nachzuspringen.

Auch in diesem Frühling stand der alte Apfelbaum wieder in voller Blüte, eine irdische Wolke aus Duft und Bienengesumm. Eine von Cathrins frühesten Erinnerungen lag unter diesem Baum: In einem kurzen Spielkleid hatte sie auf der Erde gesessen, das Gras an ihren nackten Beinchen genauso herrlich wie die saftigen Apfelschnitze, die Katya ihr einen nach dem anderen reichte. Und als Thilo sie dann auf seine Schultern gehoben hatte, war sie der Sonne so nahe gewesen, dass sie vor lauter Glück kiekste, Thilos Lachen warm in ihrem Bauch vibrierend.

Cathrin legte den Kopf in den Nacken. Das Baumhaus war noch da. Eigentlich eine stabile Gemüsekiste aus dem Gemischtwarenladen, eine Wand herausgetrennt und dann von Thilo zwischen die stärksten Äste montiert. Ein Krähennest, von dem aus Cathrin ihre Blicke bis auf die Elbe und die Schiffe hatte schweifen lassen. Ihr Lieblingsplatz, um zu lesen oder einfach die Beine baumeln zu lassen und von Abenteuern in fernen Ländern zu träumen, von denen sie mit Schätzen wie denen aus Ali Babas Höhle zurückkehrte und aus *Petersen & Voronin* ein weltumspannendes Imperium machte, in dem es alles zu kaufen gab, was das Herz begehrte.

Cathrin versetzte der Schaukel unter dem Apfelbaum einen Stoß, das abgeschürfte Holz, das leere Pendeln wie ein Sinnbild für Vergänglichkeit. Ein Nimmermehr, das nicht zu ertragen war.

Schritte näherten sich, raschelnd im Gras, und einige Herzschläge lang klammerte Cathrin sich an die wahnwitzige Hoffnung, alles könnte nur ein Irrtum gewesen sein. Ein böser Traum, aus dem Thilo sie herausholte, indem er sie an sich drückte und versprach, dass er noch viele Jahre vor sich haben würde.

Doch es war Katya, die in ihrer Witwentracht durch den Garten auf sie zukam. Jeglicher Vorsatz, angesichts von Katyas eigenem Schmerz tapfer zu sein, zerstob, und an Katyas Schulter ließ sie ihren Tränen freien Lauf. Geborgen in gemurmelten Zärtlichkeiten wie damals, wenn sie sich die Knie aufgeschlagen hatte oder im Streit mit sich selbst und der ganzen Welt lag, das Russische wie Cathrins eigentliche Muttersprache, weil es Katyas Sprache war.

Die Gesichter im Wind, schlenderten sie am Elbufer entlang, ihre Fußabdrücke im weichen Grund nie weit voneinander entfernt und bald schon wieder unsichtbar. Ausgelöscht von den Rinnsalen, die das Wasser durch den Sand zog, fein verzweigte und endlose Labyrinthe, glänzend und glimmernd wie fließendes Metall.

Unwillkürlich hielt Cathrin nach besonderen Steinchen Ausschau, nach Meerglas und den geriffelten Muscheln mit der leuchtend fliederfarbenen Innenschale.

Obwohl sie doch wusste, dass sie an Land schnell ihren Glanz verloren, ihre Farbigkeit.

Genauso waren sie hier an jenem Tag spazieren gewesen, von dem sie nicht hatten wissen können, dass es der letzte sein würde. Katya und Marie hatten die Vögel am Strand beobachtet, während Thilo und Cathrin über das Leben im Allgemeinen und Geschäfte im Besonderen sprachen.

Sie musterte ihre Tante, die wie so oft keinen Hut, keine Handschuhe trug. Das nachtschwarze Haar war zu einem schlichten Knoten geschlungen, die weißen Strähnen darin wie die Fehlfarbe im Gefieder eines Raben. Erstaunlich gefasst wirkte sie, aber Katya kehrte ihr Innerstes selten nach außen. Im feinen porzellanhellen Gesicht, von der Zeit nahezu unberührt geblieben, erzählten jedoch die Schatten unter den frostblauen Augen von Kummer und unruhigen Nächten, eine Spur von Erde unter den Fingernägeln davon, wie tief sie im Garten gegraben hatte, um Halt zu finden.

Cathrin kannte niemanden, der stärker und unabhängiger war. Undenkbar, dass eine Hamburger Bürgersfrau ohne männliche Begleitung auf einen Kaffee, einen Tee ausging. Katya tat es, und niemand wagte es, ihr einen Platz allein am Tisch zu verwehren. Und genauso selbstverständlich hatte Katya sich zwar zuerst zurückgezogen, wie man es von einer Witwe erwartete, aber bereits wieder ihre Tasche gepackt.

»Wohin fährst du?«, fragte Cathrin.

»Nach Tromsø.«

Cathrin hatte die unbeschwerten Spätsommer dort nicht vergessen. Wo sie frei über die Wiesen und Hügel gerannt war, so weit ihre Beine sie trugen, unter einem Himmel, der so viel höher und weiter war als hier, und wann immer sie ins Gästehaus zurückkehrte, hatte sie sowohl den Bauch als auch ihren geschürzten Rock voller Multbeeren gehabt. Mit Magnus, mehr ein großer Bruder denn ein entfernter Cousin, war sie auf das Meer hinausgesegelt, um Wale zu sehen und nicht nur zu lernen, wie man angelte, sondern hinterher auch die Fische auszunehmen.

Bis heute war Weihnachten erst dann vollkommen, wenn Silja Guðmundsdóttir, auf zweckmäßig liebevolle Art wie eine echte Großmutter für Cathrin, ein Paket mit Marmeladegläsern schickte, mit einer Trachtenbluse oder etwas Selbstgestricktem, norwegisches Lakritz und *pepperkaker*, die viel besser schmeckten als deutsche Pfefferkuchen, mit dem Salz des Meeres und klarer Bergluft gewürzt.

Wo sonst ließe sich jetzt Frieden und Heilung finden, wenn nicht in dem Gästehaus mit Blick auf den Sund. In dieser beschaulichen kleinen Welt für sich, hinter Bergen und Fjorden versteckt, in der die Zeit zwar nicht stehen geblieben war, aber gemächlicher verstrich.

»Nimm mich mit.«

Katya zögerte. »Ein anderes Mal. Ich muss jetzt ein wenig klein und schwach sein, weißt du. Und das kann ich nicht, wenn du bei mir bist.«

Vierundfünfzig war sie mittlerweile, und schien sich

doch wie ein Kind nach dem Trost zu sehnen, den nur eine Mutter geben konnte.

Cathrin nickte, das verstand sie. Wie sie es immer verstanden hatte, wenn Katya Nein sagte.

Für Cathrin hatte es nie Zweifel gegeben, wer ihre leiblichen Eltern waren. Und trotzdem hatte sie sich früher ausgemalt, Katya wäre ihre wirkliche Mutter, Thilo ihr richtiger Vater, sie war ihm ja wie aus dem Gesicht geschnitten. Tagträume, in denen Henny eine böse Fee war, die Katya das Kind mit dem Silberhaar neidete. Mit wohligem Schaudern hatte sie diese Geschichten weitergesponnen, ungeachtet aller Lücken, Widersprüche und Sackgassen, bis der logische Verstand schließlich ihre kindliche Fantasie einholte.

Geblieben war jedoch das Gefühl, niemandem auf der Welt näher zu sein als Katya und Thilo. Daraus schöpfte sie jetzt Mut.

»Warum sagt mir niemand, wie er gestorben ist?«

Katya blinzelte auf das Sonnenfunkeln der Wellen hinaus. Wie am Meer war es hier, wo die kleine Flottbek sich in der mächtigen Elbe verlor. In der offenen Weite schienen die Inseln von Finkenwerder und Waltershof ferner, als sie tatsächlich waren, und im Spiel der Gezeiten und des Windes wirkte jedes vorbeiziehende Schiff wie ein Gruß der weiten Welt.

Städter verbrachten hier ihre Sonntage und die Sommerfrische, auf der Suche nach luftiger Idylle. Die überwiegende Zeit jedoch gehörte die Gegend den Fischern und Bauern in den reetgedeckten Backsteinkaten. Den Möwen und Raben, Gänsen und Enten, den Libellen und Schmetterlingen, die sich auf bemoosten Steinen sonnten.

Deshalb hatten Katya und Thilo sich hier niedergelassen, an diesem grünen Rand der Welt. Um wieder Luft holen zu können nach atemlosen Jahren. Damit Ebbe und Flut das forttrugen, was gewesen war.

Nur wenn Nebel heraufzog oder Sturmwolken alles an Licht, an Farbe schluckten, wurde Teufelsbrück seinem Namen gerecht. Ein Schauplatz für Schauermärchen von Geisterschiffen und unheimlichen Wasserwesen, Irrlichtern und verlorenen Seelen, heraufbeschworen von den orakelhaften Rufen der Vögel.

Von einem Aufblitzen auf dem Wasser geblendet, schloss Katya die Augen. Als ob sie jemals hätten vergessen können, dass die Dunkelheit, die sie zu bannen suchten, nie weit entfernt war.

Auf ihrer Wange haftete noch immer ein Hauch von Thilos letztem Kuss. Sie hatte nicht gefragt, wohin er ging, er hatte nichts gesagt. Eine Freiheit, die sie einander in ihrer Ehe geschenkt hatten, jahrzehntelang.

Unmöglich war es, ihn sich als Jäger vorzustellen, der auf der Suche nach leichter Beute durch die Gassen strich. Er war jemand gewesen, der sich in den Schatten hielt, scheu und fast schamhaft. In der bangen Hoffnung auf ein Paar Augen, das seine geheime Sehnsucht widerspiegelte. Auf eine Männerhand, die seine ergriff und ihn mit sich fortzog, um das gegenseitige Begehren zu stillen.

Vielleicht irrte sie auch, und es waren noblere Beweggründe, die ihn in die Neustadt gezogen hatten.

Ein Missverständnis mochte es gewesen sein, das ihn das Leben gekostet hatte. Ein falsches Wort, eine fehlgedeutete Geste, ein plötzlich und unerwartet heftig aufgeflammter Streit. Lust an der Gewalt, Habgier oder schlicht Neid; die Taschen seines teuren Anzugs waren leer gewesen, die Uhr an der Kette abgerissen. Eine blinde und mörderische Wut, gegen die Thilo sich nicht hatte wehren können. Ein Hüne von einem Mann war er gewesen, aber eben schon zweiundsechzig Jahre alt und mit einer empfindsamen Seele.

Das war das Schlimmste. Sich Thilo hilflos und unter Qualen vorzustellen. Die Faustschläge und Tritte, die seine Knochen zersplitterten und Blutgefäße zerrissen, und jenen einen Augenblick, in dem er wusste, dass er nicht mehr lebend davonkommen würde.

Zärtlich strich sie Cathrin über den Kopf.

»Sein Herz war es«, sagte Katya leise, die Stimme brüchig. »Sein großes und immer viel zu weiches Herz.«

Jede Wahrheit hatte ihre Grenzen. Besonders eine Wahrheit, die mehr Fragen aufwarf, als sie beantwortete. Die ohne Gerechtigkeit bleiben würde, ohne Sühne und deshalb keinen Frieden brachte.

Schutzsuchend schmiegte Cathrin sich an Katya. Wie damals, als Christian sie zu ihr gebracht hatte, ihr heller Haarschopf in der Sonne leuchtend wie eine Pusteblume.

Obwohl Katya nie ein Kind in sich getragen, nie eines geboren hatte, war eine Mutter aus ihr geworden. Für

Marie, zu Anfang, und für Betje. Für die Mädchen und Jungen, die sie und Thilo bei sich aufgenommen hatten; struppige Nestlinge, ausgehungert im Leib wie in der Seele. Als starke Jungvögel mit glänzendem Gefieder zogen sie wieder in die Welt hinaus, um ein Handwerk zu erlernen oder ein Geschäft zu gründen, selbst Vater oder Mutter zu werden.

Mit Cathrin war es etwas Besonderes gewesen, vom ersten Tag an. Als ob mit ihr wirklich und wahrhaftig ein Teil von Thilo in Katya herangewachsen und gereift wäre. Ein gegenseitiges Erkennen und Verstehen, schon als sie einander zum ersten Mal ins Gesicht geblickt hatten, Cathrin kaum ein paar Stunden alt.

In einstimmigem Schweigen lenkten sie ihre Schritte vom Wasser weg, durch den wilden Rhabarber, dessen weiße Blüten gerade aufbrachen.

»Wie ist es zu Hause?«, erkundigte sich Katya.

Etliche Herzschläge lang war nur das Rauschen der Wellen und der Bäume zu hören.

»Wir haben gestritten«, erzählte Cathrin schließlich widerstrebend. »Wegen der Firma. Vater und Ludger stören sich daran, dass du jetzt Thilos Anteile hältst. Beide sind davon überzeugt, sie hätten eher Anspruch darauf gehabt.«

Ihre Wangen wurden heiß, als sie an ihre eigene Rolle in dieser Auseinandersetzung dachte. Aber wem konnte sie sich sonst anvertrauen, wenn nicht Katya?

»Ich bin um kein Haar besser, genauso ein Aasgeier«, sprudelte sie hervor. »Ich hätte die Anteile genauso sehr gewollt! Ich bin immer davon ausgegangen, dass Thilo sie eines Tages mir überlassen würde.«

Katya nickte. »Er hat auch daran gedacht, sie dir zu vermachen, wir haben oft darüber gesprochen. Aber was glaubst du, was dann erst los gewesen wäre?«

Ein Funke glomm zwischen ihnen auf, von wissender Ironie und fast spitzbübischer Heiterkeit.

Katya fragte sich, ob irgendjemand sonst wahrnahm, wie viel von Christian in Cathrin durchschien, in ihrer Gestik und Mimik, ihrem Wesen.

Als ob sie Einblicke in Christians Kindheit erhielt, so war es gewesen, Cathrin aufwachsen zu sehen, wie sie mit ausgestreckten Händen durch ihre kleine Welt rannte. Durstig nach immer neuen Sinneseindrücken, dem Nervenkitzel eines Abenteuers. Berstend vor einer unbändigen Energie, die genauso viel Freiheit brauchte wie einen sicheren Halt. Etwas, das Christian als kleinem Jungen nicht vergönnt gewesen war, nicht in jener Zeit von Krieg und Not.

Gedankenversunken griff Katya in die Reben des wilden Hopfens, der entlang des Pfads wucherte.

Ein unentwirrbares Dickicht aus Schuld und Wiedergutmachung verband sie mit Christian. Es mit Stumpf und Stiel auszureißen war aussichtslos gewesen, und sobald man den überschießenden Trieben zu Leibe rückte, schlugen auch schon neue aus, mit aller starrsinniger Kraft. Seiner Tochter Wurzeln zu schenken, ohne ihre Flügel zu beschneiden, hatte Katya nicht mit Christian ausgesöhnt. Aber es hatte dieses Dickicht ausgedünnt und bei Katya keinen anderen Nachgeschmack hinterlassen als den von jungen Hopfensprossen, herb und nur leicht bitter.

»Hab etwas Geduld«, bat Katya jetzt, wider besseres Wissen.

»Ich bin fünfundzwanzig«, rief Cathrin aus und zerrte an den Hopfenranken. »Ein Vierteljahrhundert! Und ich habe noch nicht einmal einen Fuß in der Tür.«

»Wir haben die Firma auch nicht an einem Tag gegründet«, mahnte Katya sanft. »Es hat Jahre gedauert, sie zu dem zu machen, was sie heute ist. Für so ein Geschäft braucht man einen langen Atem.«

»Dann gibt es doch erst recht keine Zeit zu verlieren«, erwiderte Cathrin leidenschaftlich. »Lasst es mich doch einfach versuchen. Ich weiß, dass ich es kann!«

Bislang hatten Katya und Thilo die Wünsche Christians für Cathrins Zukunft respektiert, ob es um den Aufenthalt in einem Pensionat für höhere Töchter gegangen war oder um die Rückkehr in ihr Elternhaus. Vor allem Thilo, von jeher harmoniebedürftig und kompromissbereit, war viel an einem guten Verhältnis zu seinem Bruder gelegen. Obwohl auch er es als eine Verschwendung betrachtet hatte, Cathrin nicht in das Unternehmen zu holen.

Auf die Zeit hatte er gesetzt. Nicht ahnend, dass ihm keine mehr bleiben würde.

»Kann ich dich um einen Gefallen bitten?«, fragte Katya.

Cathrin sah sie aufmerksam an.

»Würdest du mich im Kontor vertreten, während ich fort bin? Und auch hier nach dem Rechten sehen? Um diese Jahreszeit gibt es in Haus und Garten viel zu tun, Trude ist bestimmt froh, wenn du sie unterstützt. Wahrscheinlich ist es besser, du bleibst gleich für ein paar Tage. Falls nötig, auch länger.«

Ein Aufzucken in der Brust, starrte Cathrin auf den Schlüsselbund in Katyas Hand. Die Schlüssel zu all dem, was sie sich so lange ersehnt hatte.

Der Jubelruf blieb in ihrer Kehle stecken, als sie Katya um den Hals fiel und spürte, wie mager diese geworden war, in kürzester Zeit.

Ihr Blick traf sich mit dem eines Rotkehlchens, im Unterholz eine Erscheinung wie aus Nebel und Feuerglut. Der Tröster der Sterbenden, hatte Trude gesagt, und ihr Begleiter in die andere Welt. Der oft noch einmal zurückkehrte, um den Lebenden einen Gruß zu überbringen.

»Ich werde dich nicht enttäuschen«, flüsterte Cathrin.

4

Männer stiefelten die Treppen hinauf und wieder hinunter, ihre gewichtigen Stimmen aufgelockert von derjenigen Helgas, ein munter sprudelnder Bergbach. Strahlend wie die Sumpfdotterblumen auf den feuchten Wiesen, war sie ein Gewinn für das Gästehaus, das sie nach und nach von ihrer Schwiegermutter übernommen hatte.

Mitte siebzig war Silja Guðmundsdóttir jetzt, ihr Flechtkranz schneeweiß, das nordländische Gesicht wie aus gealtertem Papier. Seit einem Sturz auf der Treppe vorletztes Jahr bereitete ihr das Gehen Mühe, aber noch weigerte sie sich, auf die Hilfe eines Stocks zurückzugreifen.

Siljas kühlblaue Augen ruhten auf Katya, die den Brotteig walkte. Astrid, die Jüngste von Magnus und Helga, krähte vergnügt in ihrem Hochstuhl und klapperte mit einem Löffel gegen das Holz. In Erwartung ihres Frühstücksbreis, der die Küche mit dem Duft von warmer Milch und gequollenem Getreide füllte.

Seit Katya in ihrem Trauerschwarz über die Schwelle getreten war, hatten sie und Silja fast nur über Alltägliches gesprochen. Selbst seit Langem Witwe, wusste

Silja aus eigener Erfahrung, wie schal jedes noch so gut gemeinte und ehrlich empfundene Trostwort schmeckte. Mehr als jeder andere konnte sie nachfühlen, was Katya gerade am meisten brauchte. Eine Gleichmäßigkeit der Tage, die ihre wunde Seele weich bettete. Die Art von Arbeit, die ihre Hände beschäftigt hielt und den Verstand betäubte, indem sie gleich wieder von vorn begann, sobald sie vollendet schien.

Es schmerzte Silja, Katya so zu sehen. Thilo war ein guter Mann gewesen, die beiden einander aufrichtig zugetan, das war immer spürbar, wenn sie mit der kleinen Cathrin den späten Sommer hier verbrachten. Sicher hatte er seine Fehler gehabt, eines jener stillen Wasser mit verborgenen Unterströmungen und Strudeln. Aber es ging doch keine Seele auf Erden umher, die nicht wenigstens einen kleinen Fleck aufwies, heimliche Begierden und verstohlene Gedanken kannte.

Beide hätten sie es anders verdient gehabt, Katya ebenso wie Thilo, aber darum scherte der Tod sich nicht. Er kam, wann es ihm beliebte, wahllos und willkürlich und meist zu früh.

Verbissen bearbeitete Katya den Teig, als könnte sie damit dem Schicksal einen anderen Verlauf abringen. Siljas welke, aber noch immer kräftige Hand ergriff Katyas mehlbestäubte Finger.

»Das reicht«, beschloss Silja. »Du musst ihn gehen lassen.«

Stumm schüttelte Katya den Kopf. Eine Träne rollte ihre Wange hinab und salzte den Teigklumpen.

Mit sanfter Gewalt zog Silja sie an sich. Einige Herzschläge lang überließ sich Katya ihrer Schwäche, das Gesicht an Siljas Schulter vergraben. Dann drückte Silja ihr einen Kuss auf den Scheitel und schob sie zur Küche hinaus.

»Lass dir den Wind um die Nase wehen. Das hilft.«

Hinter dem Haus tollte Magnus mit Frida und Lasse durchs Gras. Ein wildes Spiel, in dem sich Magnus' Lachen mit dem vergnügten Kreischen seiner beiden Großen mischte. In ein paar Tagen würde er wieder in See stechen, bis dahin gehörte jede freie Stunde seiner Familie.

Zwischen den hiesigen Nachfahren von Germanen, Wikingern und Nordnormannen nahmen sich Magnus' dunkle Farben, seine kräftigen Züge fremdländisch aus. Das russische Erbe Grischas, das Magnus genauso stolz auf seinen breiten Schultern trug wie die isländische Herkunft Siljas in seinen hellen Fuchsaugen. Kein Ozean war ihm zu groß, zu wild gewesen; jetzt, mit knapp vierzig, genügten ihm die Meere und Wasserwege des Nordens. Tief verwurzelt, wie er in diesem Fjordland war, in Helga und den Kindern.

Katya schlug den Weg am Wasser entlang ein. Hier war es leichter, ohne Thilo zu sein. Trotzdem wachte sie auch hier mehrmals in der Nacht auf, in jeder Faser ein schmerzendes Sehnen nach Thilos schlafschweren Atemzügen. Nach seinem Geruch wie Heu und Stroh und wie sonnenbeschienener Fels. Danach, sich an seine vertraut starke Gestalt zu schmiegen, die das Alter aufgeweicht hatte, besonders um die Hüften herum, sein Haar zuletzt so weiß wie das Fell eines Polarfuchses.

Eine gute Ehe war es gewesen. Nicht immer einfach, aber sicher besser als die meisten anderen. Auch wenn es im Lauf der Jahre andere Männer gegeben hatte, für sie beide. Kleine Fluchten, aus denen sie treu zueinander zurückkehrten, ohne Bedauern, ohne Reue.

Jetzt jedoch schien das leise Glück jener dreißig Jahre wie geborgt. Ein Kredit des Lebens, unwissentlich überzogen. Eine Schuld, die nicht mehr zu tilgen war und Katyas Schritte beschwerte.

Nicht nur deshalb dauerte es länger, bis sie die letzten Häuser hinter sich gelassen hatte und zwischen den umzäunten Viehweiden hindurch bergauf stapfte. Nach Hamburger Maßstäben war Tromsø noch immer eine kleine Stadt, und doch scharte die neu gebaute *domkirke* inzwischen weitaus mehr Dächer um sich als das Kirchlein, das früher dort gestanden hatte.

Mit großen Augen bestaunten die Bauern und Hirten, die es aus dem Landesinneren hierher verschlug, die raffinierte Küche der Stadt, die elegante Mode auf den Straßen, die reichen Auslagen der Läden und den Lichterglanz. Und wenn sie in ihre karge Heimat zurückkehrten, erzählten sie jedem, sie seien in Paris gewesen, dem Paris des Nordens.

Dabei spielte der Walfang, dem Tromsø seinen anfänglichen Wohlstand verdankt hatte, keine große Rolle mehr. Die Meere waren erschöpft, leer gefischt in der

Gier nach Brennstoff und dem Fischbein, das die Korsetts und Krinolinen der Damen stützte. Jetzt waren die Reifen der ausladenden Röcke aus Federstahl, und die Zukunft gehörte dem Petroleum, das die Häuser heller und vor allem billiger erleuchtete als die Tranlampen zuvor.

Mit dem Pelz der Robben und den Stoßzähnen der Walrösser aus den Polarmeeren ließ sich jedoch weiter gutes Geld machen. Mehr noch mit den feinen Waren aus dem Süden, die in einer kleiner gewordenen Welt Sehnsüchte weckten und zugleicht stillten. Nicht zuletzt verdiente Tromsø an jenen unerschrockenen Männern, die von hier aus weiter und weiter in den Norden vorstießen, um die Grenzen der bekannten Welt auszuloten. Katya hätte sich gewünscht, dass Johann Silberberg das noch miterlebt hätte, vielleicht sogar einer von ihnen gewesen wäre.

Je weiter Katya den Hügel hinaufstieg, das Schultertuch fest um sich gewickelt, desto kräftiger zerrte der Wind an ihr und ließ die Tränen freier fließen.

Die Zeit war ein unerbittlicher Schnitter, aber bei keinem hatte sie grausamer zugeschlagen als bei Thilo. Niemand hatte einen solchen Tod weniger verdient als dieser sanftmütige Riese, dem andere immer mehr am Herzen lagen als sein eigenes Wohlergehen.

Mit akribischer Gründlichkeit hatte er dafür gesorgt, dass sein letzter Wille nicht das kleinste Schlupfloch aufwies. Hieb- und stichfest waren auch die Dokumente, in denen Katyas Rechte als Bürgerin wie Geschäftsfrau festgeschrieben standen. Keine Selbstverständlichkeit in einer Stadt wie Hamburg, so weit kannte sie sich aus. Nichts in seinen Papieren war in Unordnung gewesen, als er zum letzten Mal zur Tür hinausging, nichts unerledigt geblieben.

Vorausschauend und gewissenhaft war er immer gewesen, und doch schien es im Rückblick, als hätte er geahnt, dass er einen vorzeitigen Tod finden würde.

Atemlos gelangte Katya oben auf dem Hügel an, dem höchsten Punkt der Insel. Am Rand des Birkenwäldchens war der Boden morastig, mehrmals glitt Katya aus und kam ins Straucheln, alle paar Schritte blieb sie mit einer ihrer Schnürstiefeletten stecken.

Nach der Schneeschmelze waren die kleinen Weiher hier oben so ausgedehnt, dass sie fast ineinanderflossen. Noch in diesem Jahr würden sie alle zu einem einzigen See aufgestaut, hatte Silja erzählt, um den Wasserdurst der stetig wachsenden Stadt zu stillen.

Vierzig Jahre war es her, dass Katya hier auf einem zugefrorenen Weiher gestanden hatte. Kein Kind mehr, aber auch noch nicht ganz ein junges Mädchen, als sie Johann Silberberg anvertraute, dass sie das Schwingen des Eises unter ihren Stiefelsohlen fühlen konnte. Wie ein gesund schlagendes Herz, biegsam und gleichmäßig und stark. Mit seinem Wissen über das Eis hatte Johann Silberberg die Welt zu ihr gebracht. Über den Karten von Land und Meer, die er vor ihr ausbreitete, hatten Katyas gerade aufkeimende Träume klare Konturen bekommen, eine greifbare Form.

Tief sog Katya die torfsaure Luft ein, den harschen Hauch von frischem Schnee. Liegen bleiben würde er nicht mehr. War der Jahreslauf einmal so weit vorangeschritten, gab es kein Zurück in die traumverlorene Stille des Winters, noch nicht einmal so dicht am Polarkreis. Umso hartnäckiger schienen sich die letzten Schneereste in den Schrunden der Berghänge festzuklammern. Nicht mehr als ein kleiner Aufschub würde ihnen gewährt sein, bevor die kräftige Sonne des Frühlings auch sie auflöste.

Auf einer Welt, in der es dich nicht gibt, möchte auch ich nicht sein, hatte Thilo damals gesagt, als er die Brandwunden und Schrammen versorgte, die sie aus dem Feuer mitgebracht hatte, während hinter ihnen Hamburg noch immer lichterloh brannte.

Heute, ein Vierteljahrhundert später, verstand sie ihn. Einer Welt überdrüssig, die im Lauf eines Menschenlebens so viel an Segen schenkte und im Gegenzug so vieles wieder nahm.

Katyas Blick wanderte nach Norden. Einst das Ziel all ihrer Sehnsüchte, wusste sie jetzt, dass sie den nördlichsten Norden nie erreichen würde. Vielleicht würde es niemandem sonst gelingen, nicht zu ihren Lebzeiten. Je mehr man über den Nordpol mutmaßte, forschte und verstand, umso mehr entzog er sich des Menschen Verstand und Willen. Ein mythischer Ort, der nur noch größere Begehrlichkeiten weckte.

Und doch gab es ihn. Eine Eiskruste, die die Welt im Gleichgewicht hielt. Die Achse, um die sich der Erdball drehte. Der Fixpunkt, nach dem sich alles irdische Maß ausrichtete.

Nirgendwo auf Erden konnte man der Ewigkeit so nahe sein. Vielleicht war es das, was sie alle wie magnetisch dort hinzog. Das Wissen, dass der Nordpol ein Ort jenseits der Zeit war.

Deshalb war Katya nach Tromsø gekommen. Um die Zeit, die noch blieb, mit Silja zu verbringen, die zunehmend fragil wurde; selbst ihr Geruch nach Sahne und Wacholder war gealtert, harzig geradezu.

Unaufhaltsam rann ihnen das Leben durch die Finger wie Schmelzwasser, umso schneller, je älter sie wurden. Am Ende waren sie alle nicht mehr als Schneeflocken, die der Wind verwehte und die mit der Zeit einfach vergingen.

Katya verkroch sich tiefer in ihr Schultertuch und richtete sich nach Süden aus. Gen Hamburg, weit, weit hinter den schroffen Berghängen, verschwiegenen Fjorden und der rauen See.

Sie fragte sich, ob Grischa es genauso empfand. Ob er, der große Träumer, der Glücksjäger und Abenteurer, der immer wusste, woher der Wind wehte, noch die Kraft hatte, von einem neuen Morgen zu träumen.

5

Ein süßer Duft wehte durch das geöffnete Fenster herein, betäubend geradezu, sogar noch hier oben. Grischa brauchte einige Herzschläge, um ihn mit den blühenden Linden unten in Verbindung zu bringen, die ihn daran erinnerten, dass schon tiefer Juli war.

Sein Zeitempfinden war ausgeufert; ein träges Vorbeifließen der Tage, dem er unbeteiligt zusah.

Wie aus weiter Ferne sickerten Räderknirschen und Hufklappern herein, ein schwaches Echo der Passanten und Flaneure. Umso näher klangen die Hörner der Dampfschiffe jenseits der Baumreihen, der dichte Verkehr auf der Elbe ein Gradmesser für den schwunghaften Handel der Stadt.

Keineswegs phönixgleich war Hamburg aus seiner Asche und den beiden Sturmfluten kurz hintereinander auferstanden. Auch fünfundzwanzig Jahre danach waren Brandnarben sichtbar, glich die Stadt an vielen Ecken einer einzigen Baustelle. Die fortgespülte Trostbrücke war noch immer nicht repariert, und für das neue Rathaus gab es zwar Entwürfe, doch so recht hatte man sich noch zu keiner Entscheidung durchgerungen.

Vor allem fehlte es an Geld. Die einhundertvierzig Millionen Hamburger Mark an Sachwerten, die damals in Feuer und Rauch aufgegangen waren, hatten eine Schuldenlast auf die Stadt gewälzt, die noch lange nicht abgetragen war.

Den Spenden wohlhabender Bürger war es zu verdanken, dass es zumindest mit dem Neubau von Sankt Nikolai vorangegangen war. Siebzehn Jahre hatte es gedauert, den Koloss aus Stein und Marmor zu errichten, von fast katholisch anmutendem Gepränge mit seinen Skulpturen und filigranen Steinmetzarbeiten, den Wasserspeiern und prächtigen Glasfenstern. Nur der Turm fehlte noch, der höchste der Welt sollte er einmal werden und sogar das Straßburger Münster in den Schatten stellen.

Ein Sinnbild für die reiche Zukunft, nach der Hamburg sich reckte und sichtbar für alle Welt bekundete, dass es nicht unterzukriegen war.

Leichte Schritte traten ins Zimmer.

»Brauchst du noch etwas, Papa?«

Besorgnis stand auf Auroras Gesicht mit den Rehaugen. Grischa zog seine Tochter an sich und drückte ihr einen Kuss auf die Stirn.

»Fahrt ruhig. William wartet doch schon sehnsüchtig auf euch.«

Lärmend kamen die beiden Kinder hereingesprungen. In einem Wirbel aus Rüschen und Schleifen und den dunklen Locken ihrer Mutter schwang Grischa die sechsjährige Lucy herum, dass sie entzückt kiekste, bevor er den kleinen Will hochstemmte, das Haar wie gesponnenes Karamell und mit den lichtblauen Augen seines englischen Vaters.

»Was bist du für ein schwerer Brocken«, rief Grischa mit gespieltem Schnaufen in das Lachen seines Enkels hinein. »Réka hat euch ja regelrecht gemästet!«

Nur widerwillig ließ der Junge sich absetzen und von seiner Mutter die Spuren von Pflaumenmus und Puderzucker abwischen, die Rékas Buchteln in seinem Gesicht hinterlassen hatten.

Tristan stand in der Tür, ein Schmunzeln auf dem soliden Gesicht, einen versonnenen Glanz in den Augen. Nachdem er jahrelang damit beschäftigt gewesen war, mit Grischas Unterstützung einen Kaffeehandel aufzubauen, konnte er es jetzt kaum mehr abwarten, seine eigene Familie zu gründen. Nächstes Frühjahr wollte er seine Judith vor den Altar führen, mit fünfunddreißig Jahren und schon dem ersten Aufglimmen von Grau an den Schläfen.

Herzhaft umarmten sich die beiden Männer, Grischa eine dunkle Eiche, Tristan wie aus Kiefernholz geschnitzt. Vater und Sohn, obwohl sie nicht einen einzigen Tropfen Blut gemeinsam hatten.

»Pass auf dich auf«, murmelte Tristan.

»Bring deine Schwester gut nach Hause«, erwiderte Grischa, »und grüßt eure Mutter von mir. Judith natürlich auch.«

An der Eingangstür klopfte es, der Fahrer der Mietkutsche. Aufbruchsstimmung brandete in der Wohnung auf und schwappte durch den Flur. In plötzlicher Hektik wurde nach einem verloren gegangenen Handschuh gesucht, nach einem vermissten Stofftier, während Réka in dem schwerfälligen Akzent ihrer ungarischen Heimat Segenswünsche austeilte und den Reisenden eine überreichliche Wegzehrung aufnötigte, als stünde eine Hungersnot bevor.

Die Tür fiel zu, und Stille breitete sich aus. Rékas Schniefen, ihr geräuschvolles Schnäuzen ins Taschentuch ebbten ab; nur noch das Klappern der Töpfe und Teller beim Abspülen war gedämpft am anderen Ende der Wohnung zu hören.

Vom Fenster aus beobachtete Grischa, wie der Wagen anrollte, um Tristan, Aurora und die beiden Kleinen aus dem grünen Herzen Altonas zum Hafen zu bringen. Nach London würde es gehen, wo Aurora als Mrs Fernsby inzwischen zu Hause war, Tristan zumindest mit einem Bein. Ein Katzensprung in dieser Ära von Kohle und Dampf, und doch nicht wirklich in der Nähe.

Die plötzliche Leere lastete schwer in Grischas Rücken.

Dass er einmal an den Punkt kommen würde, an dem er Christian um den Halt beneidete, den Henny und die drei Töchter ihm gaben, hätte Grischa nie für möglich gehalten.

Seine einzige Reue jedoch galt Thilo. Alles wäre anders gekommen, hätte er Thilo lieben können, wie dieser es verdiente. Grischas größte Sünde, die nicht zu vergeben, niemals mehr wiedergutzumachen war.

Grischa presste die Stirn mit aller Kraft gegen die Kante des Fensterrahmens, der körperliche Schmerz auf wohltuende Weise betäubend.

In seinem eigenen Bett hätte Thilo sterben sollen. In hohem Alter und in Frieden, mit einer vertrauten Hand, die seine hielt. Nicht in der Gosse und allein, nicht so. Als ob Zacharias zurückgekehrt wäre. Ein Untoter, vom Grund der Elbe heraufgestiegen, um Rache zu nehmen, Jahre später. Eine Last, an der Thilo schwer getragen hatte, obwohl es Grischas Bürde gewesen war.

Mich hätte es treffen sollen, ging es ihm nicht zum ersten Mal durch den Kopf. Ich sollte jetzt an Thilos Stelle im Grab liegen, sechs Fuß unter der Erde.

Eines jener Geheimnisse, die sie alle voreinander hegten. Thilo. Grischa selbst. Sogar Katya und Christian, dafür brauchte man kein Hellseher zu sein. Denn irgendwann begann jedes noch so gut gehütete Geheimnis zu gären und zu modern wie ein totes Tier unter Bodendielen.

Auch über Thilos Leichnam hatten sie den Mantel des Schweigens ausgebreitet. Um die unangenehmen Fragen im Keim zu ersticken, was ein angesehener Bürger mitten in der Nacht in einer solch verrufenen Gegend zu suchen hatte. Damit nicht nur Thilos Ruf posthum keinen Schaden nahm und der Katyas als seiner Ehefrau, sondern auch der der Firma. Ein Geheimnis mehr, das sich von nun an hinter der makellosen Fassade von *Petersen & Voronin* verbarg.

Mit einem tiefen Atemzug hob Grischa den Kopf und

spürte dem brennenden Pochen nach, das der Fensterrahmen auf seiner Stirn hinterlassen hatte. Sein Blick wanderte auf die Stadt hinaus, die sich zu seiner Linken erstreckte. Von hier oben betrachtet glich Hamburg einem offenen Wasser, die Dächer eine endlose Dünung bis zum verblauenden Horizont und die Kirchtürme wie Baken, die Orientierung gaben.

Genau wie Hamburg selbst hatten sie das Unternehmen aus den Brandruinen wieder hochgezogen und durch unruhige Jahre geführt, die Flammen jener Maitage im Rückblick wie ein Vorzeichen für die Flächenbrände, die sich bald schon allerorts entzündeten.

Albrecht kam ihm in den Sinn, fast drei Jahrzehnte war es her. Mit seinen Zimmermannsmuskeln und dem breiten Kreuz, dem Grübchenlächeln und Küssen, die vom Pfeifentabak pfeffrig schmeckten.

Von einer Revolution nach französischem Vorbild hatte Albrecht seinerzeit geträumt, und eine solche Revolution hatte er bekommen, anno 1848, und in den Folgejahren ein halbes Dutzend Kriege noch dazu. Ein Aufbegehren gegen die bestehende Ordnung, das um den ganzen Globus züngelte, mal ein Schrei nach Freiheit, Gleichheit, Brüderlichkeit, mal machtgierige Rechthaberei. In einem kriegslüsternen Nationalstolz, der sich wie ein Virus immer weiter ausbreitete.

Unlängst sogar vor den Toren Hamburgs, als sich Deutsche und Dänen, von jeher eng verschwisterte Nachbarn, urplötzlich als Feinde gegenübergestanden hatten.

Grenzen wurden schärfer gezogen. Andere, die seit

Jahrzehnten Bestand gehabt hatten, bröckelten oder wurden einfach weggefegt. Nicht erst, seit Charles Darwin die Schöpfungslehre ausradiert und der Menschheit einen wenig schmeichelhaften Spiegel vorgehalten hatte.

Die Welt war im Umbruch.

6

Jakob Levgrün setzte seinen Seesack ab und wischte sich über die Stirn. Die Gasse, die er von den Holzkähnen am Ufer heraufgestapft war, an aneinandergequetschten Backsteinhäuschen vorbei, war steil gewesen. Einen anständigen Eindruck hatte er in seiner guten Jacke machen wollen, jetzt erwies sie sich als viel zu warm; Hamburg hatte er sich immer kühl und sturmumtost vorgestellt.

Im Kontor am Dovenfleet hatte man ihm höflich, aber in geschäftiger Eile mitgeteilt, Herr Voronin sei heute nicht im Haus, er könne gern eine Nachricht hinterlassen. Lange hatte Jakob auf das Stück Papier vor sich gestarrt, im Stimmengewirr und Federkratzen, dem dumpfen Knallen von Stempeln und dem Klackern der Rechenschieber. Worte hatte er keine gefunden.

Schon halb wieder zur Tür hinaus, war sein Blick an den aufgereihten Adressbüchern von London, Lübeck, Berlin und Hamburg hängen geblieben, und mit einer ungeduldigen Geste hatte man ihm erlaubt, einen Blick hineinzuwerfen.

Aus der Stadt wäre auch eine Eisenbahn nach Altona

gegangen, aber die Fahrt von Lüneburg hatte schon genug gekostet, Jakob würde später jeden Pfennig brauchen. Also war er zu Fuß aufgebrochen, am Wasser entlang, und hatte sich Etappe für Etappe weiter nach der Adresse durchgefragt. Und nun stand er hier, auf der baumgesäumten Prachtstraße der Palmaille.

Solche feinen Bürgerhäuser gab es auch in Lüneburg, nur waren diese hier um einiges feudaler; selbst die Salzbarone zu Hause wären vor Neid erblasst. Ganz und gar fehl am Platz kam Jakob sich vor, zwischen den Damen, die mit ihren Reifröcken und Sonnenschirmen zarten Schmetterlingen glichen, die Herren mit ihren Gehröcken und Hüten eleganten Kranichen.

Am liebsten hätte er kehrtgemacht. Er hatte nur keine Wahl.

»Herr Voronin ist ein viel beschäftigter Mann«, wies ihn die Mamsell an der Tür ab, die die scharfe Autorität eines Bussards vor sich hertrug, ihre Aussprache klebrig und zäh wie Hefeteig.

»Bitte, ich muss Herrn Voronin wirklich sprechen«, beharrte Jakob. »Es ist wichtig.«

»Réka«, ertönte eine Männerstimme im Hintergrund und kam dann näher. »Wer ist es denn?«

Stumm musterten sich Grischa und Jakob, im gedämpften Licht des Korridors ein zeitversetztes Spiegelbild des anderen. Da waren die dunklen Farben, die Jakob von Kindesbeinen an zum Sonderling gemacht hatten, die kräftigen Züge, in die er gerade erst hineinwuchs.

Lange Erklärungen waren unnötig; was sie miteinander verband, stand ihnen ins Gesicht geschrieben.

»Jakob also«, sagte Grischa, nachdem Réka den Kaffee auf dem niedrigen Tisch abgestellt hatte.

Die Schultern zum Schutz vor Grischas forschendem Blick hochgezogen, hielt Jakob sich steif auf der Kante des Sessels. Das Zuhause von Grischa Voronin hatte er sich anders vorgestellt. Nicht derart licht und geradezu spartanisch eingerichtet, aber mit edlen Hölzern ausgestattet, kostbare Orientteppiche auf dem Boden. Er weigerte sich, sich hier allzu wohl zu fühlen.

»Lenes Sohn«, ergänzte Jakob, herausfordernd und fast angriffslustig.

Grischas Hand, die sich nach dem Service ausstreckte, verharrte in der Luft.

»Lene.« Weich kam es aus seinem Mund, mit einem andächtigen Nachklang. »Dann bist du jetzt … wie alt? Neunzehn?«

»Zwanzig.«

Die drei Monate, die noch fehlten, schlug Jakob einfach drauf, misstrauisch, ob Grischa Voronin nur gut geschätzt hatte oder sich tatsächlich noch genauer erinnerte.

Ein kleines Lächeln im Mundwinkel, rührte Grischa Zucker in seinen Kaffee, den er genau so trank, wie Jakobs Mutter es immer erzählt hatte, stark und schwarz wie Teer, zu gleichen Teilen süß und bitter wie das Leben.

»Wie geht es Lene?«

»Sie ist vergangenen Winter gestorben. Die Lunge, nach Jahren in der Spinnerei.«

Mit genüsslicher Befriedigung registrierte Jakob den Schatten, der sich auf Grischas Gesicht legte.

»Das tut mir leid.«

»Muss es nicht«, gab Jakob grimmig zurück. »Sie haben sich ja sonst auch nicht um sie gekümmert.«

Erstaunen zog über Grischas Gesicht.

»Lene hat mich damals verlassen, nicht ich sie. Im Guten, aber endgültig. Sie hat mir nicht gesagt, wo sie hingeht, und auch nicht, dass sie ein Kind von mir erwartet.«

»Natürlich nicht. Oder hätten Sie sie etwa geheiratet?«

Grischas Schmunzeln war von entwaffnender Gelassenheit.

»Ich bin kein Mann zum Heiraten. Das hat Lene von Anfang an gewusst, und soweit mir bekannt ist, hat es sie auch nicht gestört.«

Jakob starrte in den Kaffee vor sich, an dem er nur kurz genippt hatte, anstandshalber.

Wie die Glühwürmchen einer Sommernacht, hatte seine Mutter sich ausgedrückt. *So waren wir, dein Vater und ich.*

Ein Märchen, das Jakob als Junge wieder und wieder hatte hören wollen. Vom Küstenmädchen, das in die große Stadt gekommen war, um an seinem Glücksfaden zu spinnen, bis er sich in pures Gold verwandelte. Und vom Eisbaron, der auf den Meeren der Welt zu Hause war und ihr jeden Wunsch von den Augen abgelesen hatte.

Je weiter Jakob aus seinen Jungenhosen herausgewachsen war, umso stärker hatten die Zweifel an ihm genagt, ob er diese Legende wirklich glauben konnte.

»Hätte ich gewusst, dass es dich gibt …«, ließ Grischa sich leise vernehmen. »Ich sorge für meine Kinder und ihre Mütter.«

Ein feiner Stich der Eifersucht durchzuckte Jakob, einer unter vielen zu sein. Das zufällige Nebenprodukt eines ausschweifenden Lebenswandels.

»Ist es das, was Sie unter Verantwortung verstehen?«, warf er Grischa Voronin an den Kopf. »Ein Scheck alle paar Monate?«

Grischa deutete ein Kopfschütteln an.

»Es war immer mehr als das. Aber alles, was ich geben konnte. Das musst du verstehen.«

Jakob dachte an Inkens lebenssprühende Augen. An ihre Küsse und wie sich ihre Hände unter sein Hemd geschoben hatten, dass ihm Hören und Sehen vergangen war. Über die Vorbehalte ihres Vaters gegen Jakob hatte sie genauso gelacht wie über Jakobs Wunsch, noch zu warten, bis er ihr ein gutes Leben bieten konnte. Dann war ein anderer gekommen, der Sohn eines Salzbarons, und hatte Inken vom Fleck weg geheiratet.

Geld war nicht alles, hieß es. Hatte man jedoch keines, war man nichts, das hatte Jakob schmerzhaft erfahren.

»Nein, das muss ich nicht verstehen«, schoss er jetzt zurück. »Und ich will es auch nicht.«

Seit Grischa als Dreizehnjähriger dem Gehöft in Russland den Rücken gekehrt hatte, hatte er kaum je zurückgeblickt. In letzter Zeit jedoch drängten sich ihm zunehmend Erinnerungen auf, vielleicht ein Zeichen beginnenden Alters. Noch fiel es ihm leicht, diese Geister der Vergangenheit zu bannen.

Jetzt jedoch saß eine dieser Erinnerungen leibhaftig vor ihm und klagte ihn für seine Versäumnisse und Fehler an. In Gestalt seines unbekannten Sohnes, das dunkle Haar ein wenig zu lang, der Oberlippenbart fast noch flaumig und nur halbherzig getrimmt. Hohlwangig sah er aus, die kräftigen Konturen seines Gesichts, die knochigen Schultern unter der Jacke noch lange nicht ausgefüllt. Ein zorniger junger Mann, wie er selbst es als Junge einst gewesen war, mutterlos und hungrig nach dem, was das Leben ihm bislang vorenthalten hatte.

»Lene«, begann Grischa nach einer längeren Pause, »Lene hatte ihren eigenen Kopf. Nein hieß Nein und blieb in Stein gemeißelt, und jedes Ja kam aus vollem Herzen.«

Eine trostlose Schwere machte sich in ihm breit. Vielleicht hatte man dann ein gewisses Alter erreicht, wenn die, die man einmal geliebt hatte, nacheinander von dieser Welt gingen. Wie Lene. Wie Thilo.

»Ich habe noch ihre Stimme im Ohr«, fuhr er nachdenklich fort. »Wie sie gesungen hat, wenn sie sich morgens die Haare flocht. Die derbsten Gassenhauer, aus vollem Hals. Und wenn ihr etwas kaputtging oder das Essen anbrannte, hat sie geflucht, dass selbst der raubeinigste Seemann rote Ohren bekommen hätte.«

»So erinnere ich mich auch an sie.«

Die Blicke der beiden Männer blieben aneinander hängen, und so etwas wie ein Lächeln entspann sich zwischen ihnen. Unsicher und sich vorsichtig aufeinander zutastend, auf beiden Seiten.

»Bist du deshalb nach Hamburg gekommen?«, wollte Grischa wissen.

Die Art, wie Jakob den Kopf bewegte, war halb ein Ja und halb ein Nein.

»Ich will auswandern«, erklärte er. »Nach Amerika.«

Grischa nickte. Die Zahl derer, die es aus ganz Deutschland in die Häfen von Hamburg und Bremerhaven zog, um in eine neue, eine bessere Welt aufzubrechen, war in den vergangenen Jahren zu einem gewaltigen Strom angeschwollen. Mit jedem Aufstand, jedem Krieg, jeder Missernte wurden es mehr. Das brachte der Fortschritt mit sich, der menschliche Arbeitskraft zunehmend ersetzte, und der Ansturm von Arbeitern aus Dänemark, Polen und Russland, die ihrem eigenen Elend entfliehen wollten und bereit waren, für geringeren Lohn härter zu schuften.

»Da ich aber noch nicht volljährig bin«, fügte Jakob hinzu, »brauche ich dafür Ihr schriftliches Einverständnis.«

Grischa warf ihm einen aufmerksamen Blick zu. »Demnach hat Lene nie geheiratet?«

»Doch. Aber mein Stiefvater ist dagegen. Außerdem ist es Ihr Name, der in meiner Geburtsurkunde steht.«

»Natürlich. Ich unterschreibe dir deine Papiere.«

Die Erleichterung lief wie ein Zittern durch Jakob. Nun griff er doch zu seinem Kaffee, der schon fast kalt war. Ein guter Kaffee war es, er hätte schon früher davon trinken sollen.

»Außerdem dachte ich«, sprach er weiter, mit jedem Schluck erst die Worte auf der Zunge kostend, »wenn jemand weiß, wie man sich ein neues Leben in einem fernen Land aufbaut, dann Sie.«

Grischa nickte wieder.

Eine befangene Stille breitete sich aus. Wie ein lauernder Abschied, bevor ein Willkommen überhaupt ausgesprochen war.

»Willst du so lange bei mir unterkommen?«, schlug Grischa dann vor. »Bis du fährst?«

Unschlüssig rieb Jakob mit dem Kinn über seine Schulter. Über die ersehnte Unterschrift hinaus hatte er sich wenig Gedanken gemacht, was ihn hier erwarten mochte. Sicher nicht, dass der Mann, der ihn vor zwanzig Jahren unwissentlich gezeugt hatte, ihm freundlich die Hand reichte.

Mit einem fragenden Ausdruck hob Grischa die Kanne, und nach kurzem Zögern ließ Jakob sich bereitwillig nachschenken.

7

Die Stimmung im Kontor war die gleiche wie ein paar Tage zuvor, von emsiger Betriebsamkeit. Und doch war es grundlegend anders für Jakob, mit einem respektvollen Handschlag als Sohn des Firmengründers begrüßt zu werden, bevor die Angestellten flugs an ihre Schreibtische zurückkehrten, um Frachtpapiere, Bestellungen und Rechnungen zu bearbeiten. Hier war Zeit spürbar jeden Pfenning wert.

Im Korridor zögerte Jakob. Zu einer Sitzung des Vorstands sollte er Grischa begleiten, um Geschäftsluft zu schnuppern und schon einen Teil der Familie kennenzulernen; jetzt war ihm nicht mehr wohl dabei.

»Ich glaube, ich bin noch nicht so weit.«

»In Ordnung.« Ermunternd drückte Grischa Jakobs Schulter. »Hier, warte in meinem Büro auf mich.«

Sobald sich die Tür hinter Jakob geschlossen hatte, atmete er auf.

Zwischen den Seestücken und gerahmten Karten an den Wänden verteilten sich nautische Instrumente, vom Salz und der Zeit angenagt, das eine oder andere Buddelschiff. Für Jakobs Empfinden seltsam unpersönliche

Erinnerungsstücke. Wie die großzügige Wohnung in Altona ein ausgeworfener Anker, der jederzeit wieder gelichtet werden konnte.

Sein Vater. Die längste Zeit ein formloser Schatten am Rand von Jakobs Gesichtsfeld, musste er sich erst an den Mann aus Fleisch und Blut gewöhnen. Noch unsicher, ob er das überhaupt wollte.

Sein Blick fiel auf den Klingelzug an der Wand. Für einen Kaffee oder etwas anderes sollte er einfach jemanden von den Angestellten rufen, hatte Grischa ihm noch zugeworfen, bevor er davoneilte.

Tischlein deck dich.

Jakob vergrub die Hände in den Hosentaschen.

Vom Fenster aus hatte er einen guten Blick über Hamburg. Eine hoch aufwogende See aus Stein, durch die Grischa Voronin mit der Selbstsicherheit eines Wals pflügte, Jakob in den letzten Tagen wie ein großäugiger Hering in seinem Schlepptau.

Wie er Hamburg gerade erlebte, so ungefähr hatte er sich New York vorgestellt. Überschwappend und laut, ein Sammelbecken für Menschen aus allen Himmelsrichtungen. Ein fortwährender Jahrmarkt, und nirgendwo in der Stadt drehte sich das Karussell schneller als im Hafen. Als Jakob sich dort nach den Kursplänen und Formalitäten für seine Auswanderung erkundigt hatte, hatte er die Menschenmengen gesehen, die sich mit Sack und Pack auf den Kais zusammendrängten. Hauptsächlich junge Männer wie er selbst, aber auch ganze Familien, die noch kleinen Kinder auf dem Arm oder an der Hand, manchmal mit einer Großmutter, einem Großvater dabei. Die Gesichter nach einer frischen Brise der Hoffnung gereckt, warteten sie darauf, eines der Schiffe zu besteigen, von denen kein einziges groß genug aussah, um sie alle fassen zu können.

Auch Grischa war damals aus Russland geflohen, vor der Armut und der Zwangsjacke der Leibeigenschaft. Jakob selbst hatte zwar nie Hunger gelitten, aber auch nie mehr erreicht, als von der Hand in den Mund zu leben. Im puppenstubengleichen Lüneburg, in dem er sich schon als Halbwüchsiger dauernd den Kopf, den Ellbogen angestoßen hatte. Nur wenn er aus der Stadt hinausgewandert war, hatte er sich frei gefühlt. Jenseits der von akkuraten Hecken und Baumreihen eingegrenzten Felder und Weiden, draußen in den Auen, wo die Elbe die Wiesen tränkte und im Himmel aufging, zwischen Weißstörchen und Graureihern, dem Kiebitz und der Heidelerche. Ein Menschenjunges, das sich nach einem eigenen Paar Flügeln verzehrte.

Jakob musterte Grischas Schreibtisch, das Holz warm schimmernd wie lange durchgezogener Tee. Eine Versuchung war es, sich daran zu setzen, einfach, um es einmal auszuprobieren. Doch die wahre Verlockung ging von dem wuchtigen Sofa aus, das Leder unter Jakobs Hand dunkel glänzend wie Zuckerrübensirup und genauso geschmeidig. Genau richtig fühlte es sich an, als er sich darauf niederließ, nicht zu hart und nicht zu weich. Luxuriös. Weltmännisch.

In Lüneburg war für Jakob Reichtum etwas Ungreifbares gewesen, hinter den Fenstern der Salzbarone und Tuchfürsten nur zu erahnen. Seit er in Hamburg war, konnte er den Reichtum fühlen und schmecken, und er roch wie dieses Sofa hier, nach weichem Leder und Zigarrenrauch und frisch geröstetem Kaffee.

Verwegen und fast schon unverschämt kam er sich vor, als er sich der Länge nach ausstreckte, um ganz in diesem geborgten Gefühl zu versinken.

Mit heißen Wangen warf Cathrin einen letzten Blick auf die Papiere vor sich, zu aufgeregt, um sich zu setzen. Es war das erste Mal, dass sie an den runden Tisch gerufen hatte, der bei *Petersen & Voronin* wörtlich zu nehmen war. Kein Geschäftsabschluss, keine Entscheidung in all den Jahren, die nicht an diesem Möbel aus schwerem und hartem Walnussholz stattgefunden hätten.

»Ich habe euch hierhergebeten«, richtete sie ohne Umschweife das Wort an Ludger, Grischa und Christian, »weil mir einige anstehende Transaktionen der Firma aufgefallen sind. Danke, dass Sie sich ebenfalls die Zeit genommen haben, Herr Overbeck.«

Der Prokurist deutete nur ein Nicken an, vermutlich ließ sein übersteifer Kragen keine größeren Bewegungen zu. Angelegentlich rückte er den Kneifer auf der dünnen Nase zurecht und zückte dann vorsorglich seinen Bleistift.

»Vor allem der geplante Kauf von Eisenbahnanleihen in Nordamerika ist mir ins Auge gestochen«, sprach Cathrin weiter.

»Der Eisenbahn gehört die Zukunft.« Ludger gab sich nachsichtig.

Der große Brand hatte in der Stadt eine Schneise zur Moderne geschlagen. Heute verband die Eisenbahn nicht nur über die abermals neu gebaute Lombardsbrücke Hamburg mit Altona, sondern in die andere Richtung auch mit Lübeck und Berlin. Sogar einen eigenen Güterbahnhof gab es inzwischen, mit einer Anbindung zum jüngst eröffneten Sandtorhafen.

»Ich weiß«, erwiderte Cathrin ungerührt. »Aber warum sollten wir in Amerika investieren und nicht hier in Deutschland?«

»Weil der amerikanische Kontinent unvorstellbar groß ist«, erklärte Ludger, der sich eine Menge darauf einbildete, schon dort gewesen zu sein, in New York und San Francisco. »Um die Distanzen dort zu überwinden, benötigt es viele Eisenbahnlinien. Sind die erst einmal in Betrieb, wird der Transport von Gütern und Menschen ungeahnte Profite einfahren.«

Ein Stichwort für Cornelius Overbeck.

»Bereits jetzt, knapp zwei Jahre nach Ende des Bürgerkriegs«, erläuterte er, »zeichnet sich ein wirtschaftlicher Aufschwung Amerikas ab. Ist der Wiederaufbau erst einmal in vollem Gange und sind die Südstaaten wieder angeschlossen, wird Amerika eine nicht zu unterschätzende Wirtschaftsmacht sein.«

Cathrin durchblätterte eine Handvoll der Aufstellungen.

»Das sehe ich hier aber nirgends. Nur, dass wir viel

Geld ausgeben und als Gegenwert ein nichtssagendes Stück Papier erhalten. Das ist noch nicht einmal eine Aktie oder etwas Ähnliches.«

Lächelnd lehnte Ludger sich zurück. Das Vermögen der Firma zu mehren fiel größtenteils in sein Aufgabengebiet.

»Derartige Geschäfte laufen immer nach diesem Prinzip ab.«

Cornelius Overbeck nickte zustimmend.

»Wie anno siebenundfünfzig?«, hakte Cathrin nach. »Als die Hamburger Kaufleute den Hals nicht voll kriegen konnten? Wechsel in Millionenhöhe waren damals im Umlauf. Ein kleiner Windstoß genügte, um das Kartenhaus weltweit in sich zusammenfallen zu lassen, und am Ende waren etliche ursprünglich solide Unternehmen bankrott.«

»Da hat jemand seine Hausaufgaben gründlich gemacht«, sagte Ludger schmunzelnd.

Stumm vor Staunen beobachtete Christian die junge Frau, die selbstbewusst vor ihnen stand und herausfordernd infrage stellte, was für die erfahrenen Geschäftsmänner beschlossene Sache war.

Seine Tochter.

Mit hochgekrempelten Blusenärmeln hatte Cathrin sich in den Geschäftspapieren und Bilanzen vergraben, Cornelius Overbeck mit Fragen bestürmt und die Buchhalter ins Kreuzverhör genommen. Nicht ein einziges Mal war sie deswegen zu ihm gekommen.

Ausgetrickst fühlte er sich. Katya hatte genau gewusst, was sie tat, als sie Cathrin die Schlüssel und ihren Segen gab und sich dann aus dem Staub machte. Der Gedanke, Katya versuchte womöglich, mittels Cathrin die Oberhand zu gewinnen oder gar späte Rache zu nehmen, ließ den Kaffee in seinem Mund sauer schmecken.

»Wenn wir solche Wagnisse gescheut hätten«, gab er jetzt dürr von sich, »wären wir nie über den Gemischtwarenladen hinausgekommen. Sofern wir ihn überhaupt hätten halten können.«

»Jedes Geschäft birgt ein Risiko«, ließ sich Grischa neben der Tür vernehmen, seine Tasse auf dem niedrigen Schrank abgestellt. Er zog es grundsätzlich vor, im Stehen zuzuhören und zu diskutieren. »Als wir damals mit dem Eis anfingen, haben uns nicht wenige für verrückt erklärt. Und das Einzige, was in den ersten Jahren wuchs, war unser Schuldenberg.«

»Euer Risiko lag jedoch immer außerhalb des eigentlichen Geschäfts«, hielt Cathrin dagegen. »Wie damals, als ihr die *Maiden of the Seas* verloren habt. Nie im Handel selbst. Gekauft und verkauft habt ihr nur das, was wirklich handfest ist. Eis. Seide und Baumwolle und Leinen, Kaffee und Gewürze. Später dann Grundstücke und Gebäude.«

»Die Zeiten haben sich geändert«, bekundete Ludger.

»Darauf will ich hinaus«, fuhr Cathrin fort. »Unsere Zeit ist schnelllebiger und unsicherer geworden, die Welt kleiner. Keiner weiß, wann die nächsten Unruhen ausbrechen oder der nächste Krieg und wie sich das auf den

Handel auswirkt. Wann es wieder zu einem Kurssturz an der Börse kommt, in Hamburg, London oder New York. Ob wir rechtzeitig davon erfahren und reagieren können, bevor die Pleitewelle auch unser Geschäft erfasst. Daher können wir es uns nicht leisten, unser Geld in den Eisenbahnbau in der amerikanischen Pampa zu stecken oder in diese Bauvorhaben in Wien, die noch nicht einmal durchgeplant sind. Das sind doch alles Luftschlösser!«

Klatschend landete der Papierstoß auf dem Tisch.

Seine kräftigen Zähne entblößt, lachte Ludger laut.

»Da heißt es immer, die jungen Leute wollen die Welt verändern. Und jetzt will diese junge Dame hier aus einem florierenden internationalen Unternehmen wieder eine Klitsche machen. Aus Angst!«

»Das war respektlos, Ludger«, stutzte Grischa ihn zurecht. »Sowohl Cathrin gegenüber als auch uns, die wir diese sogenannte Klitsche gegründet und groß gemacht haben.«

Ludger verkroch sich in beleidigtem Schweigen.

»Die Entscheidungen der Großen und Mächtigen haben wir nicht in der Hand«, fuhr Grischa zwischen zwei Schlucken Kaffee fort. »Aber bislang haben sich alle politischen Umwälzungen für uns bezahlt gemacht. Mit dem ersten Opiumkrieg haben wir einen Fuß in die Tür zu China bekommen, mit dem zweiten diese dann endgültig aufgestoßen. Der Aufstand in Indien hat nicht nur Madras und sein Hinterland verschont, sondern unseren Marktanteil auf dem Subkontinent sogar noch gestärkt.

Und mit Hongkong und Singapur haben wir gleich zwei neue Standbeine.«

»Du kannst nicht immer nur darauf setzen, dass die Zeit für uns arbeitet, Onkel Grischa. Auf reines Glück.«

»Kann ich nicht?«

Ein Funke der Erheiterung sprang zwischen Cathrin und Grischa hin und her. Eine solche Leichtigkeit hätte Christian sich auch im Umgang mit seiner Tochter gewünscht, aber nie erreicht.

»Wenn du etwas Handfestes willst«, mischte Ludger sich wieder ein, »dann investieren wir doch am besten in Waffenfabriken. Das ist ein todsicheres und krisenfestes Geschäft. Im wahrsten Sinne des Wortes.«

Beifallheischend blickte er in die Runde.

Die Narbe, die der Krimkrieg im Gedächtnis der Welt hinterlassen hatte, begann gerade zu verblassen, zehn Jahre danach. Eine ganze Generation von Mädchen namens Alma wuchs heran, ohne zu wissen, dass sie nach einer Schlacht benannt worden waren, genauso wie ein Dutzend Brücken, Plätze und Ortschaften auf der ganzen Welt.

Im Kern war es ein verspäteter Kreuzzug um die heiligen Stätten Jerusalems gewesen, der sich schnell als Feuerwalze zwischen Ost und West durch die Landkarte fraß. Eine bis dato ungekannte Maschinerie aus Sprenggranaten, Unterwasserminen und präzisen neuen Schusswaffen drehte die Soldaten durch den Fleischwolf; die Männer Frankreichs, Großbritanniens und des Osmanischen Reiches auf der einen Seite der Schützengräben, die Russlands auf der anderen. Der erste Krieg, der in Bildern und gedruckten Worten die Menschen zu Hause in ihren Lehnsesseln erreichte, und der erste, der durch Eisenbahnen, Dampfschiffe und den Telegraphen gewonnen wurde.

Die wahren Sieger des Krieges aber hießen Hunger und Durst, Seuchen und Wundbrand. Ein finsteres Kapitel in diesem langen Jahrhundert, in das auch Florence Nightingale und ihre Krankenschwestern nur ein winziges Lichtlein hatten tragen können.

»Auf keinen Fall!«, rief Cathrin aus. »Das ist moralisch nicht vertretbar, daran machen wir uns nicht die Hände schmutzig. Wenn es nach mir gegangen wäre, hätten wir auch niemals während des Krieges die amerikanischen Südstaaten mit Eis beliefert.«

Christian zuckte mit den Schultern. »Wenn wir es nicht gewesen wären, hätte sich ein anderer eine goldene Nase damit verdient.«

»Es war nicht recht«, widersprach Cathrin. »Dadurch haben wir den Süden unterstützt und uns an der Sklaverei mitschuldig gemacht.«

»Unsinn!«, polterte Ludger. »Die Sklaverei war schon zum Untergang verurteilt, bevor der erste Schuss des Krieges abgefeuert wurde. Unser Eis hat dabei nicht die geringste Rolle gespielt.«

Cathrin blieb störrisch. »Trotzdem war es nicht recht. Und illegal noch dazu.«

»Ich für meinen Teil habe liebend gern den Blockadebrecher gespielt«, gab Grischa heiter zurück.

Ein launiges Gedankenspiel war es gewesen, wie so oft zu später Stunde im Kontor. Über ein paar Gläsern und den Nachrichten aus der Welt, von denen jede ein drohendes Unwetter oder eine Flaute ankündigen konnte, die einen Kurswechsel nötig machte, manchmal aber auch einen frischen Wind mitbrachte.

Der Bruderkrieg im fernen Amerika hatte den Güterverkehr entlang der Mason-Dixie-Linie unterbrochen. Auch für das Eis aus den Flüssen und Seen von Massachusetts und Maine, das den Mint Julep auf der Veranda des schwülen Südens kalt hielt, das Fleisch für die geselligen Barbecues der Plantagen frisch. Nachdem Frederic Tudor und seine amerikanischen Konkurrenten ihr Monopol über Jahrzehnte hinweg verteidigt hatten, war es schlagartig im Pulverdampf zwischen Manassas und Gettysburg zerstoben. Ein Vakuum, das nur darauf wartete, dass jemand anders es füllte. Ein Abenteuer, für das Grischa und Christian sofort Feuer und Flamme gewesen waren. Gegen den Widerstand Katyas, und von Thilo nur widerwillig geduldet, aber der fette Gewinn aus diesen Schmuggelfahrten hatte ihnen recht gegeben.

»Gerade dir hätte es doch ein Anliegen sein müssen, dass der ausbeuterische Süden so schnell wie möglich in die Knie geht«, hielt Cathrin Grischa vor.

Grischa nickte. In Russland landlos und unfrei geboren, hatte er die Nachricht, dass das schwächelnde Zarenreich die Leibeigenschaft aufgehoben hatte, auf seine Weise gefeiert. Jedem Angestellten und Arbeiter hatte er einen Bonus ausgezahlt und den restlichen Tag freigegeben.

»Aber gerade ich weiß, dass viele Wege zum Ziel führen. Und nicht immer ist der kürzeste auch der beste.«

Ludger knurrte etwas von der heiligen Johanna, Revoluzzern und kommunistischen Ideen in sich hinein.

»Ludger, es reicht«, murrte Christian. Streitgespräche wie diese erschöpften ihn seit einiger Zeit.

Ludger schwieg, sichtlich verstimmt.

Einige Herzschläge lang war nur das Gurren der Tauben im Gebälk zu hören. Über dem Fleet schrien die Möwen nach mehr, mehr, mehr; der Wahlspruch der Hamburger Händler, so lange irgendjemand zurückdenken konnte.

»Macht ihr euch nie Gedanken«, begann Cathrin dann erneut, »dass unser Eis eines Tages nicht mehr gefragt sein wird? Weil andere auf den Markt drängen, die billiger und schneller liefern? Weil der Fortschritt uns eine andere Möglichkeit der Kühlung beschert?«

Christian schnaubte, fast schon erbost. »Als ob keiner mehr Diamanten kauft, seit es Strasssteine gibt.«

Nachdenklich rieb Grischa sich über die Unterlippe.

Für Christians Töchter war er der weit gereiste Onkel gewesen, der Jette erst ausgefallene Spielsachen mitbrachte, später exotischen Schnickschnack, Marie bunte Federn, die sie mit der gleichen Andächtigkeit durch ihre Elfenfinger gleiten ließ, mit der sie Tiefseemuscheln streichelte und dann an ihr Ohr hielt.

Cathrin hingegen hatte nichts mehr geliebt, als Zeit mit ihm zu verbringen. Räuber und Gendarm hatten sie im Garten gespielt, zusammen den Hafen erkundet und in der Elbe geplanscht und auf ihren Streifzügen durch die Wälder das Wesen der Dinge ergründet.

Als Herrin eines Landguts hätte er sie sich vorstellen können, als Entdeckungsreisende oder Naturforscherin. Wann immer Katya darauf zu sprechen gekommen war, dass sie und Thilo sich Cathrin im Unternehmen wünschten, hatte Grischa nur mit den Schultern gezuckt und darauf verwiesen, dass Cathrin sich ihren Posten schon erobern würde, wenn die Zeit für sie gekommen war.

Offenbar war diese Zeit jetzt angebrochen.

»Was schwebt dir stattdessen vor?«, wollte er wissen.

Der sichere Grund, auf dem Cathrin eben noch gestanden hatte, begann unter ihren Füßen zu bröckeln.

»Das weiß ich auch noch nicht.« Tapfer reckte sie das Kinn in die Höhe. »Über kurz oder lang werden wir aber wohl über einen neuen Kurs für die Firma nachdenken müssen.«

Ein Kassandraruf, den keiner hören wollte. Schon gar nicht mit einem solch neunmalklugen Nachhall, das las sie aus den Gesichtern der vier Männer.

Cathrins Blick fiel auf die verwaisten Plätze von Katya und Thilo. Katya würde spätestens in ein paar Wochen wieder hier sein. Thilo nicht. Niemals mehr.

Sie wünschte sich, sie hätte mit einem von beiden ihre

Gedanken vorab durchsprechen, sich im Nachhinein Rat oder Hilfe holen können. Jetzt dämmerte ihr, wie allein man sich zuweilen auf einem solchen Posten fühlen konnte. Wie verloren.

Jäh fuhr sie herum und floh zur Tür hinaus.

Die Tür fiel krachend zu, und Jakob schreckte aus seinen Tagträumen hoch. Eine junge Frau war hereingeplatzt, sichtlich aus der Fassung geraten. Ungehalten riss sie an den Kragenknöpfen ihrer Bluse, um sich Luft zu verschaffen und stapfte dann auf und ab, während sie sich über die Augen rieb und mit den Fäusten in die Luft boxte.

Es vermittelte sicher keinen guten Eindruck, hier auf dem Sofa herumzuflegeln; rasch setzte Jakob sich auf.

Jetzt war sie diejenige, die zusammenzuckte.

»Entschuldigen Sie«, rief sie aus. »Ich wusste nicht, dass mein Onkel noch einen Termin …«

Ihr Mund blieb offen stehen. Gründlich musterte sie Jakob bis ins kleinste, seinem Vater so ähnliche Detail, und ein verblüfftes Lächeln zuckte über ihr Gesicht.

»Du musst Jakob sein. Grischas bis dato unbekannter Sohn.«

»Er hat von mir erzählt?«

Sie wiegte den Kopf hin und her. »Er hat zumindest erwähnt, dass du aufgetaucht bist.«

Siedend heiß fiel es Jakob ein, dass es sich nicht gehörte, in Gegenwart einer Dame zu sitzen, und er sprang auf. Keinen Augenblick zu spät; in einer energischen Geste streckte die junge Frau ihm die Rechte entgegen.

Wie unter Männern, Jakob hatte keine Ahnung, ob das in Hamburg üblich war.

»Cathrin Petersen. Sozusagen deine Cousine.«

Einen festen Händedruck hatte sie, dazu einen durchdringenden Blick, dem nicht leicht standzuhalten war, auf Augenhöhe mit Jakob. Etwas an ihrem Hals lenkte seine Aufmerksamkeit ab; halb unter dem geöffneten Kragen verborgen, konnte er es nicht genau erkennen.

Eine rot leuchtende Feder. Ein Blutfleck. Das Herbstblatt des wilden Weins oder Klatschmohn.

Widerwillig drehte Cathrin den Kopf zur Seite. »Ist nicht ansteckend.«

»Das habe ich auch nicht angenommen«, versicherte er hastig.

»Meine Tante sagt, das ist der Fingerabdruck des Feuers. Ich bin während des großen Brands geboren.«

Das wiederum konnte Jakob sich gut vorstellen. Wie aus Stahl und Glas geschmiedet war sie, durchglüht von einer Lebendigkeit, die ihre helle Haut zum Leuchten brachte. Ein Geschöpf der Großstadt und wie für eine neue Zeit gemacht.

Einschüchternd geradezu, zumindest für Jakob, während sie beide schwiegen, verlegen und ein bisschen ratlos, aber spürbar neugierig auf den anderen.

Jakob nahm seinen ganzen Mut zusammen. »Was hat dich vorhin denn so aufgebracht?«

Cathrin biss sich auf die Unterlippe. Ein selbst auferlegtes Siegel, das nicht lange vorhielt. Ihre Augen schlugen Funken wie Feuersteine, während sie ihrem Unmut freien Lauf ließ. Die Brauen zusammengezogen und den Blick auf seine abgestoßenen Schuhspitzen geheftet, hörte Jakob ihr aufmerksam zu. Er verstand das Problem, aber nicht die Schwierigkeit dabei. Schließlich hob er den Kopf.

»Warum hast du nicht einfach Nein gesagt?«

Überrascht sah Cathrin ihn an.

Jakob zuckte leicht mit den Schultern. »Wozu erst begründen, weshalb du gegen diese unsicheren Geschäfte bist, wenn sie dir deine Argumente doch gleich wieder auseinandernehmen? Sag Nein, und damit fertig.«

Cathrins gerade noch zornesdunkle Augen hellten sich auf, bis sie wie Opale schimmerten. Ein kleines Glucksen entfuhr ihr, dann brach sie in Lachen aus, wie über sich selbst, weil sie nicht von allein auf das Einfachste, das Naheliegendste gekommen war.

»Danke!«

Mit gerafften Röcken rannte sie davon, ohne die Tür hinter sich zu schließen. Am anderen Ende des Korridors konnte Jakob ihre Stimme hören, fest und klar. Einer seiner Mundwinkel hob sich.

Seine Cousine. Sozusagen.

Am runden Tisch waren die Herren gerade im Aufbruch begriffen gewesen, jetzt harrten sie wie eingefroren aus. Nachdem Cathrin schwungvoll ihr Veto gegen die geplanten Investitionen in österreichische Bauprojekte und amerikanische Eisenbahnlinien eingelegt hatte, war die Stille zum Schneiden dick.

Ludger fing sich als Erster wieder. »Wer, zum Teufel, gibt dir das Recht …«

»Katyas Vollmacht«, erwiderte Cathrin schlicht.

»Katya sieht das womöglich anders«, ätzte Ludger.

Cathrin nickte. »Das mag sein. Es steht dir frei, diese Geldanlagen noch einmal auf den Tisch zu bringen, sobald sie wieder hier ist. Bis dahin treffe ich jedoch an ihrer Stelle solche Entscheidungen, so gut ich kann.«

Unter dem Backenbart arbeiteten Ludgers Kiefermuskeln, aber er sagte nichts weiter dazu.

»Du bist dir hoffentlich darüber im Klaren, dass uns dadurch lukrative Geschäfte entgehen«, bemerkte hingegen Christian, seine Augen wie geschliffenes blaues Glas.

»Ich halte sie nicht für lukrativ«, beharrte Cathrin. »Nicht in absehbarer Zeit. Nicht in dem Ausmaß, dass es das Risiko wert wäre.«

Was immer ihrem Vater dabei durch den Kopf gehen mochte, behielt er hinter gesenkten Lidern für sich, einen harten Zug im Gesicht.

Grischa war zum Fenster gewandert. Blicklos sah er auf die Silhouette Hamburgs hinaus.

Einen Moment lang fühlte er sich in die Vergangenheit zurückversetzt. Im Laderaum eines Walfängers, Haut an Haut mit Wolf, ihre Atemluft schwer von abgefackelter Lust und noch mehr vom Gestank der Tranfässer.

Wir werden sie jagen, bis keiner mehr übrig ist, hatte Wolf düster orakelt. *Die Tage des Walfangs sind gezählt. Morgen oder in ein paar Jahren oder in zehn.*

Wolf hatte recht behalten, so viele Jahre später, als Grischa das längst nicht mehr zu kümmern brauchte.

Ihr Eis aus den norwegischen Seen reiste heute nicht nur nach Indien und Indonesien, nach Singapur und Hongkong und China, sondern bis nach Australien. Das »Arctic Crystal« aus den Gletschern Grönlands, das im Buckingham Palace den Champagner kühlte, hatte ihnen sogar das royale Wappen eines Hoflieferanten von Queen Victorias Gnaden eingebracht.

Der große überwältigende Rest Europas hatte sich jedoch als uneinnehmbare Festung erwiesen, mit den Alpen als ihrem Bergfried. Das kalte Herz des Kontinents versorgte Paris und Rom ebenso mit Eis wie die Bierbrauereien und Eiskeller Deutschlands. Und letztlich hatten sich auch die Geschäfte in Amerika als kurzes Gastspiel erwiesen; gleich nach der Baumwolle nahm das Eis Nordenglands heute den größten Stauraum auf amerikanischen Frachtern ein.

Frederic Tudor hatte das Ende des Bürgerkriegs nicht mehr miterlebt. Ihr Schattenkonkurrent, der vermutlich nicht einmal gewusst hatte, dass es die Eisbarone von Hamburg gab. Der Eiskönig von Boston war er geblieben, ungeachtet aller Rivalen, die ihr eigenes Eis auf den Markt brachten. Nachahmer, wie sie einst gewesen waren, als Katya im Hafen von Tromsø zum ersten Mal von einem verrückten Amerikaner gehört hatte, der Eis in die Tropen verschiffte.

Jetzt waren sie diejenigen, die kopiert wurden.

Der Süden Norwegens war nicht nur reich an Wäldern, sondern auch an Flüssen und Seen, die sich jeden Winter in eine unerschöpfliche Schatzkammer für Eis verwandelten. Vergleichsweise einfach zu gewinnen und in das Sägemehl gepackt, das im althergebrachten Holzgewerbe abfiel, konnte das Eis nahezu aus dem Stand über die Nordsee verschifft werden, denn auch der Schiffbau und die Seefahrt hatten dort lange Tradition. Massen preiswerten norwegischen Eises verteilten sich über die neu gebauten Eisenbahnlinien durch ganz Großbritannien, hielten den dort so beliebten Fisch frisch und kühlten die Eiscreme italienischer Einwanderer, *fashionable* in den Londoner Parks und in den Seebädern entlang der englischen Küste. Nicht einmal vor Etikettenschwindel wurde haltgemacht. Ein See bei Oslo war kurzerhand in *Wenham Lake* umbenannt worden, um den Käufern weiszumachen, dieses Eis sei Tudor-Eis aus dem gleichnamigen See in Massachusetts.

Auf Eis gab es ebenso wenig ein Patent wie auf Reis oder Bohnen oder Weizen, kein Warenzeichen oder Gütesiegel, das hatten sie immer gewusst. Am Ende war Eis eben nur Eis, gleichgültig, wie klar, wie besonders es sein mochte. Irgendwann blieb nichts als eine Wasserpfütze davon übrig.

Noch gab es keine Alternative. Immer wieder wurde in der Werkstatt eines Ingenieurs, eines Wissenschaftlers an Dampfkompressoren getüftelt, die mittels Alkohol oder Ammoniak kühlen sollten. Ewas wirklich Brauchbares war noch nicht dabei herausgekommen, genauso wenig wie bei Fernsprechapparaten oder Schreibmaschinen. Doch wer wusste schon, wie lange das so bleiben würde; heute verband sogar ein Telegraphenkabel am Meeresgrund Europa und Amerika, wuchs die Photographie gerade aus ihren Kinderschuhen heraus, und die Milch hielt länger, weil sie neuerdings pasteurisiert war.

Womöglich waren die Tage des Eishandels wirklich gezählt. Nicht heute und nicht morgen, aber übermorgen. Und sei es nur, dass das Wetter eines Tages Kapriolen schlug und zu warme Winter bescherte wie den Amerikanern zu Beginn des Jahrzehnts.

Grischa ertappte sich dabei, wie er mit den Fingerspitzen gegen den Fensterrahmen trommelte. Jetzt spürte er sie wieder, die Rastlosigkeit, die ihn früher vorwärtsgetrieben hatte. Seit Cathrin ihm heute diesen Floh ins Ohr gesetzt hatte.

Er wandte sich um.

Aufrecht stand sie da, erwartungsvoll und einen siegesgewissen Glanz in den Augen.

Genauso musste er früher gewirkt haben, von einem Selbstbewusstsein, das an Arroganz grenzte. Mit einem vorausschauenden Weitblick, den die Älteren frech fanden und die Gleichaltrigen verquer. Besserwisserisch geradezu. Ihm hatte man das nachgesehen, er hatte damit alles erreicht, was er wollte. Aber er war auch ein Mann, kein Fräulein aus gutem Hause.

Grischa vermisste die raue Romantik jener Jahre. Den Nervenkitzel, sich aus dem Nichts mit bloßen Händen etwas aufzubauen, und die Jagd nach dem Erfolg. Etwas von diesem Pioniergeist der Eisbarone schien Cathrin geerbt zu haben, weitaus mehr die Tochter von Thilo und Katya als die ihrer leiblichen Eltern. Am selben Tag zur Welt gekommen, als das Feuer Hamburg in Schutt und Asche legte, schien schon ihre Geburt wie das Versprechen auf einen Neuanfang gewesen zu sein.

»Ich gebe Cathrin recht«, ließ er sich schließlich vernehmen. »Es ist sicher nicht verkehrt, wenn wir zumindest darüber nachdenken, uns neu zu orientieren. So lange ist keine Zeit für riskante Geschäfte.«

Äußerlich ungerührt, erwiderte Cathrin sein Nicken, doch hinter ihrem Rücken ballte sie triumphierend die Faust. In dem sicheren Gefühl, heute nicht nur eine wertvolle Lektion gelernt zu haben, sondern auch Grischa als Verbündeten an ihrer Seite zu wissen.

8

Durch die weit geöffneten Fenster strich ein Luftzug, wohltuend in der Augusthitze. Die Sonne stand schon tief über den Dächern und rief die Lastkähne zurück in den Binnenhafen. Über den letzten Handgriffen der Arbeiter zog sich ein hoffnungsvoll zirkelnder Möwenschwarm zusammen, und auf dem Kai sprangen Kinder umher, ihr Spiel schrill und überdreht vor Müdigkeit.

Im herrlich süß-säuerlichen Duft eingekochten Obsts, der über den Flur hereinzog, trank Cathrin den nächsten Schluck ihrer eiskalten Limonade und warf einen Blick über die Schulter. Mit einem Ausdruck andächtiger Konzentration saß Betje über der Buchhaltung. Nur noch selten stand sie hinter dem Ladentisch, sondern kümmerte sich ausschließlich um die Finanzen, die Herrin der Zahlen.

Betje hob den Kopf, und ein stilles Lächeln entfaltete sich zwischen ihnen. Falls sich jetzt, mit Anfang vierzig, das erste Grau bei ihr zeigte, ging es völlig im Brandrot ihrer aufgesteckten Locken unter; dass ihr kühnes Gesicht wie eh und je von Sommersprossen übersät war, machte sie dazu noch jünger.

Mit einem respektvollen Klopfen trat einer der Fahrer ein und tippte sich an den Mützenschirm. Hinter ihm ging sein Kollege vorbei, in den Händen eine Kiste gefüllter Einmachgläser, frisch mit den Etiketten beklebt, die rings um den Namenszug ein Segelschiff, Möwen und den Hamburger Michel zeigten.

»Ist alles so weit aufgeladen, Frau Reintjes. Nehmen Sie uns noch die Fuhre ab?«

»Ich mach schon, Mama.«

Levke, mit neunzehn Jahren Betjes Ebenbild, bis hin zu demselben kecken Grübchen im Kinn, stand von den Lohnlisten auf und eilte mit den Papieren für die Lieferung davon. Nur einen Augenblick später stürmte Lisje herein, eine der drei Kopstede-Töchter, lang und schlank wie ihr Vater Fiete und von demselben sanften Pfirsichblond wie ihre Mutter Jordis. Mit erhitzten Wangen drängte sie Betje und Cathrin, von dem buttrigen Feingebäck zu probieren, das sie nach einem Rezept ihrer Urgroßmutter vorhin aus dem Ofen geholt und gern im Sortiment gesehen hätte. Betje versprach, ihren Vorschlag heute Abend zu Hause auf den Tisch zu bringen, und Lisje lief strahlend davon, um eine Dose damit zu füllen.

Danach kehrte für den Moment wieder Ruhe im Kontorraum ein. Wirklich still war es dennoch nicht.

Aus dem Laden unten, durch eine schmale Stiege mit den Räumen hier oben verbunden, drang die Stimme von Finja herauf, die eine späte Kundin verabschiedete. Die Zweitälteste von Hanno und Betje hatte die Filiale mit ihrer Volljährigkeit im vergangenen Jahr übernommen. Das Stammhaus, aber schon lange nicht mehr der Hauptsitz, der an die Große Bleichen umgezogen war, wo es weitaus mehr Platz für Lagerräume und Büros gab.

Das Bimmeln der Türglocke unten war kaum verstummt, als Finja die abendlichen Aufgaben verteilte, und schäkernd und giggelnd machten sich die Ladenmädchen und der Lehrling ans Werk. Wie auch die Frauen hier oben in der Küche beim Abspülen und Feudeln schnatterten, lachten und trällerten.

Deshalb kam Cathrin gern hierher. Weil es hier bei aller Betriebsamkeit immer gemütlich zuging, heiter geradezu. Was hauptsächlich Betje zuzuschreiben war, die sich kaum je aus der Ruhe bringen ließ, für jedes Problem eine Lösung wusste und ebenso gelassen wie energisch alle Fäden fest in der Hand hielt.

Manchmal versetzte es Cathrin einen feinen Stich, dass Betje mit kaum achtzehn das hätte haben können, was sie immer schon wollte, aber sich so lange erbitten und ertrotzen musste.

»Hast du es nie bereut«, fragte sie, »dass du nicht bei *Petersen & Voronin* eingestiegen bist?«

Betje schüttelte den Kopf. »Das war einfach nicht das, was ich wollte. Mein Platz ist hier.«

»Wegen Hanno?«

»Auch.«

Ein vorwitziges Lächeln zuckte um Betjes Mund, bevor ihr klarblauer Blick zum Fenster hinauswanderte. Einige Herzschläge lang sann sie darüber nach.

»Ich glaube«, sagte sie dann, »es ging mir darum, etwas Eigenes zu haben. Etwas, das ich selbst gestalten kann, wie es mir gefällt.«

Etwas Eigenes hatten Betje und Hanno aus dem Gemischtwarenladen von Arno Petersen gemacht. Das dunkle Holz der Regale und Theken von nostalgischer Gediegenheit, brachten Blau und Weiß hanseatische Leichtigkeit in die Räume. Zwirn und Scheuerpulver waren aus den Fächern verschwunden, geblieben waren Eier und Kartoffeln und Rüben; gerade hier am Kehrwieder wusste man um den schmalen Geldbeutel der Laufkundschaft. Aber zum Holsteiner Käse hatte sich auch solcher aus der Schweiz und aus Frankreich gesellt, weit gereiste Ananas zu den Äpfeln und Kirschen aus dem Alten Land, und neben hamburgischem Speck lagen auch welcher aus Bayern und italienische Salami, in Sichtweite der Nordseekrabben auf ihrem Eisbett.

Feinkost Reintjes war eine feste Größe in Hamburg, hier bekam man alles, was nicht nur den Leib, sondern auch die Seele satt machte.

Cathrin erinnerte sich noch daran, wie ihr Großvater oft mit einem versonnenen Ausdruck an seinem Gehstock durch den Laden gehumpelt war. Noch auf dem Krankenbett, sein gutes Holzbein verwaist in der Ecke stehend, hatte er sich mit glänzenden Augen von den Neuerungen und Plänen erzählen lassen, den einen oder anderen Rat beigesteuert.

Dieser Raum hier war einmal seine gute Stube gewesen. Dass Betje und Hanno, mit Arnos Tod über Nacht

Eigentümer des Hauses, aus der Wohnung das Herzstück ihres Feinkosthandels gemacht hatten, hätte ihn sicher gerührt.

»Großvater wäre stolz auf euch«, sagte Cathrin leise.

Lange sahen sich die zwei Frauen an, eine Fülle von Erinnerungen in ihrem Blick, schmerzliche wie schöne. Gerade auch an Thilo, der nicht nur Cathrins Ziehvater gewesen war, sondern auch der von Betje.

In einer Duftwolke von Johannisbeergelee und Aprikosenkonfitüre kam Jordis Kopstede herein, wie aus Baiser und Vanillesauce gemacht und die Augen so blau wie das Meer ihrer alten Heimat.

»Schluss für heute«, verkündete sie vergnügt in ihrem friesischen Singsang, den sie nie ganz abgelegt hatte.

In langen Zügen stürzte sie ein Glas Limonade hinunter, ließ sich dann auf einen Stuhl fallen und tätschelte zufrieden Betjes Knie. Freundinnen, so lange Cathrin zurückdenken konnte, wie auch Hanno und Fiete seit Jugendtagen die besten Kameraden waren.

Wie auf Geheiß trampelten zwei kleine Jungen über die Schwelle, strohblond der eine, mit karottenrotem Haar der andere. Pünktlich von Fiete hochgeschickt, zeigten Nils und Hauke mit stolzem Zahnlückengrinsen ihren Müttern die Holzfiguren vor, die sie nach den Hausaufgaben in Fietes Werkstatt zwei Häuser weiter hatten schnitzen dürfen.

Betje drückte Hauke an sich und sah zu Cathrin. »Bleibst du zum Essen?«

Hand in Hand mit Finja schälte Cathrin die Kartoffeln, während die zwölfjährige Clara sich bitter über ihre Hauslehrerin beklagte. Levke, die mit ihr zusammen das Gemüse schnitt, verteidigte energisch Fräulein Semmelweis, an die sie selbst nur gute Erinnerungen hatte.

Trotzig stampfte Clara mit dem Fuß auf. »Warum kann ich nicht einfach in die Schule gehen wie Henning auch?«

»Weil es noch immer keine höhere Schulen für Mädchen gibt«, erwiderte Betje über der brutzelnden Pfanne. »Hauke, holst du bitte deinen Bruder zum Tischdecken?«

Nur wer Betje nicht näher kannte, fragte sich, wie sie das alles mit ihrem gelähmten linken Arm schaffte, den Feinkosthandel, sechs Kinder und die große Wohnung hoch oben über dem Laden. So planvoll, wie sie im Kontor wirtschaftete, meisterte Betje auch den Alltag zu Hause. Lediglich eine Perle namens Bertha kam tageweise für das Gröbste vorbei.

Dabei hätten sie sich wesentlich mehr Personal leisten können, in einem Haus im Grünen oder in einer herrschaftlichen Zimmerflucht mit feiner Adresse. Die Reintjes fütterten jedoch lieber weiter ihr finanzielles Polster für schlechte Zeiten, daran änderte auch das kleine Erbe nichts, mit dem Thilo sie in seinem Testament bedacht hatte.

Das meiste Geld floss ohnehin in die Schulbildung der Kinder. Henning, der mit dem typischen Gang eines Halbwüchsigen hereinschlurfte, bei dem Arme, Beine und Rumpf gerade nicht zusammenpassten, war auf dem besten Weg zur Maturitätsprüfung, der Erste nicht nur in der Familie, sondern in der ganzen Nachbarschaft.

Mit Hannos Ankunft wurde es gleich noch heimeliger. Auch mit Mitte vierzig und den ersten grauen Fäden in Haar und Bart jungenhaft verschmitzt, warf er Jackett und Binder von sich. Gut gelaunt fügte er sich in die Essensvorbereitungen zwischen Küche und Speisezimmer ein, ein offenes Ohr für die Freuden und Kümmernisse der kleinen und großen Kinder.

Gerrit, mit knapp vierundzwanzig Jahren der Älteste, traf als Letzter ein. Das Essen stand schon auf dem Tisch, an dem er sich nach wie vor einfand, obwohl er vor Kurzem eine eigene kleine Wohnung hier im Haus bezogen hatte. Er hatte den weitesten Weg hinter sich, in Altona mit der Einrichtung des jüngsten Ladens beschäftigt. Nach den Ablegern in Sillem's Bazar, der prächtigen Einkaufspassage aus Eisen und Glas am Jungfernstieg, der ersten überhaupt in Deutschland, und den beiden am Hopfenmarkt und in den Alsterarkaden das insgesamt sechste Haus des Feinkosthandels. Sechs Filialen, für jedes seiner Kinder eine, das war Hannos Ziel gewesen.

Im Lampenschein leuchtete rings um den Tisch das ganze Farbenspiel roten Haares, von Mahagoni bis Erdbeerblond; nur Claras war das ihres Vaters, hell wie Haferspreu. Cathrin in ihrer Mitte, erzählten sie einander ungezwungen und lebhaft von ihrem Tag und tauschten Neuigkeiten aus, diskutierten über den optimalen Reifegrad des Käses, den Hanno mitgebracht hatte, und beratschlagten über Lisjes Gebäck. Am Ende einigten sie sich darauf, dass es unter dem Namen Friesengold versuchsweise in die Regale kommen sollte.

Cathrins andere Familie, immer schon. Die ersten Hände, die sie in diesem Leben willkommen geheißen hatten, waren die von Hanno und Betje gewesen. Sie hatten Cathrin auf die Welt geholt, während Hamburg brannte, so ging die Legende, und sich danach zum ersten Mal geküsst, unten im Treppenhaus.

Während Henning und Clara sich unter viel Planschen und Quieken in der Küche um den Abwasch kümmerten, zankten Finja und Levke sich spielerisch, und Hauke, gar nicht mehr der große Junge, der er eigentlich sein wollte, war auf die Knie seiner Mutter geklettert.

Eine der Katzen, die den Speicher bevölkerten, hatte durch ein Schlupfloch hereingefunden und strich maunzend um Cathrins Rocksäume, bis Cathrin sie auf ihren Schoß hob. Verstohlen beobachtete sie Hanno und Betje. Mit ihren Blicken, den Flüsterstimmen, schufen sie einen Raum nur für sich, nach fünfundzwanzig gemeinsamen Jahren.

Jede Ehe war anders. Die von Christian und Henny trottete in vertrauter Gewohnheit vor sich hin, während Ludger und Jette hauptsächlich darum kreisten, welches Bild sie als Familie nach außen abgaben, er erfolgreich, sie schön, die Kinder adrett und wohlerzogen. Bei Thilo und Katya hatte Cathrin immer an Zugvögel gedacht, die einander blind vertrauten und sich nie aus den Augen verloren, wohin der Aufwind sie auch trug.

Betje und Hanno aber waren wie ein Baum, der tief im Boden wurzelte, damit er sich umso weiter in den Himmel recken konnte, während er reiche Früchte trug.

Cathrins Augen trafen sich mit denen Gerrits, rauchblau wie die Sommernacht. Gegen das weiße Hemd, die grau gemusterte Weste glänzte sein Musketierbart wie Kupfer. Beide waren sie hier geboren, in dieser Wohnung, drüben im Schlafzimmer, im selben Bett, nur von anderen Müttern, unterschiedlichen Vätern, eineinhalb Jahre nacheinander.

Die Katze sprang davon, um vielleicht unterwegs ein Bröckchen aufzulesen und dann ihr wildes Leben auf den Dächern fortzusetzen.

Auch Cathrin stand auf. »Für mich wird es Zeit.«

»Willst du nicht lieber über Nacht bleiben?«, fragte Betje, den Haarschopf von Hauke streichelnd, der bereits mit glasigen Augen in einen seligen Halbdämmer gesunken war. »Platz haben wir doch genug.«

Cathrins Wangen wurden heiß. »Trude macht sich sonst Sorgen.«

Gerrit griff sich das Jackett über der Stuhllehne. »Ich bring dich nach Hause.«

Betjes Blick folgte ihrem Ältesten und Cathrin. Dieses Menschenkind, das sie bei seinen ersten Atemzügen im Arm gehalten hatte, noch bevor Hanno die Nabelschnur durchtrennte.

An die Schale einer Auster dachte sie bei Cathrin oft, so viel schimmerte nicht nur von Christian, sondern auch von Thilo bei ihr durch. Wo Katya sie geprägt hatte und Grischa und ihr Widerstand gegen Henny. Und doch war Cathrin eigen und unverwechselbar. Vielschichtiger, als sie auf den ersten Blick wirkte, mit schroffen Graten und scharfen Kanten.

»Was ist?«, fragte Hanno lächelnd und strich ihr eine Locke aus der Stirn.

Bis heute war er derjenige, der Betjes Haare flocht und mit Nadeln feststeckte, weil sie selbst es nicht konnte, mit nur einem Arm.

Noch immer war für ihn die Milchkanne halb voll statt halb leer, genau wie damals, als er noch ein Bursche von dreizehn Jahren gewesen war. Ganz selbstverständlich ging er davon aus, dass alle Dinge sich zum Guten wendeten. Darin glichen sie sich, Hanno und Gerrit, und meistens behielten sie damit auch recht.

Ihr Jüngster schlafschwer und rotwangig an sie geschmiegt, deutete Betje ein Kopfschütteln an.

Das Angebot des Kutschers, das Verdeck der Mietdroschke offen zu lassen, nahmen Cathrin und Gerrit gern an. Die Nacht war lau und roch nach Tang, Treibholz und Moos und sonnenwarmem Stein. Lichter spiegelten sich im Wasser, und durch die illuminierte Kulisse der Stadt bewegten sich menschliche Schattenrisse. Seitdem die Tore nachts nicht mehr versperrt wurden, war eine neue Freizügigkeit in Hamburg eingekehrt.

Cathrin unterdrückte ein Gähnen, seit fünf Uhr in der Frühe war sie auf den Beinen.

»Du reibst dich völlig für die Firma auf«, stellte Gerrit mit seinem satten Timbre fest.

»Du arbeitest doch auch viel.«

Der Anflug eines Lächelns ließ seinen Bart zucken. »Stimmt.«

»Wenigstens weißt du, wofür. Im Gegensatz zu mir.«

Auf Gerrit hatte von jeher ein Platz im Feinkosthandel gewartet. Sein Geburtsrecht wie das seiner Brüder und Schwestern, darin unterschieden die Reintjes-Kinder und Cathrin sich.

Gerrit sah sie aufmerksam an. »So schlimm?«

Cathrin zuckte mit den Schultern. Dass ihre erste Zeit im Unternehmen eine Bewährungsprobe sein würde, hatte sie geahnt. Nicht aber, wie viele Steine ihr vor die Füße geworfen wurden. Nachrichten, die sie zu spät oder gar nicht erreichten. Unterlagen, um die sie mehrfach bitten musste und die letztendlich unvollständig auf ihren Schreibtisch kamen. Neulich erst ein Umtrunk mit Kunden, der selbstverständlich in einem reinen Herrenclub stattgefunden hatte, weshalb Ludger sie nicht darüber in Kenntnis gesetzt hatte.

Möglich, dass solche Dinge in einer Firma dieser Größe einfach vorkamen. Oder Ludger hatte ihr ihre kleine Rebellion noch immer nicht verziehen.

»Mach's dir nicht so schwer, Cathrin«, sagte Gerrit in das Hufgeklapper und Räderknirschen hinein. »Du musst nicht über jedes Stöckchen springen, das sie dir hinhalten.«

Im Lauf der Jahre hatte Cathrin Pflanzen bestimmt

und in Alben gepresst, aus Steinfunden das Alter der Erde herausgelesen und unter dem Mikroskop Pantoffeltierchen und Algen aus Alster und Elbe studiert. Standesgemäße Beschäftigungen für eine junge Dame, ganz im Sinne ihrer Eltern, für Cathrin jedoch nicht mehr als ein Zeitvertreib, der ihren Wissensdurst stillte. Hätte sie sich der Malerei gewidmet wie Marie, der Musik oder der Poesie oder sogar der neuen Kunst der Photographie, hätte Christian sie vermutlich nach Kräften unterstützt, nicht nur finanziell.

Jetzt fühlte sie sich von ihm im Stich gelassen, und Cathrin war zu stolz, vielleicht auch zu klug, um sich zu beschweren oder um Hilfe zu bitten. Wo sie hinwollte, gab es keinen Platz für Schwäche, das sagte ihr der Instinkt.

Mit einem tiefen Ausatmen lehnte sie sich zurück. Die Nacht war zu schön, um sie mit halb trüben, halb zornerfüllten Gedanken zu verschwenden. Morgen würde sie sich wieder den Kopf darüber zerbrechen, irgendwann zwischen dem Aufstehen und der Fahrt ins Kontor.

Der Schein der Gaslaternen schälte Gerrits Gesicht aus der Dunkelheit. Züge von geradezu klassischer Männlichkeit, die allein schon ein Blickfang gewesen wären, durch das Kupferleuchten von Haar und Bart jedoch ein Signalfeuer, nach dem sich Köpfe drehten. Und welche Frau hegte nicht heimlich andere Gedanken bei einem Mann mit einer solchen Leidenschaft für gutes Essen und guten Wein.

Stumm musterten sie einander, Cathrin und Gerrit,

eng vertraut fast von der Wiege an. Das Haus am Kehrwieder mit seinen Treppen und dem Speicher war ihr Abenteuerspielplatz gewesen, der Kai des Binnenhafens ein noch unentdeckter Kontinent und die eng verwinkelten Gänge der Hinterhäuser ihr Piratenschiff, eine Ritterburg, ein fernöstlicher Palast. Tummelplatz für eine ganze Rasselbande, Cathrin die unangefochtene Anführerin, Gerrit ihr treuer Ritter.

Zusammen hatten sie allerlei Streiche ausgeheckt, sich gegenseitig Juckpulver aus Hagebuttensamen in den Kragen gestreut, begeistert die Knallerbsen vom Strauch um die Ecke platzen lassen und vorwitzig in die Wohnungen anderer Leute gespäht, auch als Halbwüchsige noch.

Dann war Cathrin erst mit Katya in Indien gewesen, und fast unmittelbar nach ihrer Rückkehr hatten ihre Eltern sie ins Pensionat nach London geschickt, nach Brüssel und Genf. Just als sie auch in Lausanne ihre Sachen vorzeitig packen musste, hatte Gerrit ebenfalls sein Bündel geschnürt, um vom süßen Leben in Paris zu kosten. Den Geschmack der Provence hatte er kennengelernt und den der Camargue, von Toskana und Lombardei und Venetien.

Bis ihn der Militärdienst heimgerufen hatte, in die Kaserne im Kornhaus, und Gerrit war zu stolz gewesen, zu sehr ein Hamburger Jung, um sich davon freizukaufen, wie es viele Bürgersöhne taten. Die Wehrpflicht noch nicht ganz abgeleistet, war er ins Feld gezogen, südlich des Mains, für Preußen gegen den Kaiser von Österreich. Erst seit letztem September war Gerrit zurück, ohne einen Schuss abgefeuert oder überhaupt je einen Feind zu Gesicht bekommen zu haben.

Seitdem war alles anders. So neu, dass sie noch keinen Namen dafür hatten. So frisch, dass sie noch niemandem davon zu erzählen brauchten.

Sanft strich Cathrin über die winzige, kaum sichtbare Kerbe in Gerrits Stirn. Eine Narbe, die er sich beim Toben auf dem Speicher oben geholt hatte, wie Cathrin bei einem Wettrennen auf dem Kai eine ganz ähnliche an ihrem Knie.

Nachdem Henny bei Jette alles richtig gemacht und in die Rolle einer Fürsorgerin für Marie hineingewachsen war, grämte sie sich umso mehr, wie sehr sie bei Cathrin vermeintlich als Mutter versagt hatte. Ihr zuliebe begleitete Cathrin ihre Eltern dann doch ab und an zu einem gesellschaftlichen Anlass, widerstrebend und das Mal an ihrem Hals von einem dünnen Schal, einem hohen Kragen kaschiert. Dabei blieb es nicht aus, dass die anwesenden Junggesellen um Cathrin herumstrichen, angezogen von ihrem ungewöhnlichen Aussehen wie auch dem Duft des Geldes.

Verlässlich verwechselten diese aber jedes Mal Cathrins schlanke Erscheinung mit Zerbrechlichkeit und den gelangweilten Perlschimmer ihrer grauen Augen mit scheuer Zurückhaltung. Denn Fräulein Cathrin Petersen war nicht für beiläufige Konversation oder einen spielerischen Flirt zu haben. Mit einem Wort oder auch nur einem Blick konnte sie dem Ego eines Mannes einen so empfindlichen Dämpfer versetzen, dass der betreffende Herr wie ein begossener Pudel das Weite suchte.

Um keinen dieser jungen bis mittelalten Herren war es bislang schade gewesen, darin waren Cathrin und Christian ausnahmsweise einer Meinung. Henny haderte dennoch weiter damit, dass ihre Jüngste offenbar nicht an den Mann zu bringen war.

Die letzten Lichter der Stadt verglommen hinter Cathrin und Gerrit. Auf diese Dunkelheit hatten sie gewartet, den ganzen Abend schon. Eng umschlungen ließen sie sich in die Nacht hinaustragen, geradewegs in die Sterne hinein. In einem langen Kuss, der nicht der erste war und auch nicht der letzte bleiben würde. Hinter dem verschwiegenen Rücken des Kutschers, im Grillenzirpen und dem Rauschen der Bäume am Elbufer.

9

Ludger Niebuhr verfolgte Jakobs Blicke durch den holzgetäfelten Salon, gewollt schummrig, mit Globus, Weltkarten und den strengen Buchrücken angenehm herb eingerichtet.

»Ist sicher das erste Mal, dass Sie in einem solchen Haus sind«, verkündete er jovial. »Gefällt es Ihnen?«

Jakob nickte gehorsam. Zweifellos war die Villa von Henny und Christian Petersen mit ihren dicken Teppichen und funkelnden Lüstern eindrucksvoll. Wo dienstbare Geister beiderlei Geschlechts bereitstanden, Hüte abzunehmen und feine Speisen aufzutragen und die Kristallgläser nachzufüllen; hier buk man sicher nicht mit Muckmandeln, vom Boden aufgesammelte Eicheln. Im Nachhinein war Jakob froh, dass er Grischas Angebot, ihm einen Anzug schneidern zu lassen und auf seine Kosten zum Barbier zu gehen, angenommen hatte.

Mit einem Auflachen beschäftigte sich Ludger Niebuhr weiter mit seiner Zigarre.

»Dann sollten Sie erst einmal unser Haus sehen!«

Jakob nippte an dem Hochprozentigen auf Eis, der ihm nicht besonders schmeckte, während Ludger Niebuhr die Anzahl der Zimmer, Flächenmaße und Deckenhöhen herunterratterte und die außergewöhnliche Lage und besondere Ausstattung herausstrich. Im Hintergrund verwoben sich die Stimmen und das Lachen von Christian Petersen und Grischa mit dem Klacken der Billardkugeln.

»Muss man sich natürlich alles leisten können«, schloss Ludger Niebuhr seine prahlerische Bestandsaufnahme.

Probehalber drehte er die Zigarre zwischen den Lippen, bevor er sie umständlich anzündete, dann genüsslich daran zu paffen begann.

Aus dem angrenzenden großen Salon waren die Stimmen der Frauen zu hören, eine Voliere lebhafter Singvögel, mit einer einzigen Nachtigall darunter, dunkler und melodischer als die anderen. Katya Petersen, Grischas Schwester, gerade erst aus Norwegen zurückgekehrt. Die Portieren aus schwerem Samt waren so weit zurückgezogen, dass Jakob sehen konnte, wie sie sich mit Marie über ein Buch beugte. Bei ihrem Anblick entspannte Jakob sich merklich; mehr als alle anderen hatte Katya ihm das Gefühl gegeben, in dieser Familie willkommen zu sein.

»Geschenkt bekommt man schließlich nichts«, sprach Ludger Niebuhr weiter. »Auch nicht bei uns in der Firma.«

»Verzeihung?« Jakob hatte ihm nur mit halbem Ohr zugehört.

Aus schmalen Augen taxierte Ludger Niebuhr ihn durch den Zigarrenqualm, strafend geradezu.

»Sie haben mich schon verstanden, junger Mann.«

Hilfesuchend blickte Jakob über die Schulter, wo Grischa ganz in seinem Spiel aufging und Christian Petersen lachend unter die Nase rieb, wie nahe er dem Sieg war.

»Rauchen Sie? Hier, greifen Sie ruhig zu.«

Nachdrücklich schob Ludger das Zigarrenkistchen näher zu Jakob. Als wollte er ihn auf die Probe stellen.

Jakobs Augen trafen sich mit denen Katyas. Noch auf die Entfernung konnte er erkennen, wie es darin auffunkelte, bevor sie Marie liebevoll über die Wange strich und sich erhob. Ihre schwarzen Röcke rauschten wie Wasser, als sie sicheren Schrittes in den Raum trat, der für die Männer im Haus reserviert war.

»Ich störe eure Unterhaltung nur ungern«, sprach sie Jakob an.

Auch in ihrer Stimme schwang noch schwach der kehlige Akzent mit, den er von Grischa kannte.

»Aber ich habe noch etwas Dringendes mit Ludger zu besprechen. Würdest du uns bitte entschuldigen?«

In aller damenhaften Würde nahm sie seinen Platz ein, und Jakob war frei.

Geräuschlos zog Jakob die Glastür zum Garten hinter sich zu. Die Hände in den Hosentaschen, legte er den Kopf in den Nacken und atmete tief durch. Ein Rest Sommerwärme hing noch in der Septembernacht, aber der rauchige Dunst des Herbstes war schon zu erahnen.

»Anstrengend, nicht wahr?«

Jakob musste nicht lange die Dunkelheit durchforsten.

Im Widerschein aus den Fenstern leuchtete Cathrins schlanke Figur auf den Stufen der Terrasse wie Mondlicht. Unsicher, was genau sie meinte, zögerte Jakob; Ludger Niebuhrs unverhohlenes Misstrauen saß ihm noch im Nacken.

Jenseits der Glasscheiben stießen Christian und Grischa mit ihren Gläsern an, bevor sie eine neue Partie begannen. Unterdessen schien Katya Ludger Niebuhr ins Gebet zu nehmen. Auf seiner Zigarre kauend, harrte er sichtlich unwillig auf seinem Platz aus; die bärbeißige Miene konnte nicht darüber hinwegtäuschen, dass seine Ohren glühten wie die eines ausgescholtenen Schulbengels.

Geradezu unwirklich erschien Jakob die Geschichte hinter diesen Personen, die er gerade erst kennenlernte. Wie Katya und Grischa als Kinder das Gehöft im Norden Russlands verlassen hatten, um in der Ferne ihr Glück zu machen. Ein Weg, der sie von Sankt Petersburg über die Nordmeere bis nach Hamburg geführt hatte, in den Gemischtwarenladen der Petersens, von wo aus sie ihren irrwitzigen Plan, das Eis des Nordens in die Tropen zu verschiffen, zum Erfolg geführt hatten.

Katya, weit gereist und weltgewandt, die als junge Frau sogar einen Winter in Grönland verbracht hatte, in der feindlichen Leere von Eis und Schnee, einer vollkommenen Abgeschiedenheit vom Rest der Welt. Grischa, der wie Wind und Regen war und nur dem Meer die Treue hielt. Und Christian, schlagfertig und einfallsreich, der mit blau blitzendem Blick und gewinnendem Lächeln sicher auch Eskimos noch Eiswürfel hätte verkaufen können.

»Als wären sie einem Märchen entstiegen«, sprach Jakob seinen Gedanken laut aus.

Über sich selbst verlegen, vergrub er die Hände tiefer in den Hosentaschen. Zu seiner Überraschung stimmte Cathrin ihm zu.

»Das sind sie auch. Legenden jetzt schon, zu Lebzeiten. Frag irgendwen in Hamburg nach den Eisbaronen, und sie werden dir die tollsten Geschichten über sie erzählen. Und keiner von uns braucht sich einzubilden, ihnen je das Wasser reichen zu können.«

In einem Zug leerte sie das Glas, das sie in der Hand hielt, wie um die Bitterkeit ihrer letzten Worte hinunterzuspülen. Offenbar mit Erfolg, was sie danach sagte, klang sanfter.

»Ich habe sie nie anders gekannt. Und trotzdem hatte ich immer das Gefühl, jeder von ihnen hat einen winzig kleinen Eissplitter in seinem Herzen stecken. Seit jenem ersten Winter, den sie alle vier in Norwegen verbrachten. Segen und Fluch zugleich.«

Jakob wandte den Kopf. Ludger Niebuhr war aus dem kleinen Salon verschwunden. Katya, Grischa und Christian diskutierten lebhaft miteinander, halb ernst, halb lachend. Drei funkelnde Eiskristalle, denen das Leben einen individuellen Schliff verliehen hatte.

Vier Eisbarone waren es einmal gewesen, Grischa hatte davon erzählt. Vielleicht hatte Jakob deshalb den Abend über das Gefühl eines Ungleichgewichts gehabt.

Wie eine Unwucht, um die die Gespräche, die Blicke am Tisch eierten. Ein blinder Fleck.

Er fragte sich, ob sich Cathrin deshalb hier heraus geflüchtet hatte; sie und Thilo waren ein Herz und eine Seele gewesen, auch das hatte Grischa erzählt.

»Mein Beileid zum Tod deines Onkels«, sagte er deshalb und verwünschte sich dafür, wie lahm es klang.

Den Kopf in den Nacken gelegt, blinzelte Cathrin zum Sternenhimmel hinauf.

»Danke«, würgte sie nach einer langen Pause hervor. Mit einem tiefen Atemzug richtete sie den Blick auf ihn. »Mein Beileid auch dir.«

Unvermutet scheu klang sie dabei.

Eine befangene Stille senkte sich zwischen sie, die sie offenbar mehr über den anderen wussten, als sie einander wirklich kannten. Seit ihrer ersten Begegnung hatte Jakob Cathrin nur ein paarmal zu Gesicht bekommen. Wann immer er Grischa ins Kontor begleitet hatte, war sie mit einem geschäftigen Nicken an ihm vorübergeeilt, in raschelnden Röcken und Gouvernantenbluse, die Wangen gerötet.

Cathrin griff zu der Flasche hinter sich, füllte das leere Glas und hielt es Jakob entgegen. Eine einladende Geste, die er schlecht ablehnen konnte. Er ging die Stufen hinab und setzte sich neben sie. Unter dem Rüschensaum ihres fließenden Kleides war sie barfuß, Schuhe und Strümpfe waren so liegen geblieben, wie sie sie abgestreift hatte.

»Grischa und Thilo standen sich sehr nahe, oder?«, fragte Jakob.

Verwundert sah Cathrin ihn an. »Wie kommst du darauf?«

Jakob hob die Schultern. »War mein Eindruck.«

Cathrin schüttelte den Kopf. »Nicht besonders. Sie kamen zwar gut miteinander aus, aber die besten Freunde waren sie nicht. Zwischen ihnen lag immer eine leichte Spannung in der Luft. Wahrscheinlich, weil sie so grundlegend verschieden waren.«

Davon hatte Grischa nichts erzählt. Jakob trank einen Schluck, der auf der Zunge kribbelte. Eine leichte Apfelnote schmeckte er heraus, vielleicht vom Champagner selbst, vielleicht eine Spur, die Cathrin auf dem Rand des Glases hinterlassen hatte.

»Und«, begann sie erneut, »wie gefällt es dir in unserem schönen Hamburg, Jakob Levgrün?«

Jakob drehte das Glas in den Händen. Verglichen mit Lüneburg war Hamburg eine Großstadt. Sogar die Pferde, die die Kutschen und Straßenbahnwagen zogen, waren langbeinig und schlank, nicht die massigen Kaltblüter, die er von zu Hause kannte, und auf der Alster verbanden Dampfschiffe die betriebsame Innenstadt mit den schicken neuen Vororten.

Um Jakobs Mund zuckte es.

»Warum tut ihr Hamburger eigentlich immer so, als gehörte euch der ganze weite Ozean und der Rest der Welt noch dazu? Dabei wohnt ihr doch ein tüchtiges Stück weit weg von allen Meeren.«

Cathrin brach in Lachen aus. Ein verblüffend raues und lautes Lachen hatte sie, ansteckend und süchtig machend.

»Wir Hamburger brauchen das Meer nicht vor der Tür, Jakob«, belehrte sie ihn nonchalant und nahm ihm das Glas ab, um es selbst leer zu trinken. »Wir haben die Elbe, die ist so gut wie jedes Meer. Und die Elbe bringt die Welt zu uns, so ist es immer schon gewesen.«

Schmunzelnd ließ Jakob sich Champagner nachschenken und deutete ein Naserümpfen an. »Und außerdem riecht es bei euch an allen Ecken und Enden angekokelt.«

»Das, lieber Cousin, ist der teure Kaffee aus aller Welt, der hier geröstet wird und Hamburg immer noch reicher macht.«

Das Glas wanderte von Hand zu Hand; mittlerweile fühlte sich Jakob fast so beschwipst wie Cathrin wirkte.

»Ludger glaubt, ich wäre auf Grischas Geld aus«, gestand er nach einer Weile.

Neugierig sah Cathrin ihn an. »Und, bist du es?«

Ein Grinsen flackerte über Jakobs Gesicht. »Ich hatte noch keine Zeit, ernsthaft darüber nachzudenken.«

»Ach, Ludger«, schnaubte Cathrin. »Ludger ist ein machtgieriger alter Sack.«

Jetzt war es Jakob, der loslachte, dunkel und dröhnend, und Cathrin stimmte mit ein.

Die letzten Gluckser noch in der Kehle, sahen sie sich lange an, ein Glühen auf dem Gesicht und ein Leuchten in den Augen.

»Amerika also?«, fragte Cathrin dann weich.

Jakob gab einen zustimmenden Laut von sich, und Cathrin versetzte ihm einen kumpelhaften Stoß mit dem Ellbogen.

»Worauf wartest du dann noch?«

Jakob wusste es selbst nicht. Immer wieder zog es ihn in den Hafen, einfach nur, um dort zu stehen und die Schiffe zu betrachten und seine Gedanken umherstreifen zu lassen. Mit einer Mischung aus Neid und Bewunderung beobachtete er die Menschen, die mit ihrer wenigen Habe den Sprung ins Ungewisse wagten. Jedes Mal schnürte es ihm dann den Magen zusammen, vor Reisefieber oder Aufregung oder Angst, schwer zu sagen.

Möglich, dass Grischa sein Zögern gespürt und ihm deshalb heute beim Frühstück angeboten hatte, ihm eine Zeit lang im Kontor über die Schulter zu schauen, als Grundlage für seine eigenen Geschäfte später in Amerika. Solange er wollte.

Jakob wandte den Kopf zu der erleuchteten Säulenfassade. Bei der Vorstellung, ein solches Haus einmal sein Eigen zu nennen, wurde ihm vollends schwindlig.

Sein Blick fing sich an den Glastüren zum großen Salon. Wie von einem Goldschimmer umgeben, saßen Henny Petersen und ihre Tochter Jette beisammen. Verwöhnte Prinzessin die eine, Königin wider Willen die andere, in ihrer ganzen mütterlichen Üppigkeit, das hatte er im Lauf des Abends ein paarmal über die beiden gedacht. Marie hatte noch immer das aufgeschlagene Buch auf den Knien und fuhr unablässig mit den Fingerspitzen über die gedruckten Zeilen, als läse sie mit ihrer Haut. Dieses sonderbar stille Geschöpf, das bei Tisch nur an ihren Portionen gepickt und Jakob unentwegt angestarrt hatte.

»Nimm meiner Mutter das Gedöns vorhin nicht übel.« Cathrins Flüsteratem strich über seinen Hals. »Sie kann nicht anders, als es allen immer recht machen zu wollen. Und sie ist selbst am unglücklichsten, wenn sie feststellen muss, dass sie es wieder einmal übertrieben hat.«

Um Jakobs Mund zuckte es. Als er sich der Hausherrin mit vollem Namen vorgestellt hatte, war ihre größte Sorge gewesen, nichts Koscheres auftischen zu können.

Jakob hatte sie perplex angesehen. Er wusste kaum etwas über seine Vorfahren, seine Mutter hatte nie viel darüber gesprochen. Nur dass sein Stammbaum so tief an der Ostsee verwurzelt war wie Grünkohl und Sanddorn, das hatte sie erzählt, und es hatte ihn nie danach verlangt weiterzugraben.

Sein gemurmeltes *schon in Ordnung* als auch die Beschwichtigungsversuche von Grischa und der übrigen Familie hatten es für Henny Petersen allerdings nur noch schlimmer gemacht.

»Tu ich nicht«, erwiderte Jakob sanft.

Fremd fühlte er sich unter diesen Leuten, und doch war er über Grischas Blut, das in seinen Adern floss, mit ihnen verbunden, ob er wollte oder nicht.

Drinnen blickte Marie auf, und obwohl Jakob wusste, dass sie ihn hier im Dunkeln nicht erkennen konnte, schien sie geradewegs zu ihm hinzusehen. Ihre Mundwinkel hoben sich, und ein Lächeln breitete sich auf ihrem Gesicht aus, verklärt und hoffnungsfroh.

Unwillkürlich lächelte Jakob zurück.

10

Die ersten Blätter an den Bäumen hatten sich verfärbt, umso augenfälliger, je weiter der Wagen Christian aus der Stadt hinaustrug. Ein blasses Gelb im staubigen Grün, das einem weismachen konnte, es wäre noch mitten in einem heißen und trockenen Sommer. Der Nachmittag leuchtete jedoch schon bernsteinfarben über der Elbe. Septemberlicht, fließend wie Honig und herbsüß vor Wehmut.

Christian stieg aus dem Wagen. Überlaut raschelten Kies und dürres Laub unter seinen Schritten, die Stille des Friedhofs eine grüne Kathedrale; sogar die Vogelstimmen klangen weit entfernt, zart und zaudernd.

Fast ein halbes Jahr war Thilo jetzt tot. Dass Christian es verwunden hätte, wäre zu viel gesagt, er hatte sich nur daran gewöhnt. Wie er sich damals als Junge daran gewöhnt hatte, dass seine Mutter und seine kleine Schwester nicht mehr da gewesen waren.

Thilos Grabstein kam in Sicht, und Christian blieb stehen. Korb, Schaufel und Pflanzenschere neben sich, kniete Katya am Grab, in ihre Gärtnerarbeit vertieft und mit einem Ausdruck blanker Verlassenheit, den sie im

Kontor nie an den Tag legte. Wie ein Eindringling kam Christian sich vor.

Katya hob den Blick. Was auf ihrem Gesicht aufschien, war nicht ganz ein Lächeln, aber freundlich genug, dass er näher trat.

»Wie geht es dir?«, fragte er.

Katya atmete tief durch. »Es muss.«

Sie fuhr damit fort, welke Blätter und tote Blüten zu entfernen.

Damals, Katya war noch nicht lange in Hamburg gewesen, hatte Thilo Blumentöpfe für sie bepflanzt, weil sie das Grünen und Blühen vor dem Fenster vermisste. Christian hingegen war nichts anderes eingefallen als Speckseiten und Käse und Bonbons, um das schöne russische Mädchen zu umgarnen.

»Er war der Beste von uns«, sagte er leise.

Schweigend beugte Katya sich tiefer über die Pflanzen.

»Trägt Grischa sich mit dem Gedanken, Jakob in die Firma zu holen?«, setzte Christian erneut an.

Fast ärgerlich rupfte Katya ein Unkraut heraus.

»Warum fragst du mich das?«

Die Hände in den Hosentaschen, grub Christian mit der Schuhspitze eine Rinne in den weichen Boden.

»Wir wissen ja nun recht wenig über diesen jungen Mann. Wo genau er herkommt. Was seine Absichten sind. Ob er überhaupt das Zeug dazu hat. Ohne rechte Ausbildung, nach ein paar Handlangerdiensten hier und da.«

»Bei Grischa hat dich das damals auch nicht gestört.«

Die große weite Welt hatte der junge Russe an jenem

Wintertag in den Gemischtwarenladen gebracht. Den Hauch des Abenteuers und den Traum von einer glänzenden Zukunft. Ein frischer Wind, gewürzt mit dem Salz des Meeres, von dem sich Christian begeistert hatte mitreißen lassen. Er fragte sich, wo dieser Christian von damals abgeblieben war mit seinem Leichtsinn, seiner himmelsstürmenden Zuversicht.

»Das war etwas anderes, damals.« Er hörte selbst, wie hohl es klang.

In Katyas Augen blitzte es auf, mit jenem zärtlichen Spott, der ihr zu eigen war.

»Cathrin kennst du ihr Leben lang, und trotzdem willst du sie nicht in der Firma haben.«

Wie ein Wirbelwind fegte Cathrin auch nach Katyas Rückkehr noch durch das Kontor und die auf mehrere Speicherhäuser der Stadt verteilten Lagerräume. Cornelius Overbeck begegnete ihrer unerschöpflichen Wissbegier mit stoischer Würde, aber die anderen Angestellten murrten über die Unruhe, die Cathrin in den laufenden Betrieb brachte, und über ihre naseweise Art.

»Sie ist nicht aus deinem Holz geschnitzt.«

»Sie ist deine Tochter, Christian«, wandte Katya ein. »Eine echte Petersen durch und durch. Und die einzige Nachfolgerin, die du haben wirst.«

Keiner seiner Fehler, keine Schwäche war jemals Katyas scharfem Blick entgangen, und nie hatte sie dabei ein Blatt vor den Mund genommen. Dafür schätzte er sie, und doch hatte er sich genau davor in Hennys weiche und ewig verzeihende Arme geflüchtet.

»Irgendwann müssen wir alle loslassen«, fügte Katya leise hinzu. »Das habe ich inzwischen gelernt.«

Du hast mich das gelehrt, hörte er heraus.

Vierzig Jahre war es her, dass Katya ihrem Bruder nach Hamburg gefolgt war. Ein Rabenmädchen mit russischem Akzent, eine Schwanenprinzessin aus dem hohen Norden. Vierzig Jahre, in denen sich zwischen ihnen zerstörte Träume und Hoffnungen und verletzte Gefühle aufgehäuft hatten. Eine Last, die für mehr als ein Menschenleben gereicht hätte und ausgehärtet war wie ein Gletscher.

»Wir reden immer nur über das Geschäft«, stellte er fest.

»Ach, Christian.« Mit einem Seufzen sammelte Katya das Werkzeug in den Korb und stand auf. »Es gibt doch auch sonst nichts mehr zu sagen.«

Christian sah ihr nicht nach. Unbeweglich harrte er am Grab aus und fragte sich, warum er hergekommen war. Was seinen Bruder einmal ausgemacht hatte, gab es nicht mehr, nirgendwo. Wie alles sich einmal auflösen und verwehen würde.

Seine Hand legte sich auf den polierten Marmor, der Thilos Namen trug, die dürren Daten von Leben und Tod, Anfang und Ende.

Vielleicht stellte man deshalb Grabsteine auf die letzte Ruhestätte. Um die Illusion zu wahren, dass wenigstens etwas auf dieser vergänglichen Welt Bestand hatte. Damit diejenigen, die noch da waren, Halt finden konnten, und sei es nur für den Moment.

Immer zwei Stufen auf einmal nehmend, eilte Cathrin die Treppen zum Kontor hinauf, ihren Rock mit einer Hand gerafft und einen Stapel Zeitungen und Zeitschriften unter dem anderen Arm.

Cathrin las viel. Nicht nur die aktuellen Nachrichten aus aller Welt, sondern auch *Harper's Weekly* und *Godey's Lady's Book,* die sie sich aus Amerika kommen ließ. Denn in Amerika spielte die Musik der Zukunft, da waren sie und Ludger ausnahmsweise einer Meinung. In Amerika gab es sogar schon Hochschulen für Frauen, und genauso progressiv waren auch die Zeitschriften dort. Einflussreich zeigten sie sich noch dazu, nachdem *Godey's* Hochzeiten in Weiß populär gemacht und sogar erreicht hatte, dass Thanksgiving zum Nationalfeiertag geworden war.

Mit den bedruckten Seiten, die eine weite Reise hinter sich hatten, eröffneten sich neue Horizonte für Cathrin. Weitaus mehr als durch die zwar liberale, aber eben doch gutbürgerliche und zunehmend nationalistische *Gartenlaube* aus Leipzig.

Dass Katya wieder ihren angestammten Platz im Unternehmen eingenommen hatte, machte Cathrin nicht allzu viel aus. Sie war vollauf zufrieden mit der Dachkammer, die eigentlich einen Teil des Archivs beherbergte, nun aber auch ein eigenes kleines Büro für Cathrin. Jetzt hatte sie wieder mehr Zeit, um mit wachen Sinnen und neugierigem Verstand durch die Stadt und den Hafen zu streifen. Immer auf der Suche nach etwas Neuem, noch Unbekanntem, das ein gutes Geschäft bedeuten könnte. Nach einer Marktlücke, die sich zu füllen lohnte.

Die Zeit, in der sie ihre Tante in der Firma vertreten hatte, war nur ein Vorgeschmack auf das gewesen, was noch kommen würde, die Sitzung heute, in der über Cathrins Aufnahme in die Firma entschieden werden würde, reine Formsache. Wahrscheinlich hatten die Eisbarone schon darüber abgestimmt oder waren gerade in diesen Augenblicken dabei. Cathrins Herz schlug einen freudigen Takt.

Schwungvoll trat sie in den Vorraum des Kontors. Mitten hinein in das ausgelassene Stimmengewirr der Buchhalter, von männlichen und weiblichen Schreibkräften.

»Ah, Cathrin«, rief Ludger, ein fast leeres Glas in der Hand. »Du kommst gerade rechtzeitig. Glückwunsch an dich und Jakob. Künftig werdet ihr Seite an Seite eure ersten Sporen im Unternehmen verdienen.«

Es spielte keine Rolle, was Katya ihr zuraunte. Dass Grischa ihr ein Glas brachte und wie sich ein Leuchten in die Augen ihres Vaters stahl, als er mit ihr anstieß.

Cathrin sah nur Jakob, der sich mit einem verlegenen Grinsen und roten Ohren von Cornelius Overbeck auf die Schulter klopfen ließ. Aus dem Stand an dem Punkt der Karriereleiter angelangt, den Cathrin sich gegen alle Widerstände erkämpft hatte. Womöglich hatte er sogar an dieser Sitzung heute teilnehmen dürfen.

An einen jungen Raben hatte Jakob sie anfangs erinnert, der zögerlich herumsprang, weil er seinen neuen

Flügeln noch nicht traute. Jetzt glich er einem Kuckuck, der sich ganz selbstverständlich ins gemachte Nest hockte, mit breiter Brust und scharfem Schnabel.

Am liebsten hätte Cathrin das volle Glas an die Wand geschmettert.

Jakob ließ sich an dem Tischchen nieder, das einer der Angestellten soeben in die Dachkammer getragen hatte. Viel zu klein war es, als dass er einigermaßen bequem daran saß; wo allerdings künftig der Schreibtisch Platz finden sollte, dem man ihm versprochen hatte, war ihm ein Rätsel.

Beklommen sah er zu Cathrin, die mit zornigen Bewegungen in einem der Schränke kramte. Was in ihr vorging, war nicht schwer zu erraten. Er, ihr neu gewonnener Cousin, war ihr ab heute gleichgestellt, ohne auch nur einen Finger gerührt zu haben, während sie schon monatelang im Unternehmen mitarbeitete. Und jetzt zwängte er sich noch mit in das winzige Büro, das sie bislang ihr Eigen hatte nennen können.

»Ich will dir deinen Platz im Unternehmen nicht streitig machen«, versicherte er.

Fünf Jahre älter war sie. Fünf Jahre, die sie ihm an Lebenserfahrung voraushatte. Ungleich mehr Jahre, die sie Zeit gehabt hatte, in das Geschäft hineinzuwachsen. Lächerlich kam es ihm deshalb vor, überhaupt in einen Wettstreit zu treten.

»Ich bin nur vorübergehend hier, Cathrin«, beteuerte er. »Bis ich gelernt habe, wie man Geschäfte macht.«

Der schnelle Seitenblick verriet, dass sie ihm kein Wort glaubte.

Cathrins Name fiel ihm ins Auge, sorgsam gleich auf mehrere Buchrücken geschrieben, daneben die Namen ihrer Schwestern, allesamt mit Jahreszahlen versehen. Jakob brauchte einen Moment, bis bei ihm der Groschen fiel. Logbücher, natürlich, er erinnerte sich daran, wie Grischa ihm die *Cathrin* im Hafen gezeigt hatte. Ein stolzer Klipper, der durch seine windschnittige Bauweise und Besegelung derzeit noch jedes Dampfschiff um Längen hinter sich ließ. Was für ein Gefühl mochte es wohl sein, eines der Flaggschiffe der Firma nach sich benannt zu wissen?

Womöglich machte Jakob sich etwas vor. Nur ein Narr würde eine solch glänzende Zukunft ausschlagen, wie sie ihm auf dem Silbertablett unter die Nase gehalten wurde. Diese Chance zu nutzen war sein gutes Recht. Genauso gut wie das Cathrins, auch wenn er nur der uneheliche Sohn war.

»Wir sitzen doch im selben Boot«, bemühte er sich weiter. »Ludger will uns beide nicht in der Firma haben.«

Cathrin erstarrte über den Seiten, die sie eben noch flink durchgeblättert hatte. Angestrengt flatterten ihre Wimpernbögen.

»Wir sitzen keineswegs im selben Boot«, entgegnete sie dann. »Ludger misstraut dir, weil du Knall auf Fall in Grischas Leben getreten bist. Er wittert in dir einen Hochstapler, der es auf unser Vermögen abgesehen hat. Mir dagegen nimmt er einzig und allein übel, dass ich eine Frau bin. Das ist ein himmelweiter Unterschied. Du hast die Möglichkeit, Ludger vom Gegenteil zu überzeugen. Ich aber kann mein Geschlecht nicht einfach ablegen oder mir ein anderes überstreifen.«

Einen Stoß Akten in den Händen, drehte sie sich abrupt um.

»Du willst etwas über das Geschäft lernen? Hier, fang damit an!«

Lautstark landete der Stapel vor Jakob.

Geraume Zeit blickte Jakob zwischen den Akten und Cathrin hin und her, die sich hinter ihren Schreibtisch zurückgezogen hatte. Ihrerseits in Papiere vertieft, hielt sie ihr Gesicht mit der Hand abgeschirmt. Unglücklich wirkte sie, auf eine Art, die mit seinem eigenen Unbehagen verwandt schien.

Mit einem unhörbaren Seufzen zog er den Stapel zu sich heran.

II

Eisfall

Voroninvatnet, 1870

Eisfall, deutsch, auch Gletscherbruch oder Eisbruch; *icefall*, englisch; *ledopad;* russisch.

Der Teil eines Gletschers, der über ein Gefälle hinweg abbricht. Ein Sturz ins Chaos, bei dem das Eis in alle Richtungen bricht und aufreißt, sich zu Abgründen spaltet und in gefährlich instabilen Trümmern aufbäumt.

11

Jakob streckte seinen schmerzenden Rücken. Seine gerade noch warmen Atemwolken fielen kühl in sein Gesicht zurück; die Luft über dem zugefrorenen See knackte förmlich vor Kälte.

Dies war nicht der Winter, den er aus Lüneburg kannte, zuckerbestäubt und reifverkrustet. Auch der Winter, den er in Hamburg erlebt hatte, war anders. Der Himmel bleiern, der Schnee schwer und schnell grau vom Ruß der Stadt.

Das hier war eine blendend weiße Wüste, hinter der die Welt zu Ende schien. Von einer Klarheit, einer Schärfe, die keinen Raum für Zwischentöne ließ. Mit einer Unerbittlichkeit, die Menschen zu Staubkörnchen schrumpfte und keinen Fehler oder auch nur einen falschen Schritt verzieh. Auch nach fast zwei Monaten in Norwegen konnte Jakob nicht anders, als diesem eisigen Landstrich hier mit ehrfürchtigem Staunen zu begegnen.

Ein Schneeball traf ihn hart an der Schulter.

»Maulaffen feilhalten kannst du woanders«, rief Cathrin.

Breitbeinig stand sie auf dem Eis, in Männerhosen

und einer dicken Jacke, die Pelzkappe tief in das gerötete Gesicht gezogen. Wie eine Polarforscherin oder ein weiblicher Trapper irgendwo in der Wildnis, keck und mit allen Wassern gewaschen.

»Aye, Captain«, erwiderte Jakob zackig.

In Cathrins Augen blitzte es schelmisch auf, und während sie beide den nächsten Schnitt im Eis machten, grinste Jakob in sich hinein.

Mütze und Handschuhe von sich geworfen, ließ Jakob sich auf den verschneiten Boden fallen und rieb sich mit zwei Handvoll Schnee über das glühende Gesicht. Eine Wohltat; unter seinen warmen Sachen war er nass geschwitzt, und frische Blasen pochten auf den Innenseiten seiner Hände.

Das Eis des Sees zu ernten war eine Knochenarbeit, sogar für einen jungen und starken Mann wie ihn. Wie viel härter und kräftezehrender musste es dann erst für die Männer sein, die weiter im Landesinneren das Eis für *Petersen & Voronin* bargen, wo es noch kälter war, das Gelände unwegsam.

Hinter ihm trat Cathrin aus der Hütte, die sie für sich allein hatte, und reichte ihm einen der beiden dampfenden Becher.

»Ist während der Eisernte wie Medizin«, erklärte sie, als sie sich mit gekreuzten Beinen neben Jakob niederließ. »Das sagt Katya immer.«

Der Kaffee war pechschwarz und so stark, dass er Jakobs Herzschlag zum Stolpern brachte.

»Da sitzen wir nun«, verkündete er nach den ersten Schlucken. »In Ungnade gefallen und verbannt.«

Cathrin nickte. »Auf dass wir unsere Lektion lernen und niemals vergessen.«

Ihre Blicke kreuzten sich, von wissender Ironie und geradezu verschwörerisch.

In der Enge der Dachkammer war es nicht ausgeblieben, dass Jakob mitbekam, wie Cathrin monatelang an einer neuen Idee für das Unternehmen tüftelte. Die feierliche Einweihung des Suezkanals, endlich in greifbare Nähe gerückt, hatte den Ausschlag gegeben. Das Mammutprojekt, das Mittelmeer und Rotes Meer verband, verkürzte nicht nur den Seeweg nach Asien um einen ganzen Monat. Es versprach auch der bislang eher abgelegenen Region regen Zulauf von Händlern und Durchreisenden und einen nie da gewesenen wirtschaftlichen Aufschwung.

Eifrig hatte Cathrin die Nachrichten studiert, mit Tristan den Kopf zusammengesteckt, wenn dieser ins Kontor kam, und über den Mustern gebrütet, die sie sich bei Händlern in der ganzen Stadt besorgte. Norwegisches Eis von *Petersen & Voronin* sollte künftig in den Gläsern der Luxushotels und Paläste von Kairo und Alexandria klingeln, und im Gegenzug plante Cathrin, ägyptische Baumwolle einzukaufen und Rosenöl aus der Türkei. In erster Linie jedoch interessierte sie sich für Kaffee aus Arabien und vom Horn von Afrika.

Nur kleine Mengen würden sie beziehen können, mehr gab der Anbau dort nicht her. Ein streng limitiertes und entsprechend teures Luxusgut schwebte Cathrin dabei vor, das aus der Masse brasilianischen Kaffees herausstach, der hierzulande die Tassen füllte. Noch exquisiter als der Kaffee, den *Petersen & Voronin* bislang aus Indien und Java importierte. Sogar die Markennamen und Werbetexte hatte Cathrin schon dafür skizziert und die Überlegung angestellt, den Kaffee frisch geröstet und in Tüten verpackt den Kunden nach Hause liefern zu lassen.

Und dann, ein paar Tage, bevor Cathrin ihr Vorhaben am runden Tisch hatte vorstellen wollen, war es Ludger gewesen, der dieselbe Idee zur Sprache gebracht hatte.

»Danke«, sagte Cathrin jetzt leise, »dass du mir den Rücken gestärkt hast.«

»Nicht der Rede wert.«

»Doch. Das war mächtig anständig von dir.«

Jakob schwenkte den Rest Kaffee im Becher umher. Selbstredend hatte er sich hingestellt und bezeugt, dass Cathrin bereits geraume Zeit an ihrem Entwurf gearbeitet hatte, das war das Mindeste gewesen. Sein Wort war allerdings kein Beweis dafür, dass Ludger in Cathrins Schreibtisch gestöbert und ihre Idee für seine ausgegeben hatte, genauso wenig wie Cathrins Unterlagen selbst. Solche Geschäfte lagen gerade in der Luft, hatten die drei Eisbarone in salomonischer Weisheit befunden und die Lorbeeren sowohl Cathrin als auch Ludger zugesprochen.

»Ich wünschte, ich hätte mehr tun können«, murmelte Jakob.

Einen Vorgeschmack darauf hatte er erhalten, wie es in einem solchen Unternehmen zuging. Ein Schachern um Macht und Einfluss, ein Ringen um den kleinsten gemeinsamen Nenner und taktische Winkelzüge, die Jakob Unbehagen bereiteten.

»Die ganze Zeit«, ließ Cathrin sich leise vernehmen, »versuche ich, mir zu sagen, dass es darauf nicht ankommt. Hauptsache, wir machen dieses Geschäft, und wir machen es so, wie ich es vor Augen hatte. Es genügt mir aber nicht.«

Nachdenklich wischte sie mit dem Daumen Kaffeetropfen vom Becherrand, grimmig die Brauen gerunzelt.

»Am meisten wurmt mich der Gedanke«, sprach sie dann weiter, »dass es womöglich Ludger sein wird, der mit meinem Vater nach Kairo fährt. Seine langjährige Geschäftserfahrung, sein Verhandlungsgeschick hin oder her … Es war meine Idee, ich sollte dabei sein, ich habe es genauso verdient. Ich will auch die Pyramiden sehen. Wer will denn nicht ein Mal im Leben zu den Pyramiden und der Sphinx? Stattdessen verbannen sie mich in den Norden.«

Erfahrung im Eis sollten sie hier sammeln, Cathrin und Jakob. Vielmehr schien es aber darum zu gehen, über den Winter Abstand von Ludger zu gewinnen, davon war Jakob überzeugt.

»Du machst deine Sache hier gut«, bemerkte er.

Anmaßend von ihm, das überhaupt beurteilen zu wollen, als Neuling im Eis. Und doch bewunderte er die sichere Art, mit der Cathrin zum ersten Mal allein die

Aufsicht über die Eisernte hier am See führte, während Grischa die in den Bergen leitete.

»Mir wäre wohler, Katya wäre mit hier«, gestand Cathrin. »Ich habe nicht ihr Gespür für das Eis.«

Einige Herzschläge lang sann sie vor sich hin, bevor sie tief durchatmete, als müsste sie eine Last von sich abwerfen.

»Wenn ich ehrlich bin«, fuhr sie dann fort, »kann ich dem Eis nicht sonderlich viel abgewinnen. Für mich ist Eis einfach Eis.«

Jakob gab einen kleinen Laut der Sympathie von sich.

»Als ich noch klein war«, erwiderte er, »erzählte meine Mutter, Grischa habe den Wind und den Frost in den Knochen. Wie einen Regenmacher habe ich mir meinen Vater vorgestellt, einen Wolkenbeschwörer und Sturmbezwinger. Ich war überzeugt, ich könnte genauso den Wind zähmen oder ein Gewitter an einem heißen Sommertag herbeizaubern. Wenn ich nur fest genug daran glaubte.«

Da saßen sie, an diesem zugefrorenen See, mit dem für die Eisbarone alles erst so richtig begonnen hatte. Ein Erbe, das wie eine Bürde auf den Schultern von Jakob und Cathrin lag. Für Jakob war es vermutlich leichter, er hatte nicht sein ganzes Leben mit dieser Last verbracht.

Ein paar Monate hatte er in Hamburg bleiben wollen, zweieinhalb Jahre waren daraus geworden. Schnell hatte er festgestellt, dass er nicht das charmante Fingerspitzengefühl eines Christian Petersen besaß, wenn dieser einen potenziellen Käufer durch das Stofflager führte. Nicht die mal polternde, mal listige Selbstherrlichkeit eines Ludger Niebuhr, die offenbar nötig war, um in Geschäften einen guten Schnitt zu machen. Umso mehr bewunderte Jakob, wie Grischa sowohl seinen Angestellten als auch den Kunden auf Augenhöhe begegnete, freundschaftlich geradezu, und die von Fachwissen bestimmte Autorität Katyas; daran wollte Jakob sich ein Vorbild nehmen.

Manchmal kam er sich tatsächlich wie ein Hochstapler vor, der vorgab, eines Tages ein findiger Geschäftsmann zu sein. Es war Grischa, der ihn fortwährend ermunterte, geduldig zu bleiben und darauf zu vertrauen, dass er seinen eigenen Weg finden würde, genau wie er selbst früher als junger Mann.

Bis dahin war Jakob zufrieden, ein kleines Rädchen im reibungslos tickenden Mechanismus des Unternehmens zu sein, Buchhaltung und Rechnungswesen zu lernen, Steuersätze und Zollbestimmungen. Wo Kaffee und Gewürze, Leinen und Kattun und Musselin herkamen, wie man sie herstellte und was sie so besonders machte. So wie er hier in Norwegen etwas über das Eis lernte, auf das sich der Wohlstand von Grischa Voronin und den Petersens gründete.

»Ich bin trotzdem gern hier«, hörte er Cathrin sagen. »Mir war immer bewusst, wie privilegiert ich aufgewachsen bin. Und genauso, dass man echten Reichtum nicht mit Geld kaufen kann. Dass die einfachsten Dinge die wertvollsten sind. Gutes Essen. Ein Becher heißen und starken Kaffees in der Kälte. Ein frisch bezogenes Bett.

Der Ruf der Schnee-Eule und das gläserne Licht eines Frostmorgens. Das habe ich nicht nur bei Thilo und Katya gelernt, sondern auch von Silja in Tromsø und von den Leuten hier im Eidfjord.«

Jakob verstand, was sie meinte. Da war etwas an diesem Winter, das alles Unnütze, Überflüssige und Aufgesetzte abspaltete und nur übrig ließ, was echt und wahrhaftig war.

Cathrin selbst schien aus dem Stoff dieses Winters gemacht. Mit ihrem scharfen Blick, einer bestechend klaren Unterscheidung von Richtig und Falsch. Im Einklang mit dieser rauen Gegend schien sie zu sein, genauso unverfälscht und fordernd, nichts für Hasenherzen. Und dennoch war es genau hier, dass sie eine verblüffend andere Seite zeigte, leicht und verspielt wie tanzende Schneeflocken, ihr Gesicht offen wie der weite Himmel.

Einzigartig war sie. Sogar in dieser Familie von starken und eigenwilligen Charakteren, allen voran die Frauen. Auch gerade Henny Petersen, die sich oftmals hilflos und geradezu naiv gab, aber genau zu wissen schien, wie sie damit alle um sich herum zu ihren Gunsten manipulierte. Besonders Christian Petersen, der dann seine ganze Aufmerksamkeit auf sie richtete, auf fürsorglich nachsichtige Weise. Als würde sie ihn stets an eine alte Schuld erinnern.

Dieses Weihnachten hatten sie sich nicht allesamt zu Gänsebraten in der Petersen-Villa in Hamm eingefunden; dieses Weihnachten hatten sie bei eingesalzenen Lammrippchen und gestampften Rüben gefeiert, in einer gemütlichen Runde am Tisch von Silja Guðmundsdóttir, unter den Nordlichtern am Polarkreis.

Eifersüchtig hatte Jakob über jeden Blickwechsel, jedes Wort und jede Geste zwischen Magnus und Grischa gewacht. Bis er begriff, dass sein doppelt so alter Halbbruder einfach mehr Zeit gehabt hatte, Grischas Sohn zu sein. Genau wie Jakob es zuvor bereits mit Tristan und Aurora erlebt hatte, Tristan mittlerweile verheiratet und selbst Vater. Wann immer Jakob daran dachte, dass er nochmals einen Bruder, eine Schwester in Indien hatte, wurde ihm vollends schwindlig im Kopf.

Eine weit verzweigte Sippe, die über Blutlinien hinausreichte. Faszinierend für Jakob, der allein bei seiner Mutter groß geworden war, der Stiefvater so spät, so wortkarg in sein Leben getreten, dass er Jakob bis zum Schluss wie ein Gast vorgekommen war, der einfach nur vergessen hatte abzureisen.

Kannst ja mal schreiben, hatte der Stiefvater zum Abschied gebrummt, als Jakob mit geschultertem Seesack auf die Tür zugegangen war. In einem Tonfall, der Jakob zu verstehen gab, dass der Stiefvater keinen großen Wert darauf legte und auch genau wusste, dass Jakob nicht mehr von sich hören lassen würde.

Womöglich war Jakob deshalb so lange in Hamburg geblieben. Um seine Wurzeln kennenzulernen, bevor er sich selbst auf die andere Seite der Welt verpflanzte.

Mit der einfallenden Dämmerung zog ein ungemütlicher Wind auf. Jakobs Beine fühlten sich steif an, die Finger taub, und trotzdem lockte ihn nicht einmal das

Feuer vor dem Holzhaus der Männer oder das deftige Aroma des Eintopfs. Er wollte einfach weiter hier sitzen bleiben, neben Cathrin.

Dampfend drängten sich die Rentiere am Seeufer zusammen. Lejo, das Oberhaupt der Leute vom Eidfjord, hatte noch einmal nach den Tieren gesehen und stapfte jetzt durch den Schnee heran. Das Gesicht nach bald fünfzig Lebensjahren verwittert wie Firnschnee und Silberfäden im Flachsblond, rief er Cathrin und Jakob etwas zu.

»Was hat er gesagt?«, fragte Jakob, der gerade erst dabei war, die hiesige Mundart zu lernen.

»Dass wir uns noch den Hintern abfrieren«, lautete Cathrins rustikale Antwort.

Lachend stellten sie sich auf die Beine, klopften sich den Schnee aus den Kleidern und stampften mit den Füßen auf, um wieder etwas Wärme zirkulieren zu lassen.

»Ich wünschte, du hättest Harri und Birra noch kennengelernt«, sagte Cathrin dann leise und mit unverhohlener Wehmut. »Die beiden waren so etwas wie Familie für Katya und Grischa. Sie hätten dich gemocht. Nicht nur, weil du Grischas Sohn bist.«

Jakob schwieg verlegen. Ein feines Knistern, ein zartes Klirren irgendwo über ihm war eine willkommene Ablenkung. Den Kopf in den Nacken gelegt, fragte er sich, ob die massiven Eiszapfen oben am Dachgiebel heute Morgen auch schon da gewesen waren.

Einen blinzelnden Augenblick lang sah es fast so aus, als ob die glänzenden Spitzen unter dem Wind erzitterten.

Ein scharfer Laut peitschte durch die Luft, und Cathrin stürzte sich auf ihn. In einem Knäuel aus Armen und Beinen schlug Jakob rücklings auf, just als Eiszapfen neben ihm wie Geschosse in den Schnee hagelten.

Wie betäubt lag er da, unfähig, sich zu rühren, und nicht nur, weil Cathrin erstaunlich schwer auf ihm lastete. Ihr Gesicht war seinem so nahe, dass er ihren Atem schmeckte, wie Kaffee und saftig grüne Äpfel. Unter den Eiskristallwimpern schimmerten ihre Augen hell wie Sterne, sogar noch im rasch schwindenden Licht des Tages. Ein Lächeln entfaltete sich zwischen Cathrin und Jakob, zittrig und ungläubig; mit jedem Luftholen schienen sie tiefer ineinander zu versinken.

Jäh riss etwas in Cathrin. Die Stirn zornig gefurcht, ruderte und strampelte sie gegen ihn an, bis sie sich hochgestemmt hatte und in großen Schritten davonhastete. Die Tür, die sie hinter sich zuschlug, ließ weitere Eiszapfen in den Schnee herabschießen wie Fallbeile.

Benommen setzte Jakob sich auf und tastete über seine Brust. Überzeugt, einer der Eiszapfen hätte ihn getroffen, mitten ins Herz.

12

Jedes Mal, wenn Cathrin aus dem Eis zurückkehrte, überraschte sie der Frühling in Hamburg. Vor wenigen Tagen war sie noch im Eidfjord mit rot gefrorener Nase durch den Schnee gestapft, an Bord des Frachters durch eine stahlgraue und von einem eisigen Wind aufgewühlten Nordsee gepflügt, und hier brachen schon die Knospen auf, zeigte sich das erste Grün, vom Wechselspiel aus Märzsonne und Frühlingsregen aus der Reserve gelockt.

Im Lagerraum von *Petersen & Voronin* herrschte jedoch noch immer der Winter, den sie mit den aufgetürmten Eisblöcken aus Norwegen mitgebracht hatten. Einer von insgesamt drei Speichern, die das Unternehmen sein Eigen nannte, jeder davon wie ein Haus der Jahreszeiten. Vom kalten Eislager in den unteren Stockwerken zum rauchigen Herbstduft von Kaffee und Tee auf den Speicherböden darüber, von den Gewürzen eines Tropensommers bis hin zu der ganzen Palette an Frühlingsfarben, in denen die Stoffballen leuchteten.

Eine der dicken Jacken übergezogen, die vor der Tür stets griffbereit am Haken hingen, und ein Klemmbrett in den behandschuhten Händen, zählte Cathrin stumm die gefrorenen Blöcke, die mittels eines Flaschenzugs von der Spitze des torfummantelten Eisbergs herabgelassen wurden.

Dick gefütterte Arbeitshandschuhe trugen auch die Männer, die sich die Blöcke nacheinander zureichten und schließlich durch die Luke an der Wasserseite des Speichers in einen der Kähne umluden. Über das Nikolaifleet würde das Eis den Hafen erreichen, von wo aus es seine Reise nach Indien antrat, nach Singapur und Java oder Hongkong.

Eine monotone, mühselige und langwierige Prozedur, bei der ihnen nichtsdestoweniger die Zeit im Nacken saß. Kein Tropfen Schmelzwasser mehr als nötig sollte entstehen, und der Platz hier wurde gleich wieder gebraucht; jeden Tag konnte Grischa mit dem Eis aus den norwegischen Bergen eintreffen. Abzüglich des kleinen Anteils, der unmittelbar aus dem Eidfjord nach London verschifft wurde, um ein paar besonders finanzstarke Kunden sofort zu beliefern, sollte der überwältigende Rest dieses tiefgekühlten und damit äußerst haltbaren Eises hier lagern. Bis es sich im Juli auf den weiten Weg nach Australien machen würde, rechtzeitig für den heißen und trockenen Sommer dort. Noch auf Seglern alter Schule, weil es auf dem Weg dorthin nicht genug Kohlestationen gab; auf dem Rückweg würden sie Wolle und Schaffelle geladen haben.

Cathrin war aufmerksam bei der Sache. Eis mochte für sie einfach nur Eis sein, aber es war der größte und gewinnträchtigste Posten in den Bilanzen. Das Fundament der Firma, so stark und solide wie die Grundmauern dieses Speichers, den die Eisbarone seinerzeit aus den Brandruinen wieder hochgezogen hatten.

Mit halbem Auge sah sie Jakob zu, wie er bei den Eisblöcken mit anpackte und vor der Abfahrt eines jeden Kahns kontrollierte, ob der schützende Strohmantel des Eises nicht irgendwo auf der glatten Oberfläche abgerutscht war.

Cathrin mochte die Art, mit der er den Arbeitern begegnete, freundlich und nie herablassend. Mit einer Autorität, die nicht daher zu rühren schien, dass er der Sohn eines der Firmengründer war, sondern weil seine Aufgabe schlicht darin bestand, das Verfrachten des Eises zu überwachen.

Einer der Arbeiter gab eine flapsige Bemerkung von sich, und das Lachen, das Jakobs Gesicht erhellte, ließ auch Cathrin schmunzeln.

Eine eigentümliche Mischung aus Unwillen und kribbelnder Neugierde auf Jakob hatte sie aus Norwegen mitgebracht; eine Empfindung, auf die sie sich keinen rechten Reim machen konnte.

Die Tür hinter Cathrin öffnete sich, und Christian steckte den Kopf herein.

»Hast du einen Augenblick?«

Cathrin runzelte die Stirn. Im Allgemeinen respektierte man im Unternehmen die Arbeit jedes Einzelnen und störte nur, wenn es wirklich wichtig war und keinen Aufschub duldete. Cathrin hatte nicht einmal gewusst, dass ihr Vater hier im Speicher an der Neuen Burg zu tun hatte, sie hatte ihn im Kontor geglaubt, im Stammhaus bei den Mühren. Unwillkürlich fragte sie sich, ob er sie sprechen wollte, weil ihr ein grober Schnitzer unterlaufen oder aber etwas passiert war. Ein Schiffsunglück, ein Börsencrash, die ans Licht gekommene Unterschlagung eines Mitarbeiters.

»Sicher«, entgegnete sie bedrückt. »Jakob, könntest du mich bitte kurz ablösen?«

Als sie ihm das Klemmbrett übergab, flossen ihre Atemwolken ineinander.

Christian schloss die Tür zum Lagerraum hinter sich und Cathrin. Hier unten im Stiegenhaus waren die Mauern unverputzt und ließen den roten Backstein sehen, der zu Hamburg gehörte wie Elbe und Michel.

»Was gibt es denn?«, fragte Cathrin betont salopp, aber mit einem nervösen Flattern in der Magengegend.

»Ich habe mir überlegt …«, begann ihr Vater.

Mit einer Unschlüssigkeit, die ihm sonst fremd war, nahm er die Aushänge auf dem Schwarzen Brett in Augenschein, den Zeitplan für die Lieferungen und die Sicherheitshinweise. Aufmerksam sah Cathrin ihren Vater an, während sie die Handschuhe abpellte und auf ihre Finger hauchte; trotz des Lammfellfutters waren ihre Hände klamm und steif.

»Vielleicht solltest du mit nach Kairo«, sagte er schließlich unvermittelt. »Was meinst du?«

Ganz nebensächlich hatte er es vorgebracht, als ginge es um eine Einladung bei den Amsincks oder Godeffroys, um einen Besuch des Pferderennens in Horn.

Cathrins Herz schlug höher, für einen Augenblick vergaß sie sogar zu atmen. Anmerken ließ sie sich nichts davon, sie reckte nur selbstbewusst das Kinn.

»Auf jeden Fall sollte ich das.«

In den blauen Augen ihres Vaters blitzte es auf. Wie belustigt darüber, dass sie sich weder überschwänglich bedankte noch ihm um den Hals fiel.

»Gut. Dann lasse ich für dich ebenfalls eine Passage buchen.«

Mit einem knappen Nicken wandte er sich um und lief die Treppen hinauf, immer zwei Stufen auf einmal nehmend, wie es seine Art war.

Erst als er außer Hörweite war, erlaubte Cathrin sich einen leisen Freudenschrei und wirbelte um ihre eigene Achse, bevor sie mit Schwung die Tür zum Lagerraum aufriss.

13

Die Tür zu der kleinen Wohnung hatte sich gerade erst geöffnet, Cathrin kaum den Schritt über die Schwelle gemacht, als sie schon ihren Hut und die pralle Tasche fallen ließ und die Arme um Gerrit schlang. Die Wange gegen seine Schulter gepresst, badete sie in seinem Geruch, den sie so lange vermisst hatte, nach Wäschestärke und wie Zimt und Ingwer. Ein halbes Jahr lang hatten sie einander fast nur zwischen Tür und Angel gesehen.

»Du bist ganz nass«, murmelte er in ihr Haar, von südlicher Sonne milchweiß gebleicht.

»Es regnet«, erwiderte sie genauso leise. »Juniregen.«

»Ich weiß.« Sie konnte hören, wie er schmunzelte. »Regnet es an Sankt Barnabas, schwimmen die Trauben bis ins Fass.«

Lachend sahen sie einander ins Gesicht, bevor er sie bei der Hand nahm.

»Komm.«

Die feuchten Schuhe abgestreift, saß Cathrin mit Gerrit auf der Decke, die er auf den Bodendielen ausgebreitet hatte; ein Picknick in der Stube, während der Hamburger Regen außen an den Fenstern hinabrann. Bei Wein und Käse, geräuchertem Schinken und Melone erzählte Gerrit von belgischen Pralinen und französischem Cidre, von Jakobsmuscheln und Hummer an der wilden Küste der Bretagne und von den Champagnersorten, die er in lieblichen Flusstälern gekostet hatte.

Cathrin indes schwärmte von gebratenen Okraschoten in Kairo und von Zuckerzeug aus Mandeln, Pistazien und Aprikosen, während sie die Tasche voller Mitbringsel ausleerte. Seidenschals und Glasperlen und Fläschchen duftender Öle für Gerrits Schwestern, für Jordis Kopstede und ihre Mädchen; magische Geduldsspiele für die Jungen, ein Lederfutteral für Fietes Werkzeug und klebrige Süßigkeiten. Auf den *souqs* der Stadt bei bärtigen Händlern erhandelt, die mit Willkommensgesten zu Malventee einluden, das Feilschen um den Preis offenbar mehr Zeitvertreib und eine Frage der Ehre denn wirtschaftliche Notwendigkeit.

»Am Ende machst du uns noch Konkurrenz«, neckte Gerrit sie, während er sich durch Kardamom, Sternanis, Nelken und getrocknete Minze schnupperte, die sie ihm mitgebracht hatte.

Gekonnt blasiert hob Cathrin die Brauen. »Oder ich werde künftig euer wichtigster Lieferant.«

»Oder das«, gab Gerrit mit zuckendem Bart zurück.

Für Betje und Hanno hatte Cathrin ein Schachspiel gekauft. Genau so eines, wie es die Männer in ihrer Mitte hatten, die bei Mokka und Wasserpfeife vor den Kaffeehausern Kairos zusammensaßen. Manchmal, zu vorgerückter Stunde, hatten sich die Schachspieler in

Musiker verwandelt, ihre Lieder von einer solchen Melancholie, einer unerfüllbaren Sehnsucht, dass Cathrin wohlige Schauder den Rücken hinabliefen.

In Kairo spielte es keine Rolle, welches Jahr man gerade schrieb oder sogar welches Jahrhundert. In diesem Irrgarten aus himmelhohen Torbögen und Mauern aus Kalkstein, Mosaiken aus blauen und weißen Fliesen und geschnitzten Türen. Wo sich Wäscheleinen von einem überhängenden Balkon zum nächsten spannten und Kupferwaren und bunte Glaslaternen Regenbogenlichter auf die Gasse warfen, die Luft gewürzt von Spezereien und Gesottenem und Räucherwerk. Zwischen farbenprächtigen und perlenglitzernden Stoffen, kostbaren Schatullen und Perlmutt glich jede Werkstatt eines Gold- oder Silberschmieds, eines Obsidian- und Alabasterschnitzers der Schatzhöhle Ali Babas, von der Cathrin so lange geträumt hatte.

Auf den Ellbogen gestützt und die Beine von sich gestreckt, hatte Gerrit die mitgebrachten Kaffeebohnen durch die Finger gleiten lassen, während er zuhörte. Jetzt legte er das Päckchen zur Seite und setzte sich auf. Eine Hand auf Cathrins Nacken, zog er sie wortlos zu sich heran.

Das hatte Cathrin am meisten vermisst. Diese endlosen Küsse und wie Gerrits bärtiger Mund über ihre Haut strich, während sie spielerisch miteinander rangelten und rauften, Knöpfe aufsprangen und Säume hochrutschten.

»Halt«, raspelte Gerrit irgendwann heiser. »Cathrin, halt.«

Cathrin hörte nicht auf ihn. Der heiße Hunger, den sie in diesem Jahr aus dem Eis mitgebracht hatte, war übermächtig und verwandelte ihr Innerstes in schmelzendes, tropfendes Wachs. Umso fester schlang sie ein Bein um Gerrit, packte ihn bei den Haaren und grub herausfordernd die Zähne in seinen Hals.

Gerrit ergriff ihre Hände und drückte sie zu Boden. Sein ganzes Gewicht musste er aufbieten, um Cathrin zum Stillhalten zu zwingen, einen fiebrigen Glanz in seinen Augen, ein trunkenes Lächeln um den Mund.

»Wenn ich dir jetzt schon ein Kind mache«, raunte er atemlos, »jagt mich dein Vater mit Schimpf und Schande aus der Stadt. Und meine Mutter hilft ihm vermutlich dabei.«

Das Lachen blieb Cathrin im Hals stecken, etwas in seiner Stimme irritierte sie. Fragend blinzelte sie zu ihm hinauf, plötzlich zahm und fast scheu.

»Lass uns heiraten«, sagte er.

Die Beine im Sessel unter sich gezogen, starrte Cathrin in die Flammen.

Es fühlte sich falsch an, im Juni vor dem prasselnden Feuer im Kamin zu sitzen, eine Tasse Tee in den Händen. Und doch war es genau das, was sie jetzt brauchte. An diesem Tag, an dem der Regen eine unzeitige Dämmerung mit sich gebracht hatte, der natürliche Lauf der Jahreszeiten wie aufgehoben schien. Nachdem sie vor Gerrit davongelaufen und in einer Mietdroschke nach Teufelsbrück geflüchtet war.

Lange hatten sie und Katya geredet. Auf einen Rat hatte sie gehofft, auf eine einfache Antwort.

Stattdessen schärfte sich einen langsamen Wimpernschlag nach dem anderen das Bild, das Cathrin von ihrer Familie hatte. Einen tiefen dunklen Wald sah sie jetzt vor sich, über Jahrzehnte gewachsen und windumtost. Hinter jedem Baum schienen heimliche Leidenschaften und enttäuschte Gefühle zu lauern, jederzeit konnten Äste brechen und blutige Wunden ritzen, das tückische Unterholz einen ins Straucheln bringen. Und trotzdem schlug man sich weiter durch, es gab keinen anderen Weg.

Beim nächsten Schluck sah sie zu Katya, die auch im vierten Jahr noch an ihrem Trauerschwarz festhielt. Die erste große Liebe von Cathrins Vater, wie Grischa Thilos erste Liebe gewesen war. Dennoch hatten Thilo und Katya zueinander gefunden und sich nie wieder losgelassen. Auch wenn ihr gemeinsamer Weg alles andere als geradlinig verlaufen war.

»Warum bist du trotz allem bei Thilo geblieben?«, wollte Cathrin wissen. »Wegen der Firma?«

»Die Firma«, wiederholte Katya nachdenklich. »Unser guter Ruf. Weil du dann da warst und uns beide brauchtest. Einzeln oder zusammengenommen sicher alles gute Gründe. Und doch hätte mich nichts davon abgehalten, meine Sachen zu packen und zu gehen, wenn ich es gewollt hätte.«

»Wolltest du das je?«

Katya nickte.

»Ein Mal war ich so weit, ja. Ich wollte alles hinter mir

lassen und irgendwo neu anfangen. Mit einem anderen Mann. Ich hatte sogar schon die notwendigen Vorbereitungen getroffen, mir meine Anteile auszahlen zu lassen.«

»Und dann?«

Katyas Blick verlor sich im Feuer. »Dann kam es doch nicht dazu.«

»Wie du das sagst, klingt es, als wäre die Firma ein Dämon, der einem alle irdischen Wünsche erfüllt, aber einen dafür lebenslang in Ketten hält.«

Das Lächeln ihrer Tante fiel spöttisch aus.

»So kann es einem vorkommen. Wen sie einmal verschlingt, den gibt sie nicht so leicht wieder frei.«

Mit einem langgezogenen Ausatmen ließ Cathrin den Kopf an der Sessellehne ruhen.

Es könnte so leicht sein. Niemand würde von ihr erwarten, dass sie sich als Gerrits Frau hinter den Herd zurückzog, das hatte er selbst so gesagt, das hatte Betje als seine Mutter ihm vorgelebt. Hoch erhobenen Hauptes könnte Cathrin den täglichen Kleinkrieg mit Ludger hinter sich lassen und all ihr Wissen, ihre Ideen und Energie in den Feinkosthandel stecken.

Nur war es nicht das, was Cathrin wollte. Cathrin wollte *Petersen & Voronin*, nichts anderes.

Womöglich sogar mehr, als sie Gerrit wollte.

Katya schenkte Cathrin und sich selbst nach. Behutsam stellte sie die Teekanne wieder ab.

»Christian würde es nie aussprechen, vielleicht ist er sich dessen noch nicht einmal bewusst … Aber genau deshalb ist er dagegen, dass du unsere Nachfolge antrittst. Weil er dich davor bewahren will, dich von den Geschäften auffressen zu lassen und dabei dein eigenes Glück zu verpassen.«

Überlaut drang das Ticken der Uhr auf dem Kaminsims zu Cathrin durch. Sogar das Rauschen des Regens draußen war plötzlich von hektischer Dringlichkeit.

Worauf warten wir denn noch?, hatte Gerrit gefragt. *Es sind doch schon fast drei Jahre.*

Cathrin wusste nicht, worauf sie noch wartete. Als reichlich spätes Mädchen wurde sie inzwischen betrachtet, mit achtundzwanzig Jahren. In den Augen von Nachbarn und Bekannten war eine Heirat oder wenigstens das Anzeichen einer Verlobung überfällig, neue Kunden und Lieferanten im Kontor schlingerten bei ihr hilfesuchend zwischen *Fräulein* und *Frau*. Und immer häufiger hing die unausgesprochene Frage nach einem unsichtbaren Makel in der Luft. Nach einem Defekt.

Während Gerrit mit sechsundzwanzig Jahren gerade ins allerbeste Mannesalter kam, ihn jedes weitere Jahr als Junggeselle nur noch begehrenswerter machte. Das sah sie jedes Mal in den Augen der Frauen und jungen Mädchen, wenn sie einen Abstecher nach Altona in den Laden machte oder an Gerrits Seite über den Jungfernstieg flanierte, mit ihm im Alsterpavillon saß, sie zusammen durch den Botanischen Garten spazierten oder den Sonntag im Zoologischen Garten mit seinem Meerwasseraquarium verbrachten.

»Hattest du je das Gefühl«, fragte Cathrin zaghaft, »die Zeit wäre dein Feind?«

In Katyas Augen blitzte es auf. »Fast mein ganzes Leben. Als Mädchen konnte ich es nicht erwarten, eine Frau zu werden. Die Liebe wollte ich erleben und war doch so lange noch zu jung dafür. Und als ich endlich alt genug war, legte mir die Zeit einen Stein nach dem anderen in den Weg. Mit verpassten Chancen, falschen Augenblicken, ihrem widersprüchlichen Verlauf.«

Einige Herzschläge sann sie nach. Als sie weitersprach, klang ihre Stimme dunkler als sonst.

»Nie jedoch habe ich die Zeit als unerbittlicher empfunden als damals, als ich vergeblich darauf wartete, dass mir ein Mann ein eigenes Kind schenken würde. Mit jedem Jahr, das verstrich. Mit jedem Monat. Ich habe lange gebraucht, um mich damit auszusöhnen.«

Dass ihre fruchtbaren Jahre gezählt sein würden, wusste Cathrin. Und trotzdem war ihr der Gedanke an ein Haus voller kleiner Cathrins und Gerrits so fern wie Mars und Venus.

»Ich hatte dennoch großes Glück in meinem Leben«, hörte sie ihre Tante leise sagen. »Meine Ehe mit Thilo machte einen Teil dieses Glücks aus. Mein Seelengefährte war er, mit niemandem sonst hätte ich lieber all diese Jahre verbracht. Und der Preis, den es dafür zu zahlen galt, war nicht zu hoch.«

Cathrin dachte an Grischa, der seine Lieben so leichtherzig und unbekümmert auskostete wie alles andere im Leben, während Thilo seiner heimlichen Leidenschaft nur im Verborgenen nachgegeben hatte, mit Katyas Segen.

Cathrin erinnerte sich noch gut daran, wie gelöst und mit einem stillen Glück in den Augen Thilo von seinen Reisen nach Paris und Venedig und Rom zurückkehrte und Katya danach umso mehr auf Händen trug. Damals für Cathrin ein Ausdruck ihrer tiefen Verbundenheit, eines wechselseitigen Vertrauens, machte ihr diese Erinnerung im Rückblick das Herz schwer.

»Ich weiß nicht, ob ich das gekonnt hätte«, murmelte Cathrin.

»So etwas kann man im Voraus auch nicht wissen. Aber irgendwann weiß man es«, erwiderte Katya sibyllinisch. »Deshalb habe ich dir davon erzählt.«

Der Regen rauschte draußen weicher herab, kaum zu unterscheiden vom Wind, der durch die Bäume strich, oder dem Fließen der Elbe.

Cathrins Gedanken wanderten zu Jakob. Ausgerechnet.

Ihr Cousin, der ihr im Kontor und den Lagerräumen die längste Zeit wie ein junger Hund an den Fersen gehangen hatte, sogar noch diesen Winter im Eis. Die unverhohlene Bewunderung, mit der er zu ihr aufsah, hätte ihr schmeicheln müssen, stattdessen war sie ihr lästig gewesen, ein permanentes Jucken zwischen den Schulterblättern. Jakob war doch noch ein halber Bursche, gerade einmal zweiundzwanzig Jahre alt, und ihr Rivale noch dazu, das hatte Cathrin keineswegs vergessen. In ihm den kleinen Bruder zu sehen, den sie nie gehabt hatte, war ihr Weg gewesen, sich auf halbwegs freundschaftlichen Fuß mit ihm zu stellen.

Dann hatte sie ihn zur Seite gestoßen, um ihn vor den herabstürzenden Eisnadeln zu bewahren, und war mit ihm zu Boden gegangen. Ein Moment des Schocks, für sie beide. Jäh war Cathrin bewusst geworden, wie sehr dieser Bursche bereits ein Mann war; überdeutlich hatte sie es fühlen können. Eine plötzliche Hitze war unter den dicken Schichten aus Leder, Wolle und Pelz zwischen ihnen aufgeschossen, und Flämmchen waren über Cathrins Rückgrat getanzt. Tief hatten Jakobs Augen blicken lassen, in ein raues und ungezügeltes Begehren hinein.

Cathrins Wangen glühten immer wieder auf, wenn sie daran zurückdachte, und sie wickelte sich tiefer in das Schultertuch, das Katya ihr geliehen hatte.

»Das bedeutet es für mich, eine Ehe einzugehen«, fuhr Katya fort. »Das Versprechen hochzuhalten, das man einander gegeben hat. Den anderen nicht fallen zu lassen, ungeachtet seiner Fehler und Schwächen. Sich immer wieder neu füreinander zu entscheiden und sich nicht beirren zu lassen, wenn sich die Gefühle verändern mit den Jahren. Kein Mensch kann einem anderen alles sein, weißt du. Wie manche Sehnsüchte im Leben ein unerfüllbarer Traum bleiben.«

Das Lächeln, das sich auf Katyas Gesicht abzeichnete, erhellte den abendlich dämmrigen Raum.

»Wähle deinen künftigen Ehemann mit Bedacht, Cathrin. Nicht jede große Liebe, jede feurige Leidenschaft taugt für eine gute Ehe. Das ist der einzige Rat, den ich dir geben kann.«

Lass es uns wenigstens offiziell machen, hatte Gerrit

gedrängt. *Wir gehen gleich hoch und sagen es ihnen. Es ahnen ohnehin schon alle, dass wir zusammen sind.*

Worte, die in Cathrin nachhallten wie der Knall einer zugeschlagenen Tür.

»Weiß Christian davon?«, fragte sie, um sich auf andere Gedanken zu bringen. »Von Thilos anderem Leben?«

Katya schüttelte den Kopf. »Ich glaube nicht. Thilo wusste auch nicht alles über deinen Vater. Wir haben alle eine geheime Seite, die wir niemandem zeigen.«

Cathrin nickte. Nicht klüger und auch nicht weiser nach diesen langen Stunden, nur erschöpft und verschwindend klein angesichts der weitreichenden Entscheidung, die sie zu treffen hatte.

Bittend streckte sie die Hand nach ihrer Tante aus.

»Kann ich heute Nacht bei dir bleiben?«

14

Henny Petersen war schon zu Bett gegangen. Als sie unten im Haus Stimmen zu hören glaubte, zog sie doch noch einmal ihren Morgenrock über. Mit suchenden Blicken tapste sie durch das Haus, das sie nachts sanft beleuchtet hielten; Marie schlief manchmal schlecht und wanderte dann durch die Flure, um sich zu beruhigen.

Vor der Tür zu Mathilde Pohls Zimmer blieb Henny kurz stehen und horchte. Bis ihr einfiel, dass das Bett ihrer Mutter leer war, die Erinnerungsstücke an ein langes Leben teils an Jette weitergegeben, teils auf Hennys Kommode oder auf dem Dachboden verstaut.

Im Salon versanken Hennys bloße Füße im weichen Teppich. An einem der Fenster zeichnete sich die Silhouette Christians ab.

»Ist Cathrin noch immer nicht zu Hause?«, erkundigte Henny sich besorgt.

»Sie bleibt heute Nacht in Teufelsbrück. Der Stallbursche ist hergeritten, um uns Bescheid zu sagen.«

»So spät noch? Bei diesem Wetter?«, empörte sich Henny. »Da jagt man doch nicht einmal einen Hund vor die Tür. Der arme Kerl!«

»Ach komm, der Regen hat doch schon vor geraumer Zeit nachgelassen. Und der Bursche ist womöglich froh, mal ein paar Stunden in der Stadt zu verbringen. Wahrscheinlich haut er gerade irgendwo in einer Spelunke sein Trinkgeld auf den Kopf.«

»Umso schlimmer. Nur weil das feine Fräulein Tochter wieder einmal seinen Kopf durchsetzen muss.«

Christian seufzte müde, doch Henny ließ nicht locker.

»Sie kommt und geht, wie es ihr gerade passt, Christian. Die Leute reden schon, dass sie immer noch so rastlos umherfliegt wie eine Möwe über dem Fleet. Mit bald dreißig Jahren!«

»Dann lass die Leute reden. Du und ich wissen doch, dass Cathrin nichts als die Arbeit im Kopf hat.«

»Das ist es ja gerade!«

Die unrühmliche Wahrheit war, dass Henny ihre jüngste Tochter beneidete. Jette war eine bessere, eine verfeinerte Version ihrer selbst, Marie ihr Sorgenkind. Cathrin jedoch leuchtete so hell wie der Mond. Wäre Henny jemals so gewesen, hätte sie die Nächte durchgetanzt und sämtliche Männer um den Finger gewickelt. Stattdessen vergrub Cathrin sich zwischen torfummantelten Eisblöcken, Kaffeesäcken und Bilanzbüchern, ihre besten Jahre schon längst verschenkt.

»Das haben wir allein Katya zu verdanken«, fügte Henny hinzu.

»In der Tat«, entgegnete Christian ruhig. »Wir haben allen Grund, Katya dankbar zu sein. Sie war es schließlich, die unsere Tochter großgezogen hat.«

Hennys alte und nie verheilte Wunde. Nichts, aber auch gar nichts schien sie zu Cathrin beigetragen zu haben. Der Umstand, dass sie diejenige gewesen war, die Cathrin neun Monate in sich getragen, in die Welt hinausgepresst und an ihrer Brust genährt hatte, fast vergessen.

Ganz und gar Katyas Tochter war sie geworden, genauso eigenwillig und weltgewandt. Weil Henny nicht in der Lage gewesen war, mit ihrem eigenen Kind fertigzuwerden.

»Immer nimmst du Katya in Schutz!«

»Das ist nicht wahr, und das weißt du auch.«

Beide wussten sie, dass das nicht stimmte.

Ein Mal war ihm Katya wichtiger gewesen als alles andere. Das eine Mal, als Henny mit Cathrin in den Wehen lag, ein Kind, das sie nach zwei schweren Geburten eigentlich nicht hätte haben können und vor allem nicht hätte haben sollen. Der Geburtsschmerz war nichts gewesen gegen die Angst, mit jeder Wehe näher auf den Tod zuzutreiben. Umso fester hatte sie sich an ihren Schwiegervater Arno geklammert, dankbar für Thilos unerschütterliche Ruhe und die Tatkraft von Betje und Hanno, die doch selbst noch halbe Kinder gewesen waren.

Während Christian in die brennende Stadt gelaufen war, um nach Katya zu suchen.

Was aus ihm zweifellos einen Helden machte, aber auch einen Ehemann, der seine Frau in der Stunde der Not im Stich ließ. Nichts hatte er seither unversucht gelassen, um dafür Abbitte zu leisten, und doch saß der Stachel noch immer tief, so großmütig Henny auch sein wollte.

Ihre Augen liefen über.

»Entschuldige. Seit Mutter …«

Wie ein dürrer Grashalm war die greise Mathilde Pohl immer weiter verkümmert und schließlich einfach verweht, mit fast neunzig Jahren. Gerade mal einen Monat war es her, Christian war noch mit Ludger und Cathrin in Kairo gewesen. Seitdem trug Henny ein kummervolles Ziehen im Bauch mit sich herum, bei dem ihr manchmal geradezu übel wurde.

Christian schloss sie in die Arme.

»Es tut mir leid, dass ich nicht hier war.«

Sich an Christian zu schmiegen, schlank und sehnig wie eh und je, machte vieles wieder gut. Wie es das in Christians Nähe immer schon getan hatte. Seit jenem Frühsommertag im Gemischtwarenladen, als Henny siebzehn gewesen war, eher drollig als apart und ständig von ihrer Mutter bekrittelt. Und Christian, der gut aussehende und charmante Christian Petersen, den alle Mädchen auf dem Kehrwieder haben wollten, hatte ihr gesagt, dass sie hübsch aussah.

»Geh zurück ins Bett«, murmelte er in ihre blonden Locken hinein, deren Ergrauen Henny sorgfältig mit Zitronensaft aufzuhalten versuchte. »Ich komme auch gleich.«

Henny hielt ihn einen Augenblick länger fest als nötig. Endlich befreit von den drohenden Schatten einer Empfängnis, einer Geburt, hatte eine neue Zärtlichkeit zwischen ihnen Einzug gehalten, im gemeinsamen Schlafzimmer.

»Lass mich nicht zu lange warten«, wisperte sie.

Christian harrte dennoch weiter am Fenster aus. Obwohl er wusste, dass er nicht mehr nach einem Wagen Ausschau halten brauchte, der Cathrin nach Hause bringen würde.

Nie hatte er sie glücklicher gesehen als in Ägypten. Wenn sie mit geschürzten Röcken durch den Nil gewatet war, der ein grünes Band durch die Wüste zog, und als sie auf Kamelen zu den Pyramiden und der Sphinx ritten, die Sonne geheimnisvoll verschleiert von Dunst und Staub.

Offenbar hatte es diese Reise in den Orient gebraucht, damit Christian seine Tochter zur Gänze sehen und begreifen konnte. Ein glänzender Diamant war sie und mehr als bereit, die Welt für sich zu erobern.

Im Lauf dieses Jahres hatte er den Staffelstab endgültig an Ludger übergeben und sich aus der Firma zurückziehen wollen, nun hatte er sich anders besonnen. Auf eigentümliche Weise fasziniert und berührt davon, Cathrin im Kontor zu beobachten und einzugreifen, sollte es nötig werden.

Nicht allein ihr helles Haar hatte sie zu einem Magneten auf den *souqs* von Kairo gemacht. Es war die Art, wie sie mit wachen Sinnen alle Eindrücke aufsog und den Menschen dort mit einem offenen Lachen begegnete, ihr Englisch und Französisch rasch mit den ersten Brocken Arabisch durchsetzt, die sie sich dort angeeignet hatte. Wie sehr sie ihm dabei ähnelte, fast so, als hätte sie sich das eine oder andere bei ihm abgeschaut, war eine kleine Eitelkeit, die er sich erlaubte.

Genau so war Christian damals über den Basar von Madras gestreift, mehr als drei Jahrzehnte war es her. Berauscht vom Erfolg und davon, das gerade erst erworbene Vermögen gleich wieder mit vollen Händen auszugeben, für Seide und Kattun, Federn und Felle, für Kaffee und Gewürze. Ein Rausch, der sich bis tief in die Nacht fortsetzte, während er Katya im Arm hielt und ihr ein Versprechen gab, das er am Ende doch nicht halten konnte.

Manchmal stellte er sich vor, wie es gewesen wäre, hätte er sein Wort nicht brechen müssen. Darin lag die große Tragik des Menschseins, dass es immer nur ein einziges Leben zu leben gab. Die blauäugige Ahnungslosigkeit der Jugend, die Reue der Älteren und Alten.

Die Tür zu Maries Zimmer stand einen Spalt breit offen, das Licht brannte noch. Behutsam tippte Christian mit den Fingerkuppen gegen das Holz und schob dann sacht die Tür auf; Marie hatte ein feines Gehör, erschreckte sich leicht.

»Willst du nicht schlafen?«, flüsterte er. »Es ist schon spät.«

An ihrem Zeichentisch schüttelte Marie den Kopf, und Christian trat näher.

Über die Jahre hatten sie immer wieder eine Kunstlehrerin, einen Zeichentutor für Marie ins Haus geholt. Nie waren sie lange geblieben, überfordert vom Umgang mit ihrer zwar hochbegabten, aber unzugänglichen Schülerin. Alles, was Marie konnte, hatte sie sich selbst angeeignet.

Auf beklemmende Weise lebensecht wirkte das Porträt Mathilde Pohls, an dem Marie die Kohlestriche verfeinerte. So musste Marie ihre Großmutter an ihren letzten Tagen erlebt haben, in den letzten Stunden.

»Dann kann ich sie immer sehen«, sagte Marie stockend. »Auch wenn sie nicht mehr da ist. So habe ich es auch mit Thilo gemacht.«

Trauer, Vermissen oder Trost waren keine Begrifflichkeiten, mit denen Marie etwas anfangen konnte; empfinden tat sie solche Regungen sehr wohl. Sanft strich Christian über Maries Schulter, und sie hob den Kopf. Wie immer ging es Christian durch und durch, wenn seine Tochter abrupt aus ihren traumverlorenen Sphären auftauchte und ihn unverwandt ansah.

»Was ist aus den Bildern geworden, die wir hergegeben haben?«, wollte sie wissen.

In Warnemünde hatte es angefangen. Während der Sommerfrische, wo die Petersens wie viele andere Badegäste auch die Küstenluft genossen und sich in die Wellen der Ostsee stürzten.

Natürlich war Marie dort aufgefallen, eine feengleiche Erscheinung, die über die Dünen wandelte, einen Skizzenblock unter den Arm geklemmt und die Bänder ihres Strohhuts im Wind flatternd. Während alle anderen sich in der Sonne aalten und über den Sand spazierten, saß Marie stundenlang an der Staffelei, ihre andächtige Konzentration nicht einmal von den Schaulustigen gestört, die ihr in respektvollem Abstand über die Schulter spähten.

Christian ging neben dem Zeichentisch in die Hocke, um Marie besser in die Augen sehen zu können.

»Deine Bilder hängen jetzt bei den Leuten zu Hause«, erklärte er. »Irgendwo in Bremen, Lübeck oder Berlin. Willst du sie zurückhaben?«

Marie schüttelte den Kopf. »Ich male ja ständig neue.«

Unruhig befingerte sie die Kohlestücke vor sich, eine halbe Ewigkeit lang. Bei Marie musste man Geduld aufbringen, ihr Zeitempfinden war ein anderes.

»Haben wir denn viel Geld dafür bekommen?«, fragte sie schließlich heiser.

Christian schmunzelte. »Gar nicht so wenig. Es liegt jetzt für dich auf der Bank, zusammen mit dem, was Thilo dir vermacht hat. Möchtest du dir denn etwas kaufen?«

Unsicherheit flackerte in Maries Augen auf, dann verschwamm ihr eben noch so klarer Blick, und sie versank wieder in ihrer eigenen Welt.

»Schlaf noch ein bisschen«, flüsterte er.

Christian richtete sich wieder auf und hauchte einen Kuss auf seine Fingerspitzen, die er dann kurz an Maries Wange legte. Ein zartes Lächeln war die Antwort.

Hätte Christian sich jemals in seinem Leben anders entschieden, hätte es Marie wohl nie gegeben. Womöglich nicht einmal Jette, deren eigene Kinder so viel Licht und Freude und Lachen ins Haus brachten, und ganz sicher keine Cathrin. Das versuchte er sich immer vor Augen zu halten.

15

Sanft bauschten sich die Gardinen im Wind und zeichneten weiche Muster ins Sonnenlicht. Jakob stellte seine Tasche ab und sah hinaus in das grün flirrende Gewölbe der alten Bäume. Unten im Haus konnte er die Stimmen von Grischa und Katya hören, von Trude und Griet. Der Duft von frisch gebackenem Kuchen zog zu ihm herauf und mischte sich mit dem des Gartens, nach Sommerblumen und Laub und gemähtem Gras.

Die Villa der Petersens in Hamm war wie eine Fata Morgana, ein erstrebenswertes Ziel, aber womöglich unerreichbar, die Wohnung in Altona bei Grischa und Réka, der Mamsell, so etwas wie sein neues Zuhause. Aber das Haus hier in Teufelsbrück war nichts anderes als ein Paradies für Jakob, wann immer er an einem Sonntag zum Essen hier war oder gleich für ein paar Tage blieb.

Zwischen den üppigen Rosenbüschen unten im Garten glaubte er einen Blusenärmel auszumachen und helles Frauenhaar, und sein Herzschlag beschleunigte sich.

Bäuchlings lag Cathrin im Gras und sah ihm mit einem Lachen auf dem Gesicht entgegen.

»Störe ich dich?«, fragte Jakob dennoch und deutete auf den Folianten vor Cathrin.

Ein Atlas, das konnte er erkennen.

»Ganz und gar nicht. Ich blättere nur ein bisschen herum und träume von fernen Ländern.«

Jakob ließ sich neben ihr nieder. »Du hast doch schon eine Menge von der Welt gesehen.«

»Eben deshalb beschäftigt mich, was ich alles noch nicht gesehen habe. Schau hier. Sankt Petersburg. Grischa hat oft davon erzählt. Wie aus einem Märchen, ein einziges Schlaraffenland. Eine Stadt der Paläste, halb dem Meer und halb dem Sumpf abgerungen. Ein Traum aus Gold und Silber und Marmor, auf den Knochen der Leibeigenen erbaut. Der Urgroßvater von Katya und Grischa hat Figuren für den Eispalast der Zarin geschnitzt, wusstest du das?«

Fast ohne Punkt und Komma redete sie; ein reißender Fluss, dem Jakob sich nur schwer entziehen konnte, aber auch gar nicht wollte. Cathrins überschäumende Begeisterung ließ sein schweres Blut leichter durch die Adern kreisen.

»Und von hier aus sind sie die Newa entlanggewandert, Grischa und Katya«, sprach Cathrin weiter. »Vom großen See von Ladoga in Karelien. Dort liegen die Wurzeln unserer Familie, deshalb will ich unbedingt einmal dorthin. Du auch?«

»Eigentlich nicht«, murmelte Jakob schuldbewusst.

Er brauchte einige Augenblicke, um die richtigen Worte zu finden; mutig kam er sich dabei vor.

»Ich richte meinen Blick lieber nach vorn als zurück«, fügte er hinzu. »In eine Vergangenheit, die doch nicht meine ist.«

Die Art, wie Cathrin ihn ansah, ihre grauen Augen dunkel und glänzend, machte ihn verlegen.

»Hast du immer noch New York fest im Blick?«, fragte sie dann.

»Natürlich«, erwiderte Jakob im Brustton der Überzeugung.

Obwohl er wusste, dass es ihm umso schwerer fallen würde, von hier fortzugehen, je länger er blieb, wartete er noch. Auf einen Anstoß, ein Zeichen, den richtigen Moment.

Ein rätselhaftes Lächeln umspielte Cathrins Mund.

»Seit ich in Ägypten war«, sagte sie, »denke ich die ganze Zeit, dass jeder einmal die Pyramiden gesehen haben sollte. Und die Sphinx.«

Unvermittelt färbten sich ihre Wangen rot.

»Entschuldige.«

»Schon gut«, erwiderte Jakob gelassen.

Natürlich wäre er gern mit nach Kairo gereist. Nicht nur der Pyramiden wegen. Noch lieber hatte er jedoch Grischas Angebot angenommen, zum ersten Mal eigenständig eine Schiffsladung Eis nach London zu bringen. Den Geschmack unwidersprochener Autorität auf der Zunge und das Gefühl von Verantwortung auf den Schultern zu haben war unvergesslich.

»Die Pyramiden bleiben ja sicher noch eine Weile stehen«, setzte er hinzu.

Lachend rollte Cathrin sich auf den Rücken, ihre Miene träumerisch weich, die zum Sommerhimmel gerichteten Augen jedoch umso klarer.

»Weißt du, was mir seither nicht mehr aus dem Kopf will? Wie viel schneller wir heute unterwegs sind als früher. Und trotzdem geht es uns noch immer nicht schnell genug. Wir sind besessen davon, mit Eisenbahnen, mit Dampfschiffen so rasch wie möglich von Punkt A nach Punkt B zu kommen. Was dabei verloren geht, ist das Vergnügen am Reisen selbst. Das Abenteuer. Ein Gefühl von Freiheit und Zeitlosigkeit. Ein echtes Erlebnis, von der Abreise bis zur Heimkehr. Deshalb verreist man doch überhaupt, oder nicht?«

In einer schnellen Bewegung drehte sie sich wieder auf den Bauch und schlug einige Seiten des Atlas um, in dem sie sich blind zurechtzufinden schien.

»Natürlich kann man auf direktem Weg von Hamburg durch das Mittelmeer nach Kairo fahren und nur zwischendurch irgendwo anlegen, weil man Kohle oder Frischwasser aufnehmen muss. Aber es ist doch ein Jammer, was man dabei alles verpasst.«

Jakob streckte sich neben ihr aus und verfolgte aufmerksam Cathrins Schilderungen der Route, die ihr Finger die Küstenlinien entlang zeichnete. Lissabon und der Affenfelsen von Gibraltar. Die Orangenplantagen von Valencia, das Casino in Monte Carlo und das mondäne Nizza. Der Vesuv und die Ruinen von Pompeji, nach Jahrhunderten unter Asche und Staub allmählich freigelegt, die Gipsabdrücke der Bewohner Zeugnis von ihrem Leben und dem Sterben in der Katastrophe. Vielleicht ein Abstecher nach Konstantinopel, wo sich über den Bosporus hinweg Orient und Okzident die Hand reichten, oder in die Heilige Stadt Jerusalem. Kairo natürlich, und Alexandria, und zum Ausklang der Reise ein Besuch bei den Parfumhändlern der weißen Stadt von Tunis und in der malerischen Kasbah von Algier.

Cathrin hatte das Talent ihres Vaters, mit Worten zu betören und Sehnsüchte zu wecken. Schulter an Schulter mit ihr im Gras, hatte Jakob Mühe, einen klaren Kopf zu bewahren.

»Das ist ja eine halbe Weltreise«, wandte er ein.

Cathrin nickte. »Genau das sollte es sein. Eine Reise durch die Weltgeschichte, von der Antike bis in die Neuzeit, von West nach Ost. Eine Entdeckungsfahrt, die alle Sinne anspricht. Und das alles, ohne den halben Erdball zu umrunden, allein nur auf dem Mittelmeer.«

»Aber wer soll sich das denn leisten können? Wer hat so viel Zeit?«

Cathrin ließ sich nicht beirren.

»Wen es zu den Pyramiden zieht, der ist kein armer Schlucker. Der kann es sich auch erlauben, sechs oder acht Wochen herumzureisen.«

Ein reizvolles Gedankenspiel, ohne Frage. Auch wenn Jakob die Fantasie Cathrins fehlte; er hatte greifbarere Dinge dabei vor Augen.

»Wo nimmst du ein Schiff dafür her?«

»Wir haben doch Schiffe«, erklärte Cathrin. »Von denen mindestens eines immer müßig vor Anker liegt, wenn es gerade kein Eis verschifft, keine Stoffe oder exotischen Waren. Thilo hat sich oft den Kopf darüber zerbrochen, weil jeder Tag, den ein Segler ruht, Geld kostet, aber keines einbringt. Das Ergebnis ist unser ausgeklügelter Fahrplan, der aber notgedrungen noch immer zu viele Lücken aufweist. Wann es nur geht, verchartern wir eines der Schiffe für kleinere Fahrten nach England oder Frankreich. Damit ist aber nicht viel zu holen, dafür ist die Marge zu gering.«

Jakob stützte den Kopf auf. »Ich weiß ja nicht, was für Reisende du dafür im Sinn hast. Aber ich glaube kaum, dass ein simpler Eisfrachter deren Vorstellung von Abenteuer entspricht.«

Cathrin lachte auf. »Nein, bestimmt nicht. Ein gewisser Komfort müsste schon gegeben sein. Wohnliche Kabinen, gutes Essen, die eine oder andere Annehmlichkeit. Eine ausgewogene Mischung aus rauer Romantik und einem Hauch von Luxus.«

Das Kinn vorgeschoben, deutete Jakob ein Kopfschütteln an.

»Das kriegen wir nicht hin, Cathrin. Wir können nicht einen Frachter kurzfristig zum Vergnügungsschiff umbauen und nach der Heimkehr genauso fix in seinen Ursprungszustand zurückversetzen. Und ein Schiff eigens dafür abzustellen, damit es die übrige Zeit nutzlos im Hafen dümpelt, ist komplett unwirtschaftlich.«

»Es muss aber gehen«, gab Cathrin störrisch zurück.

Jakob grinste. »Akzeptierst du je ein Nein?«

»Nie.« Vergnügt zog Cathrin die Nase kraus. »Zumindest nicht, bis ich alle denkbaren Möglichkeiten ausgeschöpft habe.«

Sie blätterte weiter durch den Atlas.

»Eine Möglichkeit könnte sein, ein solches Schiff ganzjährig zu nutzen, mit unterschiedlichen Reisezielen. Rings um das Mittelmeer ist es auch im Winter warm oder wenigstens mild. Bestens geeignet also, um dem nasskalten Wetter in unseren Gefilden zu entfliehen. In Norwegen hingegen sind die Sommer besonders herrlich. Alles blüht, und die Tage sind endlos lang. Man könnte durch atemberaubende Fjorde schippern, im Meer oder in einem See baden und über die wilde Hochebene der Hardangervidda wandern. Eine ganz neue und aufregende Form der Sommerfrische, besser als Warnemünde und der Watzmann zusammengenommen.«

Jakob brütete einige Herzschläge lang darüber nach.

»Ich habe keine genaue Vorstellung davon«, sagte er dann, »was ein solches Schiff kosten würde. Wie viel man für eine solche Reise verlangen könnte. Trotzdem sehe ich einfach nicht, wie sich das umsetzen ließe und dazu noch profitabel wäre. Ganz abgesehen davon, dass Ludger sicher nicht tatenlos zusehen wird, wie wir die Firma zu einer Reederei umkrempeln.«

Wir. Ein so kleines und doch so großes Wörtchen, das sich fast unbemerkt zwischen ihnen eingeschlichen hatte.

Nachdem Ludger ihr die Idee gestohlen hatte, exklusive Kaffeesorten aus Kairo zu importieren, hatte Cathrin sich vorgenommen, künftig alle ihre Geistesblitze eifersüchtig unter Verschluss zu halten, bis sie zu spruchreifen Plänen gediehen waren.

Bei Jakob gelang es ihr nicht. Sie mochte die Art, wie er ihre hochfliegenden Träume auf den Boden der Tatsachen holte und sie mit jedem Argument, jedem Gegenargument zu einer greifbareren Form schmiedete und schliff.

»Oder wir lassen Ludger davon Wind bekommen«, spöttelte sie, »lehnen uns gemütlich zurück und sehen zu, wie er eigenhändig diesen neuen Kurs in der Firma einschlägt.«

Jakob kniff ein Auge zu. »Das bringst du nicht fertig, Cathrin. Dafür bist du viel zu ehrgeizig und zu stolz.«

Ein leises Lachen perlte zwischen ihnen auf. Jakob fuhr sich durch das Haar, das dicht und dunkel glänzend zurück an seinen Platz fiel, bevor er den Blick senkte und an den Grashalmen vor sich zupfte.

Cathrin musterte ihn aus den Augenwinkeln. Über das Jahr war Jakob in seine starken Konturen hineingewachsen, unter dem Hemd zeichneten sich breite Schultern ab. Nicht bärengleich wie Grischa, sondern von der kräftigen Geschmeidigkeit einer Großkatze, das Gesicht kühn geschnitten und schon wieder einen leichten Nachmittagschatten um den getrimmten Bart.

Schöne Hände hatte Jakob, schlank und sehnig, zupackend und zugleich feinfühlig sahen sie aus.

»Ich denke oft an Katya und Grischa damals«, sagte Cathrin. »Sie wussten, wo sie hinwollten, aber der Weg dorthin war alles andere als gerade. Und doch hat jeder

Umweg, jeder Stolperstein sie näher an ihr Ziel gebracht. Weil sie bereit waren, jede Chance zu nutzen, die sich ihnen unterwegs bot.«

Jakob richtete die Augen wieder auf sie, tief wie eine sternenlose Nacht.

»Ich weiß«, erwidert er nur.

Natürlich wusste er das. Wie alle jungen Menschen warteten sie beide darauf, dass das Leben endlich anfing, obwohl sie schon mitten darin standen, Cathrin sogar mehr als Jakob.

Unverwandt sahen sie sich an, die Gesichter einander zugeneigt und die Umrisse der Welt auf den Seiten des Atlas so nahe, dass sie nur die Hand danach auszustrecken brauchten.

Etwas Unausgesprochenes lag in der Luft, goldschimmernd vom Blütenstaub und sommerflirrend: ein erwartungsvolles Summen wie der Flug der Bienen und Hummeln.

Katya rief an die Kaffeetafel.

Satte Tage waren es in diesem Juli, sonnenprall und blütenduftend, in einem warmen Wind, der nach Wasser und Sand roch.

So sah der wahre Luxus reicher Leute aus, das hatte Jakob gelernt. Indem man die Zeit mit Federballspielen und einem guten Buch vorbeifließen ließ. Während man auf einem Pferderücken die Elbe entlangritt und die saftigen Wiesen erkundete, durch die sich die Flottbek schlängelte. Wenn die Arbeit im Garten nicht nur den Essenstisch füllte, sondern auch ein Atemholen für die Seele bedeutete, bevor man irgendwann in das Kontor zurückkehrte, um weiter Geld zu scheffeln.

Im frühen Dunst des Morgens ging Jakob manchmal mit Grischa in der Elbe schwimmen, im Morgenlied der Vögel; eine Stärkung für den Tag und eine Stunde, die ihnen allein gehörte, Vater und Sohn. Manchmal kühlte er sich zusammen mit Cathrin im Fluss ab, am Ende eines langen und heißen Tages, während über ihnen der Himmel in Flammen aufging, und alle zusammen waren sie am Strand schon zum Baden gewesen, unter greller Mittagssonne, und hatten sich danach über den Inhalt des Picknickkorbs hergemacht.

Ab und zu noch unsicher, wo in diesem Familiengeflecht, im Unternehmen einmal sein Platz sein mochte, war es an diesen Sommertagen hier in Teufelsbrück, dass Jakob sich wirklich zugehörig fühlte, wirklich reich.

In gemächlichen Schlenderschritten ließ er die murmelnden Stimmen von Katya und Grischa hinter sich, die vor dem schummrig beleuchteten Haus noch beisammensaßen. Nach einer dieser genussvoll ausgedehnten Mahlzeiten unter freiem Himmel, bei denen es immer so viel zu reden und zu lachen gab, bei einer Flasche Wein, einer herbfrischen Kräuterbowle. Die Hände in den Hosentaschen, tauchte Jakob in den Garten ein.

Er musste nicht erst nach Cathrin suchen, er schien ein untrügliches Gespür für sie entwickelt zu haben, ein Nachtfalter, der immer dem Lichtschein folgte.

Unter dem Baum leuchtete ihr Lächeln genauso hell

wie das duftige Sommerkleid. Mit der Schulter stützte Jakob sich neben ihr an die raue Rinde.

Ihm fiel nichts ein, was er hätte sagen können, und es verlangte ihn auch nicht danach. Jetzt, im Grillenzirpen und dem sachten Rascheln von Blättern und Gras, war es genug, einfach beieinanderzustehen. Unter dem geräuschlosen Schwirren der Fledermäuse sahen Jakob und Cathrin sich immer wieder lächelnd an, bevor sie ihre Blicke erneut durch den Garten schweifen ließen, ein geheimnisvoller dunkler Wald in der Sommernacht aus Indigo und Lavendelgrau.

»Kommst du noch mit schwimmen?«, wisperte Cathrin irgendwann.

Unter leisem Lachen brachen sie aus dem Rhabarbergestrüpp hervor, in den Wind am Elbstrand hinein. Cathrin hatte kaum einen Fuß auf den Sand gesetzt, als sie auch schon aus den Schuhen schlüpfte und nach den Knöpfen ihres Kleids tastete.

Jakob zögerte. In der Dunkelheit glich die Elbe einem tintenschwarzen Ozean, bodenlos tief und unermesslich. Bedrohlich laut klangen die Wellen in der Stille der Nacht; ein lebendes, atmendes Geschöpf der Finsternis, das alles verschlang, was ihm zu nahe kam, die Sterne am Himmel, die Lichter am anderen Ufer weit entfernte und gleichgültige Beobachter.

»Ist das nicht gefährlich?«, rief Jakob über den Strand.

Cathrin lachte. »Natürlich ist es das! Das ist ja gerade der Reiz.«

Barfuß und in ihrem Unterzeug rannte sie ins Wasser wie der leuchtende Schweif eines Kometen.

Jakob schlug das Herz bis zum Hals, am liebsten hätte er kehrtgemacht. Noch schlimmer war jedoch der Gedanke, vor Cathrin als Feigling dazustehen. Mit dem Mut der Verzweiflung pellte er sich Schuhe und Kleider vom Leib und stürzte in seinen Unterhosen Cathrin hinterher.

Schneidend kalt war das Wasser auf seinem sommerdurchwärmten Körper. Mit den ersten Schwimmzügen wurde es besser, und doch schien es, als käme er nicht vom Fleck, so kräftig er auch kraulte. Die Strömung war es, wie er begriff, die sich wie mit Tentakeln um ihn schlang.

Er hatte sich immer für einen guten Schwimmer gehalten, doch die Elbe war hier nicht das zahme Gewässer der Auen hinter Lüneburg, nicht derselbe Fluss wie bei Tag. Ein wildes Wasser war sie in der Nacht, eigenwillig und unbezwingbar, und schonungslos zeigte sie ihm seine Grenzen auf.

Durch zusammengebissene Zähne entfuhr ihm ein halb furchtsamer, halb unwilliger Laut.

»Solange du Boden unter den Füßen hast, kann dir nichts passieren«, hörte er Cathrin rufen.

Es nützte nur nichts. Je fester Jakob die Fersen in Sand und Schlick stemmte, umso deutlicher ließen die Wellen ihn spüren, dass sie stärker waren und mit ihm spielen konnten, wie es ihnen gefiel. Nackte Angst kroch in ihm herauf. Angst, in der Dunkelheit die Orientierung zu verlieren. Der Strömung nicht gewachsen zu sein und von ihr abgetrieben zu werden, haltlos und ohnmächtig, bis seine Kräfte ihn verließen und er sehenden Auges unterging.

Prustend tauchte Cathrin vor ihm auf und fasste ihn am Arm.

»Ich bin da, Jakob.«

Glühend vor Scham wollte er sich losreißen, ihr in stummem Zorn zu verstehen geben, dass er allein zurechtkam, doch Cathrin packte nur fester zu.

Kaum merklich entspannte sich Jakob, ihm war tatsächlich bedeutend wohler in Cathrins Nähe. In ihren Augen stand keine Herablassung, kein Hohn, sie lächelte nur. Ein Lächeln, das auf Jakob übersprang, während sie halb über dem schlammigen Grund schwebten, halb schwammen, Arm in Arm ein seltsam schönes Amphibientier mit vier Beinen und zwei Köpfen, einer dunkel, einer hell.

Wie ein Ottermädchen bewegte Cathrin sich durchs Wasser oder wie eine Nixe, ihr Haar wie Seetang und der nasse Batist ihres Hemdchens ununterscheidbar von ihrer Haut, kühl und glatt. Es hätte ihn nicht verwundert, wären ihre Beine, die ihn ab und zu streiften, in Wahrheit ein schuppenglänzender Fischschwanz gewesen, das Mal an ihrem Hals wie ein magisches Zeichen.

»Jetzt weiß ich«, raunte er, »warum ihr in Hamburg immer so tut, als gehörte euch der ganze weite Ozean.«

Cathrin, das Gesicht halb unter Wasser, hob fragend die Brauen.

»Weil ihr selbst aus Wasser und Wind gemacht seid.«

Es waren die Männer, die den Sturm einfingen und die Wellen zähmten, um sich zum Herrscher über die Meere zu machen, Männer wie sein Vater. Die Frauen jedoch waren selbst wie Wasser, unberechenbar und unergründlich, eine nicht zu unterschätzende Macht voller Rätsel und Geheimnisse.

Den Arm um seine Schulter gelegt, drückte Cathrin sich aus den Wellen empor.

»Und was ist mit dir, Jakob Levgrün?«, flüsterte sie, ihr Wasseratem auf seiner Wange, während Tropfen über ihr Gesicht rannen. »Woraus bist du gemacht?«

Jakob wusste es nicht, auch mit bald dreiundzwanzig Jahren noch nicht. Er wusste nur, dass er nichts und niemanden auf dieser Welt jemals so sehr gewollt hatte wie Cathrin.

Jakob schloss die Arme um Cathrin und küsste sie. Kein zahmer oder gar scheuer Kuss war es. Fordernd und geradezu gierig fiel dieser Kuss aus, den Cathrin genauso hitzig erwiderte, die Finger in seinen Schultern vergraben, die Beine um seine Hüften geschlungen. Atemlos hielten sie nur inne, um sich in die Augen zu sehen, berauscht von der Nacht und diesen Küssen, Cathrins Lächeln weich wie das Licht einer Mitternachtssonne.

Man konnte eine Frau wie Cathrin nicht festhalten, genauso wenig wie das Wasser; auch das gehörte zu den Dingen, die Jakob wusste. Und wie das Wasser selbst glitt sie aus seinen Armen und tauchte ab, um dann mit kräftigen Schlägen ans Ufer zu schwimmen, ein Silberstreif im Tintenschwarz von Nacht und Fluss.

Mit ausgebreiteten Armen streckte Jakob sich rücklings auf dem Wasser aus und überließ sich dem Schaukeln der Wellen. Noch nie hatte er sich so lebendig gefühlt, so stark, und er lachte sein Glück in den Sternenhimmel hinauf.

Traumverloren blinzelte Cathrin durch das geöffnete Fenster nach draußen. Die ersten Vogelstimmen regten sich zaghaft, in dieser weißen Stunde zwischen dem Ausklang der Nacht und Sonnenaufgang.

Immer noch saß sie in ein Handtuch gewickelt auf dem Bett, die Arme um ihre Knie geschlungen. Immer noch schmeckte sie Jakobs Kuss in ihrem Mund wie Ingwer und Kardamom, schien noch sein Duft auf ihrer Haut zu haften, ein kräftiger Ackerboden im Gewitterregen.

Als wäre sie durch einen Ozean geschwommen, um den Fuß auf einen anderen Kontinent zu setzen, so hatte es sich mit Jakob angefühlt. Die Grate seiner Schultern, seine kräftige Brust und der geriffelte Bauch eine aufregend neue Landschaft, die ihr gleichwohl vertraut vorkam, lange gründlich auf den Seiten eines Atlas studiert.

Bedenkzeit hatte sie von Gerrit verlangt, und Bedenkzeit hatte sie bekommen, diesen einen Sommer. Schuldig hätte sie sich fühlen müssen, weil sie jetzt Jakob geküsst hatte. Küsse, die sie leicht als Laune des Augenblicks abtun könnte, als Rausch einer Sommernacht. Eine kleine Schwäche, der sie nachgegeben hatte, nachdem ihr junger Cousin sie schon so lange anhimmelte, oder eine Feuerprobe, bevor sie Gerrit die Ehe versprach.

Cathrin wusste es besser. Vor allem wusste sie, dass nur die Anwesenheit von Katya und Grischa im Haus sie davon abhielt, an Jakobs Tür zu klopfen und sich mehr von diesen Küssen zu holen.

Für die Vögel war es Zeit auszufliegen. Einer nach dem anderen zog als Schattenriss über den blassen Himmel, und jeder ihrer Flügelschläge fand sein Echo tief in Cathrin. Mit dem ersten Morgenrot breitete sich ein Lächeln auf ihrem Gesicht aus.

Ein paar Stunden später traf im fernen Berlin die Kriegserklärung des französischen Kaiserreichs an Preußen ein. Und bis zum Abend desselben Tages befand sich ganz Deutschland offiziell im Kriegszustand.

16

Im Nachthemd und die roten Locken zum Zopf geflochten, lauschte Betje am offenen Küchenfenster in die Sommernacht hinaus, eine Tasse Tee in der Hand.

Unwirklich still war es draußen, wo doch sonst auch zu später Stunde noch irgendjemand in den Gängen krakeelte, Eheleute stritten und den Blechtopf gegen die Wand schmetterten, ein Kind aus voller Lunge kreischte oder ein Betrunkener auf dem Heimweg grölte.

Vielleicht kam es ihr aber nur so vor, weil gerade alles ganz und gar unwirklich war.

Natürlich hatte man auch in Hamburg mitbekommen, dass in Spanien die Königin gestürzt worden war. Recht so, hatte man hier befunden, schließlich hatte man dem Adel und jedweder Krone immer schon misstrauisch gegenübergestanden. Blaublüter waren noch nie eine annehmbare Partie für die Töchter und Söhne der Hansestadt gewesen, und bis vor zehn Jahren ließ man sie noch nicht einmal ein Haus oder Grundstück in Hamburg erwerben. Für Faulpelze, die dem dekadenten Müßiggang frönten, hatte man hier immer noch nichts übrig. Hier bedeuteten Geld und Status nur etwas, wenn sie auf harter Arbeit und findigen Geschäften beruhten, und jede nachkommende Generation fühlte sich verpflichtet, diese Tradition fortzusetzen.

Deshalb hatten die Hamburger auch mit hochgezogenen Brauen mitverfolgt, wie sich der Kaiser von Frankreich mit Kanzler Bismarck und dessen preußischen König darum zankte, wer nun auf den spanischen Thron folgen sollte. Den Kandidaten der Hohenzollern wollten die Franzosen keinesfalls akzeptieren. Gar niemanden von Bismarcks Gnaden, damit das gefräßige Preußen nicht auch noch Macht auf der Iberischen Halbinsel ausübte und Frankreich so in die Zange nahm.

Tüddelkram, hatten die Hamburger hinter ihren Tabakspfeifen und Zigarren, den Bierkrügen und Schnapsgläsern gebrummt. *Dumm Tüch*, befanden auch die Hausfrauen und Mamsells, während sie im Feinkostladen Gänseleberpastete und Räucherlachs, belgische Pralinen und Reintjes' feines Johannisbeergelee einkauften.

Niemand hier konnte verstehen, warum man sich überhaupt darum scherte, wer anderswo auf einem güldenen Thron saß. Geradezu lächerlich war es, wie die schnöseligen Franzosen jedes diplomatische Wort auf die Goldwaage legten und schließlich aus gekränkter Ehre und Eitelkeit den Fehdehandschuh hinwarfen, den Bismarck mit grimmiger Entschlossenheit allzu schnell aufhob.

Hätten sie sich allesamt mal lieber ein Beispiel an Hamburg genommen, das immer schon sein eigenes Süppchen gekocht hatte und stets gut damit gefahren war. Die gute Hamburger Aalsuppe, in die *allens rin-*

kümmt, herzhaft und unverfälscht und bodenständig wie die Hamburger Seele selbst.

Doch die Zeiten hatten sich geändert. Seit zwei Jahren war Hamburg keine Insel mehr, sondern Teil des Norddeutschen Bundes. Wie sich alle anderen Hansestädte, Königreiche, Herzogtümer und Fürstenländer unter der schwarz-weiß-roten Flagge und preußischer Führung versammelt hatten, von der Nordsee und der Ostsee bis an den Main, vom Rhein bis an die Oder.

Nur zähneknirschend war Hamburg beigetreten und nur, um sich mit dem ewig säbelrasselnden Preußen gut zu stellen. Mit hanseatischer Sturheit zwar auf den alten Handelsprivilegien beharrend, aber dafür der stets so hochgehaltenen Freiheit beraubt.

Wat mutt, dat mutt.

Irgendwo auf den Dächern krächzte eine Krähe, missgelaunt und angriffslustig. Zu dieser Stunde der Nacht ein drohend unheilvoller Ruf, bei dem sich Betjes Magen zusammenzog.

Im Pyjama erschien Hanno in der Tür. Er musste nicht erst fragen, warum Betje mitten in der Nacht in der Küche saß, und setzte sich zu ihr an den Tisch.

»Sie werden Gerrit schon nicht einziehen«, sagte Hanno nach einer Weile.

Darum kreisten ihre Gedanken in diesen Tagen. Wie viele Hamburger Familien gerade beunruhigt waren, wenn sie an ihre Söhne, ihre Brüder und Ehemänner dachten, deswegen genauso schlecht schliefen wie Betje und Hanno.

»Sein Wehrdienst ist längst abgeleistet«, fügte Hanno in aller Zuversicht hinzu.

Betjes Daumen fuhr über das Blumenmuster der Tasse. »Doktor Spreckelsen war gestern im Laden, um sich zu verabschieden und sich noch mit ein paar Delikatessen für die Front einzudecken. Er zählt genauso zur Reserve wie Gerrit.«

Hanno nickte. »Aber Ärzte sind im Feld sicher immer Mangelware. Einfache Soldaten gibt es dagegen zuhauf.«

Betjes Miene bekam etwas Angestrengtes, während sie fester über das bemalte Porzellan rieb.

»Doktor Spreckelsen hat seinen Stellungsbefehl noch vor der Kriegserklärung erhalten. Auch in anderen Landstrichen wurde vorher schon mobilgemacht, hat er erzählt. Offenbar hat man bereits einige Zeit mit diesem Krieg gerechnet.«

»Deshalb wurde das altehrwürdige Hamburger Bürgermilitär abgeschafft«, erklärte Hanno. »Deshalb haben wir mit dem Beitritt zum Bund Soldaten aus Lübeck, aus Mecklenburg und Vorpommern hierherversetzt bekommen. Berufssoldaten. So viele, dass kaum noch einer von unseren Hamburger Jungs seine Zeit in der Kaserne absitzen muss.«

»Und wenn das aber nicht reicht?« Bang sah Betje ihn an. »Doktor Spreckelsen sagt, dieses Mal wird es ein großer Krieg. Viele glauben das.«

Der einzige Pulverdampf, den man in Hamburg duldete, war derjenige aus der Sprengölfabrik des Schweden

Alfred Nobel. Und auch nur vor den Toren der Stadt, auf dem Krümmel bei Geesthacht. Weil jeder mit Sinn und Verstand sich ausrechnen konnte, dass neuer und besserer Sprengstoff den Bau von Eisenbahngleisen und Straßen, von Tunnels und Kanälen erleichterte und damit auch den Handel.

Bis auf wenige Querköpfe, die von Bismarck als dem starken Mann fantasierten, der dem Rest der Welt zeigte, was eine Harke ist, und ihr eigenes armseliges Dasein damit aufwertete, murrte man in Hamburg über diesen Krieg, der womöglich den freien Fluss von Waren ins Stocken brachte. Vor allem eine mögliche Seeblockade wie seinerzeit unter Napoleon bereitete den Händlern, den Reedern und den Seeleuten Sorgen.

»Das haben wir vor vier Jahren auch gedacht«, wiegelte Hanno ab. »Als Hamburg an der Seite Preußens gegen Österreich marschierte. Nach nicht einmal drei Monaten war es schon vorbei und Gerrit wohlbehalten wieder zu Hause.«

Der erste Krieg seit mehr als einer Generation, an dem Hamburg sich beteiligt hatte. Sogar als Preußen sich mit Dänemark Schlachten um die Herzogtümer Schleswig und Holstein geliefert hatte, hatte Hamburg bockbeinig darauf beharrt, neutral zu bleiben. So hatte man es immer gehalten, und so hätte man es auch gern weiter haben wollen; man hatte schließlich Besseres zu tun. Hätte Bismarck nicht durch die Blume zu verstehen gegeben, dass er andernfalls die reiche Hansestadt mit Militärgewalt Preußen einverleiben würde.

»Dieses Mal wird es nicht so sein«, erwiderte Betje heftig.

»Warum glaubst du das?«

Zärtlich wollte Hanno sie bei der Hand fassen, doch sie entzog sich ihm, einen erbitterten Zug um den Mund.

»Weil es dieses Mal gegen Frankreich geht!«

Hannos Gedanken wanderten zurück in das Dorf im Moormerland, in dem er seine ersten dreizehn Jahre verbracht hatte. Zu Fred Peters, dem Tischler mit dem kriegsvernarbten Gesicht, der ihm den Tornister und die Feldflasche aus dem Marsch gegen Napoleon vermacht hatte, bevor Hanno zu seiner Wanderung nach Hamburg aufbrach.

Obwohl sich heute nur noch die Generation von Christian Petersen aus ihrer Kindheit daran erinnerte, hatten jene Jahre der französischen Besatzung Spuren im Gedächtnis Hamburgs hinterlassen, weit über Franzbrötchen und Ausdrücke wie *auf dem Quivive sein, Fisimatenten, Zisslaweng* und *Plörre* hinaus. Die *Grande Nation* hatte nie verwunden, dass mit der Niederlage von Waterloo ihr Weltreich untergegangen war. Der Gedanke, der Tag der Abrechnung würde irgendwann gekommen sein, war ein Gespenst, das nicht nur in Hamburg umging.

Vor nicht allzu langer Zeit hatte er mit Gerrit noch darüber gelacht, dass die altbekannten Sauerlappen jetzt vielerorts als Bismarckheringe verkauft wurden. Im Angesicht des Krieges, den der Kanzler des Norddeutschen

Bundes heraufbeschworen hatte, ein abgeschmackter Witz.

Erneut griff Hanno nach Betjes Hand, und dieses Mal widersetzte sie sich nicht.

»Wir haben immer so viel Glück gehabt«, sagte er.

Hanno folgte Betjes Blick, der durch die Küche wanderte.

So viele Erinnerungen hingen zwischen den alten und stellenweise feuchten Mauern, zwischen Gebälk und ausgetretenen Dielen. Das erste Sonntagsessen bei Katya und Thilo und Hannos Lehrzeit bei Arno Petersen unten im Gemischtwarenladen. Der erste Kuss und die erste gemeinsame Nacht in der Dachkammer oben, und wie Hanno neben den Gemüsekisten Betje gefragt hatte, ob sie ihn heiraten wolle.

Jahre hatte es gedauert, bis sie sich guten Gewissens ein paar faule Tage an der See leisteten, da waren sie schon eine kleine Familie gewesen. Als frisch vermähltes Paar hatten sie jeden Pfennig gespart und trotzdem jeden Sonntag einen Ausflug aus der Stadt gemacht, um die besten Radieschen und Gurken der Vierlande zu finden, die besten Äpfel im Alten Land. Und wenn sie dann irgendwo mit einem Körbchen voller Erdbeeren oder Kirschen im Gras saßen und Pläne für die Zukunft spannen, verliebten sie sich nur noch mehr ineinander und in dieses Leben, das vor ihnen lag.

»Das ist es ja, was mir Angst macht«, entgegnete Betje leise. »Dass dieses Glück irgendwann einmal aufgebraucht sein könnte.«

Ihr größtes Glück waren die Kinder. Keines, das ihnen geschenkt worden war, hatten sie verloren. Eine Seltenheit, nicht nur hier am Kehrwieder, wo sich in den Vorder- und Hinterhäusern kleines Bürgertum und elendige Verhältnisse ineinander verzahnten.

Hanno, der selbst nie einen Vater gehabt hatte, liebte es, Vater zu sein. Von jenen Wochen an, als sich Betjes Bauch zu runden begann, hatte er die wachsende Kugel gestreichelt und den ersten Tritten nachgespürt. Das Ohr hatte er darauf gedrückt, um zu horchen, und dann den Mund an Betjes Bauch gelegt, um ihrem Kind alles Mögliche zu erzählen, bis Betje vor Lachen nach Luft schnappte, weil er sie dabei kitzelte. Bei jeder Wehe hatte er mitgelitten und war doch fast geplatzt vor Stolz auf seine Frau, die so stark, so tapfer war und ein ums andere Mal ein solches Wunder in die Welt brachte.

Viele Nächte war Hanno in der Wohnung umhergewandert, ein brüllendes Baby an der Schulter, damit Betje noch ein wenig Schlaf nachholen konnte. Nachtschichten, in denen er Kamillentee aufbrühte, weil einem der Kinder übel geworden war, oder in denen er unter dem Bett nach Gespenstern suchte, weil eines schlecht geträumt hatte.

Das war es wert gewesen über die Jahre, in denen sich die Räume hier nach und nach mit rotwangigen und vor Gesundheit strotzenden Kindern füllten, die mit ihrer Fröhlichkeit den Leuten auf der Straße ein Lächeln aufs Gesicht zauberten. Fast wie einer Reklametafel für das Obst und Gemüse im Laden entsprungen, hatte Hanno oft gedacht. Ein sechsfacher Segen, für den sie nicht dankbar genug sein konnten.

Eine von Betjes Haarsträhnen kringelte sich störrisch aus dem Zopf hervor. Zärtlich wickelte Hanno sie um seinen Finger. Heute faszinierten ihn diese Locken noch genauso wie damals, als Betje zehn Jahre alt gewesen war. Ein Fuchsmädchen, das er eines frühen Morgens schlafend auf einer Wiese in Ostfriesland vorgefunden und das ihm als Allererstes einen Faustschlag ins Gesicht verpasst hatte.

»Es ist aber noch kein Stellungsbefehl gekommen, Betje. Womöglich kommt auch keiner mehr.«

Offen sah Betje ihn an. »Noch einmal stehe ich das nicht durch, Hanno. Das bange Warten. Diese Angst. Am Ende holen sie sich auch noch Henning.«

Sechs sind genug, hatte Betje eines Tages beschlossen, Hauke war gerade ein paar Wochen auf der Welt gewesen. Und obwohl sich zwischen ihnen als Mann und Frau nichts geändert hatte, war es bei sechs geblieben. Vielleicht musste sich sogar die Natur beugen, wenn Betje Reintjes sich etwas in den Kopf gesetzt hatte; an eine Löwin erinnerte sie zuweilen, so wie jetzt.

Hanno faltete beide Hände um Betjes Finger. Er kannte diesen Blick, tiefblau wie ein trügerisch stilles Wasser. So blickte sie immer, wenn sie einer Differenz in der Buchhaltung auf der Spur war oder kurz bevor sie ihn über dem Spielbrett schachmatt setzte.

»Was hast du vor?«, fragte er.

»Grischa muss uns helfen.«

17

Der Kehrwieder hatte einen festen Platz in der Legende der Eisbarone. Hier, in einem der hohen Giebelhäuser, die den Binnenhafen säumten, hatten Grischa und Katya mit den Brüdern Petersen unter einem Dach gelebt und ihren kühnen Plan Wirklichkeit werden lassen.

Daran hatte Jakob immer gedacht, wenn er mitgekommen war, um in den finsteren Gängen der Hinterhäuser Lebensmittel und Kleider zu verteilen, Katya und Cathrin danach noch auf einen Kaffee, ein Glas Limonade in Betjes Kontor vorbeigegangen waren.

Wie Verschwörer versammelten sie sich an diesem Abend hoch oben über dem Feinkostladen, während der Goldglanz des Tages sich verlor und einer bläulichen Färbung wich. Die Küche glich einem Vogelnest über der Stadt, gemütlich mit den aufgereihten Gläsern voller Gewürze und einer gut gefüllten Obstschale, die Bündel getrockneter Kräuter, die Zöpfe aus Zwiebeln und Knoblauch und die aufgefädelten Chilischoten ein rustikaler Zierrat. Ein Hauch von frisch gebackenem Brot hing noch in der Luft, von Pfeffer und geräuchertem Speck. Hier schlug fühlbar das Herz der Familie.

Jakob kannte die Reintjes von Tristans Hochzeit mit Judith vor zwei Jahren und von ihren Besuchen in Teufelsbrück. Ein Fuchsrudel, genauso lebhaft und verspielt, genauso hellwach und fix im Kopf. Besonders gut waren ihm neben Betje und Hanno selbst die beiden älteren Töchter Finja und Levke im Gedächtnis geblieben, kastaniendunkel und ernsthaft die ältere, ein Wirbelwind mit brandrotem Haar die jüngere. Zwei Schwestern wie Feuer und Wasser; gemeinsam war ihnen neben ihrem hübschen Äußeren der Wortwitz, mit dem sie Jakob ein ums andere Mal in Verlegenheit zu bringen suchten.

In Hamburg, zu der Erkenntnis war Jakob inzwischen gelangt, gab es nicht nur die schönsten Mädchen und Frauen, sondern auch die klügsten und charakterstärksten, die Töchter ebenso wie ihre Mütter.

Von beiden Mädchen war an diesem Abend jedoch nichts zu sehen, auch von den jüngsten zwei Kindern nicht. Ein Kriegsrat der Erwachsenen war es, buchstäblich, bei Kaffee und Tee, Wein und Whisky, je nachdem, was der Verlauf des Gesprächs nötig machen würde.

»Ich habe mich erkundigt«, sagte Grischa vom Fenster her. »Im Augenblick sieht alles danach aus, als würden keine weiteren Soldaten eingezogen. Das Hamburger Regiment ist schon unterwegs an die Küste. Man befürchtet offenbar, dass die Franzosen dort zuerst zuschlagen, vielleicht sogar eine Invasion planen.«

Jakob schluckte.

»Und wenn alles anders kommt?«, fragte Betje. »Wenn sie doch mehr Soldaten brauchen?«

Katya drückte ihre Hand, während Cathrin, blasser als sonst und ungewöhnlich still, ihre Teetasse umklammerte.

»Dann werden sie erst das einfache Volk einziehen«, antwortete Grischa. »Ungerecht, ich weiß, aber so wird das nun einmal gehandhabt. Im schlimmsten Fall wird immer noch die Möglichkeit bestehen, sich gegen eine gewisse Summe vom Wehrdienst freizukaufen.«

»Was es auch kostet«, warf Hanno ein. »Wir bezahlen es.«

»Das ist doch ehrlos«, knurrte Gerrit, während er den Wein im Glas kreisen ließ.

Ihn konnte Jakob am wenigsten einschätzen. Am Ende war er womöglich nur neidisch, weil Gerrit, nicht viel älter als Jakob, schon so fest im Leben stand. Mit seinem eigenen Feinkostladen in Altona, der offenbar nicht nur hervorragend lief, sondern das reinste Eldorado für Gourmets sein musste. Réka jedenfalls schwärmte nach jedem Einkauf nicht nur vom Sortiment, sondern auch von der Bedienung durch den Juniorchef höchstpersönlich.

Gerrit verstand es, den Geschmack eines Weins mit poetischen Begriffen zu umschreiben, ohne dabei verweichlicht zu wirken, und für jemanden, der sein Leben den leiblichen Genüssen gewidmet hatte, verbarg er einen verblüffend athletischen Körper unter Hemd und Weste, das hatte die Badekleidung am Elbstrand enthüllt.

»Der Handel war Hamburg immer schon heilig«, ließ Christian sich vernehmen. »Vor allem der gut gehende Handel.«

Einen entschlossenen Zug um den Mund, schüttelte Betje den Kopf.

»Das genügt mir nicht.«

»Was schlägst du vor?«, wollte Grischa wissen.

»Bring sie fort«, verlangte Betje. »Auf einem eurer Schiffe. So schnell wie möglich und so weit weg, wie es nur geht. Alle beide.«

»Mama!«, protestierte Henning, ein überschlanker und sommersprossiger Bursche, der sich gerade zaghaft nach dem Mannsein reckte.

»Dänemark oder England werden nicht weit genug sein«, überlegte Christian halblaut. »Keiner kann derzeit abschätzen, wie lange der Krieg dauert und ob sich nicht noch andere Länder mit hineinziehen lassen. Auch wenn sie zurzeit alle darauf beharren, unbeteiligte Zuschauer bleiben zu wollen.«

Nachdenklich rieb Grischa sich mit dem Daumen über die Unterlippe.

»Wir sind dabei, eine Fahrt nach Bombay und Madras vorzuziehen. Weil wir nicht wissen, wie lange der Seeweg noch offen bleibt.«

»Mama, meine Prüfungen!« Hennings Stimme, die gerade erst in die Brust hinabgerutscht schien, überschlug sich beinahe, kindlich hell. »Ich hab im Frühling doch Prüfungen!«

»In Bombay gibt es auch Schulen«, versuchte Katya ihn zu beschwichtigen.

»Das ist nicht dasselbe!«, wehrte sich Henning.

»Dann legst du deine Prüfungen eben ein Jahr später

ab«, gab seine Mutter sachlich zurück, aber mit hörbar enger Kehle.

»Ich will nicht nach Indien!«, brüllte Henning. »Ich gehör doch hierher, ich hab Freunde hier! Papa, sag du doch auch was!«

»Im Feld lassen sie dich bestimmt nicht dein Abitur machen«, lautete Hannos Erwiderung, das gutmütige Funkeln in seinem Blick ein scharfer Kontrast zur steinernen Miene.

Hennings lichtblaue Augen überzogen sich mit einem feuchten Glanz, dann stürmte er aus der Küche. Die Tür, die er am Ende des Flurs hinter sich zuschlug, ließ seine Schwestern ein paar Zimmer weiter empört aufschreien und Gläser und Porzellan auf dem Küchentisch klirren.

In der bedrückenden Stille, die darauf folgte, warfen sich Betje und Hanno Blicke zu, mit denen sie sich zu verständigen schienen, wer Henning nachging. Offenbar einigten sie sich darauf, ihm etwas Zeit für sich zu geben.

»Ich kann nicht weg«, verkündete Gerrit in diese Stille hinein. »Nicht jetzt. Vor allem mache ich solche krummen Touren nicht mit.«

»Das ist keine krumme Tour«, erklärte Grischa. »Solange du keinen Stellungsbefehl erhalten hast und auch nicht als Wehrpflichtiger in den Listen geführt wirst, kannst du frei reisen, ohne Fahnenflucht zu begehen. Für alle Fälle geben wir dir noch Papiere mit, die bestätigen, dass unabdingbare geschäftliche Angelegenheiten deinen Aufenthalt in Indien erforderlich machen.«

Gerrit sah zu Cathrin, die sich mit angestrengt zusammengezogenen Brauen auf den Tee in ihrer Tasse konzentrierte.

»Ich will nicht.«

Sein Tonfall, sein Blick auf Cathrin versetzten Jakob einen Stich.

Hanno fuhr sich mit beiden Händen durch das ergrauende Haar und atmete tief durch.

»Du warst dieses Frühjahr erst in Frankreich. Aus heutiger Sicht im Feindesland, einige Wochen sogar, unterhältst seit Jahren enge Kontakte dorthin. Fast jeder, der zu dir in den Laden kommt, weiß das. Was ist, wenn die Stimmung auch in Hamburg irgendwann umschlägt, wie sie es andernorts schon getan hat? Wenn dich irgendein glühender Patriot, irgendein besorgter Bürger oder auch nur ein Neider deswegen anzeigt? Wirst du dann glaubhaft nachweisen können, dass es dir nur um Trüffel und Champagner gegangen ist?«

Müde wirkte er, müde vor Sorge. Jakob hätte jetzt nicht in seiner Haut stecken wollen, genauso wenig wie in der Betjes oder der beiden Söhne.

Er warf einen Blick zu Grischa. Aufrecht wie eine Eiche hielt er sich im Sturm dieser ersten Kriegstage. Der Schwerpunkt des Raums, an dem sich alle orientierten, weil Grischa immer wusste, was zu tun war. An ihm zeigte sich der viel beschworene russische Familiensinn, aber noch mehr sein ureigenstes Wesen, weitblickend, tatkräftig und loyal. Ein Mann in Wort und Tat.

Ein Gigant, dem keine Frau, kein anderer Mann auf

Dauer genug war. Daneben konnte Jakob sich nur vorkommen wie ein schwankendes Blatt im Wind.

»Was ist eigentlich mit dir, Jakob?«, erkundigte sich Christian.

Cathrins Augen richteten sich auf ihn, dunkel und groß. Wie erstaunt darüber, dass er überhaupt schon alt genug sein könnte, um für den Kriegsdienst in Erwägung gezogen zu werden. Unwillkürlich richtete sich Jakob auf und drückte den Rücken durch.

»Jakob hat nichts zu befürchten«, antwortete Grischa für ihn. »Er ist außen vor.«

Als Jakob Lüneburg verlassen hatte, war das Königreich Hannover, zu dem die Salzstadt seit Jahrzehnten gehörte, gerade von Preußen geschluckt worden. Zur Strafe, weil es sich im Krieg gegen Österreich auf die falsche Seite geschlagen hatte. Dass mit preußischer Herrschaft eine allgemeine Wehrpflicht kommen sollte, hatte Jakob noch gehört. Interessiert hatte es ihn schon nicht mehr, den Blick auf die Neue Welt gerichtet, das kostbare Papier in seiner Tasche, dass für ihn kein Stellungsbefehl ausstand und er ausreisen durfte.

Eine kleine Lücke zwischen der alten Wehrordnung Hannovers und der neuen Preußens, durch die Jakob hindurchgeschlüpft war; für die Behörden in Lüneburg existierte er auf deutschem Boden nicht mehr.

In Hamburg besaß Jakob kein Haus und kein Grundstück, hatte nichts gepachtet, nicht geheiratet und sich keines strafbaren Vergehens schuldig gemacht. In keiner Liste, keinem Register tauchte sein Name auf, weil er eigentlich nach Amerika gewollt hatte, aber hier hängen geblieben war. Ein seltsamer Schwebezustand, der nun schon ins dritte Jahr ging.

Frei wie ein Vogel war Jakob. Oder aber, als ob es ihn gar nicht wirklich gäbe.

Unter gesenkten Lidern warfen sich Cathrin und Gerrit verstohlene Blicke zu. Eine stumme Zwiesprache, die eine lange Geschichte erzählte, genau wie Cathrins Finger, die über das Porzellan streichelten, und diejenigen Gerrits, die den Stiel des Weinglases entlangfuhren.

Ein paar Herzschläge lang hatte Jakob keinen Boden unter den Füßen. Natürlich zog Cathrin diesen Wikinger mit seiner weltmännischen Aura vor. Diesen Rotfuchs, der aus jeder Pore maskuline Sinnlichkeit und Erfolg verströmte. Er, Jakob, war ja nur der junge Cousin. Der Taugenichts, der in Lüneburg jede Arbeit verloren hatte, weil er es gewagt hatte, Neuerungen vorzuschlagen, der den Mund aufmachte, wenn ihm etwas ungerecht vorkam. Der es auch nach drei Jahren in Hamburg zu nichts gebracht hatte, wo doch die Straßen hier nur so mit lohnenden Geschäften gepflastert waren.

Sein eigener Vater war mit dreizehn Jahren und ohne eine Kopeke in der Tasche ins Unbekannte aufgebrochen. Im selben Alter wie Jakob hatte er schon Wale auf den Nordmeeren gejagt und mit grönländischen Pelzen gehandelt, etliche Frauen geliebt und ein paar Männer noch dazu; das Kapitänspatent in der Tasche, hatte er gerade Anlauf genommen, mit einem Frachter voller Eis in den Tropen ein Vermögen zu machen.

Jetzt jedoch konnte Jakob zeigen, was alles in ihm steckte. Wie kühn und tapfer er wirklich war. Bereit, ein Zeichen in der Welt zu hinterlassen, vielleicht sogar ein Held zu sein. Bevor er überhaupt zu Ende gedacht hatte, purzelten schon die Worte aus seinem Mund, einen Geschmack von Abenteuer auf der Zunge.

»Ich werde mich freiwillig melden.«

Das Schweigen in der Küche lastete ebenso schwer auf ihm wie die Blicke der anderen. Bevor er die Augen niederschlug, sah er noch, wie Cathrin die Tasse lautlos absetzte, langsam aufstand und wutentbrannt mit raschelnden Röcken aus der Tür schritt.

Christian fand seine Tochter unten im schummrig beleuchteten Treppenhaus, auf den Stufen zusammengekauert und das Gesicht in den Händen vergraben. Leise sprach er sie an. Als sie weder antwortete noch eine Regung zeigte, blieb er unschlüssig stehen.

»Es ist so ungerecht«, murmelte sie nach einer Weile hinter den Händen hervor.

»Das ist es«, erwiderte Christian schlicht.

Der Wehrdienst im Hamburger Bürgermilitär war für Christian und Thilo als Burschen, als junge Männer seinerzeit etwas gewesen, das es zwar faktisch gab, woran sie jedoch nie einen Gedanken verschwendeten. Die Anzahl echter Bürger über zweiundzwanzig Jahren, die dafür infrage kamen, war im Verhältnis zur gesamten Einwohnerzahl gering. Noch überschaubarer indes waren die Plätze im Regiment, das über die Stadt wachte und sich für den Ernstfall eines Angriffs bereithielt. Also entschied das Los, das Jahr um Jahr aufs Neue an den Brüdern Petersen vorbeiging; sie kannten auch niemanden näher, den es je getroffen hätte.

Wenn Hamburg nach mehr Land für Häuser und Docks und Speicher gierte, schuf es sich welches auf dem Wasser, und das einzige Reich, das die Hansestadt jemals hatte dominieren wollen, war das der See. Hier setzte man nicht auf die Macht der Waffen, sondern auf die des Geldes, überzeugt davon, dass Frieden und Wohlstand einander bedingten und mehrten. Ein grundlegender Unterschied zum kriegerischen Preußen, der sich nun bitter rächte.

Mitgefangen, mitgehangen.

Cathrin löste die Hände vom Gesicht und sah über die Schulter zu ihm hinauf.

»Hast du es damals auch so empfunden, während der Franzosenzeit? Als ob die Welt unterginge?«

Christian ließ sich Zeit mit seiner Antwort.

In diesem Augenblick sah er sie wieder vor sich, die beiden kleinen blonden Jungen, die er und Thilo einmal gewesen waren. Wie sie bewundernd zu ihrem Vater aufgeblickt hatten, ein Mann wie ein Baum. Ein Fürst in seinem eigenen Reich aus Gemüsekisten und Bonbongläsern, dessen Regale er auch in dürren Zeiten mit Schmuggelfahrten ins damals dänische Altona zu füllen verstand.

»Als die Franzosen einfielen«, sagte er dann, »war ich ja gerade erst auf der Welt. Ich hatte nie ein anderes Hamburg gekannt.«

Der Zauber, den der Laden ihres Vaters auf seine Söhne ausübte, war nichts gegen die Verlockung frischen Butterkuchens. In langen Sätzen waren sie jedes Mal die Treppen zur Wohnung hinaufgesprungen, wo ihre Mutter sie an sich drückte und Rieke Tränen aus den Augen kullerten, weil sie auch lieber ein Stück Kuchen haben wollte statt ihres langweiligen Breis.

»Aber als ich als kleiner Junge aus dem Fieber wieder zu mir kam«, sprach Christian weiter, »und begriff, dass meine Mutter und meine kleine Schwester nicht mehr lebten, die Franzosen meinem Vater das Bein zerschossen hatten, dort unten vor der Treppe … Ja, da habe ich das auch so empfunden.«

Eine klaffende Wunde in seinem noch so jungen Leben, die sich zwar geschlossen hatte, aber nie wirklich verheilt war und noch immer pochte, ab und an.

Christian ließ sich neben Cathrin nieder, die sich mit einer zornigen Geste über die Augen wischte.

»Was ist das nur mit den Männern und dem Krieg?«

Unwillkürlich wanderte sein Blick die Höhen des Treppenhauses hinauf, wo er früher die Geländer herabgerutscht war, bäuchlings sogar. Genau wie er manchmal über den Speicher auf das Dach hinaufgeklettert und den First entlangbalanciert war. Um die bösen Mächte herauszufordern, die ihm Mutter und Schwester und seinem Vater das Bein genommen hatten, und dabei ein ums andere Mal der Sieger zu bleiben, unverwundbar und unsterblich.

Ein wehes Lächeln zuckte über Christians Gesicht.

»Wir wollen immer zeigen, wie stark und tapfer wir sind. Die Größten, die Besten wollen wir sein. Weil wir es nicht ertragen, uns unseren Schwächen zu stellen. Wenn uns jemand überlegen ist.«

Die Worte schmeckten sauer in seinem Mund. Eine bittere Medizin, von der er erst spät in seinem Leben gekostet hatte.

Cathrin schnaubte und gab dann ein leises Schniefen von sich.

»Im Feld werden sie sicher Krankenschwestern brauchen, oder?«

Christians Herz zog sich zusammen. »Vermutlich.«

Cathrin deutete ein Nicken an.

»Ich habe Angst«, brach es dann aus ihr heraus. »Große Angst, Papa.«

Christian betrachtete seine Tochter, die längst erwachsen war und ihren eigenen Weg ging, aber jetzt wie das Mädchen neben ihm saß, das sie einmal gewesen war. Wie sie alle wieder zu Kindern wurden, in Krankheit und Not und wenn die Welt sich aus den Angeln hob, und sich nach einer Mutter, einem Vater sehnten. Nach jemandem, der sie tröstete und versprach, dass alles wieder gut würde.

Christian legte den Arm um Cathrin und ließ sie an seiner Schulter weinen.

18

Im Büro unter dem Dach starrte Cathrin auf die Papiere vor sich, unfähig, den Buchstabenreihen, den Zahlenfolgen einen Sinn abzugewinnen. Nichts schien in diesen Tagen mehr einen Sinn zu haben, kein frischer Wind vertrieb den zähen und schweren Nebel in Cathrins Kopf.

Angestrengt lauschte sie auf die Stimmen aus dem Kontor unten; was davon zu ihr heraufdrang, klang in seiner Hektik nach einem Wespennest. In diesen Stunden würde es sich entscheiden, wann die *Marie* Richtung Bombay in See stach. Die größte Schwierigkeit lag darin, aus dem Stand genug Männer für eine solche Fahrt zusammenzubekommen, viele Seeleute waren bereits zur Marine eingezogen worden.

Cathrins Blick fiel auf Jakobs Schreibtisch, der den dritten Tag schon verwaist geblieben war, seit dem Abend am Kehrwieder. Über dem Fleet schrie eine Möwe, halb melancholisch, halb kampfeslustig. Von den Mauern der hohen Speicher zurückgeworfen, ein unangenehm schriller Laut, der Cathrin durch Mark und Bein ging.

Ein Klopfen an der Tür ließ sie zusammenfahren.

Margarete Paal, eine Schreibkraft in Cathrins Alter, steckte den Kopf herein.

»Verzeihen Sie die Störung, Fräulein Petersen. Sie haben Besuch. Herr Reintjes junior.«

Gerrit bedankte sich mit einem Nicken bei Fräulein Paal, die sachte die Tür hinter ihm schloss. Seinen Hut und eine Aktenmappe in der Hand, sah er sich eingehend um.

»So arbeitest du also«, sagte er leise.

Ein Blick in sein Gesicht genügte.

»Wann fahrt ihr?«

»Bei Sonnenuntergang. Ich habe gerade mit Grischa die letzten Einzelheiten besprochen und die Dokumente abgeholt. In Bombay können wir fürs Erste entweder bei Mr Bradshaw unterkommen oder bei Shilpa. Je nachdem, was uns besser behagt.«

Cathrin nickte. Der Prokurist, der die Geschäfte von *Petersen & Voronin* auf dem Subkontinent leitete, war ein drahtiger, auf lässige Art gut gekleideter Mann, der jeden Raum mit seiner unbändigen Energie elektrisierte und der doch die schönen Seiten des Lebens zu genießen verstand.

»Bei beiden seid ihr gut aufgehoben. Bradshaw lebt schon seit Ewigkeiten in Indien. Einer jener Männer, auf die man sich immer und unter allen Umständen verlassen kann, und eine angenehme Gesellschaft noch dazu. Und Shilpa ist die Herzlichkeit in Person. Ihr Haus wird euch gefallen, luftig und mit einem schattig begrünten Innenhof.«

Klein und rund wie eine Mangostane, außen genauso zäh, innen genauso erfrischend süß und mit einem armdicken Zopf, der bis fast an die Kniekehlen reichte, hatte Shilpa sich eine ganze Kette von Garküchen in und um Bombay aufgebaut. Neela, Cathrins indische Cousine, die noch zur Schule ging, würde diese später einmal übernehmen, ihr Bruder Nareesh bald Medizin studieren.

Gerrit legte Hut und Mappe auf Cathrins Schreibtisch ab und fasste sie bei den Armen.

»Komm mit, Cathrin.«

Eine Bitte, die er in den letzten Tagen mehrfach vorgebracht hatte und die jetzt, mit seinen letzten Stunden in Hamburg, etwas Dringliches bekam.

»Ich kann nicht Knall auf Fall hier weg«, beharrte Cathrin weiterhin.

»Natürlich kannst du. Ich kann es ja auch.«

Gerrit zog sie an sich.

»Lass uns zusammen nach Bombay gehen«, bat er, »unsere eigene Firma gründen.«

Bombay. Das Tor Indiens. Die Stadt der Träume und des Goldes. Und eine Stadt, die in jüngster Zeit wie keine andere das Auf und Ab des Geschäftslebens durchgemacht hatte.

Der Krieg in Amerika hatte die Ausfuhr von Baumwolle aus den Südstaaten gestoppt. Also hatten die Spinnereien und Webereien in Birmingham und Manchester und Leeds ihren Bedarf in Indien gedeckt. Die enorme Nachfrage ließ die Preise steigen, sodass Baumwolle buchstäblich zum weißen Gold wurde und Händler sogar Matratzen und Kopfkissen aufschlitzten, um die Füllung zu verkaufen. Der Umsatz wurde in vielversprechende Aktien investiert, für die sich dann auch andere Anleger interessierten. Jeder kleine oder große Händler, einheimisch oder ausländisch, begann vom Geld zu träumen, das offensichtlich auf der Straße lag; Zivilangestellte, Offiziere, Abenteurer, Journalisten, sogar Straßenkehrer nahmen Kredite auf, um die begehrten Aktien erwerben zu können, was wiederum die Zinsen in die Höhe trieb.

Und dann war der Krieg in Amerika vorbei. Die Südstaaten durften ihre Baumwolle wieder verschiffen, der Not gehorchend billiger als je zuvor, nicht zuletzt durch den kürzeren Seeweg, und der Preis für indische Baumwolle sackte in den Keller. Zinsen konnten nicht mehr getilgt werden, und wie Dominosteine fielen die gerade noch so hoffnungsvollen Investoren der Reihe nach um, bis die Pleitewelle auch die Banken erreichte.

Sehenden Auges war man in die Katastrophe geschlittert. Ein Gesetz zur Marktregulierung wurde zwar rechtzeitig auf den Weg gebracht, doch weil es in der Post zwischen Shimla und Kalkutta festhing, erreichte es den Generalgouverneur zur Unterschrift erst, als es dann doch schon zu spät war. Und keine Stadt, keinen Handelsposten auf dem Subkontinent hatte es härter getroffen als Bombay.

Schockwellen, die das Unternehmen von *Petersen & Voronin* ebenfalls zu spüren bekam. Mit der geplatzten Aktienblase gerieten auch einige ihrer Kunden in finanzielle Schwierigkeiten, was den Preis für das Eis drückte, damit die kalte Fracht nicht unverkauft im Laderaum dahinschmolz. Ein Verlust, der jedoch unterm Strich durch das fette Amerikageschäft der Kriegsjahre mehr als wettgemacht wurde. Zumal es indische Baumwolle von einem Tag auf den anderen zu Schleuderpreisen gab.

Auch wenn *Petersen & Voronin* dabei nicht das Maximum herausgeholt hatte. Ein paar Rupien hin oder her würden sie nicht ärmer machen, hatte man in der Geschäftsleitung befunden. Sehr zum Unwillen Ludgers, der nur zu gern den Pfennigfuchser hervorkehrte, aber damit bei den Eisbaronen auf taube Ohren gestoßen war. Wer viel verdiente, konnte auch gut etwas davon abgeben, das war eine Tradition, in der Cathrin groß geworden war. Und für etliche Menschen in Madras und dem Hinterland, die gerade unter einer Dürre litten, hatten diese paar Rupien tatsächlich einen großen Unterschied gemacht.

Gebannt hatte Cathrin diese nervenaufreibende Zeit mitverfolgt und sich bei jeder Entscheidung der Eisbarone gefragt, wie sie an deren Stelle gehandelt hätte. Die Vorstellung, im Spannungsfeld zwischen Goldgräberstimmung und Krise mitzumischen, machte ihr den Mund wässrig wie ein scharfes Curry.

»Hast du nicht immer davon geträumt«, raunte Gerrit an ihrer Wange, »die Teegärten in Assam und Darjeeling kennenzulernen und daraus etwas zu machen? Aus all den Herrlichkeiten Indiens, von denen du mir erzählt hast? Ein riesiges Reich voller Möglichkeiten liegt vor uns, Cathrin. Wir brauchen nur hinzufahren und zuzugreifen.«

Nachdem sich der Staub des Börsencrashs gelegt hatte, hatte Bombay mit der Eröffnung des Suezkanals frischen Aufwind bekommen. Mit einem neu ausgebauten Hafen und einem wachsenden Eisenbahnnetz ins Hinterland, die die Stadt zum Liverpool des Ostens machten und Glückssucher aus aller Welt anzog. Ein zweites Manchester versprach es zu werden, vielleicht als Umschlagplatz für Waren aus aller Welt sogar einmal Hamburg gleichzukommen.

Die reinste Verlockung war es, was Gerrit vor ihrem inneren Auge ausbreitete, und doch hatte diese Vision Hand und Fuß. Beide, Cathrin und Gerrit, lebten für das Geschäft und brachten nicht nur das Talent dafür mit, sondern auch die notwendige Erfahrung, jung wie sie waren. Beide sprachen sie fließend Englisch und Französisch, Cathrin neben ihrem von Katya und Grischa gelernten Russisch sogar ein bisschen Tamil und Marathi, und mit Cathrins Erbschaft gab es dazu einen soliden Grundstock an Kapital.

Die große Freiheit versprach Gerrit ihr, und ein Glück an seiner Seite noch dazu. Dennoch zögerte Cathrin.

Gerrit ließ nicht locker. »Oder du übernimmst die Leitung der indischen Niederlassung. Katya und Grischa sind bestimmt einverstanden. Wahrscheinlich hätte nicht einmal dein Vater etwas dagegen. Und du wüsstest den halben Erdball zwischen dir und Ludger.«

»Das ist nicht dasselbe«, gab Cathrin angriffslustig zurück. »Ich wäre trotzdem nur ein Vasall von Hamburgs Gnaden und nicht die Herrin des Hauses.«

»Geht es dir immer nur darum? Eines Tages selbst eine Eisbaronin zu sein?«

Gerrits Augen, so blau wie Vergissmeinnicht, verdüsterten sich.

»Ist dir dieses verdammte Unternehmen wirklich so viel wichtiger als ich?«

»Lass mich wenigstens in Ruhe darüber nachdenken«, versuchte Cathrin, sich einmal mehr herauszuwinden. »Ich kann doch nachkommen.«

»Und was, wenn der Seeweg irgendwann blockiert ist? Willst du dich zu Fuß nach Süden durchkämpfen, die Frontlinie entlang, bis zu einem der Häfen im Mittelmeer?«

Cathrin sträubte sich gegen seine Umarmung, die ihr zunehmend die Luft abschnürte, aber Gerrit hielt sie umso fester.

»Himmel, Cathrin! Wie viel Zeit brauchst du denn noch?«

»Ist dir eigentlich klar, was du da von mir verlangst?«, warf sie ihm an den Kopf. »Ich soll mein Leben hier komplett aufgeben. Meine Träume, meine Wünsche und alles, wofür ich bislang so hart gearbeitet habe. Ebenso gut könnte ich von dir verlangen, dass du meinetwegen hierbleibst.«

Herausfordernd und geradezu verbissen sahen sie einander in die Augen. Wie sie es als Kinder getan hatten, wenn sie darum wetteiferten, wer mehr dieser kleinen und höllisch scharfen Chilischoten essen konnte, die Gerrit für sie aus dem Feinkostladen gestohlen hatte. Bis der Mund in Flammen stand, sie nach Luft schnappten und ihnen Tränen über das Gesicht liefen.

Nachgegeben hatte keiner von beiden.

»Ich bin es wert, Cathrin«, sagte Gerrit dann. »Und das weißt du auch.«

Zwei Monate auf See würden künftig zwischen ihnen liegen. Mindestens solange Frankreich und Deutschland auf den Schlachtfeldern entlang des Rheins miteinander um Sieg und Niederlage rangen. Der letzte Krieg auf deutschem Boden hatte nur ein paar Monate gedauert, der in Amerika ganze vier Jahre. Womöglich kehrte Gerrit nie wieder ganz nach Hamburg zurück, nur noch als Besucher seiner alten Heimat.

Während sich die Häfen Indiens zunehmend mit der britischen »Fischfangflotte« füllten; junge und nicht mehr ganz so junge Frauen, die nicht hübsch, nicht vermögend genug waren, um zu Hause einen Mann abzubekommen, und ihre ganzen Hoffnungen auf einen der zahlreichen Junggesellen in Handel, Militär und Verwaltung Indiens setzten. Auf die Zeitungsschreiber, Ingenieure und Architekten, Schiffseigner und Lehrer, Pastoren und Missionare, die ausgezogen waren, um aus Indien das Juwel der britischen Krone zu machen.

Vor dem Fenster schrien abwechselnd zwei Möwen. Es klang, als ob sie sich zankten und doch voller Sehnsucht nacheinander riefen.

Habt euch lieb, schienen die Tauben in den Ritzen der Speichermauern zu gurren, *so habt euch doch lieb.*

Cathrin schlang die Arme um Gerrit und schmiegte sich an ihn. Ein Pfeiler der Verlässlichkeit in diesen plötzlich so unsicheren, so beängstigenden Zeiten. Undenkbar, ihn loszulassen.

»Ich warte auf dich«, flüsterte er heiser. »Heute Abend am Kai.«

Ziellos wanderte Cathrin kreuz und quer über die Brücken der Stadt.

Wie ein Schifferkahn, der seinen Mast in den Wind reckte, lag Sankt Katharinen am Ufer des Fleets, das Gold aus Störtebekers Schatz blinkend in der Sonne. Die Kirche der Seemänner und Fleetschiffer, der Bootsbauer und Segelmacher und der ganzen anderen Leute auf dem Grasbrook. Und die Kirche der Voronins und Petersens, so weit die Familiengeschichte hier in Hamburg zurückreichte. Unbeschadet aus dem großen Feuer hervorgegangen, unverändert seit Generationen, nur heute zum Wohl der Gottessuchenden mit Gas beheizt.

Nie wäre Cathrin in den Sinn gekommen, Hamburg auf Dauer den Rücken zu kehren. Dieser Stadt, die bis wenige Stunden vor Cathrins Geburt eine ganz andere gewesen war. Als wären sie zusammen zur Welt gekommen, Cathrin und das neue Hamburg, gemeinsam gewachsen und groß geworden.

Auf dem Kehrwieder blieb sie stehen und sah zum Feinkostladen der Reintjes hinüber. Den Gedanken,

Betje oder Katya um Rat zu fragen, verwarf sie sogleich wieder. Diese Entscheidung konnte ihr niemand abnehmen; niemand steckte gerade so tief in ihrer Haut wie Cathrin selbst.

In einer Mietdroschke fuhr sie nach Hamm hinaus. Mine öffnete ihr die Tür zur Familienvilla; in der Julihitze haftete die Bluse feucht auf Cathrins Rücken, ihren Hut hatte sie im Kontor vergessen. Müde schlich sie die Treppen hinauf und durch den Korridor. Noch müder bei dem Gedanken, sich umzuziehen oder gar ihre Sachen zu packen. Niedergewalzt von all den Fragen und Zweifeln und einer Unentschlossenheit, die ihr ganz und gar fremd war. Sie, die sich doch sonst immer voller Elan und kopfüber in alles Neue, Unbekannte, Aufregende stürzte.

Ein Geräusch am Ende des Flurs ließ sie aufhorchen. Wie ein Schluchzen klang es, nicht lauter als das Rascheln einer Maus.

»Mama?«, rief sie leise vor dem Schlafzimmer ihrer Eltern.

»Gleich, Cathrin«, antwortete Henny in fieberhafter Hast. »Gleich.«

Cathrin zögerte, geschlossene Türen hatte sie immer zu respektieren gewusst. Die Art jedoch, wie Henny geklungen hatte, die Stimme eigentümlich belegt und halb verschluckt, bewog sie dann doch, die Tür einen Spalt zu öffnen.

»Ist alles in Ordnung, Mama?«

Eine ungesunde Blässe im Gesicht, kniete Henny auf

dem Boden und versuchte verzweifelt, mit ihrem Taschentuch Erbrochenes aus dem Teppich und dem Stoff ihres Sommerkleids zu tilgen. Behutsam ließ sich Cathrin neben ihr nieder und hielt sie am Handgelenk fest.

»Lass das doch Mine machen.«

Rote Flecken erschienen auf Hennys Wangen.

»Bloß keine Umstände«, murmelte sie zitternd. »Ist ja nichts. Ich hatte mich nur etwas hingelegt, und dann war mir schlecht.«

Ein ruckartiger Krampf lief durch sie hindurch. Sie musste würgen und übergab sich gleich ein zweites Mal. Cathrin zwang den Ekel zurück, der in ihr aufwallte, rieb ihrer Mutter über den Rücken und rief nach Mine.

Während das Dienstmädchen wischte und feucht ausbürstete, half Cathrin ihrer Mutter, die wackelig auf den Beinen war, sich auszuziehen und zu waschen. Mit einer eigentümlichen und widerwilligen Zärtlichkeit für diesen sechzigjährigen Leib, üppig und weich, mit Dellen und Furchen und an manchen Stellen schon welk. Derselbe Leib, der sie, Cathrin, geboren und genährt hatte.

Cathrin streifte ihrer Mutter ein frisches Nachthemd über und packte sie mit einem Kräutertee ins Bett, wo sie sitzen blieb, um bang auf die Ankunft des Familienarztes zu warten.

Das späte Licht des Tages tauchte den Kai in sattes Gold und schnitt Hafenbauten und die Schiffe mit ihren Masten und Leinen als scharf umrissene Silhouetten heraus. Die Segel bereits gesetzt, ruckte die *Marie* ungeduldig an den Tauen, die sie noch an ihrer freien Fahrt durch die Elbe hinderten.

Im Lärm von Seilwinden und Ketten und gebellten Seemannsrufen musterte Betje ihren ältesten Sohn, der immer wieder zwischen den langen Schatten Ausschau hielt. Wie ertappt wirkte er, als er ihren Blick auffing, und Verlegenheit zeichnete sich auf seinem Gesicht ab.

»Sie wird nicht kommen«, sagte Gerrit leise und wie ungläubig.

Zutiefst niedergeschlagen wirkte er, mit einem letzten Rest schwindender Hoffnung in den Augen.

»Dann muss es einen schwerwiegenden Grund dafür geben«, erwiderte Betje. »Cathrin ist nicht jemand, der ohne ein Wort, eine Erklärung einfach fortbleibt.«

Gerrit nickte, wenig überzeugt, und Betje wurde das Herz gleich noch schwerer.

»Wollt ihr es euch nicht doch noch überlegen?«, fragte Gerrit.

Betje und Hanno wechselten einen Blick. Lange hatten sie darüber debattiert. Unter vier Augen. Mit ihren ältesten Töchtern, die schon mit beiden Beinen im Feinkostgeschäft standen, mit Jordis und Fiete, Katya und Grischa.

Niemand wusste, was die nähere Zukunft bringen würde. Ob es sie zu Aussätzigen machte, dass sie zwei ihrer Söhne vor der Front bewahren wollten, indem sie sie ans Ende der Welt verfrachteten. Wie lange es noch Nachschub an Lebensmitteln für den Feinkostladen geben würde und ob Hamburg noch einmal eine zweite Franzosenzeit mit all ihren Schrecken bevorstand.

Am Ende hatten Betje und Hanno sich dafür entschieden, das Vermächtnis Arno Petersens hochzuhalten und zu bleiben, genau wie er damals.

»Wenn es ganz schlimm wird, packen wir flugs alles zusammen und kommen nach«, versprach Hanno dennoch.

Das Stimmengewirr an Deck nahm an Dringlichkeit und Lautstärke zu.

»Ihr müsst«, verkündete Grischa, Katya an seinem Arm.

Abschiedsworte wie *leb wohl*, *auf Wiedersehen* oder *bis bald* sparten sie sich, die Eltern und Kinder, die Schwestern und Brüder. Dafür war alles zu ungewiss, und niemand wollte wahrhaben, dass es womöglich Jahre dauerte, bis sie einander wiedersahen.

Als andere Menschen würden ihre Söhne zurückkehren, das wusste Betje jetzt schon. Wie sie selbst damals als ein anderes junges Mädchen zurückgekommen war, aus Madras und Norwegen, Paris und London. Jede Reise formte einen neu, besonders die, die einen an ferne Horizonte führte, unter einen neuen Himmel.

»Denkt immer an das Moskitonetz, wenn ihr euch schlafen legt«, flüsterte Betje heiser, als Gerrit sie an sich drückte. »Und pass auf deinen Bruder auf.«

Nur widerstrebend ließ Henning sich von ihr umarmen. Ein Achtzehnjähriger, der tapfer sein wollte, aber in diesem Augenblick nichts anderes war als ein ängstlicher kleiner Junge, der alles hinter sich lassen musste, was sein Leben bisher ausgemacht hatte.

Angetrieben von den Rufen des Maats, eilten Gerrit und Henning hinüber auf das Schiff. Die Taue wurden von den Pollern gewickelt, die Laufplanke eingeholt, und wie mit einem langgezogenen Seufzen löste sich das Schiff vom Kai. Hanno ging in die Hocke, um Hauke zu trösten, der herzzerreißend schluchzte, teils, weil er seine großen Brüder nicht hergeben wollte, teils, weil er nicht auch ins ferne Indien mit seinen Tigern und Elefanten durfte.

»Tun wir auch das Richtige?«, fragte Betje murmelnd.

»Wären es meine Söhne«, antwortete Katya an ihrer Schulter, »hätte ich sie auch nach Indien geschickt.«

Betje nickte. Befreit aufatmen konnte sie dennoch nicht. Keine Schiffsreise war ohne Risiko, das wusste sie. Als hätte sie ihre beiden Söhne vor den Wölfen gerettet, nur um sie den Ungeheuern der Meere auszusetzen, so kam es ihr vor, während sich die *Marie* entfernte und kleiner wurde, die roten Haarschöpfe von Gerrit und Henning wie das letzte Verglimmen der Abendsonne auf dem Wasser.

19

Schweigend ließ Jakob die Blicke Grischas über sich ergehen, während er seinen Tornister packte.

»Ich kann das nicht zulassen«, sagte Grischa rau.

»Ich bin volljährig«, gab Jakob genauso ruppig zurück. »Ich brauche deine Zustimmung nicht.«

Grischa schwieg einige Herzschläge lang.

»Hast du dich wenigstens von Cathrin verabschiedet?«, fragte er dann.

Jakob erstarrte. Eine verlegene Röte kroch ihm den Hals herauf, vielleicht war es auch nichts als blanker Zorn. Weil Grischa, der immer alles konnte, alles wusste, ihn sogar in dieser Hinsicht durchschaut hatte.

Jakob schüttelte den Kopf. Er wollte die Erinnerung an diese eine Nacht in der Elbe mit in den Krieg nehmen. Keine Vorwürfe, keine Missbilligung, womöglich eine Abfuhr. Vor allem wollte er, dass Cathrin den Mann in Erinnerung behielt, der er in jener Nacht gewesen war, im schwarzen Wasser unter dem Sternenzelt. Nicht einen zweiundzwanzigjährigen Burschen, der große Töne gespuckt hatte und nun kleinlaut der Wahrheit ins Gesicht sehen musste, wie elend ihm zumute war.

Ein Teil von ihm war überzeugt gewesen, in der Kaserne würde man ihn auslachen und nach Hause schicken. Ihn, den Grünschnabel, der keinen Wehrdienst abgeleistet und in seinem ganzen Leben noch keine Waffe in der Hand gehalten hatte. Doch sie hatten ihn genommen, wenn auch nur für Botendienste und kleine Kundschaftsgänge. Zumindest in der ersten Zeit; Jakob wusste nicht, ob es das besser oder schlechter machte.

Heillos verspekuliert hatte er sich, und die Falle, die er sich selbst in einem unbedachten Augenblick gestellt hatte, aus Eifersucht und Geltungsdrang, war zugeschnappt.

»Noch ist Zeit«, drang Grischa weiter in ihn. »Noch könnte ich dich freikaufen. Mein Wort zählt etwas in dieser Stadt. Nicht erst, seit ich das Bürgerrecht erworben habe.«

Jakob schüttelte erneut den Kopf, fester dieses Mal. Cathrin würde er danach nie wieder in die Augen sehen können.

Grischa blieb genauso hartnäckig.

»Bislang sind keine Schiffe der französischen Marine in Sicht, der Seeweg ist weiter offen. Wir finden noch einen Frachter, der dich auch nach Indien bringt. Oder wir schicken dich nach Amerika. Wohin du willst.«

Jakob blinzelte auf den Tornister unter seinen Händen. Nichts wünschte er sich in diesen Tagen mehr, als einfach zu verschwinden wie ein Maulwurf in seinem unterirdischen Gängewerk. Nur auftauchen dürfte er dann nie wieder, ein Fahnenflüchtiger, ein Deserteur. Nie wieder könnte er Cathrin gegenübertreten, mit ihrem brillanten Verstand, ihrer Geradlinigkeit und einer klaren Unterscheidung zwischen Richtig und Falsch, nicht aufrecht und mit erhobenem Haupt. Falls er überhaupt je wieder deutschen Boden betreten durfte.

»Ich bin damals auch geflohen«, hörte er Grischa jetzt leise sagen, fast sanft. »Vor dem Gesetz, das mich zum Leibeigenen des Grundherrn machte. Und keinen einzigen Tag habe ich es bereut.«

Jakob riss den Kopf hoch. »Ich bin aber nicht wie du!« Er brüllte es fast.

Grimmig funkelten sie einander an, unerbittlich und unversöhnlich. Ein Glutfeuer, das in Jakob allzu bald erlosch und zu Asche zerfiel. Sein Mund war ausgedörrt, er musste ein paarmal schlucken.

»Hast du jemals einen Menschen getötet?«, fragte er.

Grischas Blick verlor sich in einem Winkel des Zimmers. Manchmal suchte sie ihn noch heim, jene Oktobernacht in der Elbe. Mit einer Eiseskälte in seinen Adern, die schlimmer war als das Wasser in jener finsteren Nacht. Dass Jakob ihn danach fragte, schnitt tiefer in ihn als die Messerklinge damals.

»Einen jungen Mann«, sagte Grischa zögernd. »Dreißig Jahre ist es her. Er oder ich, darauf lief es hinaus.«

Mehr zu sagen brachte er nicht über sich, mehr brauchte er auch nicht zu erzählen, das entnahm er Jakobs Nicken, das entschlossen und furchtsam zugleich ausfiel.

»Ein dummer Junge bist du!«, brach es donnernd aus ihm heraus. »Alle beide!«

Letzteres bezog Tristan mit ein, der in seiner Uniform ins Zimmer trat, nachdem er sich in der Küche mit Rékas Kirschkuchen gestärkt hatte. Tristans Stellungsbefehl war spät gekommen, aber er war gekommen, obwohl sein Militärdienst im alten Hamburger Regiment schon mehr als fünfzehn Jahre zurücklag.

»Gerade du müsstest es besser wissen«, herrschte er Tristan an. »Verheiratet, ein kleines Kind zu Hause und das zweite unterwegs. Für dich wäre es doch ein Leichtes gewesen, dich freistellen zu lassen und in London darauf zu warten, dass dieser Krieg einfach vorbeigeht.«

Mit der Nachsicht der jüngeren Generation gegenüber der älteren hob Tristan seine kräftigen Brauen.

»Genau deshalb ziehe ich ins Feld. Ich will auch nach diesem unsinnigen Krieg noch in London Geschäfte machen. Dort schätzt man Drückeberger nicht sonderlich. Und meine Kinder sollen in einem freien und stolzen Hamburg groß werden. Nicht in einer Kolonie dieser Froschfresser. Du hättest an meiner Stelle sicher genauso gehandelt.«

Ein kleines Grinsen im Mundwinkel, versetzte Tristan Jakob einen Klaps auf den Rücken.

»Außerdem muss doch irgendjemand auf diesen Jungspund hier achtgeben.«

Ohnmächtig musste Grischa zusehen, wie seine beiden Söhne in den Krieg zogen. Und er fragte sich, warum er nach all den Stürmen in seinem Leben ausgerechnet diesen nicht hatte kommen sehen.

III

Toteis

Hamburg, 1871

Toteis, deutsch; *dead-ice*, englisch; *dødis*, dänisch und norwegisch.

Von einem zurückweichenden Gletscher abgetrenntes Eis. Isoliert im Gelände zurückgelassen, verharrt dieses Eis im Stillstand. Wird es unter Sedimenten begraben, bildet sich eine Eiszerfallslandschaft.

20

Friedlich lag der Garten der Villa in der Junisonne. Ein Frieden, der weit über die gutbürgerliche Nachbarschaft und das idyllische Dorf von Hamm hinausreichte.

Vor rund drei Wochen war dieser Frieden in Frankfurt am Main geschlossen worden. Nach einem Krieg, der im vergangenen September nach nicht einmal zwei Monaten schon fast vorbei schien. Doch der französische Hahn, der in der Schlacht von Sedan so viele Federn lassen musste, Kaiser und Krone noch dazu, dachte nicht daran, klein beizugeben. Mit schon stumpfem Schnabel, abgewetzten Krallen und aus zahlreichen Wunden blutend, hatte er sich dem finsteren preußischen Adler und dessen Verbündeten widersetzt, eine Attacke nach der anderen. Auch als Paris bereits den vierten Monat eingekesselt war, in eisiger Kälte und Hunger und Not. Bis Frankreich in diesem Frühling wankte und fiel, ein gerupftes und geschlachtetes Federvieh.

In der Villa in Hamm erlebten die Petersens indes einen eigenen Belagerungszustand. Ein stiller und zäher Widerstand gegen den Feind, der sich in Hennys Unterleib eingenistet hatte. Vernarbungen aus drei Geburten, die bösartig zu wuchern begonnen hatten; aussichtlos, an eine Operation auch nur zu denken, darin waren sich die Ärzte einig. Der einzige Sieg, den sie davontragen konnten, war der über die Zeit, und am Ende würden sie doch kapitulieren müssen.

Sachte schloss Cathrin das Buch, aus dem sie vorgelesen hatte. Auf der Sonnenliege waren Henny die Augen zugefallen. In Augenblicken wie diesen war besonders deutlich zu sehen, wie sehr der Krebs an ihr zehrte, das Gesicht hohlwangig, die Nase spitz und die Haut wie vergilbtes Pergament. Cathrin beugte sich im Gartenstuhl vor und zog behutsam die dünne Decke über ihrer Mutter zurecht.

»Glaubst du«, wisperte Henny, »ich schaffe es noch einmal ans Meer?«

Sobald sich abzeichnete, dass dieser Krieg nicht zur See stattfinden würde, sondern viel weiter im Süden, waren Christian und Cathrin mit Henny nach Warnemünde gefahren, sooft es ging. Mit dem Segen der Ärzte; die Luft dort würde Henny zwar nicht heilen, aber stärken.

Tatsächlich war Henny jedes Mal aufgeblüht, wenn sie mit bloßen Füßen in der Ostsee stand oder warm eingepackt neben Marie den Wellen zusah. Auf den langen Spaziergängen an Christians Arm oder während sie ihren Enkeln, die mit Jette manchmal nachkamen, beim Spielen zusah.

Heitere Tage, an denen sie alle fast vergessen konnten, wie es um Henny stand. Der Gedanke, dem Leben noch ein wenig mehr Zeit abzuringen, war ein Strohhalm, an den sie sich stets aufs Neue klammerten und der doch mittlerweile spürbar zerfaserte.

»Bestimmt, Mama«, versicherte Cathrin mit enger Kehle.

Ein kleines Lächeln zeichnete sich auf dem Gesicht ihrer Mutter ab. Flatternd hoben sich die Lider, ihre blauen Augen schimmerten feucht.

»Es tut mir so leid, Cathrin«, flüsterte sie. »Dass ich dir keine bessere Mutter gewesen bin.«

Bittend streckte Henny die Hand aus. Cathrin legte ihre Finger hinein und drückte sanft zu.

»Schon gut.«

Henny deutete ein Kopfschütteln an, wie ungläubig.

»Ich hätte doch gar kein Kind mehr bekommen sollen. Als du dann unterwegs warst, habe ich lange gar nichts davon gemerkt. Bei dir war alles so anders als bei Jette und bei Marie … Natürlich dachte ich, du müsstest ein Junge werden.«

Der feine Stich, der durch Cathrin hindurchfuhr, hinterließ keine bleibende Spur.

»Den hast du doch auch bekommen«, erwiderte sie leise. »Nur in Mädchengestalt.«

Grüblerisch furchte sich Hennys Stirn, als müsste sie diesen Gedanken erst drehen und wenden und von allen Seiten betrachten. Dann lachte sie auf, hell und fröhlich, und glich dabei einen Wimpernschlag lang einem jungen Mädchen.

»Ja, das habe ich wohl.«

Ihre Hand, klein und plump, streichelte Cathrins schlanke Finger.

»Du warst auch wild für zwei«, fügte sie hinzu. »Nicht einmal ungezogen. Nur so lebhaft und furchtlos, dass ich manchmal dachte, ich müsste dich festbinden, damit dir im Überschwang nichts zustößt. Ich weiß nicht, warum ich es nicht geschafft habe, mit dir zurechtzukommen. Wo es Katya doch so leichtfiel.«

Cathrin konnte nur vermuten, wie schwer es für eine Mutter sein musste, das einzugestehen, und die Art, wie Hennys Kinn dabei zitterte, rührte etwas tief in ihr an.

»Weißt du«, begann Henny erneut, unablässig mit Cathrins Hand beschäftigt, »dass ich auch einmal so etwas wie eine Geschäftsfrau war? Im Gemischtwarenladen damals. Oh, was habe ich das geliebt! Mit einer weißen Schürze und einem weißen Häubchen stand ich an der Toonbank. Ich mochte es, wenn es bis in den letzten Winkel blitzblank war, alles appetitlich hergerichtet und das Schaufenster hübsch geschmückt. Den Klönschnack mit den Hausfrauen.«

Hennys Augen leuchteten mit dem Sommerhimmel um die Wette.

»Warum hast du die Arbeit dort aufgegeben?«

»Ach«, antwortete Henny zaudernd, »wir hatten ja mit einem Mal so viel Geld. Viel mehr, als wir uns je erhofft hatten. Und dann war eben auch Marie da …«

Mit gekreuzten Beinen saß Marie im Gras, ihren Skizzenblock auf den Knien und unter dem breitkrempigen Strohhut ein seliges Lächeln auf dem Gesicht. Nur jemandem wie Marie gelang es, derart still auszuharren, dass die Schmetterlinge sie sorglos und fast zutraulich umtanzten.

»Und schau, was aus ihr geworden ist«, sagte Cathrin sanft. »Wie glücklich sie ist. Das ist in der Hauptsache dein Verdienst.«

Hennys Blick flackerte unsicher.

»Meinst du wirklich?«, fragte sie dann hoffnungsvoll.

Cathrin beugte sich weiter vor und küsste Henny auf die Wange. Ihre anstrengende, unbedarfte, manchmal geradezu kindliche, manchmal auf hausbackene Art eitle Mutter, die immer alles richtig machen wollte.

»Natürlich, Mama.«

Aus den Schatten der Säulenfassade löste sich eine schlanke Männersilhouette und spazierte über den Rasen auf sie zu.

»Schau, Papa ist zu Hause.«

Christian fuhr nicht mehr oft ins Kontor, nur noch, wenn seine Anwesenheit dort unbedingt erforderlich war. Alle richteten sie sich nach Henny aus wie Kompassnadeln nach dem Nordpol, während die Zeit, die ihnen noch blieb, unaufhaltsam dahinschmolz.

Cathrin lief ihrem Vater entgegen, in banger Erwartung, was auf seinem Gesicht geschrieben stehen mochte.

»Gibt es Neuigkeiten?«, sprudelte sie hervor.

Bedauernd verneinte er, und Cathrin sank der Mut. Seit zehn Monaten hatten sie nichts von Jakob gehört. Nicht seit seiner hastig gekritzelten und spröden Mitteilung an Grischa, nach einigen Wochen militärischen

Drills sei das Regiment Ende August von der Küste ins Landesinnere verlegt worden, in Richtung des Rheins.

»Keine Nachrichten sind gute Nachrichten«, versuchte Christian sie aufzumuntern.

Beide wussten sie jedoch, dass zwischen erlösendem Weiß und grausamem Schwarz ein endloses Feld aus undurchsichtigem Grau lag. Soldaten wurden gefangen genommen, Soldaten wurden vermisst. Sie blieben irgendwo auf einem Schlachtfeld zurück, gingen auf den Märschen der Truppen verloren oder gerieten in einen Hinterhalt, desertierten vielleicht sogar. Manche verschwanden einfach von den Listen, als hätte es sie nie gegeben. Der Mahlstrom des Krieges zerhäckselte nicht nur Leib und Leben, sondern auch jegliche Ordnung.

Und doch blieb in der bleiernen Ungewissheit ein Rest Zuversicht, mochte sie auch noch so quälend sein.

Anders erging es Margarete Paal, die um ihren Verlobten weinte. Hein Claasen, einer der Lieferfahrer der Reintjes, trauerte um seinen Sohn, Reeder Kellinghusen um seinen Enkel, der die Offizierslaufbahn eingeschlagen hatte.

Auch Tristan war gefallen, zwischen Orléans und Paris, in der Schlacht von Bazoches-les-Hautes Anfang Dezember.

Cathrins zehn Jahre älterer Cousin, der einmal während einer Familienfeier in Teufelsbrück mit der kleinen Cathrin ausgebüxt war, damit sie auf einer Weide wenigstens auf einem Schaf reiten konnte, weil sie nicht warten wollte, bis sie ihr heiß ersehntes Pony bekam.

Faustdick hatte er es hinter den Ohren gehabt, auf eine gutmütige und warmherzige Art. Ein Kamerad für Cathrin, nicht nur in geschäftlichen Dingen.

»Wie geht es Grischa?«, fragte Cathrin.

Erst seit ein paar Tagen war er wieder in Hamburg. Sobald ihn die Nachricht von Tristans Tod erreicht hatte, war er nach London aufgebrochen, um Elli, Aurora und Judith beizustehen. Nicht zuletzt, um zu besprechen, wie es jetzt weitergehen sollte. Ob Judith den Kaffeehandel weiterführte oder verkaufte, unerfahren, wie sie war, mit fünfundzwanzig Jahren Witwe und zwei kleine Kinder zu versorgen, das Jüngste erst im November zur Welt gekommen.

Tristan hatte nicht mehr erfahren, dass er nach seinem kleinen Sohn noch Vater einer Tochter geworden war.

In einer hilflosen Geste hob Christian die Schultern, einen kummervollen und besorgten Ausdruck auf dem Gesicht. Cathrin konnte nur nicken.

Ein Schatten lag seither auf ihnen allen. Noch dunkler, noch kälter durch das ungewisse Schicksal Jakobs. Durch das Wissen, sich bald auch von Henny verabschieden zu müssen.

Ihr Vater zog sie an sich.

»Ich war nie dankbarer für meine wundervollen Töchter«, murmelte er an ihrer Stirn.

Einen Augenblick hielten sie sich aneinander fest, bevor Cathrin ins Haus ging und sich dabei über die Augen wischte.

Ein Lächeln breitete sich auf Hennys Gesicht aus, als Christian sich neben ihr niederließ. Seltsam, dass ihr Herz heute noch manchmal höher schlug, wenn sie ihn sah, auch nach über vierzig gemeinsamen Jahren. Genau wie damals, als sie noch ein junges Mädchen gewesen war, eine frischgebackene Ehefrau.

Christian nahm ihre Hand und drückte einen Kuss darauf.

»Wie geht es dir heute?«

Henny nickte vage. Tapfer wollte sie sich zeigen, obwohl sie doch spürte, wie der Krebs sie aushöhlte und ihr das Mark aus den Knochen kratzte. Ein wehes Lächeln auf dem Gesicht, streichelte Christian ihr über die Wange.

Hand in Hand badeten sie in der Sonne und sahen Marie zu, die hingebungsvoll an der Zeichnung auf ihrem Skizzenblock strichelte. Lächelnd verfolgte Henny eine Hummel im Flug, zielstrebig und doch scheinbar unentschlossen zwischen Flieder und Hortensien, Rittersporn und Päonien, Rhododendren und Jasmin.

»Sind die Rosen dieses Jahr nicht besonders prächtig?«, fragte Henny und seufzte zufrieden.

Henny hatte keinen grünen Daumen, aber einen kundigen Gärtner, der aus dem Garten jedes Jahr aufs Neue ein Schmuckstück machte, der feinen Villa würdig. Ein Sinnbild dafür, was sie und Christian in ihrem Leben erreicht hatten.

Dann fiel ihr ein, dass sie keinen weiteren Frühling mehr erleben würde, keinen nächsten Sommer und auch nicht, wie der unlängst gepflanzte Kirschbaum Früchte trug. Nie wieder würde sie beim Lied der Nachtigall einschlafen, Haut an Haut mit Christian, satt von seiner Nähe, seiner Zärtlichkeit, und nie wieder an seiner Seite mit den Stimmen von Rotkehlchen und Amsel aufwachen. Niemals mehr würde sie das Meer sehen und sein Salz atmen, war nie in Paris gewesen oder in Italien, geschweige denn in Indien oder Amerika. Sie würde nicht mehr erfahren, was aus ihren Enkelkindern wurde oder aus Marie, wenn sie nicht mehr da war. Und so, so gern hätte sie Cathrin noch als Braut gesehen.

Gähnend tat sich der finstere Schlund des Nichts vor Henny auf, der sie immer öfter heimsuchte und vor dem sie solche Angst hatte, und ihre Augen quollen über.

»Ich will doch noch nicht sterben«, schluchzte sie auf.

Christian rutschte aus dem Stuhl herüber und streckte sich neben ihr auf der Sonnenliege aus.

»Ich weiß, mein Herz«, murmelte er und drückte sie an sich.

In seinen Armen, das Gesicht an seine Hemdbrust geschmiegt, fühlte Henny sich getröstet. Als ob ihr nichts Schlimmes geschehen könnte, solange er bei ihr war. Daraus schöpfte sie den Mut, das auszusprechen, was ihr auf der Seele lag, lange schon.

»Bist du mir immer treu gewesen?«

Unter ihrer Wange fühlte sie, wie sein Herzschlag sich verlangsamte, dann beschleunigte. Sie blinzelte zu ihm hinauf.

»Karten auf den Tisch, Christian. Solange noch Zeit ist.«

Nur langsam weichte seine versteinerte Miene auf.

»Ein Mal nicht, nein«, raunte er heiser.

Henny musste nicht erst raten. In einer einzigen Nacht war Christian nicht nach Hause gekommen. Jene Nacht, in der zwischen Katya und Thilo etwas zerbrochen war.

»Katya, nicht wahr? Es war immer schon Katya.«

Die Art, wie sich seine Lider senkten, sein Kiefer sich anspannte, war ein stummes Eingeständnis. Es tat nicht einmal weh. Vielleicht, weil sie es lange schon geahnt hatte, seit dem Feuer; vielleicht, weil solche Dinge zu Winzigkeiten geschrumpft waren, am Ende eines Menschenlebens.

»Trotzdem hast du mich geheiratet«, flüsterte sie, verwundert und halb fragend. »Trotzdem bist du bei mir geblieben. Bei mir und den Mädchen.«

Ein Lächeln glomm in seinen Augen auf und ließ diese umso blauer strahlen. Sanft legte sich seine Hand an ihre Wange.

»Ja, Henny.«

Als ob das goldflirrende Licht des Nachmittags in Henny hineinfloss, so fühlte es sich an. Sie ließ den Kopf wieder an Christians Brust ruhen und weinte still vor sich hin, glückselig und unendlich traurig zugleich.

»Es waren doch gute Jahre, die wir zusammen hatten«, schniefte sie leise. »Oder nicht?«

»Die besten, Henny«, murmelte Christian und hielt sie umso fester. »Es waren die besten.«

21

Den Tod konnte man riechen.

Nach dem Pulverqualm und Eisen abgefeuerter Kugeln und explodierender Granaten roch er. Nach dem Brodem ungewaschener Leiber und nach ungeputzten und ausgedörrten Mündern, in denen das Zahnfleisch aufquoll, die Zähne faulten. Nach Eiter und ausgehustetem Schleim, Pisse und gärendem Durchfall; nach brandigem Fleisch und saurem Angstschweiß. Wie die Zeltplanen, die im Dauerregen moderten, und die stockfleckigen Uniformen, die den Soldaten in Lumpen von der Haut fielen.

Diesen Geruch ließ man nicht hinter sich. Zu tief fraß er sich in die Atemwege, ätzte sich in jede Pore. Man nahm ihn mit, wohin man auch ging, viele, viele Meilen weit.

Die Blicke der Passanten streiften den ausgezehrten Mann, der auf der Altonaer Palmaille herumstand; einige starrten unverhohlen neugierig, andere abschätzig oder mitleidig. Zwei junge Männer stießen sich grinsend an.

Es war offensichtlich, dass er nicht hierhergehörte,

das dunkle Haar zottelig, der Bart verfilzt, eine grob vernähte und schlecht heilende Wund im Gesicht. Am Leib trug er die schmutzigen Sachen, die er einem erschossenen französischen Bauern ausgezogen und über Monate hinweg in seinem Tornister herumgetragen hatte wie einen Talisman.

Vor fast genau vier Jahren hatte er schon einmal hier gestanden, unter diesen Bäumen, mit Blick auf die feudalen Häuserreihen. Jakob Levgrün aus Lüneburg, der seinen unbekannten Vater sprechen wollte. Jetzt hatte er fast vergessen, wer dieser Jakob Levgrün einmal gewesen war.

Schmerzhaft grell stachen ihm die Farben der Frauenkleider und ihrer Hüte ins Auge, wie blank polierte Münzen wirkten die Herren in ihren Anzügen. Er hatte vergessen, dass es solche Geschöpfe auf dieser Welt gab, schön und sauber, zivilisiert und höflich. Menschen im besten Sinne des Wortes.

Keine zähnefletschenden und brüllenden Bestien, die sich durch den Dreck wühlten und alles abschlachteten, was ihnen in die Quere kam, um selbst zu überleben, und sich dabei nicht selten vor Angst in die Hosen machten.

Jakob fragte sich, wie viele dieser feinen Bürger später auf dem Rathausmarkt erscheinen würden, um dem zwar dezimierten, aber siegreichen 2. Hanseatischen Regiment No. 76 zuzujubeln, das an diesem Samstag mit allen Ehren in der Stadt empfangen wurde.

Er selbst hatte kein Verlangen nach Pomp und Gloria, er war lange genug in Reih und Glied mitmarschiert. Der

Krieg hatte nichts Heroisches. Eine Apokalypse war er, von Menschenhand gemacht.

In der Kaserne hatte er die zerschlissenen Überreste seiner Uniform abgegeben und seine Papiere abgeholt. Nicht länger ein Rädchen in der Maschinerie des Todes, aber noch lange nicht frei.

Eine junge Frau ging vorüber, einen Korb am Arm; ein Dienstmädchen, das ihn mit gerunzelten Brauen musterte. Das Weiß ihrer Schürze, ihrer Haube erinnerte Jakob an Schnee, der längst seine Unschuld verloren hatte.

Blutgetränkt und vom Schießpulver verrußt war der Schnee in Frankreich gewesen. So viele Soldaten hatte er dort liegen, kriechen, robben sehen. Die Beine, die Arme zerfetzt, die Gesichter zerschossen und das Gedärm herausgerissen.

Wie verwundbar eines Menschen starker Leib war, wie fragil doch Knochen und Gewebe und Organe. Wie zäh die Seele, die darin wohnte, noch nicht bereit zu gehen und doch um Frieden bettelnd.

Délivrez-moi. Délivrez-moi, mon Dieu.

Erlöse mich.

Jakobs Lider zuckten. Das Dienstmädchen schritt flotter aus, mit ängstlich hochgezogenen Schultern und einem entrüsteten Kopfschütteln.

Zitternd zog Jakob an der brennenden Zigarette zwischen seinen Fingern. Alle hatten sie im Feld zu rauchen begonnen, billigen Tabak in noch billigerem Papier. Rauchen betäubte den Hunger und den Durst, den Schmerz und den Ekel und die Angst. Ein loser und viel zu dünner Strohhalm, an dem sie sich festhielten, weil es keinen anderen gab.

Bei jedem Zug spürte Jakob die Lücke in seinem Kiefer. Den vereiterten Backenzahn hatte ihm der Feldarzt mit der Zange herausgebrochen; Morphium hatte es nur für die schwer Verwundeten gegeben, solange welches vorrätig war.

Mit dem Zigarettenrauch inhalierte er den Duft der gerade aufgehenden Lindenblüten.

Genauso süß und geradezu betäubend hatte das Morphium im Lazarett gerochen, während es draußen vor den Zelten schweflig stank wie in der Hölle. Metallisch rostig roch der Tod, im Sumpf aus Blut und Hirnmasse und zerfetzten Eingeweiden, gleichgültig, ob von Mensch oder Tier. Der Tod roch nach brennenden Häusern, versengtem Haar und verkohltem Mensch und nach der Erde, die man aufbrach, um die Massen von Leichen zu verscharren. Nach dem ekelerregend süßen Atem der Verwesung, über dem Schwärme von Fliegen surrend herniedergingen.

So roch der Tod.

Jakob ließ den Zigarettenrest zu den anderen Stummeln auf dem Boden fallen und setzte sich in Bewegung. Das rechte Bein schleifte dabei nach. Es würde wieder in Ordnung kommen, hatte der Arzt im Lazarett gesagt, aber Jakob war das einerlei.

Mechanisch setzte er einen Fuß vor den anderen. Nicht weil er unbedingt nach Hause wollte. Sondern weil er nicht wusste, wo er sonst hinsollte.

Beinahe hätte Réka ihm die Tür vor der Nase zugeschlagen, erst im letzten Augenblick erkannte sie ihn. In heller Aufregung bekreuzigte sie sich und rief nach Herrn Voronin.

Dunkel zeichnete sich Grischas Gestalt im sonnendurchfluteten Korridor ab. Ein starker Fels, auf den Jakob zutrieb wie eine Flaumfeder. Vor seinen Augen flimmerte es, er geriet ins Schwanken, und Grischa fing ihn auf.

»Ich hab dich, mein Junge«, murmelte er. »Ich hab dich.«

An seinen Vater geklammert, begann Jakob zu weinen.

Der blasse Lichtstreif des frühen Morgens zeichnete sich unter den zugezogenen Vorhängen ab und verdünnte den Schein der Lampe, die die Nacht erhellt hatte. Seit dem Nachmittag schlief Jakob, seitdem saß Grischa hier an seinem Bett.

Unsicher auf den Beinen, hatte Jakob nur wenig Gegenwehr geleistet, als Réka ein heißes Bad einließ und Grischa ihn entkleidete. Ein Bild das Jammers hatte sich Grischa geboten, das dunkle Schattental von Jakobs Scham wie eine traurige Erinnerung daran, dass er einmal ein starker junger Mann gewesen war, die kleine Ewigkeit eines einzigen Jahres war es her.

Wie die Spanten eines Schiffswracks waren seine Rippen sichtbar, das Rückgrat wie bei der Karkasse eines Wals, und wie sich die Knochen von Armen und Beinen durch die dünne und fast transparente Haut drückten, erinnerte an eine Fledermaus. Verstockte Schluchzer und wohlige Seufzer hatte Jakob von sich gegeben, während Grischa ihn wusch wie ein kleines Kind, ihn dann rasierte und ihm einen Pyjama überzog wie bei einem alten Mann. Einen Teller mit Kartoffelbrei und gebratener Wurst im Magen, war Jakob anschließend ins Bett getaumelt.

Ohne Bart und durch den offen stehenden Mund schnaufend, glich Jakob auch im Schlaf einem vergreisten Jungen. Allein die entzündete Wunde zwischen Schläfe und Wange hielt ihn in der Gegenwart, in der er noch nicht einmal vierundzwanzig Jahre alt war. Grischa hatte den Arzt benachrichtigt, der sich an diesem neuen Tag die Verwundungen ansehen sollte, die Jakob aus dem Krieg mitgebracht hatte.

Solche Narben, wie Jakob sie auf seiner Haut trug, hatte Grischa schon einmal gesehen, damals bei Wolf. Ein grüner Junge war Grischa da noch gewesen, trotz der Härten, mit denen er groß geworden war. Nahezu unbeleckt von den Dingen der Welt, war er sich dennoch mächtig reif und erwachsen vorgekommen, im Rausch der See und der Jagd und der Lust.

Es geht nicht ums Geld, hatte Wolf gesagt. *Um Macht. Sondern um das Töten. Den Durst nach Blut. Frauen vergießen ihr eigenes Blut, schenken Leben. Männer schlachten und lassen die Welt ausbluten.*

Erst heute, Jahrzehnte später, verstand er, was Wolf damit gemeint hatte. Nachdem sie Tristan verloren hatten. Ellis Sohn, der auch zu seinem geworden war. Sein Goldjunge.

Grischa war vier Jahre alt gewesen, als seine Mutter in einer Blutlache starb wie eine geschlachtete Ziege, nachdem sie Katya geboren hatte. All die Jahre, die seither vergangen waren, hatte er damit zugebracht, jenem Wintertag auf dem Gehöft in Russlands Norden zu entkommen. In einer unausgesprochenen Abmachung mit dem Tod, die zu verschonen, die er liebte, wenn er sie nur weit genug von sich entfernt hielt und als einsamer Wolf durch die Gegend zog.

Der Tod war nicht nur ein Betrüger, sondern auch mit einem scharfen und gnadenlosen Blick begabt. Er schlug dort zu, wo es am meisten wehtat, und lachte einem dann noch höhnisch ins Gesicht. Kein Geld, keine Macht der Welt konnte einen davor bewahren.

Reich war Grischa sich immer vorgekommen mit all den Lieben, die er erlebt hatte, ohne je seine Freiheit aufzugeben. Ein schlechtes Geschäft war es gewesen, mit dem er sich selbst um so vieles gebracht hatte. Die Kindheit seiner Söhne und Töchter zur Gänze auszukosten. Eine Liebe zu erleben, die sich bis zum Ende der Tage ausdehnte und über den Tod hinaus eine ganze Welt an Erinnerungen hinterließ.

Einundsechzig Jahre alt war er jetzt, ein vermögender Mann, und saß doch wie mit leeren Händen da.

Jakobs Atem ging flacher; nicht zum ersten Mal wich sein bleierner Schlaf einer fieberhaften Unruhe. Wie ein geprügelter Kettenhund, der nach den Schatten an der

Wand schnappte, warf Jakob sich hin und her, winselte und jaulte und knurrte hinter gebleckten Zähnen.

Grischa flüsterte Jakobs Namen und fasste ihn sanft an der Schulter. Mit einem gurgelnden Laut fuhr Jakobs Kopf hoch; die Augen schreckgeweitet, blickte er keuchend umher.

»Du bist hier sicher«, raunte Grischa.

Was für ein großes und gewagtes Versprechen in einer Welt wie dieser. Geben musste Grischa ihm dieses Versprechen dennoch.

Aufseufzend ließ Jakob sich zurückfallen. Zwischen Lampenschein und Morgenlicht lösten sich seine Züge, unter seinen Wimpern sammelte sich eine Träne und tropfte auf das Kissen.

Nur wenige Atemzüge später war Jakob wieder eingeschlafen, die Hand in der seines Vaters.

22

Cathrin faltete einen makellos gebügelten Kissenbezug zusammen und legte ihn in den Korb. Durch das offene Fenster der Wäschekammer spähte sie hinunter in den sommerbunten Garten, um sich zu versichern, dass Henny der Besuch ihrer Enkel nicht zu viel wurde.

Viktoria, gerade zwölf Jahre alt geworden, wirbelte um die eigene Achse, um ihrer Großmutter auf der Sonnenliege das neue Sommerkleid zu präsentieren, während der fünfzehnjährige Claudius auf dem Rasen lümmelte und seinen sechs Jahre jüngeren Bruder zu verscheuchen suchte, der ihn umschwirrte wie eine übermütige Fliege. Thalia, mit fast achtzehn Jahren eine junge Dame der Gesellschaft und mit den ersten Verehrern, blätterte die nächste Seite des Romans um, aus dem sie vorlas; etwas mit Abenteuer und viel Romantik und einem glücklichen Ende, wie Henny es liebte. Marie saß in einiger Entfernung im Gras und hielt diese Szene auf ihrem Skizzenblock fest.

Voller Staunen ruhte Hennys Blick auf ihrer ältesten Enkelin, die Jette im selben Alter so sehr glich. Zärtlich zupfte sie an den Rüschen der Ärmel und strich über

Thalias hochgebundene Korkenzieherlocken, und ein Lächeln zog über Cathrins Gesicht.

»Mama ist doch noch ganz gut beieinander, nicht?«, fragte Jette, die zu ihr ans Fenster getreten war.

Cathrin runzelte die Stirn. »Das ist das Morphium, Jette. Doktor Fölsch ist großzügig damit. Es nimmt ihr nicht nur die Schmerzen, sondern bringt sie auch ganz gut über den Tag.«

Sie verkniff sich die Bemerkung, dass ihre Schwester das wüsste, käme sie häufiger vorbei.

Sogar Betje Reintjes war öfter hier, manchmal von Hanno oder ihren Töchtern begleitet, immer eine liebevoll verpackte Spezialität aus dem Feinkostladen dabei. Mit Grischa kam jedes Mal eine besondere Heiterkeit ins Haus, sogar an Regentagen. Auf liebenswürdige Art flirtete er mit Henny, sodass sie freudig errötete und verlegen kicherte wie ein Backfisch.

Katya brachte jedes Mal eine selbst gebackene Nascherei mit, wie Henny sie immer noch liebte und sich damit jetzt auch nicht mehr zurückzuhalten brauchte. Bei diesen Besuchen schienen Katya und Henny nie viel miteinander zu reden. Aber sie hatten sich ohnehin noch nie groß etwas zu sagen gehabt, so verschieden, wie sie waren, zwei entgegengesetzte Pole der Weiblichkeit. Und trotzdem suchte Henny immer wieder Katyas Hand, streichelte Katya über Hennys Arm. Kleine und geradezu scheue Gesten, die augenscheinlich beiden wohltaten.

Unter Jettes eindringlichem Blick ließ Cathrin Zug um Zug weiter das Plätteisen über ein Leintuch gleiten.

»Warum gibst du dich eigentlich neuerdings mit Hausarbeit ab?«, wunderte sich Jette. »Haben wir dafür nicht das Personal?«

»Agathe und Mine kümmern sich mehr als genug um Mama, obwohl es eigentlich nicht ihre Aufgabe ist. So ersparen wir ihr, dass eine fremde Person als Pflegerin ins Haus kommt. Und mir bricht bestimmt kein Zacken aus der Krone, wenn ich mal mit anpacke.«

Dass Bügeln und Fensterputzen und Erbsenpalen einem Halt in schwierigen Zeiten gaben, das hatte sie von Katya gelernt.

»Vielleicht wird ja doch noch eine richtige Hausfrau aus dir«, bemerkte Jette hörbar hoffnungsvoll.

Um Cathrins Mund zuckte es. »Das halte ich für unwahrscheinlich.«

Jette strich über den Wäschestapel frisch von der Leine, der noch darauf wartete, unter das Plätteisen zu kommen.

»Vermisst du die Arbeit in der Firma denn nicht?«

Natürlich vermisste sie sie. Seit fast einem Jahr hatte Cathrin das Kontor nicht mehr von innen gesehen. Als hätte sie einen Arm oder ein Bein dort gelassen, so fühlte es sich an.

»Die Firma wird in ein paar Monaten noch da sein«, antwortete sie über dem nächsten Strich mit dem Plätteisen. »Mama aber nicht mehr.«

Henny wurde zusehends schwächer, je weiter der Krebs sich durch ihre Eingeweide und Knochen fraß. Sogar die dünn und glanzlos gewordenen Haare sanft mit einer weichen Bürste aufzulockern bereitete ihr Schmerzen, auch wenn sie es sich nicht anmerken lassen wollte und die Zähne zusammenbiss. Umso mehr genoss sie es, wenn Cathrin ihr die Füße knetete, die ihr oft wehtaten, besonders morgens. Als hätte Henny in ihren Träumen die Nacht durchgetanzt.

Einige Wochen blieben ihr auf jeden Fall noch, hatte Doktor Fölsch gesagt, aber wohl nicht sehr viel mehr. Cathrin schluckte den Kloß in ihrem Hals hinunter.

Jette öffnete einen der Schränke und inspizierte die Tischtücher darin.

»Ludger sagt, dass wir glänzenden Zeiten entgegensehen. Überall herrscht Goldgräberstimmung. Zumal Hamburg durchgesetzt hat, ein Freihafen zu bleiben. Ohne den Zollzwang, der im übrigen Reich herrscht. Und noch nie war unser Eis so gefragt. Ein Vielfaches mehr hätten wir verkaufen können, sagt Ludger.«

»Es strömt nur immer noch mehr Eis auf den Markt«, hielt Cathrin dagegen. »Besonders aus Norwegen. Eis ist jetzt schon keine Luxusware mehr, sondern ein Alltagsgut. Über kurz oder lang wird das den Preis drücken, und unterm Strich wird weniger Gewinn übrig bleiben.«

»Das stimmt doch gar nicht«, entgegnete ihre Schwester verständnislos. »Wir haben dieses Jahr genauso viel verdient wie sonst auch.«

»Dieses Jahr schon«, erwiderte Cathrin ruhig. »Weil der Winter um Boston und entlang des Hudson zu mild ausgefallen ist und dieses Eis dann auf dem Markt gefehlt hat. Sollte eine solche Wärmeperiode je den Süden

Norwegens heimsuchen, würden auch wir den Umsatz eines ganzen Jahres verlieren wie die Händler Neuenglands jetzt.«

»Was für ein Unsinn«, schnaubte Jette. »Als ob so weit oben im Norden der Winter einmal nicht kalt sein könnte.«

Von Wohl und Wehe der Elemente unabhängig zu sein, das war das große Ziel dieser Zeit. Deshalb hatte die Eisenbahn ihren Siegeszug angetreten, deshalb stand man an der Wende von der großen Ära der Segler hin zu der dampfangetriebenen Zukunft der Schifffahrt.

Im *Bayerischen Industrie- und Gewerbeblatt* hatte Cathrin einen Aufsatz von Carl von Linde gelesen, der zahlreiche Verbesserungen vorschlug, um die noch neue und mangelhafte Kältetechnik besser und effizienter zu machen. Cathrin hatte daraufhin an diesen Ingenieur und Professor in München geschrieben und eine Zusammenarbeit angeboten. Doch eine österreichische Großbrauerei war schneller gewesen. Ein kostspieliges Unterfangen, selbst für den Bierkönig von Wien, der sogar nach Übersee exportierte, sodass auch noch ein Münchener Brauhaus mit ins Boot stieg.

Sicher würde es Jahre dauern, bis eine solche Eismaschine einwandfrei funktionierte und sich vor allem rentierte. Dass es eines Tages so weit sein würde, daran hegte Cathrin jedoch keinen Zweifel. Eine Revolution in der Kühlung von Lebensmitteln und Getränken, die für die an sich simple, aber doch umständliche Gewinnung von Eis aus zugefrorenen Flüssen und Seen des Nordens das Ende bedeuten würde. Und damit auch für diesen Geschäftszweig von *Petersen & Voronin*, der die Firma erst groß gemacht hatte. Eine Entwicklung, die sich vielleicht hinauszögern, aber nicht aufhalten ließe.

Cathrin überlegte noch, ob sie auf diesen gemächlich anrollenden Zug der Zeit aufspringen und Herrn von Linde vorschlagen sollte, ebenfalls in seine Experimente zu investieren, oder ihre Erbschaft lieber in etwas Eigenes steckte.

Gerade rechtzeitig hob sie das Plätteisen wieder an, bevor es den Stoff versengte.

Mine erschien in der Wäschekammer, ein Strahlen auf dem Gesicht.

»Post für Sie, Fräulein Cathrin.«

Jette, die näher an der Tür stand, schnappte sich den Brief aus Mines Hand.

»Gib her«, verlangte Cathrin.

Jette gehorchte, wenn auch nicht ohne einen eingehenden Blick auf Briefmarken und Stempel zu werfen.

»Aus Indien«, kommentierte sie mit vielsagend hochgezogenen Brauen. »Etwa von Gerrit Reintjes?«

Wortlos schob Cathrin den Brief in ihre Rocktasche; einen allzu flüchtigen Augenblick hatte sie gehofft, es wäre eine Nachricht von Jakob.

»Willst du nicht lesen, was er schreibt?«, bohrte ihre Schwester nach.

Jeder von Gerrits Briefen brachte das Rauschen des Ozeans mit sich und das Rascheln der Palmen im Wind. Den Duft des Monsunregens auf ausgedörrtem Boden und den überbordenden Lärm in den staubigen Straßen, das Keckern der wilden Äffchen oben auf den Mauern und das Kreischen von Papageien. Zwischen den Zeilen schmeckte Cathrin *lassi* und *chai* heraus, Cashewnüsse und Mangos, wenn sie von kleinen Abenteuern las, von dem einen oder anderen lustigen Malheur und amüsanten Missverständnissen. Wie das Curry aus *Bombay Duck*, in dem Gerrit kein einziges Bröckchen Ente gefunden hatte, nur Fisch. Bis er herausfand, dass eben dieser in natura hässlich anzusehende Fisch so genannt wurde, weil sein Geruch an die Druckerschwärze der Zeitungen erinnerte, die mit der *Bombay Daak*, der Post aus Bombay, ins Hinterland geliefert wurde.

Während Cathrin hier mit einer todkranken Mutter festsaß, die förmlich vor ihren Augen verfiel, manchmal Darm und Blase nicht mehr kontrollieren konnte und dann in Tränen ausbrach, weil sie sich schämte und vor sich selbst ekelte und sich wie eine Last für alle anderen im Haus vorkam.

Cathrin beklagte sich nicht. Es war ihre Entscheidung gewesen, vor der sie jetzt nicht mehr weglaufen konnte und es auch nicht wollte. Eine besondere Nähe war zwischen ihr und Henny entstanden, wenn sie ihre Mutter wusch und ihr das Essen ans Bett brachte, ihr vorlas und sich von früher erzählen ließ, als die vier Eisbarone noch jung gewesen waren und Henny ein aus Lübeck hergezogenes Mädchen, das von der Liebe und dem Leben träumte.

Alles, alles davon wollte sie aus dieser Zeit jetzt noch

herausquetschen wie aus einer Zitrone und keinen einzigen dieser süß-sauren und manchmal bitteren Tropfen verschwenden.

»Gerrit sieht ziemlich gut aus«, sprach Jette weiter, listig und wie lauernd. »Wenn man Rotfüchse mag.«

Cathrin hatte noch nie der Sinn nach derartigem Backfischgeplapper gestanden, dem Jette offenbar auch mit Anfang vierzig noch nicht entwachsen war.

»Fass mal mit an«, forderte sie ihre Schwester auf.

Gemeinsam schlugen sie das gebügelte Leintuch knallend aus und falteten es dann Ecke auf Ecke, Kante und Kante zusammen, bevor Cathrin es als handliches Paket in den Wäschekorb legte.

»Jakob ist übrigens wieder zu Hause«, hörte sie Jettes Stimme in ihrem Rücken. »Seit Samstag.«

Cathrin fuhr herum. »Das erzählst du mir erst jetzt?«

Natürlich war sie am Samstag durch die mit Blumen und Lorbeerkränzen und Flaggen geschmückten Straßen zum Rathausmarkt gelaufen, der noch immer kein Rathaus hatte und auch so bald keines bekommen würde, aber nun wenigstens mit einer Reiterstatue des deutschen Kaisers aufwarten konnte. Bis in die vorderste Reihe hatte Cathrin sich durch die jubelnde Menge gekämpft und unter den vorbeimarschierenden Soldaten in ihren schmucken Uniformen nach Jakobs Zügen Ausschau gehalten. Irgendwann war sie sogar so dreist gewesen, ein paar der Heimkehrer am Ärmel zu fassen und sie nach Jakob zu fragen, Jakob Levgrün. Einiges an Kopfschütteln und Schulterzucken später, nach dem einen oder anderen anzüglichen Grinsen und ein paar unverschämten Sprüchen war sie mit hängenden Schultern wieder nach Hause gegangen.

»Wie geht es ihm?«, brachte sie mit trockenem Mund hervor, eine Verdurstende, die um etwas Wasser bettelte.

»Die Kugel eines Freischärlers hat ihn ins Bein getroffen, als er auf einem Botengang war. Und ein paar Streifschüsse hat er abbekommen. Sonst fehlt ihm wohl nichts. Er wird aber etwas Zeit und Ruhe brauchen, meint Grischa.«

Cathrin atmete tief durch, mit einem Schlag von einer zentnerschweren Last befreit. Von unten perlten Vogelgezwitscher und Kinderlachen herauf.

Am liebsten wäre sie jetzt allein gewesen.

»Willst du nicht auch hinuntergehen?«, fragte sie. »Du hast Mama heute noch gar nicht gesehen.«

»Später vielleicht«, murmelte Jette.

Im Augenblick schien es für sie nichts Wichtigeres zu geben, als lose Fädchen von der Wäsche zu zupfen. Cathrins strengem Blick wich sie aus.

»Du musst mich gerade für unglaublich oberflächlich und selbstsüchtig halten«, flüsterte Jette.

»Das habe ich vorher schon«, erwiderte Cathrin ungnädig.

Jette versuchte sich an einem Auflachen, das misslang. Ihr immer noch ausnehmend hübsches Gesicht geriet in Bewegung und zerfiel dann zu einer Elendsmiene, und Cathrin begriff, warum ihre Schwester so selten hier war.

»Ich weiß, es ist schwer«, sagte sie leise.

Jettes Kinn zitterte, während ihr Tränen über die Wangen liefen.

»Ich halte das nicht aus, Cathrin«, würgte sie hervor. »Mama so zu sehen. Zu wissen, dass wir sie bald begraben müssen. Ich halte es einfach nicht aus.«

Ausgerechnet Jette, die sich und alles andere immer beispiellos im Griff hatte und niemals Schwäche zeigte. Unbeholfen legte Cathrin den Arm um ihre weinende Schwester und drückte sie an sich. Ein merkwürdiges Ungleichgewicht zwischen der Älteren und der Jüngeren. Zwischen der Erstgeborenen, sehnsüchtig erwartet und der Glanz in den Augen ihrer Mutter, und ihr, Cathrin, dem Kind, das es nicht hätte geben sollen.

Cathrin hätte nicht sagen können, ob ihr dadurch der Abschied von Henny leichterfiel oder ihn im Gegenteil nur noch schwerer machte; vielleicht spielte es auch keine Rolle.

Sobald Jettes Schluchzer abebbten, lösten die Schwestern sich voneinander, fast ein bisschen verlegen. Jette zog ein Taschentuch hervor und putzte sich geräuschvoll die Nase.

»Mamas Schmuck gehört aber allein mir«, schniefte sie.

Zu jedem beliebigen Zeitpunkt wäre dies ein Funken gewesen, der in Cathrin einen Feuersturm ausgelöst hätte. Nicht etwa, weil ihr besonders viel an dem Geschmeide gelegen hätte, das ihr Vater über Jahre hinweg ihrer Mutter zum Geschenk gemacht hatte. Sondern aus Prinzip.

Jetzt jedoch verstand sie, dass dies Jettes Art war, sich in das Unabänderliche zu fügen. Eine greifbare und bleibende Erinnerung an ihre Mutter in den Händen zu halten, das versprach ihr den Trost, den sie brauchte.

»Geschenkt, Jette«, erwiderte Cathrin mit ruppiger Großzügigkeit.

Ein kleines Lächeln entfaltete sich zwischen ihnen, spitzbübisch und doch noch vorsichtig; diese Art von Schwesterlichkeit war ihnen fremd.

Cathrin fasste nach Jettes Hand.

»Geh schon«, befahl sie sanft. »Mama wartet sehnsüchtig auf dich, das weiß ich.«

Jette nickte, wie um sich selbst Mut zu machen, bevor sie sich über die nassen Wangen wischte und den Gang in den Garten antrat.

Cathrin ging ans Fenster. Schwungvoll schritt ihre Schwester unten über den Rasen. Wie eine Sonnenblume sich nach der Sonne drehte, so wandte Henny das Gesicht ihrer Ältesten zu, von jenem glückseligen Strahlen erleuchtet, das allein Jette vorbehalten blieb.

Cathrin blinzelte über den weitläufigen Garten hinweg zum Himmel, der jetzt blauer schien als vorhin, die Sonne wärmer.

Jakob war wieder zu Hause.

23

Als die Kutsche unter den blühenden Linden hielt, geduldete sich Cathrin nicht, bis Hans vom Kutschbock herabgestiegen war, sie öffnete selbst den Wagenschlag.

»Du brauchst nicht zu warten«, rief sie dem Kutscher zu. »Ich nehme dann einen Mietwagen nach Hause oder komme mit dem Zug.«

In großen Schritten lief sie über die Palmaille, und genauso eilig stürmte sie die Treppen hinauf, während ihr Herz freudig Purzelbäume schlug.

»Mein Kätzchen«, gurrte Réka in der Tür und strahlte dabei beseelt über das ganze Gesicht.

Zärtlich streichelte sie Cathrins Arm und erkundigte sich nach der Frau Mama und dem Herrn Papa, nach Jette und den Kindern und nach Marie. Mit einer großen Geste griff sie sich ans Herz, als Cathrin ihr die Blumen aus dem Garten und ein Spankörbchen mit Erdbeeren vom Markt übergab. Cathrin hatte nicht mit leeren Händen kommen wollen, und etwas anderes war ihr nicht eingefallen; offenbar kannte sie Jakob nicht halb so gut, wie sie geglaubt hatte.

»Cathrin.«

Grischa erschien hinter Réka und drückte Cathrin an sich. Eine seiner Bärenumarmungen, die keine Fragen, keine Antworten brauchten.

Am Ende des Flurs klopfte er an eine Tür, rief mehrmals leise Jakobs Namen.

»Cathrin ist hier«, fügte er hinzu.

Ein undeutliches Murmeln drang durch das Holz, das für Cathrin erst dann einen Sinn ergab, als Grischa sich umdrehte und bedauernd den Kopf schüttelte. Unter Rékas mitfühlendem Blick stand sie da wie vom Donner gerührt.

Jakob wollte sie nicht sehen.

Grischas Augen ruhten auf Cathrin, die ihm im Sessel gegenübersaß. Kerzengerade und den Blick starr zum Fenster gerichtet, hielt sie die Tasse mit dem Kaffee in den Händen, an dem sie noch nicht einmal genippt hatte. An eine zu straff gespannte Feder aus Stahl erinnerte sie, die jeden Augenblick brechen konnte.

»Mich will er die meiste Zeit auch nicht sehen«, sagte Grischa, obwohl er genau wusste, dass es nicht dasselbe war.

Aus nächster Nähe hatte Grischa beobachtet, wie Cathrin Jakob in ihren Bann gezogen hatte, ein ziellos umherfliegender Gesteinsbrocken, der in die Schwerkraft eines Planeten geraten war. Wohin dieser Planet sich auch wandte, sein neuer Mond folgte ihm und schuf dabei kaum merklich einen eigenen Sog. Bis sie beide umeinander zu rotieren begannen, mit einem wachsenden

Schwung, der sie beide im Licht der Sonne umso heller strahlen ließ.

Der Krieg, dieser verdammte Krieg, hatte sie auseinandergerissen; jetzt taumelten sie beide allein durch ihre eigene Dunkelheit.

»Er wird Zeit brauchen«, fügte Grischa hinzu, »um sich zu erholen und sich wieder in diesem Leben zurechtzufinden. Lass ihm diese Zeit.«

Cathrin nickte mechanisch.

Wie sie vorhin im Flur gestanden hatte, mit den Blumen und den Erdbeeren, so musste Christian damals vor Katyas Tür gestanden haben. Und der schwache Hoffnungsschimmer, der sich jetzt auf Cathrins Gesicht abzeichnete, erinnerte Grischa so sehr an Thilo, dass er den Blick abwandte.

Er fragte sich, ob die Nachkommen dazu verdammt waren, die Fehler der Älteren zu wiederholen. Oder ob jede Generation ihre eigenen Geschichten von Herzensglück und Herzensleid schrieb.

»Er wird zu dir kommen, wenn er so weit ist«, appellierte er an Cathrins Geduld.

Beide wussten sie, dass das nicht ihre größte Stärke war, genauso wenig wie die ihres Vaters.

»Danke für den Kaffee«, brachte sie hervor.

Behutsam stellte sie die noch volle Tasse ab und stand auf. An der Tür drehte sie sich um.

»Und wenn er doch nicht kommt?«

»Dann wein ihm keine Träne nach.«

Die halb zugezogenen Vorhänge machten aus Jakobs Zimmer eine dämmrige Höhle. Der einzige Ort, der ihm ein Gefühl von Sicherheit vermittelte. Wo er aß, schlief, sich wusch und ansonsten ruhelos umhertigerte oder stundenlang Löcher in die Luft starrte. Ein Kriegsgefangener in Friedenszeit.

Angestrengt horchte Jakob in den Flur hinaus. In Rékas herzlichem Wortschwall ging Cathrins Stimme fast vollständig unter, einsilbig und flach. Sobald die Eingangstür ins Schloss gefallen war, atmete Jakob tief durch.

Cathrin sollte ihn nicht so sehen. Ein Bündel Knochen, von einem Rest Überlebenswillen zusammengehalten, aber sonst nicht viel mehr. Nicht genug für Cathrin, für die er in diesen Krieg gezogen war, um sich ihr als Held zu präsentieren. Wie könnte er das jemals vergessen.

Mit zitternden Händen rieb er sich über das Gesicht und stieß dabei an die Narbe auf seiner Wange, die jetzt weniger pochte, dafür unerträglich juckte. Ein gutes Zeichen, hatte der Arzt befunden, weil es Heilung versprach.

Als Jakob ihn gefragt hatte, ob es auch eine Kur für all das andere gab, was in ihm kaputtgegangen war, hatte der Arzt ihn mitleidig angesehen und ihm auf die Schulter geklopft.

Die Zeit, mein Junge. Die Zeit.

In Jakobs Gehörgang begann es, hallend zu dröhnen und zu wummern. Ein Echo des Geschützdonners, durchsetzt von Gewehrsalven. Instinktiv presste Jakob die Hände auf die Ohren, obwohl er wusste, dass es nichts nützte, alles spielte sich in seinem Kopf ab.

Wie die Bocksprünge, die er nachts unwillentlich im Bett vollführte, wenn sein Körper gerade dabei war, in den Schlaf hinabzugleiten, sein Kopf jedoch blitzartig Alarm schlug. Vor lauter Angst, was ihn im Traum erwarten mochte oder dass er womöglich nie wieder aufwachte. Wenn ihn jedes Peitschenknallen eines Kutschers unten auf der Straße aufschreckte oder auch nur das Wiehern eines Pferdes.

Zu viele Pferde hatte er sterben sehen, zerschunden und durch die blutige Mangel des Krieges gedreht. In ihrer Arglosigkeit, ihrem Menschenvertrauen ein solch schmerzlicher Anblick, dass es einem das ohnehin schon zersprungene Herz endgültig brach.

Nichts jedoch war entsetzlicher gewesen als der Ausdruck in Tristans Augen. Gequält und gefoltert, ein Jungtier, das sich in einer Dornenhecke verfangen hatte und sich mit jedem Atemzug, jeder Regung die Stacheln nur noch tiefer in Fleisch und Eingeweide trieb. Um Hilfe hatten diese Augen Jakob angefleht, um Rettung und dann um Erlösung. Bis Tristans Herz zu schlagen aufhörte, seine Augen flach und tot und leer.

Seither trug Jakob diesen Blick in sich. Wann immer er sich im Spiegel, einer Fensterscheibe entdeckte, starrte ihn sein Doppelgänger mit Tristans Augen an. Er wusste nicht, wie er Grischa jemals wieder offen ins Gesicht sehen konnte, wie Elli oder Aurora oder Judith.

Oder Cathrin.

Manchmal wünschte er sich, er wäre dort geblieben, auf den wild wuchernden Gottesäckern in Frankreich. Nicht weil er tot sein wollte. Sondern weil er dann seinen Frieden gefunden hätte.

24

In der Dachkammer über dem Kontor wanderte Jakobs Blick zu Cathrins Schreibtisch. Ein brachliegender Acker, staubig, wo sich die Putzfrau sichtlich nicht getraut hatte, die Papiere beim Saubermachen in die Hand zu nehmen. Die ungelesene Post war ins Kraut geschossen, die Kanten der unberührten Zeitungen und Zeitschriften schon angegilbt.

Eine solch überstürzte Abkehr von der Firma, eine solche Gleichgültigkeit passte nicht zu der Cathrin, die er kannte. Aber auch für sie war das vergangene Jahr wie kein anderes gewesen.

Seit sechs Wochen war er zurück, und die ganzen sechs Wochen hatte er sie nicht ein Mal aufgesucht oder ihr wenigstens eine Nachricht geschrieben. Was hätte er ihr auch schreiben sollen, in die Villa in Hamm, wo ihre Mutter im Sterben lag?

Jakob schnürte es die Kehle zu, wann immer er daran dachte, ein unklares Gemenge aus Schuldgefühlen und Scham und Scheu auf seinen Schultern.

Er beugte sich wieder über seine eigenen Unterlagen. Sein Verstand arbeitete genauso reibungslos wie früher, und doch konnte er den Zahlen und Fakten vor sich nichts mehr abgewinnen. Wer auf dieser ganzen weiten Welt brauchte wirklich diese kostbare Seide und schmeichelnde Federn, wer solch teuren Kaffee?

Angewidert schob er die Papiere von sich und stand auf. Rékas deftige Küche hatte ihn wieder zu Kräften kommen lassen. Auch sein Bein muckte kaum noch, seit er auf Anraten des Arztes viel zu Fuß ging.

Nur zögerlich hatte er sich anfangs auf die Straßen gewagt, misstrauisch in die Sonne blinzelnd und schreckhaft wie eine Geisel, die ihrer neu gewonnenen Freiheit noch nicht traute. Seine ersten Runden hatte er durch Altona gedreht, von den feinen Bürgerhäusern bis zu den krummen Sträßchen der Hafenarbeiter und Holzhändler und Fischweiber.

Dickfelliger geworden, hatte er seinen Radius nach Ottensen ausgedehnt, wo die Glashütten und Gießereien und Brauereien standen, Schiffsmaschinen und Dampfkessel und Propeller geschmiedet wurden und die *Piependreiher* für Nachschub an Zigarren sorgten.

Weit hinaus aus der Stadt war er gewandert, über die Felder, die von der Eisenbahn und dem Flüsschen Isebek durchschnitten wurden, hin zur Mühle am Diebsteich. Durch Pöseldorf hatten ihn seine Wege geführt, zu den Remisen, in denen Pferde und Wagen untergestellt waren. An den Häuschen und Gärtchen der Handwerker und Krämer vorbei, der Kutscher und Dienstboten. Ein trautes Heim neben dem anderen, die Eiern in einem Hühnernest glichen.

Abseits all dessen, was Hamburg sonst ausmachte, wie er oft dachte, wenn er dann seine Schritte zu den angrenzenden Viehweiden lenkte, wo er frei atmen konnte. In der Gesellschaft sanftmütig blickender Kühe und in sich gekehrter Schafe, die vom Tod nichts ahnten, unter einem Himmel, der offen und weit war und keine Grenzen kannte.

Am geöffneten Dachfenster zündete Jakob sich eine Zigarette an und beobachtete die Rauchfähnchen, die hinausschwebten und über den Dächern der Stadt verwehten. Sein Blick fiel auf den Michel, der wie nichts anderes sonst für Hamburg stand. Weil dieser Turm aus Holz und gealtertem Kupfer das Letzte war, was die Seeleute sahen, wenn sie ablegten, und das Erste, was sie bei der Heimkehr willkommen hieß.

Daran dachte Jakob manchmal, wenn er im Hafen die Schiffe beobachtete und sich fragte, wo sie herkamen und wo sie hinfuhren. Seltsam eigentlich, dass er sich bei seinen Fußmärschen instinktiv stets nach Norden orientierte, mit leichten Abweichungen nach Ost und West, aber nie nach Süden. Als müsste sich sein innerer Kompass erst wieder ausrichten. Auf einen Horizont, der einfach nicht näher kam, unscharf blieb.

Er wandte sich um und fasste erneut Cathrins verlassenen Schreibtisch ins Auge.

Katya und Grischa hielten, zusammen mit Ludger, das Ruder der Firma fest in der Hand. Doch die tatkräftige Energie Christians fehlte ebenso wie das vorwärtsstürmende Temperament Cathrins.

Jedes Mal, wenn er in Teufelsbrück war, hoffte er insgeheim darauf, Cathrin dort vorzufinden, das hätte es ihm leichter gemacht. Und jedes Mal war er enttäuscht und erleichtert zugleich, allein mit Katya zu sein, die nicht viel sagte und noch weniger fragte. Ihr Schweigen hatte etwas Heilsames, nährend wie das Essen, das sie ihm auf den Tisch stellte. Auch ohne große Erklärungen schien sie zu verstehen, was Jakob am meisten brauchte. Stundenlang konnte er still und reglos in der Sonne sitzen, während der Garten um ihn herum vor sommerlicher Lebendigkeit vibrierte; allein und doch nicht einsam, mit Katya neben sich, vertieft in eine Stickerei oder ein Buch oder die Finger im Gemüsebeet vergraben.

Ab und zu lieh er sich eines ihrer Pferde, um auszureiten, und manchmal schwamm er in der Elbe. Eigentümlich gleichgültig war er den Wellen und der Strömung gegenüber geworden, vielleicht auch furchtlos, weil es für ihn nicht mehr viel zu fürchten gab.

Außer, Cathrin gegenüberzutreten.

Viel zu eng kam ihm die Dachkammer mit einem Mal vor, unerträglich heiß und stickig unter der Augustsonne. Fahrig drückte er den Zigarettenstummel auf der Untertasse aus und griff zu seinem Hut.

Sankt Katharinen zu seiner Linken, schlenderte Jakob das von Lastkähnen und Möwen bevölkerte Dovenfleet entlang.

Zu einer schnellen Rückkehr in einen geregelten Alltag hatte der Arzt ihm geraten, und eine Rückkehr in ein normales Leben hatte Jakob sich ersehnt. Er, der Kriegsveteran, mit noch nicht einmal vierundzwanzig Jahren.

Die stillschweigende Anerkennung, die ihm die Angestellten im Kontor zollten, fand er lächerlich. Was hatte er denn schon groß geleistet, außer mit viel Glück am Leben zu bleiben? Der Respekt, den Ludger Niebuhr ihm neuerdings entgegenbrachte, ihn wie einen höchst ehrenwerten und verständigen Geschäftspartner behandelte, fast auf Augenhöhe, hätte ihn zum Lachen gereizt, wäre ihm danach zumute gewesen.

Normal war für Jakob nichts mehr nach diesem Krieg, den Hamburg nur aus weiter Ferne miterlebt hatte. Dass in der Kaserne, die während des Feldzugs leer stand, französische Kriegsgefangene inhaftiert gewesen waren, hatte wohl kaum jemand in der Stadt so recht mitbekommen.

Daran dachte Jakob, als er an den von der Zeit und vom Ruß angeschmutzten Häusern des Meßbergs vorbeispazierte, an den Marktfrauen mit ihren Kopftüchern und Strohhüten, die auf ihren Karren Kartoffeln und Rüben und *Zippeln*, Zwiebeln, feilboten. Mamsells und Hausfrauen begutachteten die Flechtkörbe voller Kirschen und Stachelbeeren und Sauerampfer, ein Postmann hastete mit seiner Umhängetasche voller Briefe vorbei.

Trotzdem war für sie alle eine neue Zeit angebrochen. Die Bürger Hamburgs waren jetzt auch Bürger des Deutschen Reiches, das von Flensburg an den Bodensee und bis kurz vor Salzburg reichte, von Elsass-Lothringen bis Schlesien, von der Maas bis an die Memel. Das Reich von Kaiser Wilhelm I., mit dem Reichstag in Berlin als Parlament, dem Reichskanzler Bismarck vorstand, mittlerweile Fürst von Bismarck.

Während Frankreich sich in blutigen Aufständen selbst zerfleischte, um zwischen altem Glanz und schonungsloser neuer Realität einmal mehr eine Republik zu werden, und in Spanien nun ein Italiener aus dem Haus Savoyen auf dem umstrittenen und bereits wieder wackelnden Thron saß, stand das Deutsche Reich als glänzender und mächtiger Sieger da, der die Hand gleich direkt nach den Sternen ausstreckte.

Mit einer einheitlichen Verfassung, einheitlichen Gesetzen nach preußischem Muster, die auf dem Grundsatz beruhten, dass jeder selbst seines Glückes Schmied war. Ein gigantischer Binnenmarkt war entstanden, in dem man Angebot und Nachfrage freien Lauf ließ. Einheitliche Maße erleichterten zusätzlich den Kauf und Verkauf von Waren, mit der Hamburger Mark als allgemeinem Dreh- und Angelpunkt für Preise und Bilanzen. Nachdem Frankreich Elsass und Lothringen an seinen Nachbarn verloren hatte, verfügte das Deutsche Reich nun über mehr als genug Eisenerz für Eisenbahnen und Stahl und Dampfmaschinen.

Unvorstellbar reich geworden war es noch dazu. Fünf Milliarden Francs an Wiedergutmachung schuldete Frankreich seinem Bezwinger, zahlbar innerhalb von fünf Jahren in eineinhalbtausend Tonnen Feingold. Nach heutiger Kaufkraft exakt die gleiche Summe, die Napoleon seinerzeit Preußen abgepresst hatte.

Die lange ersehnte Revanche. Blutgeld für die Hunderttausende an Gefallenen und Verwundeten auf beiden Seiten. Ein Kraftstoff, der die deutsche Wirtschaft erst recht in Fahrt brachte.

Wer konnte, kaufte und handelte, investierte und expandierte, um auf den Wellen von Fortschritt und Erfolg mitzuschwimmen. Aktienkurse jagten in die Höhe, frisch gegründete Firmen und Kontore schossen wie die Pilze aus dem Boden. Die Läden und Geschäfte quollen über mit all dem Notwendigen, dem Eleganten und Luxuriösen, das die Fabriken und Manufakturen und Handwerker herstellten, und die Inhaber machten kräftig Umsatz. Denn schließlich wollten der aufstrebende Kleinbürger, der gemachte Mann nebst Gattin sich etwas gönnen im schönen neuen Kaiserreich.

Diese Aufbruchsstimmung war auch bei *Petersen & Voronin* zu spüren. An Jakob ging sie jedoch spurlos vorüber. Einmal war er an der Außenalster entlanggewandert und dann ratlos vor den schlossähnlichen Villen von Uhlenhorst gestanden, mit denen sich der Geldadel Hamburgs ein Denkmal gesetzt hatte.

Ihn zog es in die Armenviertel, in die finsteren Gassen und Gänge im Schatten von Sankt Michaelis oder nach Sankt Georg. Auch heute tauchte er wieder in die inzwischen eingemeindete Vorstadt ein, die sich von der Binnenalster bis zu den beiden Bahnhöfen für Güterverkehr und Passagiere erstreckte.

Ziellos mäanderte er zwischen der Taubstummenanstalt und der Sonntagsschule umher, eingerichtet für

Kinder, die werktags für das Zubrot ihrer Familie schuften mussten. Hier, in den Straßen zwischen dem Vergnügungspark des Tivoli und den Hotels und Pensionen für mehr oder weniger gut betuchte Reisende, fristeten verarmte Witwen ihr Gnadenbrot, gingen leichte Mädchen jeden Alters ihrem Gewerbe nach. An den Gesichtern der Männer, der Frauen ließ sich ablesen, wie sehr sie sich abstrampeln mussten, um über die Runden zu kommen, und manchen war anzusehen, dass die Hoffnungslosigkeit sie längst verschluckt hatte. Und Jakob sah die verlausten und verwahrlosten Kinder, die es niemals dort heraus schaffen würden.

Hier zeigte sich das Leben ungeschönt und unverfälscht und manchmal erbarmungslos. Wie verwundbar das menschliche Dasein war, und wie wenig man sein Schicksal selbst in der Hand hatte.

Man brauchte kein Hellseher zu sein, um jetzt schon zu wissen, wer für die kommenden fetten Jahre bezahlen würde. Eine lähmende Ohnmacht überfiel Jakob jedes Mal, wenn er daran dachte, dass diese Menschen mit ihrer Hände Arbeit den Reichtum anderer mehren würden, ohne jemals etwas davon abzubekommen. Ein Grabenkampf zwischen Arm und Reich, in dem der Sieger von vornherein feststand. Und nichts, nichts konnte Jakob tun, um etwas daran zu ändern.

Die Hände in den Hosentaschen, blieb er in der Gasse stehen. Geraume Zeit blinzelte er vor sich hin, während um ihn herum der Alltag zwischen bescheidener Ehrbarkeit und Elend rumpelte und lärmte. Gefangen in einer

Tretmühle, in der man den Aufstieg zwar ständig vor Augen hatte, aber niemals schaffte. Dazu müsste man aus dem ewig kreisenden Laufrad aussteigen, und dafür hatten die wenigsten den Mut.

Er konnte es niemandem verdenken, der von hier fortging, der Hamburg als ein Sprungbrett benutzte, um anderswo sein Glück zu versuchen. Nicht zum ersten Mal spukte es Jakob im Kopf herum, wie es wohl sein mochte, alles hinter sich zu lassen. Ob es einem wirklich gelingen konnte, an einem anderen Ort komplett neu anzufangen, das Gedächtnis leer gewischt wie eine Schiefertafel.

Als eine Mietdroschke über das Pflaster heranrollte, hob Jakob die Hand.

Der Wagen brachte ihn hinaus nach Hamm, zur Villa der Petersens. Dienstmädchen Mine öffnete ihm, er war es noch nicht wieder gewohnt, dass jemand vor ihm knickste. Ihr Angebot, im Salon bei einer Tasse Kaffee oder Tee zu warten, lehnte er freundlich ab.

»Ich sage Fräulein Cathrin gleich Bescheid«, verkündete Mine mit einem weiteren Knicks. »Haben Sie nur etwas Geduld, Herr Levgrün. Der Herr Doktor ist gerade bei der gnädigen Frau.«

Der Moment, in dem er hätte vorschlagen können, ein anderes Mal wiederzukommen, verstrich ungenutzt, Mine eilte schon die teppichbezogene Treppe hinauf. Irgendwo in den Weiten des oberen Stockwerks konnte er Stimmen hören.

Jakob hatte vergessen, wie weitläufig dieses Haus war, wie nobel. Wie sauber. Ein sicherer Hafen, von Geld und gesellschaftlichem Status ummauert, der alles Unheil und Übel der Welt von sich fernhielt. Und doch witterte Jakob unter dem Geruch von Scheuerpulver und Wäschestärke, Gallseife und Bohnerwachs und Holzpolitur etwas Erstickendes, dumpf und süßlich und ein bisschen sauer.

Schritte hasteten die Stufen herab und machten dann abrupt halt. Jakob wandte sich um. Auf dem Treppenabsatz stand Cathrin. Genau so, wie er sie in Erinnerung hatte, in einem einfachen Sommerkleid, schlank und hell wie eine nordische Birke. Wachsam war der Ausdruck auf ihrem Gesicht, als traute sie ihren Augen nicht.

Einen endlosen Augenblick lang schien die Welt stillzustehen, selbst die Vögel draußen im Garten waren verstummt.

Dann flog Cathrin die restlichen Stufen herunter und fiel ihm mit einem kehligen Laut um den Hals. Langbeinig und schmalhüftig unter dem dünnen Stoff des Kleids ein Pfeil, der geradewegs in sein totes Herz traf. Nach Sommerwiesen und grünen Äpfeln und ein bisschen nach Meer duftete sie, wie das Leben selbst. Doch in ihrem Kielwasser brachte sie den Hauch des Todes mit, der hier in diesem reichen und schönen Haus lauerte, und Jakob drehte es den Magen um.

Unter dem Baum, in dessen Schatten sie im Gras saßen, musterte Cathrin Jakob.

»Geht es wieder?«, erkundigte sie sich leise.

Mit geschlossenen Augen nickte er; trotzdem stieg nur langsam wieder Farbe in sein Gesicht.

Etwas Fremdes hatte in diesem Gesicht Einzug gehalten. Etwas, das weit darüber hinausging, dass die Wangenknochen sich schärfer herausgearbeitet hatten, die Kinnlinie eckig ausgeprägt. Und unter dem Bart, den er sich gerade wieder wachsen ließ, wirkte sein Mund hart und unnachgiebig. Cathrin war nicht sicher, aber im Wechselspiel von Sonnenstrahlen und Laubschatten glaubte sie, einzelne graue Fäden in seinem dunklen Haar ausmachen zu können. Ihre Brust zog sich zusammen, als ihr Blick über den erhabenen Grat wanderte, der sich quer über seine Wange zog.

»Tut die Narbe noch weh?«, fragte sie leise. »Oder dein Bein?«

Jakob schüttelte den Kopf.

Cathrins Herz war übervoll mit all den Dingen, die sie noch fragen und sagen und erzählen wollte. Aber so leicht und frei schlug dieses Herz, dass alles andere gerade keine Rolle spielte. Alles, was zählte, war dieser eine Augenblick.

Aufseufzend umschlang Cathrin seinen Arm und drückte die Wange an seine Schulter.

»Du bist zurück«, murmelte sie.

Jakob blinzelte in die Sonne, aber er spürte ihre Wärme nicht. Kurz vor Weihnachten war es gewesen, dass sich am Himmel über Paris der Mond über die Sonne schob und das Licht verdüsterte. Diese Finsternis trug er seither mit sich herum, wohin er auch ging.

Cathrin war sein Leitstern gewesen in all der rauchschweren, schlammverschmierten und blutbespritzen Dunkelheit. In der Verzweiflung, die sich in die Knochen bohrte, durch den Magen fraß und das Gehirn totschlug.

Cathrin jetzt neben sich zu fühlen, mit Haut und Haar, lebend, atmend, pulsierend, war fast zu viel, um es ertragen zu können.

»Vermutlich kann ich mir nicht einmal ansatzweise vorstellen«, raunte sie heiser, »wie es dort war. Obwohl ich alles gelesen habe, was in den Zeitungen stand.«

Um Jakobs Mund zuckte es, und er wusste selbst nicht, ob er loslachen oder weinen oder aufbrüllen sollte.

»Du musst auch nicht darüber reden«, fügte sie hinzu. »Aber du kannst es mir erzählen, wenn du willst. Irgendwann. Ich halte das schon aus.«

Als Cathrin nach seiner Hand fasste, entzog er sich ihr.

Mit gesenktem Kopf beobachtete er seine Finger, die sich langsam krümmten und wieder öffneten.

Gemordet hatten diese Hände, der Himmel allein wusste, wie viele Männer. Wohl immer, wenn er den Abzug des Gewehrs drückte und nachlud, wieder und wieder und wieder, einen krampfhaften Atemzug nach dem anderen. Blind und taub, getrieben von der nackten Angst, dass jeder feindliche Soldat, den er niederstreckte, seine einzige Chance war, selbst den nächsten Augenblick noch zu erleben.

Diese Hände hatten das steife Glied eines Kameraden

gehalten und dem Höhepunkt entgegengerieben, so wie er sich umgekehrt hatte befriedigen lassen. Weil Todesangst und Fleischeslust zwei Seiten derselben Medaille waren. Weil die quälende Erregung, der Reiz des Verbotenen und der glückselige Funkenschauder der Erlösung einen spüren ließen, dass man wirklich noch am Leben war.

Dieselben Hände waren es gewesen, die sich auf die ausgefransten und bluttriefenden Löcher in Tristans Brust gepresst hatten, im hart gefrorenen Grasland bei Bazoches. Nach einem Sanitäter hatte er gebrüllt, nach Hilfe, irgendeiner Art von Hilfe. Nach einem wohlwollenden Gott, an den er da schon nicht mehr glauben konnte.

Ungehört war seine Stimme im Donnerkrachen der Schüsse verhallt. Im Pfeifen der Kugeln, die wie ein todbringender Insektenschwarm auf sie einstürmten und brennend über Jakobs Wange und Arm frästen. In den markerschütternden Schreien der Verwundeten und Sterbenden, die Jakobs Gehör genauso verätzten wie der Pulverqualm seine Lunge. Während seines Vaters anderer Sohn unter Jakobs Händen Blut spuckte und gurgelnd sein Leben aushustete.

Wie könnte er Cathrin jemals wieder mit diesen Händen berühren?

Cathrin flüsterte seinen Namen, fragend und geradezu bittend. Als hätte sie ihm schon verziehen, dass er ihr nie geschrieben hatte, nicht einmal aus dem Lazarett, wo sie ihm das Bein wieder zusammenflickten.

Für die Schrecken, die er erlebt hatte, für diesen Abgrund gab es keine Worte. Für dieses Zerfleischen und Abschlachten, in dem jegliche Menschlichkeit in Fetzen ging. Kein Wort, das sich finden ließ, wäre jemals genug dafür. Und jedes Wort wäre das eine zu viel, das ihn zerbersten ließe wie eine Granate aus Glas.

Etwas blieb dennoch zu sagen.

Jakob ließ den Kopf an der Rinde des Baumes ruhen und erforschte den kläglichen Rest dessen, was von seinem Gewissen übrig geblieben war. Dann ballten sich seine Hände zu Fäusten.

»Ich gehe fort, Cathrin. Nach Amerika.«

Er konnte hören, wie ihr der Atem stockte.

»Wann?«

»Sobald ich eine Passage buchen kann.«

Die plötzliche Kühle, die von ihr ausging, ließ ihn leichter atmen.

»Ich nehme an, du wirst mich nicht fragen, ob ich mitkomme.«

»Nein.«

»Und auch sonst hast du mir nichts zu sagen?«

Er schüttelte den Kopf.

Ihr Schweigen klang eher verwundet als anklagend, aber ihr Blick versengte seine Haut, und er stand auf.

»Leb wohl, Cathrin.«

Mit jedem Schritt, den er über den Rasen tat, gewann er an Stärke, an Sicherheit.

»Fahr zur Hölle, Jakob Levgrün!«, rief sie ihm nach.

Da war ich doch schon, antwortete er ihr in Gedanken. Und bin es immer noch.

25

Zornige Böen trieben den Regen vor sich her, als der Wagen vor der spätabendlich beleuchteten Villa hielt. Donner rollte drohend heran und walzte krachend über die windgepeitschten Baumwipfel, hinter denen es gespenstisch flackerte. Wie ein bockendes und durchgehendes Pferd schüttelte die Natur die Hitze der letzten Tage von sich ab.

Beim Aussteigen lehnte Katya den aufgespannten Schirm ab, den Kutscher Hans ihr reichte.

»Lass nur. Sind ja bloß ein paar Schritte.«

Die Röcke gerafft, hastete sie die Stufen zur Eingangstür hinauf, wo Mine bereits auf sie wartete. Über die Treppe drang lang gezogenes Wimmern und Heulen herab. Maries Ausdruck ihrer inneren Not.

»Gut, dass Sie kommen, Frau Katya.«

Das Dienstmädchen wollte noch etwas hinzufügen, schluchzte aber stattdessen auf.

»Danke, dass du gleich Hans zu mir hinausgeschickt hast«, sagte Katya und strich Mine tröstend über die Schulter.

Die Jacke über dem Arm, die Katya sich bei der nicht

ganz unerwarteten, aber doch überraschenden Ankunft des Kutschers in Teufelsbrück hastig übergeworfen hatte, wischte Mine sich eine Träne aus dem Augenwinkel.

»Sind alle oben, Frau Katya. Frau Niebuhr müsste auch bald hier sein.«

Sanftes Lampenlicht füllte das Schlafzimmer und schnitt Christians Profil aus den Schatten heraus. Cathrin war gerade dabei, den Vorhang zurückzuziehen und das Fenster ein Stück weit zu öffnen. Damit der Wind es nicht zuschlug, klemmte sie eine Haarbürste in den Spalt. Wie frisch gewaschen quoll der Luftzug in den stickigen Raum.

»Hörst du, Mama?«, flüsterte sie. »Es regnet. Riechst du den Gewitterregen?«

Als Cathrin sich umdrehte, sah Katya die silberglänzenden Tränenspuren auf ihrem Gesicht.

Auf leisen Sohlen trat Katya an das Bett und ließ sich auf der Kante nieder. Unruhig bewegten sich Hennys Finger über das Leintuch, dürr wie Spinnenbeine. Innerhalb kürzester Zeit hatten der Krebs und das Morphium von ihr nur faltige Haut und spitze Knochen übrig gelassen, Henny in einen nebelhaften Dämmerzustand hinabgezogen.

»Ich bin es, Henny. Katya.«

Suchend blickte Henny umher, bis sie Katyas Blick auffing. Ihre Augen weiteten sich ängstlich, die Mundwinkel zitterten. Katya legte ihre Hand auf die Hennys.

»Wir sind bei dir, Henny. Alle sind wir da. Wir lassen dich jetzt nicht allein.«

Maries Heulen gewann an Dringlichkeit; ein Wolfsjunges, das nach dem Schutz seines Rudels schrie. Hennys Finger zuckten.

»Ich kümmere mich um Marie, Henny. Das verspreche ich dir.«

Kaum merklich entspannten sich Hennys eingefallene Züge. Ihre Augen wanderten zu Christian, bevor sie sich mühsam wieder auf Katya richteten. Zart wie Schmetterlingsflügel regten sich ihre Finger, und Katya neigte sich vor.

Danke, dass du ihn mir gelassen hast, glaubte sie aus Hennys schwerfälligen Atemzügen herauszuhören.

»Er hat sich richtig entschieden«, wisperte Katya an Hennys Ohr.

Lange sahen sie sich in die Augen, Katya und Henny. Nie wirklich Rivalinnen, obwohl sie denselben Mann geliebt hatten, und aus demselben Grund nie wirklich Freundinnen. Auch keine Schwestern, dafür waren sie sich zu fremd geblieben, Räbin die eine, gurrende Taube die andere. Untrennbar miteinander verflochten waren ihre beiden Leben dennoch gewesen. Durch Christian. Durch Marie. Vor allem aber durch Cathrin.

Am Ende gab es nichts zu beneiden, zu verzeihen oder zu vergeben. Was blieb, war ein leises Lächeln zwischen ihnen, zärtlich und weh.

Katya hob Hennys Hand an und drückte einen Kuss hinein. Dann stand sie auf, um nach Marie zu sehen, damit deren Mutter unbesorgt und in Frieden gehen konnte.

Das letzte Aufblitzen am Himmel war verglommen, das letzte Donnergrollen längst verhallt. Katya saß weiterhin auf dem Boden von Maries Zimmer und spielte mit ihr das altvertraute Fingerspiel aus Kindertagen, um sie zu beruhigen.

Der Regen war geblieben, ein satter und gleichmäßiger Landregen, der die Grenze zwischen Nacht und Tag verwischte.

Ein paar Türen weiter schluchzte Jette unvermittelt auf und begann dann laut zu weinen. Wenig später schlich Cathrin über die Schwelle und kauerte sich neben Katya zusammen, zittrig und die Wangen tränennass. Wie ein Schwan, der die Flügel über seinen Küken ausbreitet, hielt Katya die beiden Frauen in ihren Armen. Hennys Mädchen, die gerade ihre Mutter verloren hatten.

Das Grau vor den Fenstern war von fließender Zeitlosigkeit. Etliche Stunden mochten verstrichen sein, Jette war schon nach Hause gefahren, als Mine den Kopf ins Zimmer hereinstreckte, einen verlegen hilfesuchenden Ausdruck auf dem verweinten Gesicht.

»Könnten Sie noch einmal kommen, Frau Katya? Wegen Herrn Petersen? Ich weiß nicht, was ich machen soll.«

Leise betrat Katya das Schlafzimmer. Christian hielt noch immer Hennys leblose Hand, seine Miene in Ungläubigkeit erstarrt. Wie ein alter Mann sah er aus, zerschunden und gramgebeugt, und es schnitt Katya ins Herz.

»Es ist vorbei, Christian«, wisperte sie. »Lass sie gehen.«

»Ich kann nicht«, kam es erstickt von ihm.

Katya ließ sich in die Hocke nieder und berührte ihn sanft an der Schulter.

»Ich weiß. Sie war das Licht in deinem Leben.«

In Christians Gesicht zuckte es. Eine harte Fassade, die Risse bekam und dann in sich zusammenfiel. Schuldbewusst sah er aus und wie verschämt, dabei hatte Katya das lange schon gewusst.

»Was soll ich denn jetzt machen, ohne sie?«, murmelte er, die Stimme grabesschwer.

Katya war diesen Weg vor ihm gegangen.

»Das wird sich finden. Fahr weg. Weg aus Hamburg und weg von all den Erinnerungen. Ich kann dir meine Hütte am Voroninvatnet überlassen. Das ist ein guter Ort, um zu trauern und zu heilen.«

Christian schüttelte den Kopf. »Ich kann Marie nicht allein lassen.«

»Dann nehme ich sie zu mir. Marie kennt das Haus und die Leute darin. Sie ist gern dort.«

Es fiel ihm sichtlich schwer, Hennys Hand auf das Leintuch zu betten. Ein Schluchzen ruckte dabei durch seinen ganzen Körper, und er begann zu weinen, laut und haltlos wie ein kleiner Junge.

Auf den Knien richtete sich Katya auf und schlang die Arme um ihn, bot ihm Halt und Trost in dieser schweren Stunde. Beide jetzt verwitwet, des einen Menschen beraubt, mit dem sie ihr Leben geteilt und mit dem sie hatten alt werden wollen.

Mit Christians Tränen, mit dem Regen, der draußen niederging, wusch sich nach und nach auch der letzte Groll zwischen ihnen aus. Die letzte Enttäuschung, der letzte Kummer.

Katya hatte nicht gewusst, dass einem zugleich so schwer und so leicht ums Herz sein konnte. Dass ein solch schmerzlicher Verlust einen solch tiefen Frieden in sich trug.

26

Die Schornsteine der wuchtigen Dampfer ließen graue Rauchwolken in den Sommerhimmel aufsteigen. An vierschrötige und stiernackige Fabrikanten erinnerten sie, die qualmende Zigarre im Mundwinkel festgeklemmt, während hinter ihnen Segelschiffe durch die Elbe glitten wie hochnäsige alte Tanten.

Unter dem Dröhnen der Hörner und dem Scheppern von Schiffsglocken herrschte auf dem Kai heilloses Durcheinander. Männer und Frauen scharrten förmlich mit den Füßen oder übten sich in unerschütterlicher Geduld. Ganze Familien drängten sich zusammen, ihre wenigen Habseligkeiten in Körben, Taschen, Tornistern und Säcken zusammengepackt, manchmal in der Hochzeitstruhe, weitaus häufiger lediglich zum Bündel geschnürt. Nur wenige konnten sich einen Koffer leisten.

Eine Handvoll Männer hatte sich auf herumstehenden Kisten niedergelassen, um sich mit einem Kartenspiel die Zeit zu vertreiben. Zwei Jungen, die Mützen schief auf dem Kopf, spielten um die Röcke ihrer Mütter herum Fangen. Ein kleines Mädchen auf dem Arm des Vaters sah ihnen mit glasigen Augen zu und bohrte dabei selbstvergessen in der Nase.

Herkunftsgeschichten und Ratschläge für die künftige Heimat wurden ausgetauscht, in norddeutschem Zungenschlag und Friesisch, Schwäbisch und Westfälisch, Fränkisch und Bayerisch, Schwyzerdütsch, Dänisch und sogar Italienisch. Kleine Sprachinseln inmitten der Wogen aus Polnisch, Ungarisch, Tschechisch und Russisch, dem in allen Nuancen Osteuropas schillernden Jiddisch.

Ein Zeitungsjunge schlängelte sich durch das Gedränge und pries aus voller Kehle die jüngsten Nachrichten aus Hamburg und dem Deutschen Reich an. Wenig erfolgreich; wer auf dem Kai wartete, stammte entweder nicht von hier oder hatte der alten Welt bereits den Rücken gekehrt.

Nach Brasilien wollten sie, nach Argentinien oder Chile, ein paar auch nach Mexiko. Viele zog es gleich ganz ans Ende der Welt, nach Australien. Die meisten jedoch hatten dasselbe Ziel: New York. Ein Schmelztiegel, der pures Gold hervorbrachte. Das Tor zu den unermesslichen Weiten der Vereinigten Staaten, wo jeder es zu etwas bringen konnte, wenn er sich nur genug anstrengte.

Jakob war einer von ihnen.

»Hättest du nicht wenigstens bis zu Hennys Beerdigung bleiben wollen?«, fragte Grischa.

Jakob schüttelte den Kopf. Wenn er schon alle Brücken hinter sich abbrach, dann richtig. Nur von Katya hatte er sich verabschiedet, was schwer genug gewesen war; sie würde er am meisten vermissen.

Eine plötzliche Unruhe wogte durch die Menge, auf dem Deck des Dampfers schien sich etwas zu tun.

»Danke für alles«, sagte Jakob hastig. »Das Geld zahle ich euch zurück, sobald ich kann.«

Den Beleg für die Bankanweisung trug er mit allen anderen wichtigen Papieren bis hin zu einem Gesundheitszeugnis in der Innentasche seines Jacketts. Beim Blick auf die Summe, die Katya und Grischa nach New York gekabelt hatten, waren ihm die Augen übergegangen, jede Widerrede war jedoch zwecklos gewesen.

»Darüber reden wir noch«, bekräftigte Grischa auch jetzt. »Betrachte es ruhig als Investition in deine Zukunft. Oder als dein Erbe.«

Natürlich würde Jakob alles auf Heller und Pfennig zurückzahlen, er dachte gar nicht daran, jemandem etwas schuldig zu bleiben. Aber hier auf dem Kai, kurz vor dem Ablegen des Dampfers, war nicht der Ort und nicht die Zeit, um einen Streit vom Zaun zu brechen.

Eine dichte Menschentraube hatte sich vor der Gangway gebildet, offenbar bereitete sich die Mannschaft darauf vor, die Leute an Bord zu lassen.

»Also«, sagte Jakob entschlossen und schulterte den Seesack, mit dem er vier Jahre zuvor in Hamburg angekommen war.

Der wehmütig weiche Ausdruck auf Grischas Gesicht war Jakob unangenehm.

»Du brauchst wirklich nicht zu warten, bis wir ablegen«, beeilte er sich zu versichern. »Ich werde ohnehin gleich meine Kabine beziehen.«

Katya hatte respektiert, dass er diesen letzten Schritt allein machen wollte. Genauso Réka, wenn auch schweren Herzens, sie hatte schon ihr schönstes Taschentuch herausgelegt, um dem Dampfer damit nachzuwinken. Stattdessen hatte sie ihm ein Fresspaket aufgenötigt, das wahrscheinlich von hier bis New York reichen würde, obwohl Mahlzeiten an Bord inbegriffen waren.

Nur Grischa hatte stur darauf beharrt, ihn zum Schiff zu bringen wie einen Schuljungen auf Exkursion. Ehe Jakob sich's versah, drückte Grischa ihn herzhaft an sich.

»Ich bin froh, dass ich dich kennengelernt habe«, murmelte er. »Komm heil und gesund an. Und schreib mir.«

Grischas Umarmung und das dunkle Vibrieren in seiner Stimme ließen etwas in Jakob erzittern, unerwartet und unwillkommen. Irgendwo hinter ihm begann ein Kleinkind zu plärren, und wie nach einem Naturgesetz ließen sich zwei, drei weitere davon anstecken. Unwillig riss Jakob sich los.

»Mach's gut«, würgte er hervor.

Jäh wandte er sich von dem feuchten Glanz in Grischas Augen ab und eilte in langen Schritten auf den Dampfer zu. Innerhalb weniger Herzschläge hatte ihn die Menschenmenge verschluckt.

Nur zäh ging es vorwärts, wie der Weg einer Schnecke durch das Salatbeet. Endlose Zeitspannen traten sie gleich ganz auf der Stelle, während von allen Seiten weiter Menschen herandrängten.

Jakobs Herzschlag galoppierte an, peitschte seinen

Atem auf und ließ ihm den Schweiß aus allen Poren brechen. Jeden Moment rechnete er damit, dass ihm die Kugeln um die Ohren pfiffen, hinter ihm eine Granate einschlug. Mit zusammengebissenen Zähnen zwang er sich, ruhig zu bleiben, eingezwängt zwischen fremden Menschenleibern, die nach Schweiß und feuchter Wolle und Zwiebeln rochen, nach Harzer Käse und Rauch, einen vorwärtsschlurfenden Schritt nach dem anderen.

Endlich hatte er die rettende Gangway erreicht, schwindelerregend steil ging es hinauf. Jakob warf keinen Blick zurück auf den Kai oder auf Hamburg, er konzentrierte sich allein auf die beiden Stewards am oberen Ende und hielt einem davon dann seine Fahrkarte hin.

»Erste Klasse da entlang«, wies der Steward ihn kurz an.

Erleichtert steckte Jakob das Stück Papier wieder ein und trat auf das Deck. Der Duft grüner Äpfel stieg ihm in die Nase, aus dem Korb eines jungen Mädchens. Die Haarsträhne, die sich unter seiner Haube hervorkringelte, war weizenhell. Fast so hell, so seidig wie Cathrins Haar.

So musste es sein, wenn einem Gliedmaßen amputiert worden waren. Das Körperteil war abgetrennt, die Wunde vernäht und kauterisiert. Aber man spürte es noch genauso wie vorher, das hatten einige der Soldaten im Lazarett bei einer Zigarette erzählt. Es zuckte und juckte, entwickelte sogar ein Eigenleben, und manchmal schoss ein quälend heißer Schmerz durch den fehlenden Arm, das fehlende Bein.

Dieser eine Augenblick der Unachtsamkeit genügte,

und Jakob fand sich von einer Horde schwäbischer Bauernlümmel eingekesselt, einer so stämmig und rotgesichtig und ungeduldig wie der andere.

»No ned driele!«

»Mach nore, du Schlofkapp!«

Von hinten schoben sich energisch weitere Männer und Frauen heran, rüpelnd wie die Hamburger Bierkutscher, zeternd wie die Aalweiber. Für Jakob gab es kein Entkommen. Eingekeilt in dieser drückenden und schiebenden Menge, wurde er mitgespült wie ein Kiesel auf dem Grund der Elbe, in den Schiffsleib hinein.

Erst als sich der gesamte Pulk von einem engen Gang aus über eine Schwelle ergoss, die Leute unter Remplern und Ellbogenstößen an Jakob vorbeihasteten, war er frei.

Ungläubig ließ er seine Blicke durch den großen Raum schweifen, der doch viel zu klein war für all die Menschen. Hunderte mussten es sein. Dutzende und Aberdutzende von Burschen und jungen Männern, einige wenige junge, jüngere oder mittelalte Frauen. Dazwischen viele Familien, die kleinen Kinder greinend oder erschöpft in den Armen der Mutter, der Großmutter eingeschlafen, die größeren an den schmalen Bettgestellen herumkletternd, quengelnd, miteinander raufend oder bereits die ersten Freundschaften schließend. Die Erwachsenen machten sich untereinander mal förmlich, mal aufgeschlossener miteinander bekannt; schließlich war man für die Dauer der Überfahrt einander nun ein Nachbar. Andere hingegen zankten sich bereits jetzt um jeden Zoll an Raum.

Die Luft war stickig, stank nach Abort und brackigem

Wasser, dabei hatten sie die Reise doch noch vor sich. Ein hagerer und graugesichtiger Mann unweit von Jakob begann rasselnd zu husten. Der gleiche Husten, den Jakob in den finsteren Gängevierteln so oft gehört hatte. Der gleiche, der im Schlamm und der klirrenden Kälte der Schlachtfelder umgegangen war, und Jakob floh.

Blindlings bahnte er sich seinen Weg zwischen den Passagieren hindurch, die ihm unentwegt entgegenströmten, als wäre das Zwischendeck hinter ihm nicht schon übervoll, und stolperte schließlich zurück an Deck. Tief sog er die frische Luft ein, um die Übelkeit loszuwerden und einen klaren Kopf zu bekommen, bevor er sich achtern auf die Suche nach seiner Kabine machte.

Die Tür stand offen. Neben einem der beiden Betten war ein junger Mann damit beschäftigt, seinen Koffer auszupacken. Sein Anzug war genauso brav wie das gescheitelte semmelblonde Haar, das Gesicht rosig wie ein neugeborenes Ferkel. Als Armin Busch aus der Nähe von Wiesbaden stellte er sich vor. Seine blassen Augen folgten Jakobs Blick durch die Kabine, und er grinste.

»Hier lässt sich's aushalten, oder?«

Jakob nickte. Die Kabine war nicht übermäßig groß, aber ebenso sauber und gut gelüftet wie das angrenzende Badezimmer mit fließendem Wasser. Genau wie bei den Vierbettkabinen der zweiten Klasse gehörte ein Speisesalon dazu, in dem sie bedient würden, und eine Lounge, um sich die Zeit auf See aufs Angenehmste zu vertreiben, so hatte man ihn im Büro der Reederei informiert.

»Meine Großonkel haben mir die Passage bezahlt«,

erzählte Armin Busch in seiner vernuschelten und singenden hessischen Mundart. »Beide haben in Missouri in eine Brauerei eingeheiratet, in der ich jetzt auch anfangen soll. Wo willst du hin?«

Jakob brummte etwas Nichtssagendes. Sein einziges Ziel galt den Docks von New York. Was danach kam, würde sich weisen.

Er überlegte, ob er ebenfalls seine Habseligkeiten auspacken und im Schrank verstauen sollte, verschob dann jedoch die Entscheidung auf später; auf eine merkwürdige Art waren seine Knie weich, seine Finger unsicher. Er stellte den Seesack einfach ab und streckte sich auf dem Bett aus, die Füße über die Kante hängend, damit er das frische Bettzeug nicht mit den Schuhen beschmutzte.

Bei der nächsten Regung drückte etwas gegen seinen Hüftknochen. Mit gerunzelter Stirn fasste Jakob in die Tasche seines Jacketts, dann erhellte sich seine Miene. Es war das Schnappmesser, das Katya ihm zum Abschied geschenkt hatte. Ein schönes Messer war es, der Griff aus poliertem Holz. Sichtlich alt, aber gepflegt, die Feder irgendwann in den letzten Jahren ersetzt, die Klinge nach wie vor scharf und glänzend.

Sein Ururgroßvater hatte es sich vom Lohn des Zarenhofs gekauft. Jakov, der im Eis zu lesen verstand, ob es spröde oder brüchig war, hart wie Stein oder geschmeidig wie Butter. Der aus Eisklumpen Gnome und Elfen herausschälte, einen Bären, eine Ziege oder eine Krähe. Auf dem Sterbebett hatte er seinem ältesten Sohn, der ebenfalls Jakov hieß, dieses Messer vermacht. Jakov, der

Regenmacher und Sonnenbeschwörer. Der Geschichtenerzähler. Und der hatte es an seinen Enkel Grigori weitergegeben, genannt Grischa.

Dieses Messer war der wertvollste Besitz Grischas gewesen, und das Einzige, was er mitnahm, als er eines Nachts das Gehöft der Familie verließ.

Dasselbe Messer, mit dem Grischa in Sankt Petersburg seiner kleinen Schwester Katya die Haare abschnitt, damit sie als Junge mit auf ein Schiff konnte. Und das Messer, mit dem sie in ihrem allerersten norwegischen Winter das Eis der zugefrorenen Seen auf die Probe gestellt hatten.

Jakob hatte es zuerst nicht annehmen wollen, aber einer Frau wie Katya schlug man nicht so leicht etwas ab.

Nimm es, hatte sie darauf beharrt. *Es soll dir Glück bringen und dich beschützen, wie es uns Glück gebracht und beschützt hat.*

Jakobs Finger streichelten über den glatten Holzkörper in der Jackentasche. Ein Messer. Was für ein treffendes Sinnbild dafür, dass er dabei war, das Band zwischen sich und allen, die er in Hamburg zurückließ, zu zerschneiden. Und doch war es ein Stück seiner Wurzeln, das er von nun an mit sich trug.

Armin Busch erging sich indessen in ausschweifenden Anekdoten über holprige und verpatzte Auswanderungen. Ganze Schauerromane wusste er über die sogenannten Litzer zu erzählen. Gerissene und weit verbreitete Gauner, die mit überteuerten Gästezimmern, Proviant und Ausrüstung zu Wucherpreisen und gefälschten Fahrkarten und Einreisedokumenten die Neuamerikaner in spe übers Ohr hauten.

Jakob wünschte sich, er würde schon im Registrierungsbüro von Castle Clinton stehen. Wie er sich überhaupt wünschte, diesen Schritt bereits vor vier Jahren getan zu haben, wie ursprünglich geplant. So vieles wäre ihm erspart geblieben.

Mit der ersehnten Unterschrift Grischas in der Hand wäre er vor vier Jahren jedoch nicht auf Kosten seines Vaters in der ersten Klasse gereist und auch nicht in der zweiten. Er hätte sich genauso mit dem Zwischendeck begnügen müssen wie all die Menschen unten im Schiffsbauch. Eingepfercht wie Vieh, ein Platz im sicher genauso überfüllten Speisesaal das höchste der Gefühle.

Dabei war dies ein modernes Dampfschiff, das unter der Flagge einer ehrbaren Reederei fuhr und nur vierzehn Tage bis New York brauchte, unter günstigen Bedingungen sogar deutlich weniger. Keiner der altmodischen Segler, wie sie immer noch Auswanderer über die Meere beförderten, manchmal sogar zwischen Frachtgut eingeklemmt. Auf einer Fahrt, die je nach Wind und Wellengang fast doppelt so lange dauerte, während einem das Schiff geradezu unter dem Hintern wegmoderte.

Lohnen musste es sich in jedem Fall für die Reedereien, aus reiner Nächstenliebe würden sie solche Fahrten wohl kaum anbieten.

Lange sann Jakob über das Geschäft mit dem Traum von einem besseren Leben nach, während der Dampfer abwartend auf dem Wasser schaukelte und seine eigene

Zeit schuf, die schneller oder langsamer verstreichen mochte als an Land.

Über die Menschen unten im Schiff dachte Jakob nach, die so viele waren und doch nicht mehr als ein Tropfen in den Wellen, die beständig an die Küste Amerikas brandeten. Die alles hinter sich gelassen hatten, um von vorn anzufangen. In der Zuversicht, dass an fernen neuen Ufern das Glück auf sie wartete.

Nicht allen würde es gelingen, vielleicht sogar den wenigsten, das war schlicht eine rechnerische Wahrscheinlichkeit, auch darüber dachte Jakob nach.

Ein dröhnendes Wummern hob hinter ihm an und ließ den schweren Leib des Dampfers erzittern. Jakob atmete tief durch, halb vor Erleichterung und halb, um seinen nervösen Magen zu beruhigen. Jetzt gab es kein Zurück mehr.

Die nächsten vierzehn Tage würde er hier verbringen, zusammen mit Hunderten von anderen Menschen und doch durch das Privileg der ersten Klasse von ihnen getrennt. Eine künstliche Abgrenzung wie die Frontlinie im Krieg und genauso brüchig. Am Ende saßen sie alle im selben Boot, das einen Eisberg rammen oder im Sturm zum Spielball der Wellen werden konnte. Ein kleiner Funke irgendwo, eine umgestoßene Lampe mochte eine Feuerhölle heraufbeschwören, aus der es kein Entrinnen gab. Und Cholera und Typhus, Ruhr und Schwindsucht machten keine Unterschiede, das hatte er im Krieg mit angesehen.

Wie ein Fieberschub lief es heiß durch Jakob hindurch.

Sein Herz schien verrutscht; übergroß und knollig hämmerte es in seiner Kehle und machte das Schlucken unmöglich. Jetzt roch er es wieder, die ekelerregend faulige Süße verwesender Leichen, neben denen sie manchmal im Feld biwakiert hatten, der Gestank ein Gespenst, das in seinen unruhigen Schlaf hineinkroch.

Hier holte es Jakob wieder ein. Gefangen in diesem Sarg aus Eisen.

Keuchend fuhr er hoch.

»Alles in Ordnung bei dir?«, fragte Armin Busch verwundert.

Jakobs Mund war ausgedörrt, die Zunge wie totes Holz. So musste es sich anfühlen, wenn man erstickte.

Er schnappte sich seinen Seesack und rannte, rannte um sein Leben. Durch Gänge und über Treppen und das Deck entlang. Den Steward, der gerade damit beschäftigt war, die Halterung der Gangway zu lösen, stieß Jakob kurzerhand zur Seite. Taub für dessen gebrüllte Flüche, fegte Jakob die rüttelnden Stufen hinunter, das letzte Stück sprang er einfach.

Taumelnd stolperte Jakob vorwärts und rannte dann weiter, im Zickzack über den nur noch dünn bevölkerten Kai, um die Lastenträger mit ihren Karren herum. Jemand rief seinen Namen, aber Jakob blieb nicht stehen, er konnte nicht stehen bleiben, er musste rennen, rennen, rennen, so schnell und kräftig es ging, nur noch fort, fort.

Sein Bein, sein verwünschtes Bein, aus dem der Arzt im Lazarett die Kugel herausgeholt und es dann wieder zusammengeflickt hatte, knickte in vollem Lauf unter ihm weg. Jakob schlug der Länge nach hin, der heftige Aufprall nur unzureichend von seinem prallen Seesack abgefedert. Benommen blieb er liegen.

Jakob.

Eine allzu vertraute Stimme, noch durch das Rauschen in seinen Ohren hindurch.

Jakob!

Atemlos beugte sich Grischa über ihn, und Jakob lachte gequält. Natürlich hatte Grischa auf dem Kai ausgeharrt. Als hätte er damit gerechnet, dass Jakob im letzten Augenblick kalte Füße bekommen würde. Der Taugenichts, der Feigling, der es nie schaffen würde, dem übermächtigen Schatten seines Vaters zu entfliehen.

Blindwütig schlug Jakob um sich, umso wilder, je härter Grischa zupackte, um ihn ruhigzustellen. Wie ein Wahnsinniger gebärdete er sich, und vielleicht gehörte er wirklich zu denen, die irgendwann zwischen ihrem ersten und dem letzten Gefecht den Verstand verloren hatten.

Ein zweiter Mann legte mit Hand an, schlanker und sehniger als Grischa, und doch kaum weniger stark, die Augen im scharfgeschnittenen Gesicht von durchdringendem Blau.

Christian Petersen. Cathrins Vater. Die Scham, die glühend durch Jakob zog, befeuerte noch seine Wut.

»Ist gut, Jakob«, schnaufte Christian Petersen über ihm. »Ist doch schon gut.«

Nichts war gut, und nichts würde jemals mehr gut

werden. Dennoch besänftigte ihn die besorgte Freundlichkeit Christians, und sein Widerstand erlahmte.

»Ist gut«, wiederholte Christian. »Wir bringen dich nach Hause, ja?«

Jakob nickte erschöpft und gab auf.

27

Christian hob den Kopf von seinem Glas, als Grischa in den Salon zurückkehrte.

»Er schläft«, sagte Grischa und ließ sich in den Sessel fallen.

Eine Weile war nur das Räderknirschen auf der Palmaille zu hören, das durch die geöffneten Fenster drang, die Schritte und Stimmen der Flaneure, die den malvenblauen Sommerabend genossen.

In das hitzeträge Gutenachtlied der Vögel mischten sich die dröhnenden Hörner der Dampfschiffe auf der nahen Elbe.

»Jakob lässt mich nicht an sich heran«, sagte Grischa dann. »Es war vorher schon nicht einfach. Aber seit er aus dem Krieg zurück ist …«

Christian nickte. Mit Cathrin hatte er ganz ähnliche Erfahrungen gemacht, wenn auch unter anderen Umständen.

»Ich schäme mich fast, das zu sagen«, begann Grischa nach einiger Zeit erneut. »Aber ich bin froh, dass er nicht gefahren ist.«

»Wegen Tristan?«

Grischa deutete ein Kopfschütteln an, ein wehmütiges Lächeln um den Mund.

»Wegen Jakob.«

Christian ließ den Whisky im Glas kreisen und inhalierte das torfige Aroma.

Ewigkeiten war es her, dass sie zu zweit zusammengesessen hatten, ohne dass sich ihr Gespräch ausschließlich um die Firma und Bilanzen gedreht hatte, um neue Märkte und die Börsenkurse. Eine Fremdheit, die ebenso langsam schmolz wie das Eis in den Gläsern.

»Ich weiß nicht, was auf dem Schiff vorgefallen ist«, fügte Grischa nach einer weiteren Pause hinzu. »Gut möglich, dass er es mir nie erzählen wird. Es hat mich daran erinnert, wie ich damals in Sankt Petersburg auf einem Frachter anheuerte, der nach England segelte. Meine erste Fahrt wäre es gewesen. Mein großer Traum. Katya sollte so lange in dem Gasthaus bleiben, in dem wir Unterschlupf gefunden hatten. Des Nachts hat sie sich aber in den Hafen geschlichen und auf dem Schiff verkrochen. Natürlich wurde sie in der Frühe entdeckt, und wir flogen beide in hohem Bogen von Bord.«

»Das hast du mir nie erzählt«, warf Christian mit einem leisen Lachen ein.

Ein kleines Grinsen zeigte sich in Grischas Mundwinkel.

»Warte, warte, die Geschichte ist noch nicht zu Ende. Weil Katya als Mädchen nirgendwo an Bord durfte, bestand sie darauf, dass ich ihr die Haare abschneide, ein Paar Hosen haben wir unterwegs auch noch für sie geklaut. Als Brüder versuchten wir es ein zweites Mal und hatten Glück. Mit einem Nordmeerfahrer kamen wir so nach Grönland.«

»Und euch ist niemand auf die Schliche gekommen?«

Grischa lachte sein dröhnendes Bärenlachen.

»Und ob! Auf dem Weg zurück flog der ganze Schwindel auf. Im Nachhinein ist gut darüber lachen, aber das hätte böse ausgehen können. Ich sehe Katya und mich immer noch dort sitzen, im finsteren und stinkenden Laderaum des Schiffs. In Norwegen haben sie uns dann ausgesetzt. In Tromsø, das damals ein kleines Nest war. Ohne ein bisschen Geld oder auch nur ein Stück Brot. Von Tür zu Tür sind wir gezogen, bis Silja Guðmundsdóttir schließlich Erbarmen mit uns zeigte.«

Christian ahnte, weshalb Grischa ihm das erzählte. Dass kein Leben jemals einen geraden Weg nahm, hatte er am eigenen Leib erfahren.

»Ich fahre nach Norwegen, Grischa. Deshalb war ich heute im Hafen. Katya hat mir ihre Hütte am Eidfjord angeboten.«

Unerträglich war es, sich Henny im Haus des Bestatters vorzustellen, leblos und starr. Zu wissen, dass sie sie in einem Sarg unter die Erde hinablassen würden. Henny, die doch so hell und freundlich gewesen war wie das Licht selbst und Menschen um sich gebraucht hatte wie die Luft zum Atmen.

Ohne sie war die Villa in Hamm dunkel, leer und kalt.

Grischa nickte. »Das ist sicher eine gute Idee.«

In langen Schlucken tranken sie von ihrem Whisky.

»Hast du es mir je übel genommen«, setzte Grischa dann neu an, »dass ich mich damals zwischen dich und Katya gestellt habe?«

Seltsam, diese Frage nach all der Zeit gestellt zu bekommen. Christian musste sie erst zusammen mit dem Whisky in sich hineinsickern lassen.

»Nicht, weil ich dich nicht mochte«, beteuerte Grischa. »Sondern weil sie noch so jung war.«

»Ich weiß.«

Vorsichtig schmeckte Christian den Worten auf seiner Zunge nach.

»Ich habe lange damit gehadert, ja. Aber letztlich war es meine Entscheidung, stattdessen Henny zu heiraten. Im Rückblick weiß ich nicht einmal, ob ich Katya je gerecht geworden wäre.«

Grischas Blick wanderte zum Fenster hinaus, einen dunklen Glanz von Melancholie in den Augen.

Christian nahm seinen ganzen Mut zusammen. »Ging es dir mit Thilo so?«

Grischas Hand, die eben das Glas zum Mund führen wollte, verharrte in der Luft.

»Du hast davon gewusst?«

Christian hob eine Schulter.

»Ich hatte zumindest so etwas vermutet. Wenn ich auch lange die Augen davor verschlossen hielt, weil ich es befremdlich fand. Nicht nur, mir zwei Männer zusammen vorzustellen. Sondern weil es dazu noch Thilo betraf. Meinen Bruder. Und dich, den Schwerenöter.«

Grischas Mundwinkel hoben sich. »Du warst schon immer ein Biedermann.«

»Sagte der russische Hinterwäldler«, konterte Christian, die Brauen blasiert angehoben.

Grischa lachte. »Ich hatte schon mehr von der Welt gesehen, als dein Horizont noch nicht weiter reichte als bis zum Turm von Sankt Katharinen.«

»Wenn schon, dann bis Sankt Nikolai, bitte.«

Ein Grinsen wanderte zwischen ihnen hin und her.

Am Ende waren Geheimnisse nichts anderes als Gebilde aus Eis. Man konnte immer erahnen, was sich dahinter verbarg, und eines Tages zerbrachen sie ja doch oder schmolzen einfach.

»Ich habe mich immer nur in den Menschen verliebt«, sagte Grischa jetzt. »Das Geschlecht war zweitrangig.«

Christian deutete ein Nicken an. Die Kiefermuskeln angespannt, starrte er geraume Zeit in den bernsteinfarbigen Whisky.

»Ich hatte immer gehofft«, kam es dann tonlos von ihm, »Thilo würde eines Tages mit mir darüber reden. Obwohl ich nur der kleine Bruder war, unbeleckt von solchen Dingen. Umso mehr habe ich mich von euch beiden ausgeschlossen gefühlt. Dass ich es selbst nicht geschafft habe, ihn danach zu fragen, aus Eitelkeit oder falscher Scham oder weil es schlicht bequemer war, werde ich immer bereuen.«

Grischa blinzelte vor sich hin. Beide schienen sie sich dessen bewusst zu sein, dass sie jetzt in dem Alter waren, in dem das meiste hinter ihnen lag, Grischa mit fast zweiundsechzig, Christian drei Jahre älter. Was jetzt noch kam, war nichts weiter als ein Bonus oder ein Malus, je nachdem.

»Katya hat ihn so viel glücklicher gemacht, als ich es jemals gekonnt hätte«, murmelte er schließlich heiser.

Etliche Herzschläge lang schwiegen sie. Als lauschten sie den Wellen der Zeit, die über sie hinwegwuschen, und mit ihnen das Salz der Erinnerung, das dem Leben erst seine Würze gab.

»Könntest du dir vorstellen«, begann Grischa dann, »Jakob …«

»Soll ich Jakob nach Norwegen mitnehmen?«, fragte Christian im selben Atemzug.

Ein Lächeln schien auf ihren Gesichtern auf, das an den Augenwinkeln Strahlenkränze auffächerte. Spuren all der Jahre, die vergangen waren, seit sie mit Thilo im Kabuff hinter dem Gemischtwarenladen aus Katyas Idee ihren Traum vom Eis gesponnen hatten.

»Wir sind doch eine Familie, oder nicht?«, fragte Christian zögerlich.

Als müsste er sich dessen versichern, was Grischa nie in Zweifel gezogen hatte.

In Grischas Augen schimmerte es warm auf.

»Das waren wir immer, Christian. In guten und in schlechten Tagen.«

28

Der weiche Regen wusch an diesem Nachmittag die Herbstfarben des Oktobers aus. Eine behagliche Stille lag über dem Haus in Teufelsbrück, während Katya Briefe schrieb. Marie saß mit am Tisch und malte die bunten Blätter ab, die Muscheln und Steine und Stücke von Treibholz, die sie in den letzten Tagen auf ihren Spaziergängen am Wasser und durch die Wälder gesammelt hatte.

Auf dem Papier erinnerten die Blattadern an ein Flussdelta oder an bewässerte Reisfelder. Jede Riffelung, jede Wölbung glich einer Landschaft aus Bergen und Tälern und weiten Wäldern.

Die Karte eines noch unbekannten Kontinents.

»Mama ist tot«, sagte Marie unvermittelt in das Knistern des Kaminfeuers hinein.

Als müsste sie es erst noch begreifen, so viele Wochen nach Hennys Beerdigung auf dem Kirchhof zur Dreifaltigkeit in Hamm.

Katyas Brust zog sich zusammen. »Ja, Marie.«

Die Miene ernsthaft und fast schon täuschend gleichgültig, nahm Marie mit dem Pinsel frische Farbe auf und verlieh einem Schatten auf dem Blatt Papier vor sich mehr Tiefe.

»Papa ist fort«, setzte sie nach einiger Zeit neu an.

»Er kommt aber wieder.«

Marie nickte. Ihr Vertrauen darauf, dass man ihr stets die Wahrheit sagte, war grenzenlos.

»Gehst du auch fort?«, wollte sie nach einer Weile wissen.

»So bald nicht.«

Solange Christian mit Jakob in Norwegen blieb, war Katyas Platz hier bei Marie. Grischa würde derjenige sein, der diesen Winter ins Eis fuhr, während die Verantwortung für das Unternehmen hauptsächlich auf den Schultern von Ludger und Cathrin lag.

Geradezu verbissen hatte Cathrin sich wieder in die Arbeit gestürzt. Katya ahnte, dass der Grund dafür nicht allein in der Trauer um Henny zu suchen war. Ihr blutete das Herz, wenn sie an Jakob und Cathrin dachte. An die Verluste und Wunden, die einen Graben zwischen ihnen gesprengt hatte, der unüberwindlich schien.

Maries Pinselschwünge verlangsamten sich und kamen dann zum Stillstand.

»Wie ist es dort draußen? In der Welt?«

Katya überlegte kurz. »Laut ist es dort, Marie. Sehr laut. Und voller Menschen.«

Die Brauen zusammengezogen, widmete Marie sich wieder Pinsel und Farbe. Wenn auch nicht lange.

»Aber wie ist es dort?«, beharrte sie.

Katya legte den Füllfederhalter ab und stand auf, um

den Atlas zu holen. Bereitwillig schob Marie das Aquarell zur Seite.

Anfangs versuchte sie noch, Katyas Schilderungen in Bildern auf ihrem Skizzenblock festzuhalten. Bis sie an die Grenzen ihrer Vorstellungskraft kam und einfach nur zuhörte, den Bleistift unaufhörlich zwischen den Fingern drehend, angespannt und aufgeregt.

Auf leisen Sohlen kam Griet herein und stellte das Tablett mit Tee und Gebäck auf den Tisch.

Mehr als ihr halbes Leben hatte Griet hier in Teufelsbrück verbracht. Mit neun Jahren war sie hierhergekommen, ein Streunerkind, das Katya und Thilo im Gängeviertel aufgelesen hatten, so dürr, dass die Schulterblätter unter dem schmutzstarrenden Kleidchen hervorstachen wie gekappte Engelsflügel. Die Fragen, wo sie wohnte, wo ihre Eltern oder ihre Geschwister zu finden waren, hatte sie nur mit einem Kopfschütteln beantwortet. Ein verblassender Bluterguss auf ihrem Jochbein und verschorfte Stellen im Gesicht hatten eine eigene Geschichte erzählt.

Neunzehn Jahre alt war Griet jetzt, die nussbraunen Zöpfe inzwischen hochgesteckt. Bislang hatte sie nicht den Wunsch geäußert, sich eine andere Stellung zu suchen oder mit ihrem Ersparten etwas Eigenes aufzubauen. Katya wusste auch nicht, ob es in ihrem Leben einen jungen Mann gab; ihre freien Tage schien Griet am liebsten mit langen Spaziergängen oder einem Buch zu verbringen. Still und augenscheinlich zufrieden ging sie ihrer Arbeit im Haus nach, gewissenhaft und flink.

Jetzt jedoch füllte sie wesentlich langsamer als gewöhnlich die Tassen und stellte sie vor Katya und Marie. Fast so, als wollte sie jeden Augenblick ins Unendliche ausdehnen.

Katya fühlte sich an damals erinnert, als sie zwölf Jahre alt gewesen war und im Haus von Silja Guðmundsdóttir beim Staubwischen in einem Buch geblättert hatte. Ein reißendes Sehnen zwischen den Rippen, den schwarzen Zeichen auf den Seiten ihre Bedeutung abzuringen, einen Sinn.

»Möchtest du dir auch eine Tasse holen und dich zu uns setzen?«, schlug Katya vor.

Griets Wangen färbten sich. »Ich muss noch das Silber polieren, Frau Katya.«

»Das wird später auch noch da sein.«

Griet war sichtlich hin und her gerissen.

»Ja, Griet«, äußerte sich nun auch Marie.

Die beiden kamen gut miteinander aus. Griets stille und unaufgeregte Art war wie Balsam für Marie, und dazu schien das junge Mädchen noch ein instinktives Gespür für Maries Eigenarten zu besitzen.

Griet versicherte sich mit einem erneuten Blick auf Katya, dass wirklich nichts dagegensprach, bevor sie mit einem scheuen Lächeln zum Geschirrschrank eilte und sich dann neben Marie niederließ.

Die Augen der beiden leuchteten um die Wette, während Katya von den Weiten Kareliens erzählte, wo die Wölfe in den Wäldern heulten und Bären durch das Uferschilf streiften. Von der abweisenden Leere Grönlands und den Bauern und Tuchwebern im saftig grünen Hinterland von Madras mit seinen staubigen Straßen, von London und Paris.

Katya staunte selbst darüber, wie weit sie es gebracht hatte, nicht nur in Meilen gemessen. Das kleine russische Bauernmädchen in den löchrigen Strohpantinen, das auf dem Gehöft die Hennen versorgte und die Gänse hütete, für den Vater und die Brüder Brot buk und Gurken einsalzte.

Ein Leben, das den halben Erdball umspannte und eine Fülle an Erinnerungen aufgehäuft hatte. Untrennbar damit verbunden waren die Lieben, die sie erlebt und verloren hatte. Christian. Johann Silberberg. Thilo. Pawel.

Natürlich dachte sie noch an Pawel, nicht nur, wenn sie Borschtsch kochte oder ihr Blick auf die kunstfertig gekittete indische Schale fiel. Wenn ein kieselharter polnischer Akzent irgendwo an ihr Ohr drang, rau wie Pawel es selbst gewesen war, und doch von einer ungeahnten Zärtlichkeit und Wärme.

Diesen Winter würde sie neunundfünfzig Jahre alt. Am Tisch mit Griet und Marie, beide auf ihre Art mädchenhaft, fragte Katya sich, ob sie noch einmal den Mut aufbringen könnte, ins Unbekannte aufzubrechen.

Ob es ihn irgendwo auch für sie gab, den neuen Horizont.

IV

Nilas

Voroninvatnet, 1872

Nilas, russisch. Abgeleitet aus der samischen Sprache für »Streifen«.

Eine dünne Eisschicht, die sich auf einer absolut stillen Meeresoberfläche bildet. So salzig, dass sogar in strenger Kälte Schneeflocken darauf schmelzen. So biegsam, dass Nilas wie eine zweite Haut auf den Wellen liegt und in ihrem Auf und Ab mitschwingt, ohne zu zerreißen. Manchmal erinnert Nilas sogar an Hände aus Eis, die sich verflechten und einander halten.

29

Die Zeit heilt alle Wunden, hieß es. Jakob fiel es schwer, das zu glauben.

Dennoch hatte es etwas Friedvolles, hier in Norwegen die Zeit vorbeifließen zu sehen. Die Wochen ungezählt, die Monate namenlos. Jeder Tag ein Tropfen Wasser im mal blauen, mal grauen See, ununterscheidbar und doch nie derselbe. Ein Wimpernschlag der Ewigkeit und flüchtig wie ein Atemzug.

Wenn der Vorrat an Brennholz zur Neige ging, spaltete Jakob frisches aus den Blöcken, die hinter dem Haus lagerten, und schichtete die Scheite neben dem Herd auf. Aus den Lebensmitteln, die alle paar Tage mit dem Boot über den Eidfjordvatnet gebracht wurden, schmurgelten er und Christian mehr praktisch als fachmännisch ihre Mahlzeiten zusammen, die sie in einträchtigem Schweigen verzehrten.

Die meiste Zeit wanderte Jakob ziellos durch die Landschaft, die mehrheitlich von Schafherden und Rentieren bevölkert war. Die Hirten grüßten zwar freundlich, legten ansonsten aber eine geradezu mönchische Schweigsamkeit an den Tag. Anders als ihre Hunde, die mit freudigem Gebell Jakob zum Spielen und Raufen aufforderten, bevor sie mit hängender Zunge und einem Grinsen auf den Lefzen ihre Pflicht wieder aufnahmen.

Einsame Vögel begleiteten Jakobs Wege, und manchmal ein Polarfuchs, sein Sommerfell wie aus Erde und Sand. In diesem Landstrich, der so viel größer und weiter schien als seine Ausdehnung auf der Karte verhieß.

Eine Insel der Stille, abgeschnitten vom Rest der Welt.

Oft saß Jakob einfach nur irgendwo da, sein Kopf auf wohltuende Weise genauso leer wie seine Seele. Eins mit den Rauchfähnchen seiner Zigarette, die auf dem leisesten Lüftchen dahintrieben.

So verging der sattgoldene Spätsommer, bis das Licht zunehmend verblaute und die Gräser sich zu Rost und Sepia verfärbten. Auf einem schneidenden Wind tanzten die ersten Schneeflocken daher, und noch immer schwamm Jakob im See, der beißend kalt auf der Haut war und aus Armen und Beinen schwerfällige Eisenbalken machte, während sein Herz umso schneller, umso kräftiger schlug. Jedes Mal war ihm leichter zumute, wenn er aus dem Wasser stieg, das Ufereis unter seinen Fußsohlen splitternd wie Glas.

Der Winter senkte sich dick und weiß über das Land und fror die Zeit ein. Als die Welt gänzlich stillstand, kamen Lejo und seine Männer aus der Siedlung herüber und befreiten Werkzeug und Gerätschaften aus der Sommerruhe des Schuppens. Und mit ihnen kam Grischa, angetrieben von vorwärtsstürmender Tatkraft, die langjährige Freundschaft mit den Leuten vom Eidfjord in seinem Fahrwasser.

Beobachtet und geradezu begutachtet kam Jakob sich seinem Vater gegenüber vor. Als ob dieser einzuschätzen versuchte, inwieweit mit Jakob wieder alles in Ordnung war, er bereit wäre, als vollwertiges Mitglied von Familie und Gesellschaft nach Hamburg zurückzukehren. In der Ruhe am See empfand Jakob seinen Vater so irritierend wie eine Sturmbö, die an ihm zerrte und riss. Erleichtert atmete er auf, als Grischa in die Berge aufbrach und der aufgewirbelte Schnee sich wieder legte.

Dennoch blieb eine sonderbare Art der Enttäuschung an ihm haften wie Raureif. Ein Gefühl der Zurückweisung, das er mit auf den zugefrorenen See hinausnahm.

Zwischen Sonnenaufgang und Sonnenuntergang wanderte Jakob mit Christian und Lejos Männern auf der spiegelnd glatten Fläche, wo sie ihre Schnitte ins Eis setzten. Einen Schritt, einen herausgehebelten Block nach dem anderen, während hinter ihnen das freigelegte Wasser leise murmelte und gluckste.

Ein Gleichmaß der Tage, in dem Jakob sich ebenso gut aufgehoben fühlte wie in der Gesellschaft der Männer, wenn sie sich zwischendurch mit einem Kaffee aufwärmten. Abends am Feuer saßen sie oft noch einige Zeit zusammen, obwohl sie alle ausgelaugt waren und ihnen die Muskeln schmerzten, aber in dem guten Gefühl, ganze Arbeit geleistet zu haben.

Das Schnauben und Prusten der Rentiere und die dunklen Stimmen der Männer hüllten Jakob wie in eine warme Decke ein. Aus der hiesigen Mundart konnte er Anekdoten aus vergangenen Jahren herauspicken, Streiche, die die Kinder zu Hause ausgeheckt hatten, Bemerkungen über das Wetter und Pläne für ein neues Haus, ein paar Pferde.

Einblicke in ein Leben, das Härten und Nöte kannte, mehr aber noch den Halt einer Gemeinschaft. Hier schien es nicht unmöglich, den Glauben an die Menschheit wiederzufinden.

Ein Geräusch kitzelte Jakob aus dem Schlaf, der tief geworden war und meistens traumlos. Auf der Schlafstatt am anderen Ende der Hütte gingen Christians Atemzüge ruhig und gleichmäßig.

In einem unangestrengten Nebeneinander hatten sie sich hier in Norwegen eingerichtet, in respektvollem Abstand, aber beileibe nicht gleichgültig. Mit einer gewissen Scheu vor den Wunden des anderen, der Kriegsversehrte und der Witwer. Bis sie ins Eis gegangen waren, hätte Jakob nicht einmal zu sagen gewusst, womit Christian seine Tage verbrachte.

Auf eine Art bedauerte Jakob es, dass die Eisernte für diesen Winter schon vorüber war; mit den letzten Eisblöcken aus den Bergen war gestern auch Grischa an den See zurückgekehrt.

Das Geräusch hob erneut an, kaum mehr als ein Kratzen auf Jakobs Trommelfell. Zu leise, um wirklich störend zu sein, aber so rätselhaft, dass es seinen Verstand beschäftigt hielt. Seufzend schob er sich aus dem Bett und griff zu Kleidern und Stiefeln. Er würde nicht eher Ruhe finden, bis er diesem Geräusch auf den Grund gegangen war.

Der Schnee leuchtete verblüffend hell im Licht der Sterne und tauchte die Silhouetten der Nacht in silbriges Blau. Die Glut der Feuerstelle war längst erloschen, das Haus der Arbeiter dunkel. Einer der Hunde, die mit ihrem dicken Fell draußen schliefen, hob den Kopf. Mit einem wolfsgleichen Gähnen streckte er sich und schloss sich Jakob an. Fast so, als würde er ihm den Weg weisen. An den Ufern des Voroninvatnet vorbei, das Eis dieses Winters bis auf den letzten Rest abgeschält, und in die verschneite Nacht hinaus.

Aus gegensätzlichen Richtungen schien das seltsame Geräusch zu kommen und war doch besser zu hören, je weiter Jakob ging, über die Ebene zu ihm getragen und von den Bergen verstärkt. Ein hohes und dünnes Sirren wie das Pfeifen einer Granate vor dem Einschlag. Unterstrichen von zögerlich knackenden Schlägen wie der erste Donner eines aufziehenden Gewitters. Wie Schüsse.

Jakob unterdrückte den Impuls, sich schutzsuchend auf den Boden zu werfen. Schwer atmend setzte er einen bleiernen Fuß vor den anderen, sein Magen ein einziger Eisklumpen.

Der Hund schien zu wittern, was in ihm vorging; dicht hielt er sich neben Jakob, sah immer wieder mit seinen blauen Wolfsaugen zu ihm hinauf, wie ermunternd. Bis er mit einem Fiepen die bebende Schnauze in die Luft hielt und in langen Sätzen davonjagte. Auf den breitschultrigen Schattenriss eines Mannes zu, der lachend in die Hocke ging und den sich im Schnee wälzenden und vor Übermut zappelnden Hund kraulte.

Grischa. Am liebsten hätte Jakob kehrtgemacht, aber die Neugierde trieb ihn weiter an.

»Was ist das?«, fragte er in die Töne hinein, die hier draußen jeglichen irdischen Klang verloren hatten.

»Ein zugefrorener See«, antwortete Grischa, während seine Finger sich in den Pelz des Hundes gruben. »Vermutlich der See, den wir damals in unserem ersten Winter hier entdeckt, aber nicht weiter in Betracht gezogen haben, weil sein Eis zu leicht splitterte. Er liegt eine gute Stunde mit dem Rentierschlitten von hier entfernt.«

Staunend lauschte Jakob dem sehnsüchtigen Klagen, das aus einer anderen Welt zu kommen schien, halb Elfenchor, halb das Kreischen von Dämonen.

»Das Eis singt«, fügte Grischa weich hinzu. »So hat Katya es als kleines Mädchen genannt. Für sie ist es der schönste Klang der Welt.«

Die Art, wie er den besonderen Sinn seiner Schwester für Eis und Schnee neidlos anerkannte, ihr auf zärtliche Weise Respekt zollte, versetzte Jakob einen Stich. Weil es ihm selbst nicht gelingen wollte, seinem Vater auf ähnlich großzügige Weise zu begegnen.

»Warum hast du mich nicht in die Berge mitgenommen?«

Ein Vorwurf, der Grischa sichtlich unvorbereitet traf. Kräftig rieb er noch einmal über den Bauch des Hundes, bevor er aufstand.

»Weil der Berg im Winter unberechenbar ist. Wir haben über die Jahre nicht viele Männer im Eis verloren, aber wir haben doch einige verloren. Ich hätte mich auch nie in dieses unwegsame Gelände gewagt, hätte ich nicht Leute an meiner Seite gewusst, die darin groß geworden sind.«

»Wie beruhigend.«

Die Bitterkeit in seinen Worten verätzte Jakobs Zunge.

»Kommt dir gar nicht in den Sinn, dass ich dich beschützen will?«, fragte Grischa leise. »Wie ein Vater seinen Sohn eben beschützt?«

Vor dem Krieg hättest du mich beschützen müssen, brüllte Jakob ihm stumm entgegen. Vor den blutigen Schlachtfeldern und dem Grauen und dem Tod. Warum hast du mich davor nicht bewahrt?

Grischas Versuche, ihn davon abzuhalten, in den Krieg zu ziehen, kamen ihm in der Erinnerung viel zu leise, zu schwach vor. Und das Wissen um seine eigene Ungerechtigkeit fachte seinen Zorn nur noch heftiger an.

Grischas Hand legte sich auf seine Schulter. Unwillig versuchte Jakob, sie abzuschütteln, doch es gelang ihm nicht, Grischa packte nur kräftiger zu.

»Lass mich«, knurrte Jakob und versetzte seinem Vater einen Stoß.

Alles an ihm sträubte sich, als Grischa die Arme um ihn schlang. Wie in einer Zwangsjacke kam er sich vor, die unmittelbare Nähe zu seinem Vater unerträglich. Jakob rammte ihm den Ellbogen in die Rippen, boxte und trat nach ihm. Das meiste fingen sicher die wattierten

Wintersachen ab, aber Grischa musste doch trotzdem etwas spüren, irgendeinen seiner Hiebe und Tritte, irgendeinen Schmerz. Doch er hielt ihn nur umso fester, je härter Jakob zuschlug. Blind vor Zorn auf seinen Vater, sich selbst, die ganze Welt.

Ein ungleiches Kräftemessen war es, ein tollwütiger Keiler gegen eine standhafte Eiche, der beunruhigt heulende und bellende Hund ihr Sekundant.

»Ich bin da«, sagte Grischa. »Früher war ich es nicht, das weiß ich. Aber jetzt bin ich da, Jakob.«

Schwitzend und schnaufend arbeitete Jakob sich in der Umklammerung seines Vaters ab, einen Stoß, einen Schlag nach dem anderen, die allesamt wirkungslos verpufften.

»Es wird wieder in Ordnung kommen«, versprach Grischa.

»Einen Scheiß wird es«, brüllte Jakob ihm ins Gesicht, beide Fäuste in den dicken Jackenstoff gekrallt. »Wie denn auch?«

»Das wird es trotzdem.«

Jakobs Kraft war aufgebraucht, sein Zorn verraucht. Wie ein nasser Sack hing er in Grischas Armen, während der Hund zu seinen Füßen mitleiderregend fiepte.

»Ich hab solch schlimme Dinge getan«, murmelte Jakob an Grischas Schulter, seine Atemzüge halb ein Keuchen, halb ein Schluchzen.

Seine Bitte um Vergebung. Nicht nur an Grischa gerichtet, sondern an die Welt. Am Ende womöglich gar an sich selbst.

Wie ein kleines Kind wiegte Grischa ihn in den Armen.

»Es war Krieg, Jakob. Es war der Krieg.«

»Ich wünschte, ich wäre niemals ins Feld gezogen.«

Grischa fuhr über Jakobs Kopf. »Ich weiß.«

Jakob glaubte zu ersticken, so schwer war die Last auf seiner Brust.

»Ich konnte Tristan nicht retten«, würgte er schließlich hervor.

Er glaubte, förmlich zu fühlen, wie Grischas Herz einen Schlag aussetzte und sich dann zusammenzog.

»Das konntest du auch nicht«, flüsterte Grischa. »Niemand hätte das gekonnt. Hörst du? Niemand, Jakob.«

Ein Zittern lief durch Jakob, dankbar, dass Grischa da war, an dem er sich festhalten konnte.

»Ich weiß nicht mehr weiter«, gestand er schließlich ein.

»Einen Schritt nach dem anderen«, murmelte Grischa. »Immer nur einen einzigen Schritt. Wie lange es auch dauern mag.«

In dieser Nacht lernte Jakob, dass ein Vater nicht nur jemand war, an dem ein Sohn sich maß und den Aufstand probte. Sondern auch ein Anker im reißenden Meer.

Ein Fixpunkt wie der Polarstern am Firmament über ihnen, während das Eis sang.

30

Im Regen eilte Cathrin über den Hopfenmarkt. Nicht im klassischen Hamburger Nieselregen, der ganze Tage eintrübte, sondern in einem pladdernden, trommelnden, prasselnden Platzregen, der aus heiterem Himmel gekommen war. Die Wolken hingen so tief, dass sie beinahe den Kirchturm von Sankt Nikolai streiften, der sich Jahr um Jahr weiter in die Höhe schraubte, aber noch immer nicht fertig war.

Als ob sich die reichen Hamburger Kaufleute eine bequeme Himmelsleiter bauten, lästerten manche, um sich die besten Plätze neben dem Herrgott zu reservieren, für später.

Schützend hielt Cathrin sich die Ledermappe mit den Unterlagen über den Kopf, damit der kleine Hut möglichst wenig Schaden nahm; ein Hut gehörte sich, wenn man auf der Bank zu tun hatte. Ihre Rocksäume waren bereits vollgesogen, ihre Schuhe durchweicht und die taillierte Jacke an Schultern und Ärmeln nass. Aber eine Mietdroschke hätte sich nicht gelohnt, nicht für die paar Straßenecken; vielleicht war sie auch schlicht trotziger Stimmung.

Jenseits der Holzbrücke hing ein Fuhrwerk am Straßenrand fest, ein Defekt an der Achse, wie es schien. Während die Pferde unter gelassenem Blinzeln ihre Pause genossen, bemühten sich drei Männer, denen das Wasser von den Mützen troff, den Wagen wieder flottzukriegen. Beinahe hätte Cathrin laut aufgelacht; genauso festgefahren fühlte sich ihr Leben momentan an.

Seit sie ins Kontor zurückgekehrt war, erledigte sie ihre Arbeit dort gewissenhaft, aber ohne Freude. Sie konnte sich nicht beklagen, die Geschäfte liefen besser denn je, während sich das Füllhorn des Wohlstands über Mitteleuropa ausgoss. Doch obwohl Cathrin sich mit Ludger erstaunlich schnell einig gewesen war, in den derzeitigen Hamburger Bauboom zu investieren, Projektpläne studierte und Grundstücke in Augenschein nahm, hungerte sie nach neuen Impulsen.

Der aus Kairo importierte Luxuskaffee fand reißenden Absatz und das türkische Blütenöl nicht minder; rosige Zeiten sollten schließlich auch genauso duften. Danach jedoch hatte Cathrin keine einzige neue Idee gehabt, keine neuen Pläne für das Unternehmen geschmiedet. Und die Konkurrenz schlief gerade jetzt nicht und überbot sich gegenseitig mit neuen Produkten, Rabatten, eilfertigen Dienstleistungen, die aus den Kunden sprichwörtliche Könige machten.

Zum ersten Mal kamen Cathrin Zweifel, ob die Fußstapfen, die sie anstrebte, nicht doch zu groß für sie waren.

Ihre Aufgabe im Kontor schien allein darin zu bestehen, das zu überwachen und zu verwalten, was ohnehin schon da war und sicher auch ohne sie gelaufen wäre wie ein gut geöltes Uhrwerk. Wie der Haushalt in der Villa in Hamm, derzeit allein vom Personal bevölkert, wo sie ab und zu nach dem Rechten sah, bevor sie wieder nach Teufelsbrück hinausfuhr; während Katyas Abwesenheit war Cathrin dort die Hausherrin.

Katya war viel verreist seit dem Herbst, mit Marie und Griet. An die raue Küste waren sie hinaufgefahren, nach Helgoland und nach Rügen. Bei Silja in Tromsø hatten sie Weihnachten gefeiert, damit Marie einmal das Polarlicht erleben konnte, und derzeit schipperten sie über den Rhein, um die Burgen und Schlösser dort zu sehen, den Drachenfelsen und das Siebengebirge.

Für Marie mit ihrem grundlegenden Bedürfnis nach Ruhe und Routine alles andere als ein Spaziergang. Was sie jedoch dort an Eindrücken sammelte, schien alle Strapazen mehr als wettzumachen. Cathrin lächelte jedes Mal vor sich hin, wenn sie Katyas Briefe von unterwegs las, von Marie liebevoll mit Reiseansichten illustriert, und das Herz wollte ihr schier überquellen vor Stolz auf ihre tapfere und so begabte Schwester.

Um sich unter der Woche die Fahrten zwischen Teufelsbrück und der Hamburger Innenstadt zu sparen, hätte Cathrin gern eine kleine Wohnung gemietet. Zweifellos war es eine clevere Idee gewesen, Cornelius Overbeck als Vertreter von *Petersen & Voronin* nach einem geeigneten Objekt für die Juniorchefin in spe suchen zu lassen. Doch auch er bekam ständig die Frage gestellt, ob denn zusammen mit dem Fräulein Petersen eine Mutter oder Tante mit einziehen würde, ein männlicher Verwandter oder wenigstens eine Schwester, eine Freundin. Eine Anstandsperson eben. Ansonsten könne man leider nicht vermieten, nicht an ein alleinstehendes Fräulein, nicht ohne Aufsicht.

Ein vorbeifahrender Wagen rollte mit hoher Geschwindigkeit durch eine ausgedehnte Pfütze. Vor der aufschießenden Fontäne sprang Cathrin zur Seite, um ein Haar in einen jungen Mann hinein.

»Hoppla!«, rief er lachend.

Hübsch war er in seinem feinen Anzug, das glatt rasierte Gesicht unter dem Hut klar gezeichnet und gerade dabei, an eckigen Konturen zu gewinnen. Wie sich seine Miene erhellte, verriet Cathrin, dass sie ihm gefiel.

Einladend hob er seinen Schirm an. »Darf ich Ihnen mein Geleit anbieten, verehrtes Fräulein?«

»Danke, aber ich habe es nicht mehr weit«, antwortete sie knapp.

Cathrins dreißigster Geburtstag stand vor der Tür, spätestens dann würde sie ganz offiziell als alte Jungfer abgestempelt sein. Ein übrig gebliebener Restposten. Ramschware für den Hamburger Heiratsmarkt, sogar mit viel Geld und einem guten Namen im Hintergrund.

Alle Frauen, die Cathrin in ihrem Alter kannte, waren entweder schon verheiratet oder zumindest verlobt. Finja, mit sechsundzwanzig Jahren die älteste Tochter der Reintjes, trat in ein paar Wochen mit Martin Wisser vor den Altar. Ein durch und durch feiner Kerl, blitzgescheit und gut aussehend noch dazu, und mehr als bereit, den Posten im Fischhandel seines Vaters gegen ein Arbeitsleben im Stammhaus von *Feinkost Reintjes* einzutauschen. Und auch Famke Kopstede, ein gutes Jahr jünger, würde bald in den alteingesessen Tuchhandel Beckmann einheiraten, wo sie zuletzt eine ganze Abteilung von Weißnäherinnen leitete.

Cathrin beneidete die beiden nicht um das Brimborium einer Hochzeit. Noch nicht einmal um den künftigen Status als Ehefrau oder darum, überhaupt einen Mann an ihrer Seite zu haben. Nur das lästige Los der Jungfernschaft hätte Cathrin lieber heute als morgen von sich abgeworfen.

Vorletzten Sommer hatte sie noch Gerrit und Jakob geküsst, und beide waren sie fortgegangen. Das Sehnen nach mehr als nur Küssen zerrte mittlerweile an jeder Faser Cathrins und benebelte zuweilen ihren Verstand. Eine Phantomlust, mit der sie sich selbst überlassen blieb.

Jetzt sah sie die zahlreichen Affären Grischas mit anderen Augen, jetzt verstand sie jene Männer, die für die Erfüllung ihrer Sehnsüchte bezahlten.

Manchmal war sie verlockt, sich eigenmächtig einen Mann dafür zu suchen. In einem Kaffeehaus. Wenn sie auf der Bank oder im Hafen zu tun hatte. Vielleicht sogar auf der Straße. Doch immer, wenn sie einen Herrn sah, der ihr annehmbar schien, störte sie etwas auf den zweiten Blick. Eine zu grobe Nase. Ein fusseliger Bart. Fleischige Hände, ein wenig schöner Mund oder schlicht der Ausdruck in seinen Augen.

Am Ende hatte sie wohl doch nicht die Nerven dafür. Wohl wissend, dass die Welt gerade in dieser Hinsicht bei Männern und Frauen zweierlei Maß anlegte. Besonders, wenn man Cathrin Petersen hieß, auf den Speicherböden auch in langen Röcken seinen Mann stehen musste und Kunden mit Handschlag begrüßte, bevor es ans selbstbewusste Feilschen ging.

Klatsch und Tratsch waren wie Ruß, der sich weithin durch die Luft verteilte, sich überall festsetzte und kaum wieder herauszubekommen war.

Schwungvoll legte sie die letzten Schritte zum Kontor zurück.

Auf den Stufen zum Eingangsportal stand ein Mann, den Hut in der Hand, und hielt nach allen Seiten Ausschau, sein Haar und der Bart glänzend wie Kupfer. Cathrin stockte der Atem. Als sich ihr Blick mit dem Gerrits traf und sich ein Lachen auf seinem Gesicht ausbreitete, begann sie zu laufen.

An der Hand, die er ihr entgegenstreckte, sprang sie die Stufen zu ihm hinauf ins halbwegs Trockene.

»Seit wann bist du wieder in Hamburg?«, sprudelte sie hervor.

»Seit gestern Abend. Ich war eben oben und habe nach dir gefragt. Du müsstest jeden Augenblick zurück sein, hieß es. Und ich wollte lieber hier unten warten als zwischen all den Leuten.«

Dass Gerrit spätestens zur Hochzeit seiner Schwester nach Hause kommen würde, war zu erwarten gewesen, nur ein Datum stand noch nicht fest. Auch Betje hatte noch nichts Genaues gewusst, als Cathrin sie zuletzt danach gefragt hatte.

Kräftig boxte sie ihn gegen den Arm.

»Warum hast du nicht geschrieben, dass du kommst?«

»Das habe ich doch«, wehrte er sich vergnügt. »Aber offensichtlich war mein Schiff schneller als das mit meinem Brief an dich.«

Lachend sahen sie sich an. In einer übermütigen Heiterkeit, die nach und nach zärtlicher Ernsthaftigkeit wich.

Mehr als eineinhalb Jahre hatten sie einander nicht gesehen. Achtundzwanzig Jahre alt war Gerrit jetzt, die Züge von einer entschlosseneren Männlichkeit. Die indische Sonne hatte die allerersten haarfeinen Linien unter seine Augen gestrichelt; eine Art von Reife, die Männer wie ihn noch anziehender machte.

»Gut siehst du aus«, flüsterte Cathrin.

»Wie geht es dir?«, fragte Gerrit behutsam. »Ich meine, zwischen den Zeilen, die du mir geschrieben hast?«

Thilos jäher Tod vor fünf Jahren hatte eine entsetzliche Wunde gerissen, die durch Tristan noch weiter ausgefranst war. Henny in ihrem langsamen Sterben zu begleiten war etwas anderes gewesen. Quälend, ja, aber durch die Zeit, die sie gemeinsam verbracht hatten, auch Trost spendend.

Solange Cathrin zurückdenken konnte, hatte sie sich an ihrer Mutter gerieben wie an einem Schleifstein; jetzt fühlte sie sich ohne klare Form, ohne Konturen. Eine eigentümliche Schwerkraft war von Henny ausgegangen, gegen die Cathrin zeit ihres Lebens anstrampelte. Seit sie nicht mehr da war, war etwas in Cathrin ins Trudeln geraten.

Das Kinn vorgeschoben und die Brauen unruhig, nickte Cathrin vage. Gerrit beließ es bei dieser Antwort, fuhr ihr nur sanft mit dem Daumen über die Wange.

»Ich habe dich vermisst«, murmelte er.

Mit aller Kraft schlang Cathrin die Arme um ihn und wollte auf der Stelle zergehen, als sie spürte, wie er sie an sich drückte.

»Hast du Hunger?«, raunte er an ihrem Ohr.

Die nassen Schuhe mit Zeitungspapier ausgestopft, Rock, Strümpfe und Jacke zum Trocknen über Stuhllehnen gehängt, saß Cathrin in Bluse und Unterrock bei Gerrit in der Küche. Jenseits des Fensters blinzelte schon wieder die Sonne durch die Wolken über dem Binnenhafen.

Leichtfertig und geradezu pflichtvergessen war Cathrin sich vorgekommen, als sie die Bankunterlagen in die Buchhaltung hinaufgebracht und kurz mitgeteilt hatte, sie nehme sich den restlichen Tag frei. Jetzt verschwendete sie keinen weiteren Gedanken daran.

»Was hältst du von dem Tee?«, erkundigte Gerrit sich.

Am Gasherd beobachtete er den Reis beim Quellen und rührte nebenher in mehreren Pfannen, aus denen es verlockend duftete, nach kräftigen Gewürzen und fremden Aromen.

»Blumig«, äußerte sich Cathrin beim nächsten Schluck. »Ich muss an zart duftende Rosen denken. An den Geruch ihrer Laubblätter, grasig und auf frische Art ein bisschen holzig.«

Gerrit lächelte vor sich hin. »Genau dasselbe ging mir auch durch den Kopf. Das ist einer der Tees aus Darjeeling, von denen ich dir geschrieben habe. Viel zu schade, um ihn mit Milch zu verdünnen. Aber das ist den Engländern ja nicht abzugewöhnen.«

Es tat gut, wieder in dieser Wohnung zu sein, die nicht groß war, aber freundlich, mit anheimelnd alten Deckenbalken und Dielen, die Cathrins bloßen Füßen schmeichelten. Offenbar hatte Bertha, die Perle der Reintjes, sich die ganze Zeit über darum gekümmert. Abgesehen von den Seekisten und Paketen, die überall herumstanden, und einem noch nicht ausgepackten Schrankkoffer vor dem Schlafzimmer, war es, als wäre Gerrit niemals fort gewesen.

»*Et voilà!*«

In einer großen Geste stellte er zwei dampfende Teller mit Reis und verschiedenen Chutneys auf den Tisch und nahm selbst Platz.

Nach dem ersten Mundvoll gab Cathrin einen glücklichen Laut von sich.

»Das schmeckt wie bei Shilpa!«

Gerrit grinste stolz. »Das sind auch ihre Rezepte. Mehr oder weniger zumindest. Ich musste ganz schön tüfteln, bis ich die Zutaten so weit aufeinander abgestimmt hatte, dass sie sich nicht nur in Gläsern lange halten, sondern auch später noch genauso schmecken wie frisch von Shilpa zubereitet.«

Ausführlicher als in seinen Briefen erzählte Gerrit von den harten ersten Monaten in Indien. Besonders für Henning war es schwer gewesen, aus seinem Leben in Hamburg herausgerissen und ans andere Ende der Welt verpflanzt zu werden. In ein vollkommen fremdes Land, in dem man nicht einmal dasselbe Englisch sprach wie dasjenige, das er jahrelang im Altonaer Christianeum gelernt hatte. Der einzige Weiße in seiner Klasse, weil die Engländer es vorzogen, ihre Kinder zur Erziehung und Ausbildung in die alte Heimat zu schicken, mit einem anderen Lehrstoff, einem dichteren Pensum.

Nareesh, nur ein knappes Jahr jünger, war seine Rettung gewesen; heute waren sie die dicksten Freunde, Neela wie eine weitere Schwester für Henning, und Shilpa eine zweite Mutter.

»Shilpa ist einfach großartig«, sagte Gerrit. »Grischa ist ein Narr, dass er eine solche Frau nicht vom Fleck weg geheiratet hat.«

Cathrin lachte. »Es ist nun mal nicht jeder für die Ehe gemacht.«

Eine jähe Stille ergoss sich durch die Küche. Beide dachten sie dasselbe, das konnten sie aus dem Gesicht des anderen herauslesen.

Die eine Frage, die eine Antwort, die sie in ihren Briefen stets gemieden hatten.

Mit einem verlegenen Räuspern stand Gerrit auf und kehrte mit einem Paket zurück.

»Das habe ich dir mitgebracht.«

Cathrin warf ihm einen fragenden Blick zu. Geradezu

gewichtslos war dieses Paket in ihren Händen, als sie das braune Papier zurückschlug, schnappte sie überrascht nach Luft.

Vorsichtig entfaltete sie ein zartes Gespinst nach dem anderen und breitete sie über der Handfläche aus. Duftiger und durchscheinender als alles, was Cathrin bisher zu Gesicht bekommen hatte, sowohl hier in Hamburg als auch auf den Basaren von Madras und Bombay oder den *souqs* von Kairo. Spinnwebzart und von filigranen Mustern durchzogen, nahm sich sogar Brüsseler Spitze grob dagegen aus.

Ein Hauch von nichts. Stoff gewordenes Licht in Weiß und Rosé, hellstem Blau und dem allerersten Grün des Frühlings.

»Musselin aus Bengalen«, erklärte Gerrit. »Aus Dacca. Früher, im vergangenen Jahrhundert, war diese Art von Musselin weltberühmt und besonders in Frankreich begehrt. Bis die Sitten strenger wurden und es als unschicklich galt, solch dünne Stoffe zu tragen. Man erzählt sich auch die Schauergeschichte, dass die Briten allen Musselinwebern Bengalens die Daumen abhackten, um mit ihren eigenen biederen Baumwollstoffen aus Manchester und Birmingham den Markt zu übernehmen. Aber es gibt sie noch, die ein, zwei Werkstätten, die solchen Musselin zu weben verstehen. Und ich weiß jetzt, wo in Dacca sie zu finden sind.«

In Gerrits Küche hielt Cathrin den französischen Ursprung des Wortes Musselin in den Händen, *Mousse*, und wie Schaum fühlte sich der zarte Stoff auch an.

Cathrin selbst legte keinen Wert auf große Garderobe, alles an Rüschen, Spitzen und Bändern ließ sie aussehen wie Graubrot, das man unter Zuckerguss, Buttercreme und Schlagsahne begrub. Einen Blick für Mode hatte sie gleichwohl, das blieb nicht aus, wenn man in einem Unternehmen mitarbeitete, das seit seiner Gründung mit Stoffen handelte.

Dieser Musselin war wie dafür geschaffen, als Oberstoff eine Abendrobe mit der neuerdings schmaleren Silhouette noch ätherischer wirken zu lassen. In eine üppig geraffte Stola aus diesem Material gehüllt, konnte eine Dame die Abendgesellschaft betreten wie Venus, die dem Meeresschaum entstieg. Unterlegt von weißer Seide oder Satin, würde dieser Musselin aus jeder Braut eine Märchenprinzessin machen, mit einem der gerade so beliebten bodenlangen Schleier, die nicht selten in einer Schleppe ausliefen, und bestimmt begehrten auch die Brautjungfern etwas von diesem zartfarbigen Gewebe für sich selbst.

Eine einzige Hochzeit würde unzählige Meter dieses kostbaren Musselins verschlingen, und die stolzen Eltern würden jeden Preis dafür bezahlen, dass ihr Mädchen am glücklichsten Tag ihres Lebens aussah wie Kaiserin Sisi von Österreich höchstselbst.

Eine Goldgrube hatte Gerrit mit diesem Musselin aufgetan.

»Ich komme nicht mehr zurück, Cathrin«, drang Gerrits Stimme in ihre Gedanken. »Ich werde mich dauerhaft in Bombay niederlassen.«

Cathrin nickte, etwas in der Art hatte sie schon vermutet.

»Nicht nur, weil Henning dortbleiben will«, fuhr er fort. »Ich habe Bradshaw einige Zeit über die Schulter geschaut und mit seiner Hilfe dann meine eigene Firma gegründet. Mit Shilpas Chutneys lässt sich hier eine Menge Geld machen, davon bin ich überzeugt. Vielleicht importiere ich weitere Spezialitäten aus Indien, das wird sich noch herausstellen.«

»Und der Laden in Altona?«

»Finja und Martin haben ihn gut geführt, während ich fort war. Sie werden ihn übernehmen. Zu zweit schaffen sie das, beide Filialen auf einmal. Auch wenn dann Kinder da sind, das ging bei unseren Eltern ja auch.«

Unablässig wanderten Cathrins Finger über die Stoffmuster in ihrem Schoß.

»Die Chutneys und der Musselin, Cathrin. Damit können wir reich werden, du und ich.«

Da waren sie, die neuen Ideen, auf die Cathrin bislang vergeblich gewartet hatte. Die Einmachgläser mit Shilpas Chutneys und der traumhaft schöne und dazu noch rare Musselin aus Dacca. Sie bräuchte nur zuzugreifen und mit in das Boot zu steigen, das Gerrit für sie bereithielt.

Gerrit fasste sie bei der Hand. »Das Einzige, was mir in Bombay fehlt, bist du.«

Sie, Cathrin, hätte diejenige sein sollen, die diesen Musselin entdeckte. Sie hätte nichts lieber getan, als sich im fernen Bengalen auf dessen Spuren zu setzen und ihn dann triumphierend nach Hause zu bringen. Der Neid auf Gerrit, der in ihr aufstieg, schmeckte gallebitter.

Cathrin fragte sich, was mit ihr nicht stimmte, dass sie jeden Mann als Konkurrenten sah. Dass sie sich nie mit weniger zufriedengeben konnte als die Erste, die Beste zu sein.

Gerrits Finger verstärkten ihren Druck, und endlich hob Cathrin den Kopf.

»Was hält dich denn noch hier?«, wollte er wissen.

31

Sachte zog Cathrin die Wohnungstür hinter sich zu und lehnte sich dagegen, den Hut in der Hand, die inzwischen trockene Jacke über dem Arm. Nur ihre Schuhe waren noch feucht und machten ihre Füße klamm.

Schritte und Frauenstimmen kamen die Stufen herauf. Im Halbdämmer des Treppenhauses leuchteten die roten Locken von Betje und Levke wie Fackeln. Beide blickten verwundert auf Cathrin, wie sie vor Gerrits Tür stand.

»Geh doch schon hoch«, bat Betje ihre Tochter. »Ich komme etwas später nach.«

Die Röcke mit einer Hand gerafft, die Geldkassette im anderen Arm, machte Levke sich auf den Weg ins oberste Stockwerk.

»Du siehst aus, als könntest du einen Kaffee vertragen«, sagte Betje.

Der blumige Tee hatte einen viel zu süßen und gleichzeitig kratzigen Nachgeschmack auf Cathrins Zunge hinterlassen. Jetzt verlangte es sie tatsächlich nach etwas Kräftigerem, Vollmundigerem, und sie nickte.

»Dann komm«, forderte Betje sie auf.

Mit müden Schritten trottete Cathrin hinter ihr her, die Stufen zum Kontor hinunter.

»Sofern es dir keine Umstände macht«, sagte sie in der kleinen Teeküche, in der die Frauen von *Feinkost Reintjes* ihre Pausen verbrachten und mittags zusammen aßen.

Sie klang wie ihre eigene Mutter, fand Cathrin. Ihr Einwand kam ohnehin viel zu spät, im Wasserkessel hatte es bereits zu sieden begonnen.

»Ist nur Kaffee, Cathrin«, erwiderte Betje und schaltete den Gasherd ab. »Kein mehrgängiges Menü.«

Schweigend warteten sie, bis das heiße Wasser durch den Leinenfilter mit gemahlenem Kaffee gelaufen war, und setzten sich dann an den kleinen Tisch.

Für Cathrin fühlte es sich merkwürdig an, ihr Herz ausgerechnet bei Gerrits Mutter auszuschütten. Aber letztlich war Betje für sie von Kindheit an wie eine junge Tante, eine große Schwester gewesen, das machte es ihr jetzt leichter, von sich und Gerrit zu erzählen.

»Ich weiß«, sagte Cathrin zu guter Letzt, ihre Stimme belegt, »dass ich nicht die Frau bin, die du für Gerrit wünschst.«

»Das habe ich so nie gesagt und ganz bestimmt auch nie gedacht, Cathrin«, entgegnete Betje zwischen zwei Schlucken.

»Aber?«

Betje ließ sich Zeit mit ihrer Antwort.

Aus eigener Erfahrung wusste sie, wie weh Ablehnung

tat. Sie war damit groß geworden, nachdem ihre Eltern und Geschwister nach Amerika ausgewandert waren und Betje zurückgelassen hatten. Eine unnütze Esserin, mit ihrem lahmen Arm weniger als eine halbe Arbeitskraft auf dem kleinen Hof von Onkel und Tante, Ziel scheeler oder peinlich berührter Blicke im Dorf. Und sie wusste auch, wie verletzend Worte sein konnten, das hatten ihr die anderen Kinder des Kirchsprengels in Ostfriesland über Jahre hinweg eingebläut.

Genauso wusste Betje, wie sinnlos es war, jemandem in Herzensdingen hineinreden zu wollen. Welchen Zorn das heraufbeschwor, und welchen Trotz. Auch das hatte Betje am eigenen Leib erfahren.

Seltsam, dass ihr jetzt Zacharias in den Sinn kam, nach so vielen Jahren. Der Prinz des Gängeviertels, das Gesicht kühn und ein bisschen fremdländisch geschnitten, das Haar, das sich unter der Kappe hervorringelte, kohlschwarz und ein Funkeln in den dunklen Augen. Der Held der Kinder auf den Gassen der Neustadt. Ein Magier, der Mädchenherzen stahl, so wie er Betjes Herz gestohlen hatte. Der erste Junge, der sie geküsst hatte, zarte vierzehn Jahre alt war sie gewesen, er schon achtzehn.

Ob er seinen Traum wahrgemacht und in Amerika ein reicher Mann geworden war? Wohl eher war er über kurz oder lang unter die Räder gekommen. Ein Tunichtgut war er gewesen. Ein Gauner und ein Verführer, dem die Mädchen nicht jung, nicht leichtgläubig genug sein konnten.

Betje hatte lange gebraucht, um das zu erkennen, und jedes Mal dann stillschweigend Katya Abbitte geleistet. Da war Betje schon Hannos Frau geworden und hatte mit beiden Beinen in ihrem eigenen Laden gestanden.

Umso dankbarer war sie, dass alle ihre Söhne wohlgeraten waren, ihre Töchter stark und selbstbewusst genug, um Burschen und Männern vom Schlag eines Zacharias ihre Grenzen aufzuzeigen.

Genau wie Cathrin.

»Niemanden hätte ich lieber als meine Schwiegertochter«, sagte Betje deshalb. »Aber du und Gerrit, das geht nicht zusammen. Nicht auf Dauer.«

Ehrliche Verblüffung zeichnete sich auf Cathrins Gesicht ab.

»Warum nicht?«

»Weil ihr euch zu ähnlich seid. Eure Leidenschaften, euer Temperament, euer unbedingter Wille … Als wärt ihr aus ein und demselben Stoff gemacht. Ihr würdet ständig darum rangeln, wer das Sagen hat, wer besser, stärker, erfolgreicher ist. Im Geschäft mag das ja noch angehen, aber in einer Ehe? Wie soll das eine Ehe aushalten?«

Mit einem tiefen Durchatmen drehte Betje die Tasse auf dem Tisch um die eigene Achse.

»Ich bin die Letzte«, fuhr sie leiser fort, »die sich zwischen euch stellen würde. Aber überleg dir gut, ob du dich und Gerrit auch noch in zehn Jahren glücklich siehst. In zwanzig oder in dreißig Jahren.«

Starr und stumm saß Cathrin ihr gegenüber. Einen

angespannten Zug um den Mund, flatterten ihre Eiswimpern, als wollte sie gleich weinen.

»Hast du dich nie gefragt«, setzte Betje nach dem nächsten Schluck Kaffee neu an, »warum auf dem Kutschbock immer nur einer die Zügel in der Hand hält?«

Cathrin stutzte, dann zog ein Lächeln über ihr Gesicht. In ihren grauen Augen schimmerte es auf, ein Sonnenstrahl, der sich durch Wolken stahl.

»So wie bei dir und Hanno?«

Hinter ihrer Tasse gab Betje ein Glucksen von sich. »Genau wie bei mir und Hanno.«

Wie Cathrin senkte auch Betje den Blick auf den Rest Kaffee am Boden der Tasse und studierte den erdigen Rückstand von Kaffeesatz.

In das Glück, dass sie ihre Söhne wieder in die Arme hatte schließen können, mischte sich schon jetzt die Wehmut eines erneuten Abschieds. Vor der Front hatte sie die beiden zwar bewahrt, sie aber nun an ein Leben in der Fremde verloren. Genau wie Finja bald schon ein neues Leben als Ehefrau begann, vielleicht gleich danach auch Levke; die jungen Männer der Nachbarschaft reckten jedenfalls schon eine Weile den Hals nach ihr und ihrem flammend roten Haar. Clara war zwar erst siebzehn und Hauke knapp dreizehn Jahre alt, aber auch sie würden sich irgendwann abnabeln und eigene Wege gehen. Dann würde es oben in der Wohnung leer und still.

An den Ruhestand dachten Hanno und Betje noch lange nicht, dafür waren sie noch zu jung, sie mit Ende vierzig, Hanno vor Kurzem fünfzig Jahre alt geworden. Gerade jetzt war nicht an eine Verschnaufpause zu denken.

Der Wohlstand dieser glänzenden neuen Zeit weckte auch einen Jieper auf Delikatessen. Besonders vor den Wochenenden waren die Läden brechend voll, weil Kaviar, Gänseleberpastete und Austern eine Abendgesellschaft erst abrundeten, Champagner, Ananas und Hummer nun auch zum gutbürgerlichen Ton gehörten. Finja und Levke unternahmen mit Jordis und Lisje derzeit den ersten Anlauf, schon fertige Platten mit appetitlich dekorierten Häppchen für festliche Anlässe ins Haus zu bringen.

Überhaupt brummte das Liefergeschäft. Zusätzlich zu neuen Ladenmädchen hatte sie auch weitere Botenjungen eingestellt. Hausfrauen, die sich stundenweise etwas dazuverdienen wollten, packten im Stammhaus die Präsentkörbe, die als Dank für eine Einladung, zu Geburtstagen und Jubiläen gerade in Mode kamen, und in den Büros an der Großen Bleichen waren mittlerweile einige Angestellte mehr mit Bestellungen und Rechnungen beschäftigt.

Nichts davon hätten sich Betje und Hanno träumen lassen, als sie damals zu Fuß von Ostfriesland nach Hamburg gewandert waren und auf der Gasse sitzend die letzten beiden Äpfel aus Hannos Tornister verzehrten. Kinder waren sie noch gewesen und überwältigt von dieser großen Stadt auf dem Wasser, die seitdem noch viel größer geworden war.

Um den rasant wachsenden Zustrom von Schiffen und Waren fassen zu können, wurde der Hamburger Hafen ständig erweitert, zuletzt hier auf dem Grasbrook. Nach dem neuen Magdeburger Hafenbecken und dem ausgebauten Sandtorkai war nun dessen gegenüberliegendes Ufer an der Reihe gewesen, und die Kleingärten dort mussten dem modernen Kaiserkai weichen. Schiffsladungen würden jetzt nicht mehr gelagert, sondern mittels Dampfkränen und von Menschenkraft gezogener Karren sortiert und sofort per Schiff, Kahn oder Eisenbahn weitertransportiert; ein solch ausgeklügeltes und wirtschaftliches System gab es sonst nirgendwo auf der ganzen weiten Welt.

Ein neuer Speicher sollte ebenfalls entstehen, an der Spitze der Landzunge zur Norderelbe hin. Der größte und modernste Speicher, den die Stadt je gesehen hatte, direkt von Hochseeschiffen anzufahren und mit Gleisanschluss. Überhaupt schien in Hamburg das Speicherfieber ausgebrochen. Auch hier am Kehrwieder sollten welche hochgezogen werden, auf derzeit noch bewohnten und bewirtschafteten Grundstücken, die die Stadt Hamburg verpachtete. Pläne, die auf den geballten Unwillen der Anwohner stießen, die um ihre kleinbürgerliche Idylle fürchteten, um die in Jahren, ja Jahrzehnten gewachsene Nachbarschaft. Womöglich würde gar nichts aus diesem Bauvorhaben, oder es gäbe irgendwann ein anderes, noch größeres, das den Kehrwieder vollkommen umkrempelte und sie hier alle entwurzelte.

Wie mit Siebenmeilenstiefeln eilte die Zeit ihnen voraus und ließ nicht einmal das, was gemauert und ewig schien, unverändert.

Immer wenn Betje darüber nachdachte, fiel ihr das Zeitsignal ein, das der neue Kaiserspeicher erhalten sollte. Ein Ball, der zur festgelegten Stunde in einem Gerüst oben auf der Spitze fiel und nach dem die Schiffe ihre Chronometer auf die Sekunde genau stellen konnten.

Nicht mehr lange, und auf den Meeren der Welt würden die Uhren so ticken, wie Hamburg es vorgab. Während die Zeit selbst so schnell dahinflog wie ein Ball im freien Fall.

Was dennoch kein Grund war, Trübsal zu blasen; stets nach vorn zu schauen, das hatte Hanno sie in all den Jahren gelehrt.

»Gerrit wird seine Wohnung hier aufgeben«, sagte Betje deshalb. »Willst du sie vielleicht mieten?«

Ein überraschtes Lachen brach auf Cathrins Gesicht hervor.

»Und ob ich das will!«

Betje stellte ihre Tasse ab und streckte über den Tisch hinweg die Hand nach der Cathrins aus.

»Willst du vielleicht auch zum Essen bleiben?«

An diesem Abend saßen sie wieder alle zusammen in der Küche der Reintjes, bei Pannfisch mit Bratkartoffeln, den sich die beiden Weltreisenden gewünscht hatten. Im Kreis der Familie wurden Mitbringsel ausgepackt, die Chutneys ausgiebig gekostet, Geschmackseindrücke diskutiert und Vorschläge gemacht, wie sie am besten zu vermarkten wären.

Wie eine Klette hing Hauke abwechselnd an seinen

großen Brüdern und löcherte sie unaufhörlich nach aufregenden und dramatischen Abenteuern, die sie doch zweifellos in Indien erlebt hatten. Obwohl sie ihm ein ums andere Mal erklärten, dass sie dort ganz normal zur Schule gegangen waren und gearbeitet hatten wie zu Hause auch. Finja zeigte Stoffmuster für das Brautkleid, die Aussteuer und Polstermöbel her und schwärmte von der luftigen Wohnung am Großen Burstah, in die sie und Martin ziehen würden. Fürs Erste zumindest; unmittelbar nach der Hochzeit würden sie anfangen, auf ein Häuschen im Grünen zu sparen.

Am meisten stand an diesem Abend jedoch Henning im Mittelpunkt. Unvorstellbar, dass er vor einem guten Jahr ein noch etwas ungelenker Bursche gewesen sein sollte, unsicher und krank vor Heimweh. In Indien war er nicht nur ein paar Zoll gewachsen, sondern auch zu einem ernsthaften jungen Mann gereift, breiter in den Schultern und mit einer klaren Vorstellung von sich und seinem Leben. Stolz zeigte er seine Zeugnisse vor und besprach in ersten groben Zügen mit seinen Eltern, wie er sich nach dem Abschluss seine Zukunft in der Medizin vorstellte.

Dass Hanno und Betje ihm das Studium finanzieren würden, war gar keine Frage, das verriet das Leuchten in ihren Augen und wie Hanno ab und zu über Hennings Schulter rieb, Betje ihm im Vorbeigehen über den Kopf strich.

Immer wieder kreuzten sich Cathrins Blicke mit denen Gerrits, fragend und hoffnungsvoll einerseits, abwartend bis ausweichend andererseits. Und Cathrin fragte sich, ob sie letztlich nichts als ein verwöhntes Gör war, das immer genau das wollte, was sie nicht haben konnte.

32

Mit dem Frühling in Norwegen kroch eine Rastlosigkeit unter Jakobs Haut, puckernd und juckend wie eine nur langsam verheilende Wunde. So viel Holz er auch hackte und spaltete, er wurde das Kratzen in den Knochen nicht los, dieses Zerren in den Eingeweiden, das ihn reizbar machte.

Jakob kehrte der Hütte am Voroninvatnet den Rücken. Dankbar, dass Christian ihn ziehen ließ, ohne zu fragen, wohin er ging und wann er zurück sein würde, ob überhaupt; das wusste Jakob selbst nicht.

Kaum mehr als das Nötigste in einem Bündel auf dem Rücken, marschierte er in die grasige Ebene hinaus. Über windzerzauste Hügel und Anhöhen, durch lichte Laubwäldchen und die dunklen Kammern aus Tannen und Kiefern, in denen harschiger Schnee geduldig ausharrte.

Ein Land, in dem nie ein Wort gesprochen worden war, so kam es Jakob vor, weil seit Anbeginn der Zeit kein Mensch je einen Fuß hineingesetzt hatte. Eine weite Stille, in der er verloren gehen könnte, ohne dass jemals irgendjemand erfuhr, was aus ihm geworden war.

Umso grimmiger schritt Jakob aus, während die Sonne über seinem Kopf ihren Bogen schlug. Sobald es dunkelte, ließ er sich an Ort und Stelle nieder. In seine dicke Jacke eingemummelt und sein Bündel unter dem Kopf, beobachtete er das Aufglimmen der Sterne zwischen den Wolken, bis ihm die Augen zufielen und er sich der Finsternis ergab.

Mit dem ersten schwachen Licht des neuen Tages zog er weiter. Den Vögeln nach, die aus den Gräsern aufflogen, wohl wissend, dass er sie nie erreichen würde, erdverhaftet und schwerfällig, wie es des Menschen Schicksal war. Er rastete nur, um mit einem Bissen getrockneten Rentierfleischs, einem Fetzen Fladenbrot den größten Hunger zu stillen und seinen Durst zu löschen.

Zwischen den Steinen des Bachbetts ging Jakob in die Hocke und trank aus den hohlen Händen. Vor dem nächsten Schluck hielt er inne und beobachtete, wie das Wasser unaufhaltsam durch seine Finger sickerte, so fest er sie auch zusammenpresste. Wie das Leben selbst, genauso formlos und ungreifbar, genauso flüchtig. Nur für den Moment konnte man es in den Händen halten und davon trinken; wenn man Glück hatte, summierten sich diese Momente irgendwann zu einer ganzen Lebenszeit auf.

Ein Geschenk, das meist doch selbstverständlich schien. Eine unvermutete Gnade, die die wenigsten zu schätzen wussten.

Ein solcher Moment war es gewesen, Cathrin in den Wassern der Elbe in den Armen zu halten. Eine Erinnerung, die sich im Lauf der vergangenen Monate vielleicht schon halb aus ihrem Gedächtnis gewaschen hatte.

Aus den Augen, aus dem Sinn.

An den Abenden in der Hütte hatte Christian manchmal am behaglich knisternden Feuer von früher erzählt. Auch von Katya, die er als junger Mann geliebt hatte. Wie ein Schwanenmädchen aus einem russischen Märchen hatte sie mit ihrer weißen Pelzkappe im Gemischtwarenladen gestanden. Ein Rabenkind mit starkem Charakter und scharfem Verstand und einem solchen Mut, dass Christian sich daneben klein und schwach vorkam. Die Achillesferse eines jeden Mannes.

Die Reue über das, was man einmal gesagt oder getan hatte, konnte eine mächtige Last sein. Ungleich schwerer jedoch wog das Bedauern für alles Ungesagte, Ungetane, Unerlebte, bis in alle Ewigkeit in das Schattenreich des Möglichen verbannt.

Jakob blinzelte auf das munter sprudelnde Wasser vor sich. Instinktiv hatte er seine Schritte am Wasser entlanggelenkt. Ohne Nahrung hielt man es gewisse Zeit aus, niemals jedoch ohne Wasser. Wo Wasser war, war auch immer das Leben.

Sein Blick hob sich und wanderte hinaus in die wilde Kargheit dieser Landschaft. Hier gab es keine Straßen, keine Pfade, noch nicht einmal einen besonders markanten Punkt, den man sich als Ziel erkor. Dennoch war er hier nicht ganz verloren. Die Flüsse und Bäche wussten, wo es zur Küste ging, die Flechten an Felsen und Baumrinde wiesen die Himmelsrichtung aus, und selbst in der

Nacht blieb noch der Polarstern, ein treuer Wegweiser nach Norden.

Irgendwo dazwischen hatte Jakob sich seinen eigenen Weg gebahnt. Auch wenn er noch nicht absehen konnte, wohin dieser ihn führen würde.

Unvermittelt kühlte die Luft aus. Der Himmel hatte sich eingetrübt und verdunkelte sich zusehends, die ersten Regentropfen trafen Jakob ins Gesicht. Langsam stand er auf und stieg aus den Stiefeln, pellte sich die Kleider bis auf den letzten Faden vom Leib.

Nackt wie ein Neugeborenes badete er im kalten Regen. Wie ein brunftiger Hirsch wollte er in die Welt hinausröhren, johlend umherspringen und sich auf dem Boden wälzen, um seine Jungfräulichkeit an Mutter Erde zu verlieren, ihre karge Krume mit seinen Tränen und seinem Samen zu salzen.

Und doch blieb er einfach nur stumm stehen, seine Haut viel zu eng, um dieses Gefühl einer rohen und ungezügelten Lust zu fassen, der Lust auf das Leben selbst.

Leicht und frei fühlte er sich, als der Voroninvatnet wieder in Sicht kam, glänzend in der Frühlingssonne. Hinter dem verlassen daliegenden Haus für die Arbeiter hatte Christian eine Leiter an Katyas Hütte gelehnt und hämmerte mit hochgekrempelten Hemdsärmeln auf dem Dach herum. Dass vor dem nächsten Winter einiges an Reparaturen nötig sein würde, darin waren sie sich einig gewesen.

Christian hob den Kopf, und die Erleichterung, die

über sein Gesicht zog, war endgültig wie eine Heimkehr für Jakob.

»Sieh an«, rief Christian ihm zur Begrüßung entgegen. »Der einsame Wanderer ist aus der Wildnis zurück.«

»Sprach der Eremit vom See.«

Kumpelhaft grinsten sie sich an.

»Geht es dir besser?«, fragte Christian.

Jakob warf das leere Bündel und die dicke Jacke von sich.

»Viel besser.«

»Gut.« Mit dem Unterarm wischte Christian sich den Schweiß von der Stirn. »Du siehst aus, als könntest du etwas zu essen vertragen.«

Jakob reckte das Gesicht in die Sonne und atmete tief durch. Erschöpft und ausgehungert hätte er sein müssen, nach seinem tagelangen Marsch bei schmaler Kost; stattdessen fühlte er sich gestärkt.

»Später vielleicht.«

Christian nickte und schlug einen weiteren Nagel ein. Die Augen halb zusammengekniffen, legte Jakob den Kopf schräg und musterte die neu aufgelegten Holzschindeln.

»Du machst das falsch.«

»Tatsächlich?« Irritiert blickte Christian zwischen dem Dach und Jakob hin und her. »Verstehst du etwas davon?«

»Ein wenig.«

»Na dann.«

Christian stieg ein paar Sprossen herunter und strecke ihm den Hammer entgegen.

»Mach's besser.«

Grinsend nahm Jakob ihm das Werkzeug aus der Hand.

Eine betriebsame Zeit wurde es am sonst stillen Voroninvatnet. Gemeinsam planten Christian und Jakob die Arbeiten an der Hütte und fragten Lejo um Rat, wenn sie nicht weiterwussten. Mit ein paar Männern aus dem Eidfjord verluden sie das aus Bergen eingetroffene Holz, sägten, schmirgelten, hämmerten und pinselten Hand in Hand.

Eine Zeit, in der sie sich nicht nur die Arbeit und die Mahlzeiten teilten, sondern einander viel erzählten. Eindrücke und Erfahrungen, Gedanken, Wünsche und Hoffnungen von früher und heute, denen sie mit jedem einzelnen Handgriff eine klarere Form gaben und etwas Neues daraus machten. Mit jeder Nut und Feder, die sie zusammenfügten, mit jedem eingeschlagenen Nagel schienen auch Jakob und Christian enger zusammenzuwachsen. Auf freundschaftliche Art miteinander vertraut und manchmal geradezu wie ein Vater mit seinem Sohn.

Hin und wieder beobachtete Christian, wie Jakob über den Dachfirst hinweg seinen Blick in die Ferne schweifen ließ. Wachsam und mit einer gewissen Scheu, als wartete dort am Horizont etwas auf ihn, nach dem er sich sehnte und dem er doch noch nicht recht traute.

Der Krieg hatte Jakob mit gebrochenen Flügeln zurückgelassen. Dass sie hier am Voroninvatnet verheilt waren, daran hegte Christian keinen Zweifel. Nun hoffte er, der junge Mann würde auch den Versuch wagen, wie weit sie ihn schon wieder trugen.

An einem Tag im Mai war es so weit. Zusammen wanderten sie zum Eidfjordvatnet, wo Lejo Jakob abholen würde, um ihn in den Fjord zu bringen und von dort mit einem Kahn nach Bergen. Mit etwas Glück würde Jakob gleich eine Passage nach Hamburg bekommen.

Schweigsam und in sich gekehrt war Jakob den Morgen über gewesen, nur das Nötigste hatten sie miteinander gesprochen. Auch jetzt fiel es ihm sichtlich schwer, den Mund aufzumachen, während sie sich den schroffen Berghängen näherten, zwischen denen sich der See in seinem metallischen Blau öffnete.

»Kriegst du den Rest allein hin?«, rang sich Jakob dann doch ab.

Um die Hütte wohnlicher zu gestalten, hatten sie noch eine Art von Anrichte vor Augen gehabt. Der seinerzeit von Grischa gezimmerte Tisch musste wieder abgeschliffen und geölt werden, und auch für das Arbeiterhaus standen Reparaturen an.

»Sicher«, antwortete Christian im Brustton der Überzeugung, obwohl er sich zum ersten Mal in seinem Leben als Handwerker versuchte.

Jakob nickte geistesabwesend; offenbar lag ihm etwas anderes auf der Seele.

»Was, wenn Cathrin mich doch nicht will?«, kam es dann heiser von ihm.

»Das Risiko musst du eingehen«, erwidert Christian. »Aber sie ist es wert.«

»Ich weiß.«

Ein Lächeln entfaltete sich zwischen ihnen.

Das grüne Tal hatten sie hinter sich gelassen. Kies und Geröll klackten und knirschten unter ihren Stiefelsohlen und verstummten, als sie am Ufer haltmachten. Eine Handvoll Boote ruhte auf dem Trockenen; mit der wärmeren Jahreszeit waren auch die Hirten wieder in die Ebene hinausgezogen.

Jetzt war Christian derjenige, der zögerte, dabei hatte er lange und gründlich darüber nachgedacht, den ganzen Winter über. Schließlich holte er doch den Umschlag aus der Jackentasche hervor.

Fragend sah Jakob ihn an.

»Mach auf.«

Jakobs Brauen hoben sich verblüfft, als er das Schriftstück auseinanderfaltete und das Siegel des Notars in Bergen darauf entdeckte. Sobald er es zur Gänze gelesen hatte, zeigte seine Miene blankes Erstaunen.

»Das kann ich nicht annehmen.«

»Natürlich kannst du. Es sichert dir deine Zukunft und bietet zumindest eine gewisse Garantie, dass Cathrin weiter mit dir reden muss.«

Beide wussten sie, dass es mehr war als das. Dieses Papier gab Jakob einen festen und unverrückbaren Platz in der Familie, und eine ganze Flut an Regungen zog über sein Gesicht.

»Mach es aber erst öffentlich, wenn es nötig wird«,

fügte Christian hinzu. »Um des lieben Friedens willen. Du kennst doch Ludger.«

Jakob grinste. »Abgemacht.«

Aus der Ferne näherte sich das Boot mit Lejo und zog eine gekräuselte Spur durch das glatte Wasser.

»Danke, Christian.«

Ihr herzhafter Handschlag ging in eine schulterklopfende Umarmung über.

»Viel Glück«, murmelte Christian. »Und grüß alle von mir. Vor allem Cathrin.«

Jakob erwiderte Lejos gut gelaunten Gruß, als er auf das Boot zuwatete, sein Gepäck hineinwarf und im Gegenzug den Sack an Land hievte, den Lejo mitgebracht hatte, bevor er selbst hineinkletterte.

Wie eine Fähre in eine jenseitige Welt trug das Boot Jakob über den See und verschwand dann zwischen den Berghängen.

Christian harrte weiter am Ufer aus und lauschte der Stille, die sich um ihn zusammenzog. Nur das sanfte Glucksen von Wasser war zu hören. Das Flüstern des Windes in jungem Gras und neuem Laub und das entfernte Summen eines Insekts.

Mit diesem Frühling war er sechsundsechzig Jahre alt geworden, ein Geburtstag, der so leise und unbemerkt gekommen war wie ein nächtlicher Regenschauer.

Zum ersten Mal in seinem Leben war er allein. Eine Leere, in die er ebenso furchtsam wie neugierig hineinspähte wie in einen Vulkan vom Rand des Kraters. Eine Herausforderung, der er sich stellen wollte, obwohl er nicht wusste, ob er sie meistern oder was danach kommen würde.

Schließlich schulterte er den Sack mit Lebensmitteln, vielleicht wieder mit einem Brief von Katya, Cathrin oder Grischa, und wanderte zurück an den Voroninvatnet.

33

Wie Glühwürmchen leuchteten die Laternen zwischen den Bäumen und Sträuchern. Auch jetzt, nach Sonnenuntergang, lag noch der Duft der Bauernrosen in der Luft.

In dieser Mainacht wirkte das Haus in Teufelsbrück wie verwunschen.

Katya hatte es sich nicht nehmen lassen, die Hochzeitsfeier für ihr Patenkind Finja auszurichten. Zwischen den blühenden Sträuchern hatten Finja und Martin gemeinsam die Hochzeitstorte angeschnitten, ihre Hand auf der seinen, was zu Scherzen Anlass gegeben hatte, die Martin mit vergnügten Erwiderungen parierte. Nach der Kaffeetafel war die Gesellschaft zu einem Spaziergang an der Elbe aufgebrochen, um dann zu einem kleinen, aber feinen Menü unter freiem Himmel zurückzukehren, nach dem man noch zusammen sitzen blieb oder durch den nächtlichen Garten wandelte.

Das Streichquartett hatte sich gerade mit einem Imbiss gestärkt, seinen Durst gelöscht und spielte erneut auf. Nach den romantischen und geradezu feierlichen Melodien vorhin kehrte eine jubelnde Ausgelassenheit ein, passend zur Stimmung in dem von Gelächter und angeheiterten Gesprächen erfüllten Garten.

Daniel, einer der Brüder des Bräutigams, lehnte sich neben Cathrin an den Baumstamm, einen erwartungsvollen Ausdruck auf dem Gesicht, das mit seinen starken Zügen etwas Draufgängerisches hatte.

»Kann ich dich jetzt vielleicht zum Tanzen überreden?«

Cathrin verneinte lächelnd.

»Schade«, schnurrte er mit einem letzten Rest Verführungswillen.

Nur halb bedauernd hob Cathrin die Schultern.

Betont lässig schlenderte Daniel durch den Garten und forderte dann Clara auf, die sich nicht zweimal bitten ließ; sie tanzte für ihr Leben gern und genoss es sichtlich, endlich zu den Erwachsenen zu zählen. Finja und Martin, in Brautkleid und Anzug von der schlichten Eleganz eines weißen und eines schwarzen Schwans, ließen sowieso keinen Tanz aus, um ihr gemeinsames Glück zu feiern.

Dass es am Morgen noch geregnet hatte, hatte diesem Tag keinen Abbruch getan. Vielmehr schien es ein gutes Omen zu sein, dass sich pünktlich nach der Trauung auch die letzten grauen Wolken verzogen hatten.

In Sankt Katharinen hatten Finja und Martin sich das Jawort gegeben, wie Hanno und Betje zuvor; der Legende nach hatte Cathrin, gerade ein paar Monate alt, an jenem Tag die halbe Kirche zusammengebrüllt und sich erst auf Katyas Arm wieder beruhigt. Auch Cathrins Großeltern hatten dort geheiratet, ihre Eltern und

Katya und Thilo. Als ob sich ein Kreis schloss und ein neuer begann; Finja und Martin waren die erste Generation, bei der ein Photograph diesen Meilenstein vor dem Kirchenportal festgehalten hatte.

Ein karottenroter Haarschopf lugte hinter dem Baumstamm hervor.

»Vor wem versteckst du dich?«, raunte Hauke ihr zu.

Cathrin runzelte die Stirn. »Vor niemandem.«

Hinter Hauke tauchte Nils auf, das Strohblond seiner Kindertage zu einem Honigton nachgedunkelt.

»Sieht aber so aus!«

»Und was führt ihr zwei im Schilde?«, lenkte Cathrin gekonnt ab.

Mit Verschwörermiene legte Hauke den Zeigefinger an die Lippen, und in langen Schritten huschten sie in den nächtlichen Garten hinaus, zwei Großwildjäger, Schatzsucher, Detektive.

Cathrins Lächeln verlosch, während sie in die Baumkronen hinaufblinzelte. Tatsächlich hatte sie sich in den Schutz der Nacht zurückgezogen, weil sie an diesem Abend überall Jakob sah. Neben ihr am Tisch oder auf dem Platz gegenüber. Als verspätet eintreffender Gast in den Garten tretend oder als Schatten zwischen den Bäumen. Wohin Cathrin sich auch drehte und wandte, immer spürte sie seine Nähe.

Obwohl er sie so kaltherzig von sich gestoßen hatte, als er nach Amerika wollte, und sich nun am See ihrer Familie in Norwegen verkroch.

Tief durchatmend richtete Cathrin den Blick zum

Haus hin. Jette und Ludger waren bereits gegangen. Cathrin hatte ihnen angesehen, dass sie nur anstandshalber gekommen waren; eine solch schlichte und bodenständige Feier traf nicht ihren Geschmack. Grischa tanzte gerade mit Frau Wisser, Herr Wisser mit Lore, einer Freundin Finjas, und Levke mit einem Cousin von Martin, der aus Cuxhaven angereist war. Marie hatte sich bald nach dem Essen zurückgezogen; von einem Fenster oben sah sie versonnen zu den Feiernden im Garten hinunter. Ihre Art, dabei und doch für sich zu sein, wie sie es brauchte. Wann immer jemand hinaufwinkte, winkte Griet neben ihr fröhlich zurück.

Cathrins Herz ging auf, als sie Jordis und Fiete Kopstede beobachtete, die sich zusammen im Takt der Musik wiegten, sie klein und rund, er hochgewachsen und hager, mit einem langen und einem kurzen Bein. Die Linke herunterbaumelnd, schmiegte Betje sich in Hannos Arm, zumindest für diesen einen Tanz nicht die Eltern der Braut, sondern schlicht Betje und Hanno, immer noch verliebt nach langen Jahren.

Liebende, fand Cathrin, waren wie in einen Goldschimmer gehüllt. Sie fragte sich, ob sie selbst das auch spürten. Und wie man jemals wissen konnte, dass man den einen Menschen gefunden hatte, der zu einem gehörte.

Gerrit, der Finjas Trauzeuge gewesen war, saß mit einem der Wisser-Brüder noch am Tisch; bestimmt ging es bei ihrer lebhaften Unterhaltung um Karpfen, Krabben und Hummer. Einen Augenblick lang war Cathrin versucht, ihre Abneigung gegen das Tanzen über Bord zu werfen und ihn aufzufordern.

Lisje Kopstede war schneller. Rotwangig und mit blitzenden Augen führte sie Gerrit auf den Rasen und zeigte ihm dann die Schritte eines Modetanzes. Lachend versuchte Gerrit sich daran, seine Blicke auf Lisje von einer Scheu, die Cathrin nicht an ihm kannte.

Lisje, die im Feinkostladen mit Feuereifer bei der Sache war und ständig neue Spezialitäten im Sinn hatte. In ihrem Brautjungfernkleid so weich und weiblich wie eine der Rosen im Garten, sah sie bei allem Übermut mit einer bewundernden Zärtlichkeit zu Gerrit auf.

Lisjes Strahlen sprang auf Gerrit über. Wie ein Docht, dessen Wachs erst langsam schmilzt, bevor er Feuer fängt, schien ein Leuchten auf Gerrits Gesicht auf und tauchte sie beide in einen goldenen Hauch.

Da wusste Cathrin es. Hätte sie Gerrit wirklich gewollt, hätte sie lange zuvor bereits Ja gesagt. Eine Erkenntnis voller Wehmut, und doch machte es ihr das Herz ein gutes Stück leichter.

Cathrin löste sich von dem Baum und schlich den Lichtkreis der Laternen entlang; nach einer ausgedehnten Verabschiedung, die womöglich Fragen zu ihrem vorzeitigen Aufbruch nach sich zog, war ihr nicht zumute. Sie musste jetzt allein sein.

Katyas scharfem Blick entging sie dennoch nicht. Mit Henning und einem Onkel des Bräutigams am Tisch, hob sie fragend die Brauen. Cathrin nickte beruhigend, um ihr zu bedeuten, dass alles in Ordnung war, und warf ihr eine Kusshand zu, bevor sie um das Haus herumging und sich rasch Hut und Handtasche aus der Garderobe holte.

Wenn sie Katya so sah wie an diesem Abend, im fünften Jahr ihrer Witwenschaft, gab es sicher schlimmere Schicksale als das einer alleinstehenden Frau.

Cathrins Schritte waren fest und sicher, als sie auf die Pferdewagen zustrebte, deren Kutscher sich bei einer Zigarette, einer Pfeife klönend die Zeit vertrieben. Im Garten hinter ihr brandeten die Stimmen zu einem Hoch auf das junge Paar auf, begleitet von Gläserklingeln; jemand rief nach dem Brautstrauß. Wie ein Trommelwirbel aus Menschenkehlen klang es, dann ein Tusch. Eine junge Frau kiekste verzückt auf, bevor Glückwünsche und Scherze auf sie niederprasselten. Lisje.

Halb traurig, halb merkwürdig froh gestimmt, lächelte Cathrin in sich hinein.

Als Schattenrisse dümpelten die Kähne im Binnenhafen, nur vereinzelt brannte in den Häusern am Kehrwieder noch Licht, es war schon spät.

»Danke, Jan«, sagte Cathrin, als sie aus dem Wagen stieg. »Lass dir zu Hause von Trude ein Stück Hochzeitstorte geben, ist noch genug übrig.«

»Woll«, erwiderte der junge Mann, inzwischen vom Stallburschen zum Kutscher befördert. »Ich bring Sie noch eben bis zur Tür, Fräulein Cathrin.«

»Nicht nötig. Ist doch immer noch eine halbwegs ehrbare Gegend. Nacht, Jan.«

Jan steckte die Münze ein, die Cathrin ihm reichte, und tippte sich zum Dank grinsend an die Mütze.

In langen Schritten eilte Cathrin in den Durchgang neben dem Feinkostladen und schloss die Haustür auf. Darauf hatte sie sich schon den ganzen Tag gefreut, wenn sie ehrlich war. Wie sie sich überhaupt jeden Tag darauf freute, nach Hause zu kommen, in ihre eigenen vier Wände, von Hanno und Betje gemietet.

Gerade heute kam ihr diese Wohnung wie eine Zuflucht vor. Seltsam eigentlich, wo sie sie doch praktisch unverändert von Gerrit übernommen hatte, der für die Zeit, die er noch hier war, wieder oben bei seinen Eltern mit Henning in einem Zimmer schlief. Und doch dachte Cathrin kaum je an ihn, wenn sie sich schlafen legte, in der Küche zugange war oder im Badezimmer. Was wahrscheinlich allein schon Bände gesprochen hätte.

Das Jawort von Finja und Martin heute hatte Erinnerungen an Tristans Hochzeit vor vier Jahren zurückgebracht. Bei dem Gedanken daran prickelte es heiß hinter Cathrins Augen. Judith kam zwar finanziell zurecht und fand starken Halt in Elli, Aurora und Grischa; dennoch tat sie sich schwer ohne Tristan, auf den Scherben ihres jungen und viel zu kurzen Glücks.

Vielleicht war das ein Zeichen für Cathrin, selbst noch einmal neu anzufangen. Grischa war mit dem Geschäftsführer, den er für Tristans Firma eingestellt hatte, nicht recht zufrieden, über kurz oder lang würde er wohl jemand anderen suchen. Cathrin kannte sich inzwischen ein wenig mit Kaffee aus, mit Geschäften sowieso, und sie stellte es sich aufregend vor, zwischen Hamburg und London zu pendeln; von dort mochte der frische Wind wehen, den sie sich so sehr ersehnte. Womöglich könnte sie den Handel ganz übernehmen, indem sie Judith auszahlte, ihre kaum angetastete Erbschaft gäbe das sicher her, und Kredite waren gerade günstig zu haben.

Darüber dachte sie nach, während sie im Schein der Gaslampen die Treppen zu ihrer Wohnung hinaufstieg.

»Hallo, Cathrin.«

Cathrin fuhr herum. Auf dem oberen Treppenabsatz schälte sich eine Männergestalt aus dem Halbdunkel und trat ins Licht.

Jakob.

Einige stolpernde Herzschläge lang geriet der Boden unter ihr ins Wanken; es brauchte einige Herzschläge mehr, bis sie wieder sicher stand.

Jakob ging ein paar Stufen hinunter auf sie zu, unwillkürlich wich sie zurück.

»Ich bin heute nach Hause gekommen«, erklärte er. »Grischa war nicht da. Ihr wärt auf einer Hochzeit, hat Réka erzählt.«

Cathrin starrte ihn nur an. Gut sah er aus mit seinem frisch getrimmten Bart, die Haut leicht gebräunt; in seinem schlichten Alltagsanzug auf athletische Weise schlank und doch kraftvoll.

»Sie hat auch gesagt, dass du jetzt hier wohnst«, sprach Jakob weiter und drehte dabei seinen Hut in den Händen. »Bei den Reintjes. Da dachte ich … Aber es steht nur dein Name an der Tür.«

»Ja«, erwiderte Cathrin, die langsam ihre Fassung zurückgewann. »Hier wohne nur ich. Und das bleibt auch so.«

Die hoffnungsvolle Erleichterung, die über sein Gesicht zog, ärgerte sie.

»Wenn ich länger auf der Feier geblieben wäre«, setzte sie hinzu, »oder gleich in Teufelsbrück übernachtet hätte, hättest du bis morgen da oben hocken können.«

»Ich hätte trotzdem auf dich gewartet.«

Cathrin runzelte die Brauen. »Du bist ein seltsamer Vogel, Jakob Levgrün.«

Sein Lächeln hatte etwas Entschuldigendes.

»Ich weiß.«

Kopfschüttelnd steckte Cathrin den Schlüssel ins Schloss, und Jakob eilte die letzten Stufen zu ihr herunter.

»Was willst du?«, herrschte sie ihn an.

Am liebsten hätte sie ihm die Tür ins Gesicht geknallt.

»Ich will dir ein Geschäft vorschlagen.«

Sie musterte ihn misstrauisch. »Was für ein Geschäft?«

Ein kleines Grinsen blitzte in Jakobs Mundwinkel auf.

»Ein ganz und gar irrwitziges und äußerst riskantes Geschäft.«

»Mitten in der Nacht?«

Jakob hob die Schultern und ließ sie wieder sinken.

»Das hat doch sicher bis morgen Zeit«, fauchte Cathrin.

»Wenn du es so lange aushältst, ja.«

Unter dem Seidenstoff kroch Gänsehaut über Cathrins Unterarme. Bei ihrer Neugierde, ihrem Ehrgeiz packte er sie, und das wusste er auch. Ihre Augen wurden schmal.

»Also schön. Komm rein. Aber nur für eine halbe Stunde.«

Die Schuhe abgestreift, wanderte Cathrin auf Strümpfen in der Küche herum, während sie Jakob zuhörte. Vorgeblich, um Tee aufzubrühen und in den Schränken nach Keksen zu kramen, die Gerrit vielleicht dagelassen hatte. Tatsächlich machte es sie nervös und wütend zugleich, dass Jakob bei ihr am Tisch saß, als wäre nichts gewesen.

Am meisten störte sie, welchen Sog das ausübte, was er ihr von seinen Eindrücken auf dem Auswandererschiff erzählte. Seine Gedanken, die Überfahrten für die Passagiere des Zwischendecks besser und komfortabler zu gestalten, brachten ihren Verstand auf Trab und ihren Geschäftssinn nicht minder. Irgendwann holte sie Stift und Papier zu sich an den Tisch, um Stichworte festzuhalten, Überlegungen zu skizzieren, Zahlen hinzuwerfen.

»Was hältst du davon?«, schloss Jakob seine Ausführungen, halb zaghaft, halb selbstbewusst.

Cathrin schwieg einige Augenblicke, während sie an ihrem Tee nippte und die Notizen vor sich betrachtete.

»Die Zahl der deutschen Auswanderer ist stark zurückgegangen«, sagte sie schließlich nüchtern. »Es sind fette Jahre im neuen Kaiserreich.«

»Das wird nicht so bleiben, Cathrin«, erwiderte Jakob mit einer gewissen Wärme. »Das tut es doch nie.«

Die Stirn in grüblerische Falten gelegt, schob sie die Blätter vor sich auf dem Tisch herum.

»Sei's drum«, fügte Jakob hinzu. »Je fetter die Zeiten, desto mehr Leute können es sich leisten, nach Amerika zu fahren. Aus reinem Vergnügen, oder weil sie dort Geschäfte machen wollen. Und das sind ohnehin die Passagiere, die das große Geld bringen, da bin ich keineswegs blauäugig. Die Passagiere der dritten Klasse sind immer nur der Beifang. Und trotzdem finde ich, dass auch sie ein Recht darauf haben, anständig befördert zu werden.«

Cathrin zog die Unterlippe zwischen die Zähne. Jakobs Idee dehnte das Spannungsfeld zwischen Wirtschaftlichkeit und moralischen Grundsätzen auf das Maximum aus, das machte sie so reizvoll.

»Was die Eisenbahn an Land jetzt schon ist«, setzte Jakob noch eins drauf, »wird die Schifffahrt zwischen den Kontinenten morgen sein. Das spüre ich in den Knochen, Cathrin.«

Cathrin trank einen langen Schluck und warf Jakob über die Tasse hinweg einen scharfen Blick zu.

»Wie willst du bitte schön der großen HAPAG Konkurrenz machen? Oder Sloman und all den anderen alteingesessenen Reedereien in Hamburg und Bremerhaven? Von den Briten, die in der Seefahrt von jeher die Nase vorn haben, gar nicht zu reden. *Blue Funnel, White Star, Inman, Cunard,* mit keiner dieser Linien könnten wir es auch nur annähernd aufnehmen.«

Die *Hamburg-Amerikanische Packetfahrt-Actien-Gesellschaft* war die eine Reederei Hamburgs, die als erste mehr auf die Beförderung von Passagieren als auf Frachtgut setzte. *Mein Feld ist die Welt*, verhieß ihr Wahlspruch vollmundig. Allen Schwierigkeiten zum Trotz, den die zurückliegenden Kriegsjahre in Amerika und Deutschland mit sich gebracht hatten, stand das Unternehmen gut da.

Und doch war sie immer noch ein kleines und ziemlich glanzloses Licht, verglichen mit den englischen Titanen der Meere. Nun drängte auch noch die neu gegründete *Deutsche Transatlantische Schifffahrts-Gesellschaft*, nach ihrem Flaggentier kurz Adler-Linie genannt, auf den überschaubaren und hart umkämpften Markt. Neulinge würden da bestimmt nicht sehnsüchtig erwartet.

Jakob war jedoch um keine Erwiderung verlegen.

»Wie es die Eisbarone geschafft haben, dem Eiskönig von Boston die Stirn zu bieten. Indem sie sich abgeschaut haben, wie es geht, und daraus etwas Eigenes machten. Etwas Besseres. Etwas Großes.«

Was Jakob da vorschlug, war wirklich etwas Großes. Wesentlich größer als die ersten Fahrten der Eisbarone seinerzeit, an Aufwand, Kosten, Risiko. In der Tat ganz und gar wahnwitzig.

Jakob ließ nicht locker.

»Der Markt ist da, Cathrin, spätestens in ein paar Jahren. Wir müssen nur rechtzeitig am Start sein und es besser und billiger hinkriegen als alle anderen.«

Sie warf ihm einen schiefen Blick zu.

»Dass besser und billiger sich in der Regel ausschließen, weißt du, ja?«

Jakob grinste. »Dann brauchen wir nichts weiter als ein schnelles Schiff, das uns jeden unnötigen Tag auf See spart.«

Cathrin schüttelte den Kopf.

»Du versuchst die Quadratur des Kreises, Jakob. Einen solchen Dampfantrieb, wie du ihn dir offenbar vorstellst, gibt es wahrscheinlich noch gar nicht, sonst würde er schon auf den Meeren kreuzen. Falls er doch irgendwo gerade konstruiert und gebaut wird, kostet er nicht nur ein Vermögen, sondern wird dazu noch Unmengen an Kohle verschlingen, die ebenfalls bezahlt werden muss.«

Den Kopf in die Hände gestützt, brütete sie über ihren Notizen, während ihre Gedanken herumwirbelten.

»Egal, was es auch kosten wird«, sagte sie nach einer Weile leise. »So viel Kapital kriegen wir nicht zusammen. Ganz bestimmt wird uns beiden keine Bank der Welt einen solch hohen Kredit gewähren. Nicht einmal jetzt, da der Erfolg nur so auf der Straße liegt.«

»Vielleicht doch.«

Jakob griff in die Innentasche seines Jacketts, das über der Stuhllehne hing, und legte ein entfaltetes Papier vor Cathrin auf den Tisch.

Cathrin stockte der Atem. Ihr Herzschlag setzte für einen Moment aus und steigerte sich dann zu einem Freudentaumel. Vor ihr lag die Erfüllung eines lebenslangen Traums, und die Möglichkeiten, die sich ihr damit eröffneten, juckten ihr förmlich in den Fingerspitzen.

Nur langsam wurde ihr klar, dass dieses Schriftstück

auch Jakob und sie aneinanderband, ob sie wollten oder nicht.

»Jetzt sitzen wir wirklich in einem Boot«, sagte er.

Wohl oder übel, ging es Cathrin durch den Kopf.

Unmut empfand sie dennoch nicht, noch nicht einmal einen Anflug von Eifersucht, weil dieses Schriftstück Jakob als Grischas Sohn dasselbe zugedachte wie ihr als Christians Tochter. Als hätte er damit gerechnet, dass Cathrin Jakob hochkant hinauswerfen wollte, sobald er wieder auf ihrer Schwelle stand.

Ihr Vater schien sie wirklich gut zu kennen. Vor allem aber hielt er offenbar inzwischen große Stücke auf Jakob.

»Was für ein gerissener Fuchs«, murmelte sie anerkennend über der Unterschrift ihres Vaters.

»Ich weiß nicht«, drang Jakobs Stimme leise zu ihr, »ob ich der Verantwortung gerecht werden kann, die dein Vater mir damit übertragen hat. Aber ich will mein Bestes tun.«

Cathrin betrachtete ihr Spiegelbild und das Jakobs, das die Fensterscheibe aus Nacht und Lampenschein schuf. Merkwürdig verschwommen sahen sie beide darin aus, als müssten sie zu zweit erst zu einer klaren und scharfen Form finden.

»Ich will dieses Geschäft unbedingt machen«, beharrte Jakob. »Und ich will es mit dir zusammen machen.«

»Und warum sollte ich dieses Geschäft ausgerechnet mit dir machen wollen?«, schoss Cathrin zurück.

»Weil ich niemanden kenne, der das Unmögliche so sehr liebt wie du«, erwiderte er leise.

Cathrin senkte den Kopf wieder auf die beschriebenen Blätter vor sich. So musste es sein, wenn man mit dem neuen Medium der Elektrizität in Berührung kam. Ein heißes Kribbeln, das durch den ganzen Körper jagte und die Haut kräuselte.

»Ich muss erst darüber schlafen«, entgegnete sie.

Eine goldene Regel von Thilo, die sich mehr als ein Mal bewährt hatte.

»In Ordnung. Danke für den Tee.«

Jakob stand auf und zog sein Jackett von der Stuhllehne.

»Willst du jetzt noch nach Altona hinaus?«, entfuhr es Cathrin. »Um diese Zeit wirst du hier in der Gegend keine Mietdroschke mehr bekommen.«

Jakob zuckte mit den Schultern. »Dann gehe ich eben zu Fuß.«

Cathrin zögerte und erhob sich ebenfalls.

»Du kannst auf dem Sofa im Wohnzimmer schlafen. Ich hole dir Kissen und eine Decke.«

Der Widerschein des Sonnenaufgangs auf den Hausmauern flutete durch das Küchenfenster und fiel auf Cathrins Gesicht. Der starke Kaffee vertrieb nur unzureichend den Nebel in ihrem Kopf, während ihr Körper hellwach war, zappelig geradezu.

Das, was von der Nacht übrig geblieben war, hatte sie in einem wilden Wirbel aus Gedanken und Überlegungen verbracht, voller Fragen und Ideen.

Passagiere nach Amerika befördern. Ein im Grunde

simples Vorhaben, dessen Fallstricke jedoch zahlreich und tückisch sein würden, vielleicht sogar die längste Zeit unübersehbar, das sagte ihr der Instinkt. Etliche Nummern zu groß schien dieser Plan, selbst wenn man schon gewisse Erfahrung im Verschiffen von Waren und ein Unternehmen wie *Petersen & Voronin* im Rücken hatte.

Genau dieses ungeheure Wagnis daran mochte der Grund dafür sein, weshalb Jakobs Idee sich wie mit Widerhaken in ihr festgesetzt hatte und ihr eine fast schon körperliche Lust bereitete.

Nüchtern betrachtet würde das größte Problem darin bestehen, genug Geld zusammenzubekommen. Nicht nur für ein Schiff und dessen Unterhalt und einen Liegeplatz. Sondern auch, um den laufenden Betrieb in der ersten Zeit über Wasser zu halten, die ganz bestimmt kein Zuckerschlecken sein würde, das war sie nie.

Unwillkürlich wanderte ihr Blick zu den Deckenbalken hinauf. Mit zwölftausend Mark Banco hatten Thilo und Christian seinerzeit dieses Haus beliehen, Cathrins Großvater Arno hatte als Eigentümer den Darlehensvertrag unterschrieben. Damals eine gewaltige Summe, wenn man sonst nicht viel hatte und damit rechnen musste, mit seiner Geschäftsidee Schiffbruch zu erleiden. Hätten sie es nicht praktisch im letzten Augenblick geschafft, den Kredit zurückzuzahlen, hätten sie mit einem Schlag das Haus und den Gemischtwarenladen verloren.

Ungleich mehr Kapital würde heute Cathrin und Jakob

zur Verfügung stehen, aber sie würden auch ungleich mehr Geld benötigen.

Eine Aktiengesellschaft mochte eine Lösung sein, so hatte auch die HAPAG vor etwas über zwei Jahrzehnten angefangen. Mit einem durchaus bescheidenen Kapital von dreihunderttausend Mark Banco. Cathrin erinnerte sich noch gut daran, wie Ludger bei einem Abendessen vor ein paar Jahren darüber gelästert hatte. Dennoch eine schwindelerregende Summe, selbst wenn man Cathrin Petersen hieß.

Hinter den Holzkränen und dem schon belebten Binnenhafen erstrahlte der Turm von Sankt Katharinen in der Morgensonne wie ein Leuchtfeuer auf See, und Cathrin lächelte entschlossen vor sich hin.

Alle hatten sie doch einmal klein angefangen. Schließlich war sie nicht nur die Enkelin eines Gemischtwarenhändlers, sondern auch die von Reeder Pohl und nicht zuletzt die Tochter, die Nichte der Eisbarone von Hamburg.

Cathrin füllte einen zweiten Becher mit Kaffee und ging auf leisen Sohlen hinüber ins Wohnzimmer. Das Gesicht halb im Kissen vergraben, die Decke bis zur bloßen Brust hochgezogen, schlief Jakob noch. Im Morgenlicht prägte sich die verheilte Narbe auf seiner Wange deutlicher heraus, die knotige Erhebung auf seinem Arm, wo ihn im Krieg eine Kugel gestreift hatte. Wie ein schiffbrüchiger Pirat sah er aus, der auf ihrem Sofa gestrandet war, und doch von einer Verletzlichkeit, die Cathrin die Brust eng machte.

Beneidenswert, wie tief er schlief, während sie kaum ein Auge zugemacht hatte. Um Cathrins Mund zuckte es. Strafe musste sein.

»Aufstehen!«, rief sie und stellte den Becher unsanft auf dem Tisch ab.

Mit einem erstickten Laut ruckte Jakob hoch und blinzelte suchend. Dann zog ein Lächeln über sein Gesicht, hell und warm wie das Licht zu dieser frühen Stunde.

»Morgen, Cathrin.«

Noch schläfrig, war seine Stimme dick und weich wie Polstersamt. Mit beiden Händen wühlte er durch sein Haar und setzte sich auf, so selbstverständlich, als wäre er hier zu Hause.

Cathrins Blick fing sich an seinen Brustmuskeln, den dunklen Härchen darauf, und mit dem nächsten Luftholen atmete sie seinen Geruch ein, der schwer und erdig und ein bisschen moosig war.

Schroff wandte sie sich ab.

»Beeil dich. Wir haben eine Menge vor.«

34

Jenseits des Großen Grasbrooks verästelten sich die Norder- und die Süderelbe und schufen einen kleinen hamburgischen Archipel. Bis hinunter nach Harburg, das zu einem geschäftigen Industriestädtchen gewachsen und durch den Bau der Eisenbahnbrücke näher an Hamburg gerückt war.

Viele der Inseln waren dörflich geblieben, ländlich geradezu, wie Altenwerder mit seinen Gemüsefeldern, Obstgärten und Milchkühen, den Fischern und Handwerkern. Und doch schlug gerade hier das Herz der Schifffahrt. Der Kleine Grasbrook, Wilhelmsburg und Steinwerder waren dessen Kammern, die zahlreichen Mündungsarme dazwischen seine Adern und Venen. Die Schiffe, die wie Blutkörperchen darin schwammen, hielten den Kreislauf an Waren und Rohstoffen in Schwung. Die Seemannsschule Steinwerders, die erste ihrer Art, bildete den Nachwuchs aus, der künftig dafür sorgen sollte, dass dieser Strom weiterhin reibungslos floss und nicht nur Hamburg mit unerschöpflicher Lebenskraft versorgte.

Menschengemachte Wälder aus Masten, Leinen und

Segeln, aus Schornsteinen und Kränen füllten die Hafenbecken. Gleich mehrere solcher Becken umfasste der Holzhafen, wobei nur ein Quantum dieses ursprünglichen und doch so wertvollen Materials weiterverschifft wurde. Der Löwenanteil blieb in den Werften und Docks, die sich überall am Wasser entlangzogen.

Eine der prestigeträchtigen englischen Werften wie *Bartram & Sons* oder *Swan Hunter & Wigham Richardson* hatten Cathrin und Jakob im Sinn gehabt. Oder *Harland & Wolff* in Belfast, berühmt für die technischen Neuerungen, die deren Schiffe stabiler machten und ihnen auf elegante Weise mehr Stauraum verschafften.

Zuvor wollten sie ihr Glück jedoch in Hamburg versuchen, wenn sie hier Schiffbauer schon direkt vor der Haustür hatten. Für die Schiffswerfte am Reiherstieg hatten sie sich schließlich entschieden, eine der ältesten und größten Hamburgs, und eine der ersten, die mit Eisen baute, auch für die HAPAG.

Mit der dampfbetriebenen Fähre hatten Cathrin und Jakob übergesetzt. Ihren Termin hatten sie mit einem Herrn Piepenstock, der an einen altgedienten Seebären erinnerte, tatsächlich aber Ingenieur war.

»Wollen Sie nicht lieber im Büro warten, Fräulein Petersen?«, fragte er, während sie unter einem wolkengemaserten Himmel an Werkhallen, Schuppen und Lagerhäusern vorbeigingen.

Cathrin zog eine Braue hoch. Vielleicht hätte sie sich doch direkt an die Godeffroys wenden sollen, die Miteigentümer dieser Werft und mit Christian lose bekannt waren; auch Anteile der HAPAG gehörten ihnen. Ihr Ehrgeiz verbot ihr jedoch, sich auf irgendwelche Kontakte zu berufen, sie wollte allein etwas darstellen.

»Drüben ist alles Baustelle«, ergänzte Herr Piepenstock. »Nicht dass Sie sich noch Ihre schönen Sachen ruinieren.«

Cathrins zweite Augenbraue folgte. Sie trug ihre ganz gewöhnliche Arbeitskluft aus dunklem Rock und strenger weißer Bluse. Nur ihr Hut war ein schickeres Modell als sonst; tief in der Stirn sitzend, flatterten die Enden seiner Bänder im Wind.

»Mein ja bloß«, brummte der Ingenieur in seinen Bart.

Cathrin begriff. Piepenstock war verstimmt, weil er sich Herrn Levgrün und Fräulein Petersen anders vorgestellt hatte. Einen distinguierten Geschäftsmann mittleren Alters vermutlich, der mitsamt seiner Sekretärin in einem großen Wagen vorfuhr und mit dicken Geldbündeln wedelte. Stattdessen hatten Jakob und Cathrin im Werftbüro gestanden, zwar gut, aber doch schlicht angezogen. Zwei Grünschnäbel, die sich in jugendlichem Übermut einmal einen Ozeandampfer im Bau ansehen wollten, ohne dass sie ihn sich jemals hätten leisten können, und damit Herrn Piepenstocks kostbare Zeit stahlen.

Ungehalten stapfte Cathrin hinter ihm her.

Zwischen den Ladekränen am Ufer reihten sich Schiffe in unterschiedlichen Baustadien auf. Jedes auf seiner eigenen Helling, wo es vom Kiel bis zur Mastspitze seine endgültige Gestalt annahm und dann beim Stapellauf von der schräg abfallenden Fläche zu Wasser gelassen würde. An die Skelette urzeitlich gigantischer Walfische erinnerten sie, die Arbeiter an Ameisen, die darauf herumliefen, auf angelehnten Leitern oder Gerüsten herumkletterten, Balken und Planken heranschleppten, Schrauben eindrehten, Nieten und Bolzen einschlugen. Überall wurde gehämmert und gesägt, drillten Bohrer unter Quietschen und Knirschen Löcher.

Ganz in der Nähe wummerte in einer Werkstatt ein Dampfhammer, schepperten Bleche. Kommandos und Flüche schwirrten durch die Luft, die nach Holz und Teer und Eisen roch, tangig wie das Wasser und halb brandig, halb schweflig nach Schweißarbeiten. Irgendjemand pfiff hinter Cathrin her.

»Wenn ich Sie richtig verstanden habe«, wandte der Ingenieur sich mit gelangweilter Höflichkeit an Jakob, »schwebt Ihnen so etwas wie das hier vor.«

Cathrin raffte ihre Röcke, um über die Metallträger und Bretter zu steigen; unter ihren Schnürstiefeletten knirschten Sägemehl, Holzsplitter und Eisenspäne. Hinter Jakob und Herrn Piepenstock betrat sie den eisernen Schiffsrumpf, der ihre Schritte und die Stimmen der beiden Männer hallend zurückwarf wie im Inneren einer Kathedrale.

Staunend legte Cathrin den Kopf in den Nacken. Dieses Schiff war gewaltig, der gesamte Bau von Sankt Nikolai hätte bequem hineingepasst. Unwillkürlich legte sie die Hand gegen die Metallwand, die kalt war und sich geradezu unzerstörbar stark anfühlte, obwohl sie unter den Hammerschlägen der Arbeiter lebendig vibrierte. Ein Dinosaurier der Moderne.

Vor ihrem inneren Auge zog sie Wände und Decken ein, die eine machtvoll stampfende Dampfmaschine beherbergten, Frachträume, Kabinen und Salons auf mehreren Ebenen. Bevölkert von Menschen, die diese schwimmende Maschinerie am Laufen hielten und sicher über das Meer steuerten. Und von Menschen, die dieses Schiff voller Vorfreude betraten, mit einem Gefühl von Freiheit und grenzenloser Zuversicht.

Das war sie, die Zukunft. Nicht nur die Zukunft der Menschheit, sondern auch die Cathrins. Das spürte sie mit jeder Faser. Solch ein Schiff wollte sie ihr Eigen nennen, und das Verlangen danach rieselte brennend durch ihre Adern.

Beim nächsten Schritt ruckte es an ihrem Hut, sie musste irgendwo hängen geblieben sein. Sosehr sie auch den Kopf drehte und wandte und hinter sich fasste, sie konnte sich nicht befreien. Jakob, der mit Herrn Piepenstock vorausgegangen war, sah sich nach ihr um. Cathrin schoss ihm einen warnenden Blick zu, sie brauchte keine Hilfe.

Jakob eilte dennoch auf sie zu. Während sie nach den Nadeln tastete, um sie aus den Haaren zu ziehen und den Hut abzunehmen, dabei unwillig mit dem Kopf ruckte, machte Jakob sich an den Bändern zu schaffen.

»Auch wenn es dir schwerfällt«, sagte er amüsiert, »halt einfach kurz still.«

»Das wandelnde Klischee«, flüsterte Cathrin. »Ein

Dämchen ohne Hirn und Verstand, das unpassend angezogen auf die Baustelle kommt und sich wie erwartet damit in Schwierigkeiten bringt.«

Jakobs Auflachen strich warm über ihren Hals. Sie warf einen Blick zu Herrn Piepenstock, der mit gerunzelter Stirn auf seine Taschenuhr schaute.

»Ihm wäre es deutlich lieber, ich wäre nicht mit dabei«, fügte sie genauso leise hinzu.

»Lass mich mal machen«, raunte Jakob.

Der stramme Zug an ihrem Hut gab endlich nach, und sie sah Jakob fragend an.

»Vertrau mir«, warf er ihr augenzwinkernd zu.

Cathrin folgte den beiden Männern durch den eisernen Korpus. Jakob war gut vorbereitet und stellte Fragen nach Raumgehalt, Tonnage, Verdrängung und Geschwindigkeit in Knoten, die Herr Piepenstock bereitwillig beantwortete und sich dabei sichtlich für Jakob erwärmte.

»Kommt natürlich immer darauf an, was Sie ausgeben wollen«, bekundete Herr Piepenstock schließlich listig und wie lauernd.

»Dafür ist Fräulein Petersen zuständig«, erklärte Jakob beiläufig, während er sein Zigarettenetui hervorzog und angelegentlich eine Zigarette an der Metallhülle zurechtklopfte. »Sie hat das Geld, sie ist der Boss.«

Verdattert blickte Herr Piepenstock zwischen Jakob und Cathrin hin und her, die er nun offenbar noch weniger einordnen konnte als zuvor. Als ob er Jakob wie einen windigen Gigolo betrachtete, der sich von einer reichen Frau aushalten ließ, oder Cathrin umgekehrt wie eine Geschäftsfrau, die ihrem Lakaien das Vorgespräch überließ.

Cathrin widerstrebte es, dass der Ingenieur ihr erst jetzt, da Jakob ihn mit der Nase daraufstieß, ernst zu nehmende Aufmerksamkeit schenkte, andererseits genoss sie diesen kleinen Triumph.

»Petersen«, fragte er dann, »wie in *Petersen & Voronin?*«

Cathrin bejahte und weckte damit endgültig das Interesse Piepenstocks.

»Dann sind Sie wohl eine Enkelin von Reeder Pohl? Ich hab ihn noch kennengelernt, damals in meiner Lehrzeit. Sehr tüchtiger, äußerst honoriger Mann. Der Apfel fällt nicht weit vom Stamm, *nech*? Kommen Sie, Fräulein Petersen, kommen Sie. Alles Weitere besprechen wir im Büro. Tee oder ein Likörchen kann ich Ihnen nur leider nicht anbieten.«

»Ich nehme auch ein Bier«, konterte Cathrin ungerührt.

Herr Piepenstock stutzte, dann lachte er und wackelte anerkennend mit dem erhobenen Zeigefinger.

Sie waren im Geschäft.

Blaupausen, Aufmaßskizzen, Tabellen mit technischen Daten und Kostenaufstellungen verteilten sich auf Grischas Schreibtisch im Kontor. Aufmerksam und ein wenig angespannt saßen Cathrin und Jakob ihm gegenüber.

Grischa hatte viele Jahre auf den Weltmeeren verbracht, die längste Zeit davon als Kapitän. Eigenhändig befehligte er heute keine Schiffe mehr, das überließ er Jüngeren. Ab und zu charterte er noch ein Segelboot, um zu seinem eigenen Vergnügen auf der Alster oder einem der Arme der Elbe zu schippern, und steuerte den Kahn, wenn er in Norwegen mit Magnus zum Fischen rausfuhr.

Genau wie früher jedoch streifte er noch immer durch den Hafen, um sich umzusehen und umzuhören, mit den Seeleuten auf dem Kai zu fachsimpeln und bei einem Bier in einer Kaschemme zu klönen. Deshalb waren Cathrin und Jakob zu ihm gekommen.

»Das hier«, sagte Grischa und deutete auf eine Blaupause unmittelbar vor sich, »das ist das Neueste vom Neuen. Zwillingsschrauben. Damit lässt sich alles an Geschwindigkeit herausholen, was die Maschinen hergeben. Gleichzeitig liegt das Schiff ruhiger auf dem Wasser und ist leichter zu manövrieren.«

»Das ist aber auch das Teuerste, was es derzeit gibt«, wandte Cathrin ein.

Grischa verzog das Gesicht.

»Sicher. Nur werdet ihr aber auch schlichtweg nichts Besseres kriegen. Vor allem bietet die Zwillingsschraube den unschätzbaren Vorteil, dass der Dampfer weiterfahren kann, sollte eine der Antriebswellen brechen. Wenn auch mit verringerter Geschwindigkeit. Dass einmal etwas kaputtgeht, damit müsst ihr immer rechnen. Und glaubt mir, mit komplett ausgefallenem Antrieb irgendwo auf hoher See hilflos umherzutreiben, das wünscht sich niemand.«

»Demnach hältst du auch nichts davon, einen gebrauchten Dampfer zu kaufen?«, wollte Jakob wissen.

Grischa schüttelte den Kopf. »Macht das ja nicht. Je älter das Schiff, je mehr Seemeilen es auf dem Buckel hat, desto mehr Reparaturen kommen in kürzester Zeit auf euch zu. Bei einem Segler ist es nicht weiter dramatisch, der ist einfach in Konstruktion und Bau, der fährt auch mit irgendwelchen Provisorien, wenn es sein muss. Ein Dampfantrieb hingegen ist eine komplexe Maschine, da wird jeder kleine Defekt zum Problem.«

Für Grischa waren Dampfschiffe hässliche Ungetüme ohne Herz und ohne Seele. Ohne eine Spur von Romantik oder Abenteuer. Das war keine Frage seines Alters oder der Nostalgie. Fast jeder in Hamburg dachte so, hier verreiste man immer noch lieber an Bord eines Segelschiffs. Als misstraute man ganz selbstverständlich jedem Fortbewegungsmittel, das nicht auf den Wind setzte, mit dem die Stadt so großzügig bedacht war und der manchmal wie eine zweite Natur ihrer Menschen schien.

Dennoch bewunderte Grischa die neue Technik aus Eisen und Stahl und Kohlefeuer, weil sie effektiv, schnell, verlässlich und berechenbar war. Und das war es, was in einem Geschäft wie dem ihren zählte.

Grischa lehnte sich in seinem Stuhl zurück. »Was habt ihr überhaupt mit einem solchen Dampfer vor?«

Cathrin und Jakob wechselten einen Blick.

»Wir wollen Passagiere nach Übersee befördern«, erklärte Jakob dann.

Grischas Blick glitt zum Fenster hinaus.

Einem Leben in Armut und Zwang hatte er entgehen wollen, damals, mit dreizehn Jahren; nicht einmal ein Handwerk hätte er erlernen, kein Stück Land besitzen dürfen. Deshalb hatte er sich in jener Frühlingsnacht vom Gehöft seines Vaters gestohlen, Katya auf seinen Fersen. Um nicht als flüchtiger Leibeigener aufgegriffen zu werden, hatte er so schnell wie möglich Russland verlassen müssen. Jedes Ziel wäre ihm recht gewesen, auch Amerika, hätte sich ihm die Chance geboten.

Seitdem war die Welt kleiner geworden, die Menschen mobiler. Als ob der Erdball immer schneller um sich selbst kreiste, mit jedem Jahr ein bisschen mehr.

Mit den Schätzen der Welt hatten er und die anderen Eisbarone ein Vermögen gemacht. Eis aus den Seen Norwegens und den Gletschern Grönlands. Kattun, Musselin, Baumwolle und Seide aus Indien, Federn, Pelze, Kaffee, Gewürze und Tee und exotische Früchte, die gekühlt den Hamburger Hafen erreichten.

Morgen würde es womöglich ein anderer Luxus sein, der Begehrlichkeiten weckte und für den die Leute ihr Geld auf den Tisch legten. Die Zeit, die man sich damit erkaufte, möglichst schnell von einem Ende der Welt zum anderen zu gelangen. Die Lust am Reisen und das Entdecken ferner Länder, ein wohlverdienter Müßiggang unter einem anderen Himmel. Eine Fahrkarte in ein neues und besseres Leben.

Das Eis der Meere, hatte Katya einmal gesagt, ist der Ackerboden des Ozeans. Alles Leben hat darin seinen Ursprung.

In Grischas Nacken begann es zu kribbeln, als ob der Wind sich drehte.

Er wandte sich wieder Jakob und Cathrin zu. Wäre er noch einmal in ihrem Alter, würde er wohl auch nicht zögern, auf den anrollenden Zug einer neuen Zeit aufzuspringen.

Grischa setzte sich auf und zog ein paar der Pläne zu sich heran.

»Wenn ihr sparen müsst, dann tut das an der Einrichtung. An irgendwelchen Extras. Da gibt es sicher immer irgendetwas, an dem ihr drehen könnt. Etwas, das ihr woanders billiger und fast genauso gut bekommt, ihr müsst euch nur auf die Suche machen. Aber jede Mark, die ihr euch am Schiff selbst verkneift, zahlt ihr später doppelt und dreifach wieder drauf. Und da werdet ihr euch das noch weniger leisten können. Entscheidet euch für einen Schiffskörper aus Eisen. Dadurch, dass Deutschland jetzt über die Erzvorkommen in Elsass-Lothringen verfügt, kommt euch das wesentlich günstiger als Holz und ist auch einfach langlebiger. Und nehmt beim Antrieb auf jeden Fall die Zwillingsschrauben, denn die holen euch aus jedem Stück Kohle, das ihr sowieso verfeuert, das Maximum heraus. Langfristig rechnet sich das. Wenn ihr schlau seid, behaltet ihr trotz Dampfantrieb eine Besegelung bei. Dann seid ihr unabhängiger von Kohlestationen, gegen Defekte der Maschinen gewappnet und könnt bei günstigen Verhältnissen zusätzlich noch mehr Tempo machen. Steckt alles, was ihr habt, immer in das Schiff. Das ist euer wahres Kapital.«

Es klopfte, und Margarete Paal steckte den Kopf zur Tür herein.

»Verzeihen Sie die Störung, Herr Voronin. Aber ich sollte Sie daran erinnern, dass Sie für sechs Uhr einen Tisch reserviert haben. Soll ich Ihnen einen Wagen kommen lassen?«

»Danke, Fräulein Paal. Ich gehe zu Fuß.«

Geschäftsmäßig nickten sie einander zu, wenn auch nicht ohne Wärme, bevor Fräulein Paal die Tür wieder schloss. Nachdem ihr Verlobter im Krieg gefallen war, hatte sich Margarete Paal fieberhaft in die Arbeit gestürzt; Grischa schätzte die Art, mit der sie zu seiner rechten Hand geworden war.

Cathrin und Jakob wirkten unschlüssig und ein bisschen ratlos. Grischa konnte ihnen die Entscheidung nicht abnehmen, aber das Seine dazu beitragen.

»Lasst euch ein solches Schiff planen. Das beste und schnellste, das ihr für Geld kriegen könnt. Überlegt euch, ob ihr eine eigene Firma gründen oder mit diesen Linienfahrten unserem Unternehmen eine neue Richtung geben wollt. Dann rufen wir den Vorstand zusammen und kümmern uns gemeinsam um die Finanzierung und das weitere Vorgehen. Jede Mark, die wir da hineinstecken, wird sich auszahlen, da bin ich sicher. Ich für meinen Teil würde liebend gern darin investieren.«

Als Grischa das Kontor verließ, beflügelte nicht nur

das bevorstehende Rendezvous mit einer schönen Frau seine Schritte. Sondern die Aussicht auf ein gutes Geschäft und ein unbändiger Stolz auf Cathrin und Jakob.

35

Eine dicke Mappe unter den Arm geklemmt, hastete Cathrin über die Brooksbrücke, sie war spät dran. Pastellbunt und heiter lag der Juniabend über dem Binnenhafen, wie Blütenblätter im Wind zogen Möwenschwärme ihre Kreise. Im Zickzack fädelte Cathrin sich zwischen den Passanten auf dem Kehrwieder hindurch, die auf dem Heimweg von der Arbeit waren, noch schnell beim Bäcker etwas besorgten oder im Feinkostladen, dessen Glocke emsig bimmelte.

Mit fliegenden Schritten bog sie in den Durchgang ein und prallte im Halbdunkel gegen die breite Brust eines Mannes.

»Cathrin.«

Lachend sahen sie und Gerrit sich an, für den Augenblick um Worte verlegen.

»Ich bekomme dich überhaupt nicht mehr zu Gesicht«, sagte er dann. »Dabei wohnen wir doch neuerdings sogar unter einem Dach.«

»Ich habe viel zu tun«, erwiderte Cathrin. »Ich bin auch gleich mit deiner Mutter verabredet.«

Sie hob die Mappe an, und Gerrits Hand, die ihren

Zusammenstoß abgefedert hatte, sank von ihrem Oberarm herab.

»Hast du danach Zeit?«, wollte er wissen. »Ich muss mit dir reden.«

»Worüber?« fragte Cathrin, mit ihren Gedanken schon halb bei ihrem Gespräch mit Betje.

»Über Jakob.«

Cathrins Brauen zogen sich zusammen, und Gerrit zuckte mit den Schultern.

»Ist ein Mietshaus, Cathrin. Da bleibt es nicht aus, dass die Leute mitbekommen, wer kommt und geht und manchmal über Nacht bleibt.«

»Wir arbeiten oft lange. Außerdem ist er mein Cousin.«

Unwillkürlich drückte sie die Mappe in den gekreuzten Armen vor ihre Brust.

»Er ist nicht wirklich dein Cousin, Cathrin. Ihr habt keinen Tropfen Blut gemeinsam.«

»Und was ist mit Lisje?«, gab sie angriffslustig zurück.

Eine Spur von Schuldbewusstsein zeichnete sich auf seinem Gesicht ab.

»Was ist mit uns, Cathrin?«, hakte er jedoch nach. »Mit dir und mir?«

Die schemenhafte Gestalt eines alten Mannes taperte am Stock aus dem Hinterhof heran. Cathrin und Gerrit traten einen Schritt zur Seite, um ihm Platz zu machen.

»Ich warte immer noch auf deine Antwort«, fügte Gerrit dann hinzu.

Cathrins Blick wanderte hinaus auf den sonnenbeschienenen Kehrwieder. Licht und Schatten, scharf und klar voneinander getrennt. Eine Illusion des Moments. Zu selten waren die Dinge entweder schwarz oder weiß, deshalb strebte der Mensch so sehr nach dieser einfachen Unterscheidung.

Manchmal jedoch blieb einem nichts anderes übrig.

»Ich kann nicht«, sagte Cathrin knapp.

Gerrit sah sie verständnislos an. »Was heißt das, du kannst nicht?«

»Das heißt«, erklärte Cathrin ungeduldig, »dass ich mir weder vorstellen kann, mit dir Chutneys und Musselin aus Indien zu importieren, noch mit Colin Bradshaw zusammen das Kontor in Bombay zu leiten.«

Gerrit blickte fassungslos. »Ist in deinem Herzen nur Platz für das verdammte Geschäft? Dafür, allen zu zeigen, dass du genauso gut bis wie die Eisbarone vor dir, womöglich sogar besser?«

»Es ist mehr als das«, flüsterte Cathrin.

Petersen & Voronin war das Vermächtnis Thilos. Das Lebenswerk von Katya, Grischa und Christian. Die Leitung der Firma eines Tages in anderen Händen zu wissen als ihren eigenen, das wäre ihr nicht nur wie Verrat vorgekommen. Genauso gut hätte sie auch eine Axt nehmen und sich einen Fuß abhacken können.

»Das verstehe ich nicht«, entgegnete Gerrit kopfschüttelnd.

»Nein.« Cathrin lächelte. »Das erwarte ich auch nicht.«

Thilo zu verlieren, Tristan und dann auch noch Henny

hatte Cathrin spüren lassen, wie zerbrechlich ihrer aller Leben war. Umso fester klammerte sie sich an das Unternehmen, das schon für die Eisbarone vor ihr ein rettendes Floß gewesen war, in Stürmen und Untiefen. *Petersen & Voronin* würde sie alle überdauern. Besonders, wenn es ihnen gelang, der Firma neues Feuer einzuhauchen und in die unbekannten Gewässer von morgen zu steuern.

Unwillkürlich presste Cathrin die Mappe fester an sich.

»Ich bin nicht für halbherzige Kompromisse gemacht«, fügte sie leise hinzu. »Ich dachte, das wüsstest du.«

»Und deshalb gibst du mich kampflos auf?«, fragte er, dumpf und dunkel.

Jetzt war Cathrin diejenige, die ihn verständnislos ansah.

»Der Kampf gehört in den Krieg. Von mir aus auch ins Geschäft. Aber doch nicht in die Liebe. Was für eine Liebe wäre das denn, in der man dem anderen seinen Willen aufzwingt?«

»Und doch tust du genau das«, warf er ihr vor. »Es muss immer allein nach deinem Kopf gehen.«

»Nach deinem etwa nicht?«, schoss sie hitzig zurück.

Die Stille danach war aufgewühlt und glättete sich nur langsam, blieb angespannt und unbequem.

Cathrin sah noch einmal auf den Kehrwieder hinaus. Die Sonne war weitergewandert und verwischte die Grenze zwischen Hell und Dunkel. Bald würden ihre Strahlen in den Durchgang fallen und ihn mit dem weichen Licht des Abends füllen.

Licht und Schatten mochten sich zwar mischen, aber am Ende würde einer den anderen auslöschen, das war der Lauf der Dinge.

Durchatmend fuhr Gerrit sich durch das kupferne Haar.

»Das hat doch keinen Sinn, Cathrin. Auf diese Weise kommen wir nicht zusammen.«

Cathrin dachte an die Liebenden, die ihr vorausgegangen waren. Sie fragte sich, ob sie es auch so empfunden hatten, diesen Moment, in dem man einsah, dass es vergebens war. Wenn man den anderen loslassen musste, weil es keinen gemeinsamen Weg gab, der beiden gerecht wurde.

»Nein, das tun wir nicht«, erwiderte sie weich. »Im Grunde weißt du das auch.«

Schweigend nickte Gerrit vor sich hin, eine eigentümlich wechselnde Mischung aus Enttäuschung und Erleichterung auf seinen Zügen.

Behutsam fasste er sie beim Arm. »Wir tragen uns aber nichts nach, oder?«

Cathrin lächelte. »Natürlich nicht. Was denn auch?«

Was immer sie für Gerrit einmal empfunden hatte, war versandet wie die Elbe.

»Werd glücklich«, hauchte sie im Vorbeigehen auf seine Wange.

»Entschuldige«, rief Cathrin an der Schwelle zu Betjes Kontor, atemlos von ihrem Spurt die Treppen hinauf. »Ich bin aufgehalten worden.«

Betje klappte das Rechnungsbuch auf ihrem Schreibtisch zu und schob es von sich.

»Macht nichts, ich hatte sowieso noch zu tun. Was ist es denn, das ich mir ansehen soll?«

Cathrin schüttelte jeglichen Gedanken an Gerrit ab und hielt Betje die Mappe hin.

»Ich bin diese Kalkulationen so oft durchgegangen, dass ich den Wald vor lauter Bäumen nicht mehr sehe. Würdest du sie bitte einmal nachrechnen? Vielleicht findest du auch noch etwas, was sich einsparen lässt.«

Cathrin goss sich ein Glas Limonade ein und ließ sich neben Betje nieder, die sorgsam die beschriebenen Blätter vor sich ausbreitete. Als ihr Blick auf die Gesamtsumme fiel, zog sie die Brauen hoch.

»Ich weiß«, murmelte Cathrin zerknirscht.

Betje räusperte sich, lockerte die Schultern und begann zu rechnen.

Geraume Zeit waren nur die Bleistiftstriche auf Papier zu hören, wenn Betje sich eine Zwischensumme notierte. Ab und zu murmelte sie kaum hörbar vor sich hin oder legte den Stift ab, um mit der rechten Hand raschelnd durch die Kostenvoranschläge der Lieferanten zu blättern. In der Küche war zwar noch jemand zugange, doch die meisten Frauen schienen schon nach Hause gegangen zu sein, auch unten im Laden bereitete man sich hörbar auf den Feierabend vor.

»Hier hast du einen Zahlendreher drin«, murmelte Betje einmal. »Der dürfte insgesamt aber nicht groß ins Gewicht fallen.«

Die ganze Zeit über schwankte Cathrin zwischen Hoffen und Bangen und versuchte immer wieder, etwas aus Betjes konzentrierter Miene herauszulesen. Als Betje schließlich die Endsumme unterstrich, hielt Cathrin unwillkürlich die Luft an.

Betje warf ihr einen Seitenblick zu. »Kostet ein solcher Ozeandampfer wirklich so viel?«

Cathrin nickte fast verschämt. Als wäre sie über Nacht einer maßlosen Verschwendungssucht verfallen, mit dem Ziel, ihr ganzes Erbe und dazu noch das Kapital von *Petersen & Voronin* so schnell wie möglich durchzubringen, nur aus einer Laune heraus.

»Eine halbe Million«, raunte Betje ehrfürchtig. »Knapp.«

»Mir dreht es jedes Mal den Magen um, wenn ich daran denke«, gestand Cathrin.

Betje nickte und blies den Atem aus. »Das nenne ich mal eine Investition.«

Eingehend betrachtete sie noch einmal die Posten auf Cathrins Kalkulation.

»Aber wenn ich mir so ansehe, was hinterher auf der Habenseite steht … Wie viele Fahrten plant ihr im Jahr?«

»Etwa eine alle anderthalb Monate. Im Winter wahrscheinlich weniger, aufgrund des Wetters. Und da wird auch das Schiff weniger ausgelastet sein.«

Betje schüttelte bedauernd den Kopf. »Da bleibt zu wenig übrig. Ihr müsstet pro Fahrt mindestens ein paar tausend Mark mehr Gewinn machen, sonst ist es ein schlechtes Geschäft. Ihr dürft auch nicht vergessen, an

Steuern und Rücklagen zu denken, aber das brauche ich dir ja nicht zu sagen.«

»Wenn wir die Preise erhöhen, riskieren wir, dass die Leute lieber woanders buchen«, erklärte Cathrin. »Und genauso, wenn wir am Komfort sparen.«

Das war der große Konflikt, mit dem sie und Jakob beständig rangen.

»Verstehe«, murmelte Betje. »Dann bleibt nur, irgendwo anders die Ausgaben zu kürzen. Wofür sind die ganzen Lebensmittel?«

»Für die Passagiere der dritten Klasse. Normalerweise müssen die sich während der Überfahrt selbst versorgen. Was natürlich gar nicht so leicht ist, zwei Wochen lang auf einem Schiff. Vor allem dann nicht, wenn sich aufgrund der Witterungsverhältnisse die Ankunft unerwartet um ein paar Tage verzögert.«

Cathrin und Jakob hatten sich bei sämtlichen Reedereien nach den Konditionen einer Überfahrt erkundigt; bessere Leistungen zum ungefähr gleichen Preis anzubieten, das war ihr Ziel.

»Ich habe mit den Preisen bei euch im Laden gerechnet«, fügte Cathrin hinzu. »Ihr würdet uns doch beliefern?«

»Sicher«, antwortete Betje, die Stirn gerunzelt. »Aber da hast du die Kosten zu hoch angesetzt. Bei den Mengen können wir dir satten Rabatt geben und verdienen trotzdem noch etwas daran.«

»Danke, Betje«, sagt Cathrin mit ehrlicher Erleichterung.

»Da nicht für«, erwiderte Betje schmunzelnd.

Noch einmal durchblätterte sie die Kostenvoranschläge, und an einem davon blieben ihre klarblauen Augen hängen.

»Von Holzarbeiten verstehe ich ungefähr so wenig wie vom Schiffbau«, äußerte sie sich dann. »Aber das hier kommt mir doch sehr hoch gegriffen vor.«

Betje lehnte sich zurück und rief nach Jordis.

Eine geschäftige Röte auf den runden Wangen, erschien Jordis in der Tür und trocknete sich die Hände an der Schürze ab; das Licht des Abends machte die allerersten Silberfäden in ihrem weichen Blond sichtbar.

»Was habt ihr da?«, fragte sie in ihrem friesischen Singsang, als sie den beiden über die Schultern sah.

»Cathrins Kalkulation für einen Passagierdampfer über den Atlantik«, erläuterte Betje so unaufgeregt, als handelte es sich um Cathrins Aussteuertruhe.

»Ach«, meinte Jordis auch nur und zog sich einen Stuhl heran.

»Du hast über Fiete mehr Einblick«, fuhr Betje fort und reichte ihr den Kostenvoranschlag für den Innenausbau und das Mobiliar. »Das geht doch sicher günstiger.«

»Auf jeden Fall«, rief Jordis nach einem ersten Blick auf die Zahlen aus. »Fiete schreinert dir das alles aus gutem Holz. Kann ich das mitnehmen? Dann zeige ich es ihm gleich heute Abend.«

Jordis steckte den Kostenvoranschlag zusammengefaltet ein und reckte den Hals. Energisch tippte sie auf die Liste mit Lebensmitteln.

»Das kannst du nicht machen, Cathrin. Du kannst kein Brot zwei Wochen lang über das Meer fahren. Das schimmelt dir in der feuchten Luft, das musst du alle paar Tage frisch backen. Ist aber schnell gemacht und sowieso billiger, als fertiges einzukaufen. Könnt ihr das Kohlenfeuer denn nicht gleich für einen Ofen mit nutzen?«

Cathrin erhob sich halb und griff sich Stift und Papier, um sich Notizen zu machen.

»Dosenweise Kaviar braucht ihr auch nicht«, fuhr Jordis fort, ganz in ihrem Element. »Die feinen Leute sind schon zufrieden, wenn hier und da mal ein Klacks drauf ist, das weiß ich von den kalten Platten. Fisch mögen die immer, da sitzt du hier in Hamburg ja an der Quelle, und gern auch ein bisschen was exotisch Gewürztes. Bei den einfachen Leuten bist du mit Eintopf am besten dran. Linsen, Bohnen, Erbsen, das macht satt und schmeckt. Und Äpfel, Cathrin, Äpfel! Die sind gut zu lagern und gesund noch dazu.«

Sie unterbrach sich und musterte Cathrin.

»Hauswirtschaften ist wohl nicht deine große Stärke?«

Cathrin musste lachen. »Das ist das Einzige, in dem ich weder Katya noch meiner Mutter nachgeraten bin.«

Viel mehr als belegte Brote oder schnell in die Pfanne Geworfenes gab es abends bei ihr nicht, auch nicht, wenn Jakob da war. Für alles andere fehlte ihr die Geduld, vielleicht auch schlicht das Interesse. Sie war jedes Mal froh, wenn Betje ihr etwas mitkochte und in einem Topf vor die Tür stellte, den sie sich dann warm machte, wenn sie spät aus dem Kontor nach Hause kam.

Vergnügt klopfte Jordis gegen Cathrins Knie. »Rutsch mal eben.«

Gehorsam rückte Cathrin mit ihrem Stuhl ein Stück zur Seite, damit Jordis den ihren näher an den Tisch ziehen konnte. Zu dritt steckten sie dann die Köpfe zusammen, um einen Speiseplan für den Ozeankreuzer zu erstellen, der bislang nur in der Fantasie von Cathrin und Jakob existierte.

36

Sanft schaukelte das Ruderboot über die Binnenalster. Rücklings auf die Ellbogen gestützt, streckte Cathrin die Beine von sich und reckte mit geschlossenen Augen das Gesicht in die Sonne. Ihren Strohhut hatte sie schon vor einiger Zeit abgelegt, die Schuhe abgestreift.

»Was ist das nur mit dir und den Schuhen?«, drang Jakobs Stimme zu ihr, im Takt seiner Ruderschläge.

Cathrin gab einen unbestimmt fragenden Laut von sich.

»Seit ich dich kenne, ziehst du dir die Schuhe aus, wo es nur geht.«

»Ich mag sie einfach nicht«, murmelte Cathrin schon leicht dösig. »Egal, wie gut sie mir passen, über kurz oder lang fühle ich mich darin eingeengt.«

Wie zur Bestätigung wackelte sie mit ihren bloßen Zehen.

»Trägst du deshalb auch keine Strümpfe?«

»Viel zu warm im Sommer. Und unter den langen Röcken sieht das auch keiner.« Um ihren Mund zuckte es. »Abgesehen davon ist das eine höchst unangemessene Frage an eine Dame, Herr Levgrün.«

Jakob lachte.

Unter halb gesenkten Lidern blinzelte Cathrin zu ihm hinüber. Seines Jacketts hatte er sich entledigt, die obersten Hemdknöpfe geöffnet. Die aufgekrempelten Ärmel ließen seine starken Unterarme sehen; unter der Maserung aus dunklen Härchen waren Sehnen und Muskeln in fortwährender Bewegung. Obwohl sie viel Zeit drinnen verbrachten, hatte seine Haut eine sommerbraune Färbung angenommen.

Cathrin tauchte die Hand in die Alster und spritzte Wasser in Jakobs Richtung. Grinsend schüttelte er sich die Tropfen vom Gesicht, und das dunkle Haar fiel ihm ungebärdig in die Stirn.

Beide genossen sie die Leichtigkeit dieses Sommertags. Zeit, die sie sich ganz frech einfach gestohlen hatten, um einmal den Kopf freizubekommen. Nach dem Tagesgeschäft im Kontor und den Lagerräumen von *Petersen & Voronin* dehnten sich die Stunden, in denen sie weiter an ihrem kühnen Plan des Passagierdampfers feilten, bis spät in die Nacht hinein, und fraßen dazu noch jeden Samstag, jeden Sonntag.

Einen freien Kopf konnten sie wahrhaftig gut gebrauchen. Die Inneneinrichtung für die erste und zweite Klasse, wie sie ihnen vorschwebte, erwies sich beharrlich als zu teuer, sogar mit dem günstigen Preis, den Fiete ihnen für Schreinerarbeiten bot. Angelehnt an die Ozeandampfer, die sie im Hafen besichtigt hatten, hätte sie sein sollen, ausgestattet wie die Salons in Cathrins Elternhaus und in den Villen, in denen Cathrin schon zu Gast gewesen war. Das Budget mit Trödel und Talmi zu strecken war genauso wenig eine Lösung; nicht für die zahlungskräftigen und damit anspruchsvollen Passagiere, die sie sich erhofften.

Selbst jetzt konnte Cathrin die Gedanken an das Unternehmen nicht von sich schieben. Das von Christian unterzeichnete Dokument, von dem bislang nur sie und Jakob wussten, lag ihr zunehmend schwer im Magen.

»Irgendwann müssen wir es ihnen sagen«, ließ sie sich vernehmen. »Ich fühle mich nicht wohl dabei, das weiter vor Katya und Grischa geheim zu halten.«

»Und vor Ludger«, warf Jakob ein.

Der Blick, der zwischen ihnen hin und her ging, war von erheiterter Ironie.

»Wir werden es ihnen auch sagen«, bekräftigte er dann. »Wenn wir so weit sind. Und das sind wir ja fast. Ich habe deinem Vater versprochen, dass wir so lange damit warten.«

Darüber schien Jakob nachzusinnen, während er das Boot um zwei dümpelnde Schwäne herumsteuerte, die in majestätischer Arroganz gar nicht daran dachten, ihrerseits auszuweichen.

»Ich konnte Christian lange nicht einschätzen«, begann er dann nachdenklich. »Wie unter einem Brennglas kam ich mir anfangs bei ihm vor, mit seinem scharfen Blick. Seine ganze Art war mir fremd. Als ob für ihn alles ein Spiel wäre, in dem er von vornherein auf der Gewinnerseite steht. Erst in Norwegen habe ich ihn besser kennengelernt. Ich bin ihm dankbar, dass er für mich da war. Ohne ihn hätte ich wohl nicht den Mut aufgebracht, zurückzukommen und mein Leben neu anzupacken.«

Bald ein Jahr war Christian jetzt am Voroninvatnet. Ein Einsiedler an einem verlassenen See, der Buße tat; wofür, das wusste nur er allein. Und gerade jetzt hätte Cathrin seine Erfahrung, seinen Einfallsreichtum gebraucht, vielleicht auch schlicht seine Anerkennung.

Spätestens, wenn Eltern schwer krank wurden oder starben, wenn sie auszogen, um wieder ihr eigenes Leben zu leben, schwand der letzte Rest an Kindheit dahin und zwang einen unwiderruflich, erwachsen zu sein.

»Ich denke bei ihm oft an einen Eisberg«, erwiderte Cathrin leise. »Mit scharfen Kanten und Graten, an denen sich die Sonne bricht und einen blendet. Wenn man ihm aber nahe genug kommt, dann lässt er tief blicken.«

»Ja. Ein großartiger Mensch.«

Ein kleines Lächeln schien zwischen ihnen auf.

»Dein Vater ist auch großartig«, sagte Cathrin dann.

Jakob lachte. »Solange man nicht sein Sohn ist. Wir kommen zwar gut miteinander aus, aber trotzdem gibt es Momente, in denen ich mich dagegen wehre, ihm ähnlich zu sein. Und andere, in denen ich fürchte, ich bin ihm nicht ähnlich genug. Womöglich ist das immer so zwischen Vätern und Söhnen, ich weiß es nicht.«

Cathrin gluckste in sich hinein und setzte sich auf.

»Zu meinem Unwillen entdecke ich auch mehr und mehr Ähnlichkeiten zwischen Henny und mir. In ganz kleinen alltäglichen Dingen. In einem Gedanken, der mir durch den Kopf schwirrt, oder wenn ich den Mund aufmache und einen Augenblick lang klinge wie sie.«

Jakob ließ die Ruder ruhen. »Sie muss dir sehr fehlen.«

Cathrin blinzelte auf das Wasser hinaus, auf dem Sonnenfunken tanzten.

»Seltsam, nicht?«, raunte sie dann. »Dabei standen wir uns nie sonderlich nahe. Nicht, bevor sie krank wurde.«

Eine Flaumfeder trieb vorbei. Ein winziges Himmelsboot, wie aus dem Stoff der Seele gemacht. Cathrin fischte sie heraus und wog sie auf der Fingerkuppe.

»Ich würde ihr so gern von unseren Plänen erzählen«, flüsterte sie. »Ich glaube, das hätte ihr gefallen, ein solcher Ozeandampfer. Vielleicht wäre sie sogar mitgekommen auf unserer ersten großen Fahrt.«

Jetzt war es Jakob, der auf das funkelnde Wasser sah.

»Dass du sie vermisst, wird auch nicht so schnell aufhören«, sagte er rau. »Ich wünschte, ich könnte dir etwas anderes sagen, aber das wäre gelogen.«

Sachte blies Cathrin die Feder davon und beobachtete sie im schwebenden Flug, ihr gewichtloses Aufsetzen auf dem Wasser.

»Bereust du, dass du nach Hamburg gekommen bist?«, fragte sie.

Nachdenklich rieb Jakob das Kinn an der Schulter.

»Ich bereue einiges«, antwortete er nach einer Weile. »Vieles hätte ich lieber nicht erlebt oder würde es gern ungeschehen machen.«

Cathrin hörte das Echo des Krieges heraus, über den

er sonst nie sprach. Ihr Herz zog sich zusammen und wurde bei seinen nächsten Worten dann groß und weit.

»Aber nicht, dass ich nach Hamburg gekommen bin, nein«, setzte er hinzu. »Und auch nicht, dass ich mich dafür entschieden habe hierzubleiben.«

Mit einem tiefen Durchatmen zog Jakob die Ruder wieder zu sich heran.

Cathrin hockte sich auf die Fersen und reckte sich vor, um nach einem der Ruder zu fassen.

»Lass uns tauschen.«

»Finger weg, Leichtmatrose«, entgegnete Jakob mit einem Grinsen im Mundwinkel.

»Ich bin an der Reihe«, beharrte Cathrin und packte fester zu.

Jakobs Hand schloss sich um ihre, sanft und doch mit Nachdruck.

»Was das Geschäftliche angeht, überlasse ich dir gern die Zügel, Cathrin Petersen. Aber hier bin ich am Ruder.«

Das Timbre seiner Stimme brachte etwas in ihr zum Vibrieren. Tief und unergründlich waren seine Augen dabei, und so dunkel, dass sie sich darin spiegelte.

»Aye, Sir«, gab sie keck zurück.

Dennoch waren ihre Knie weich, als sie sich wieder setzte. Bis zur Brust zog sie sie hoch, um ihren wilden Herzschlag zu beruhigen, der ihr vorkam wie ein Nachhall des Zuges, der ratternd und schnaufend über die Lombardsbrücke rollte.

Falls es auf dieser Welt einen Mann für Cathrin gab, so müsste er wie Jakob sein. Eine Küstenlinie für das ungezügelte Meer in ihr. Kein starr gemauerter Kai, an dem sich die Wellen brachen, sondern aus schwerem Sand und glatt polierten Steinen, zwischen denen das Wasser aufschäumte und frei auslief.

Dennoch fehlte ihr der Mut, sich ihm stürmisch entgegenzuwerfen; vielleicht war auch sie diejenige, die noch nicht so weit war. Geduldig auszuharren und den Dingen ihren Lauf zu lassen war eine neue Erfahrung für sie.

Im Wind, der warm war und sonnengetränkt, ließ Cathrin den Blick umherschweifen. Vor dem Blau von Himmel und Wasser wirkten Wolken und Schwäne wie frisch gewaschen. Weiß wie die Möwen mit ihren roten Schnäbeln und Stelzen, die heimlichen Herrscher über die Fleete und Flüsse der Stadt. An Muschelschalen erinnerten die hellen Fassaden am Alten und Neuen Jungfernstieg zwischen dem Rostbraun der Backsteine und dem Grünspan gealterten Kupfers.

Die Farben Hamburgs.

Farben, die sich in der Kleidung der Passanten und Flaneure am baumbestandenen Ufer wiederholten und weiter abtönten. Zartes Blau und lichtes Grau, Beige und Minzgrün, Eierschale und Marineblau. Wie Eisen und Stahl, wie Meer und Kiesel und die Schuppen einer Fischhaut.

Eine Palette hanseatischer Zurückhaltung, frisch und ein bisschen kühl wie der Wind über der Elbe. Die Farben des Nordens.

Cathrin dachte an das Eis, mit dem ihre Familie reich geworden war, und an die Berge, Fjorde und Seen Norwegens, wo es herkam. Gedankenverloren tauchte sie die Hand ins Wasser. Als Kind hatte es sie fasziniert, dass die Binnenalster tiefblau war, aber sobald man vom Rand aus direkt hineinsah, trübte sie sich zu Ocker ein.

Eine Frage des Blickwinkels, wie so vieles.

»Erinnerst du dich«, fragte sie, »wie du einmal sagtest, wir Hamburger seien aus Wasser und Wind gemacht?«

Die Art, wie sich Jakobs Ruderschläge verlangsamten, verriet ihr, dass er sich sehr gut daran erinnerte, noch bevor er bejahte. Sie hob den Kopf.

»Und wenn wir unseren Dampfer genauso einrichten? Nicht wie den plüschigen Salon einer Bürgervilla, sondern wie ein Strandhaus an der Elbe. Voller Licht und Luft, sodass man auch in der Kabine das Gefühl von Meer und Wind hat. Von Freiheit. Von Hamburg.«

Jakob war anzusehen, wie es in ihm arbeitete. Dann erhellten sich seine Züge, glänzten seine Augen. Er ließ die Ruder los und beugte sich vor, und die Hand in Cathrins Nacken, küsste er sie fest auf den Mund.

37

Der Sommerabend hatte den gesamten Kehrwieder nach draußen gelockt, an das glucksende und plätschernde Wasser des Binnenhafens, so kam es Jakob vor. Durch das geöffnete Fenster drangen Gelächter und zahllose Stimmen beim Klönschnack herauf. Kinder, die noch lange nicht ans Schlafengehen dachten, johlten und kreischten, und die Rufe ihrer Mütter gingen in denen der Möwen unter.

Neben Jakob lagen Kissen und Leintuch schon bereit. Die Nacht würde er wieder hier auf Cathrins Sofa verbringen, damit sie am Morgen gleich zusammen ins Kontor gehen konnten.

Eine Vorstandssitzung stand ihnen bevor. Die Feuerprobe für ihr erdachtes und durchgeplantes Schiff.

Er nippte am Wein, den sie zur Feier des Tages geöffnet hatten, vielleicht auch, um ihre Nerven zu beruhigen.

Cathrin hatte ihr Glas noch nicht angerührt. Glühende Flecke auf den Wangen, kniete sie auf dem Boden und sortierte die überall verteilten Unterlagen. Das Abendlicht aus Messing und Kupfer ließ die Konturen ihres

Körpers unter dem dünnen Sommerkleid durchscheinen, lang und schlank und von einer sirenenhaften Weiblichkeit.

Jakob wollte nicht hinstarren und konnte doch den Blick nicht von ihr losreißen. Ihr Haarknoten hatte sich halb aufgelöst, und Strähnen ihres blassen Haares flossen bei jeder ihrer Bewegungen über Schultern und Rücken. Wie eine Meeresnymphe sah sie aus, das Mal an ihrem Hals eine leuchtende Koralle.

Eine merkwürdige Scheu hatte sich zwischen ihnen eingeschlichen, seit jenem Kuss vor drei Wochen auf der Alster. Eine, die sie unangetastet gelassen hatten, dafür war keine Zeit gewesen. Neue Planungen waren nötig geworden, neue Skizzen und Listen, Kostenvoranschläge und Kalkulationen. Bei Katya hatten sie sich Rat eingeholt, welche Stoffe sich am besten für Vorhänge, Bettwäsche und Tischtücher eigneten, und erst im Kontor, dann im Tuchhandel Beckmann danach gestöbert und in Fietes Werkstatt verschiedene Hölzer ausgewählt.

Nichts wollten sie dem Zufall überlassen. Weder Katya noch Grischa würden ihre Zustimmung geben, wären sie nicht von der Wirtschaftlichkeit überzeugt; Geschäft war schließlich Geschäft.

Cathrin schloss den Deckel über der Kiste mit den Holzstücken und Stoffmustern und klopfte die Papierstapel an den Kanten zurecht, bevor sie sie in den Mappen verstaute und vom Boden aufstand. Ihr Weinglas in der Hand, kam sie auf bloßen Füßen herüber und ließ sich aufseufzend auf das Sofa fallen.

Eine Weile betrachteten sie beide die Unterlagen, die sich neben dem Schiffsmodell stapelten, das Fiete anhand der Blaupausen für sie gebaut hatte; Hauke und Nils hatten begeistert dabei geholfen.

Die Arbeit mehrerer Monate. Sofern alles gut ging, eine Arbeit für viele weitere Monate; für ein solches Vorhaben brauchte man einen langen Atem.

»Wenn wir doch etwas übersehen haben?«, wandte Cathrin schließlich ein.

»Dann werden sie uns schonungslos darauf hinweisen«, entgegnete Jakob. »Wichtig ist nur, dass wir sie überhaupt mit ins Boot holen können.«

Erschöpfung machte sich spürbar zwischen ihnen breit, doch ein Gefühl der Ruhe wollte sich nicht einstellen, dafür waren sie zu aufgeregt.

Jakob rieb sich über das Gesicht. »Ich weiß nicht, wie ich heute Nacht ein Auge zubekommen soll.«

Mit einem verschmitzten Lächeln stellte Cathrin ihr Glas auf den Tisch und zog die Beine unter sich.

»Du redest manchmal im Schlaf. Ich bin schon ein paarmal nachts herübergeschlichen, um nach dir zu sehen.«

Jakob zögerte. So vieles zwischen ihnen war noch immer ungesagt, schien ihm auch ganz und gar unsagbar, sosehr er es auch wollte.

»Cathrin, ich …«, begann er dennoch, in der Hoffnung, dass sich die richtigen Worte von selbst fänden.

Vergeblich, nicht unter Cathrins Augen, die silbern schimmerten.

Behutsam entwand sie ihm das Glas und legte die Fingerspitzen auf seinen Mund.

»Nicht, Jakob«, wisperte sie. »Wenn du mir etwas zu sagen hast, sag es mir damit.«

Sie neigte sich vor und küsste ihn. Ein Kuss, der nach Wein und Äpfeln schmeckte; salzig wie das Meer war er und genauso endlos.

Er verzehrte sich nach ihrer Haut, die sich glatt wie Wasser anfühlte und warm wie Sonnenlicht. Bei den Knöpfen ihres Kleides musste sie ihm helfen, einer davon hüpfte klackernd über den Boden und verstummte dann zwischen den Dielenfugen. Mit ihrem Unterzeug tat er sich leichter; ein plötzliches Ungleichgewicht, das Cathrin zurechtrückte, indem sie ihm das Hemd über den Kopf zerrte und nach seinem Hosenbund tastete.

»Jetzt weiß ich«, murmelte sie eine glühende Spur in sein Brusthaar hinein, »woraus du gemacht bist, Jakob Levgrün. Du bist aus dunkler Erde und Feuer gemacht.«

Wie zum Beweis grub sie sich zur Wurzel seiner Männlichkeit vor, und die Hitze, die ihm entgegenschlug, war fast nicht auszuhalten. Die letzten Nadeln rieselten heraus, als er die Finger in ihrem seidigen Haar vergrub und ihren Kopf zurückbog; ihre Augen glänzten wie im Fieber.

»Du bist doch die Feuergeborene«, raunte er heiser.

Er küsste das Mal an ihrem Hals, unter dem es heftig pulsierte, bevor er Hände und Mund über flache Hügel und Täler weiterwandern ließ, hin zu dem feuchten Moos zwischen ihren Beinen.

Neuland für ihn, und nichts hatte ihn auf den Sturm vorbereitet, den sie mit ihren Atemzügen heraufbeschworen.

Cathrins Lider öffneten sich in den neuen Tag. Das kühle Licht der allerersten Stunden begann sich bereits zu färben, noch war es unten auf dem Kehrwieder still. Nach Wasser und Holz und Mauerwerk roch die Morgenluft und mischte sich mit dem Sommerschweiß auf ihrer Haut, dem tangigen Dunst erschöpfter Lust.

Sie wandte den Kopf. Die Wange an ihrer Schulter, schlief Jakob, sein Arm auf ihrem Bauch eine heiße Last, die sie nicht missen mochte. Ihre Muskeln fühlten sich überdehnt an, einige Stellen wie wund gescheuert. In ihrem Schoß pochte es, ein süßes Brennen, von dem sie nicht wusste, ob es noch Sattheit war oder ein neuer Hunger.

Sanft strich sie über den Stoppelschatten, den die Nacht auf Jakobs Gesicht gelegt hatte. Bestimmt konnte man in zu viel Gefühl ertrinken; es war gut, wenn man dabei nicht allein war, sondern sich zu zweit den Fluten stellte.

Jakobs bärtiger Mund verzog sich zu einem Lächeln.

»So möchte ich jeden Morgen aufwachen«, murmelte er.

»Du willst mich doch nicht etwa fragen, ob ich dich heiraten will?«, neckte Cathrin ihn.

Als er verneinte, setzte ihr Herz einen Schlag aus.

Mit einem tiefen Atemzug reckte er sich und hob die

Lider. Den Kopf aufgestützt, wanderten seine Augen unaufhörlich über ihr Gesicht, während sein Finger die Konturen nachzeichnete.

»Ich will dich lieber fragen«, sagte er, »ob du nicht nur diesen Tag mit mir verbringen willst, sondern auch den nächsten und den übernächsten. Den Rest dieses Jahres und jedes weitere Jahr, das noch kommt. Wenn du irgendwann willst, dass wir beide heiraten, dann tun wir das. Wenn nicht, bin ich trotzdem der glücklichste Mann auf Erden. Solange du bei mir bist.«

Cathrin fuhr durch sein Haar und raufte spielerisch daran.

»Das ist ein höchst unmoralisches Angebot, Jakob Levgrün.«

Jakob brummte zustimmend an ihrem Hals.

»Aber ein verdammt gutes, das musst du zugeben.«

Er schob sich auf sie, und dem sanften Druck seines Knies zwischen ihren Schenkeln wusste sie keinen Widerstand entgegenzusetzen.

»Wir werden zu spät kommen«, wisperte sie, atemlos von seinen Küssen.

»Dann müssen sie eben auf uns warten«, flüsterte Jakob.

Mehr als nur die Blicke ineinander verhakt, holten sie sich den Zauber der Nacht zurück, während über Hamburg die Sonne aufging.

38

Durch die Tür war gedämpft der morgendliche Betrieb im Kontor zu hören. Die Stimmen der Schreibkräfte, die sich bei ihrer Arbeit absprachen und ein paar kollegiale Worte wechselten, das Kommen und Gehen der Postmänner, Kuriere, Lieferanten und Laufburschen. Unten auf dem Dovenfleet flachsten die Kahnschiffer lautstark miteinander.

In Cathrins Magengrube flatterte es unruhig, während sie ihre Unterlagen auf dem massiven Walnussholz ausbreitete. Fast genau fünf Jahre war es her, dass sie zum ersten Mal an den runden Tisch gerufen hatte. Aufgeregt war sie auch da gewesen, auf eine Art, die ihr heute läppisch vorkam, damals hatte nicht annähernd so viel auf dem Spiel gestanden.

Katya nippte an ihrem Kaffee, während sie sich bei Ludger nach Jette und den Kindern erkundigte; Grischa lehnte wie gewohnt neben der Tür, seine Tasse auf dem niedrigen Schrank abgestellt. Beide wussten sie, worum es hier heute ging, oder ahnten es zumindest. Ihr Wohlwollen würde Cathrin und Jakob sicher sein und war doch nur die halbe Miete.

Die große Kunst bestand darin, Ludger und Cornelius Overbeck zu überzeugen. Beide verfügten sie zwar über keinerlei Entscheidungsgewalt oder auch nur ein Vetorecht, dennoch hatte ihr Wort Gewicht, und jeder berechtigte Einwand von einem der beiden könnte diesem Projekt den Todesstoß versetzen.

Manche Segel kreuzten nie gegen den Wind, das wusste Cathrin, ein Kind der Elbstadt.

Aus dem Augenwinkel fiel ihr Blick auf die Plätze, die früher Christian und Thilo eingenommen hatten. Sich vor ihrem Vater zu beweisen, das war die längste Zeit Cathrins Ansporn gewesen. Dass er ihr das Feld widerspruchslos überließ, hatte sie wie in einem Nebelfeld auf hoher See zurückgelassen. Thilo hingegen hätte für kräftigen Rückenwind gesorgt, den einen oder anderen Fels aus dem Fahrwasser geräumt. Ihn hatte sie am meisten vermisst in den letzten Wochen, an diesem Tag.

Umso größer war ihr Stolz auf den Weg, den sie sich selbst gebahnt hatte. Was auch immer dieser Tag mit sich bringen würde, ob Triumph oder Niederlage, dies war ihr Gewinn.

Wie den Sog eines Magneten spürte sie Jakobs Nähe, als er in seinem guten Anzug neben sie trat. Sie fragte sich, ob er sich genauso fühlte wie sie, im Innersten weich und nachgiebig wie feuchter Sand. Oder ob es für Männer anders war, nach einer durchgeliebten Nacht.

»Bist du so weit?«, flüsterte er.

Cathrin strich noch einmal über den Rock ihres Kleides aus grauer Seide, eine stählerne Rüstung gegen die

Fehler und Unachtsamkeiten, die ihnen in der Vorbereitung womöglich unterlaufen waren. Durchatmend richtete sie sich auf, straffte die Schultern und blickte offen in die Runde.

Ich, drängte es in ihrer Kehle herauf. Doch sie waren jetzt zu zweit.

»Jakob und ich«, verkündete sie dann, »sind der Ansicht, dass es Zeit ist, neue Wege einzuschlagen. Der Handel mit Gütern wird sicher immer einer der größten Wirtschaftsfaktoren sein. Dennoch sollten wir für die Zukunft andere Sparten nicht außer Acht lassen. Und wir sind darin übereingekommen, dass wir die größten Chancen in der Passagierschifffahrt sehen.«

Das war Jakobs Stichwort. Sachlich und doch nicht ohne Gefühl schilderte er das Erlebnis seiner in letzter Sekunde geplatzten Auswanderung, gewürzt mit einer gehörigen Portion Selbstironie und humorvollen Bemerkungen, die im Raum leises Lachen aufperlen ließen. Mit dem gebotenen Ernst schwenkte er zu den Eindrücken um, die Cathrin und er bei ihren Besichtigungen einiger Auswandererschiffe im Hafen gesammelt hatten, und die zeichneten ein düsteres Bild der Umstände, unter denen die meisten Menschen eine solche Überfahrt erlebten.

Wie ein Fisch im Wasser schwamm Cathrin durch die Dynamik, die sich zwischen ihr und Jakob entspann. Während sie auf dem Tisch Blaupausen entrollte und Skizzen entfaltete, ging sie auf die Notwendigkeit von fließendem Wasser und reichlich Frischluft während der Reise ein. Anhand des Schiffsmodells in der Mitte des

Tischs erläuterte sie das System von Heizung und Bordküche, die sich aus den Maschinenräumen speisten. Anstatt die Passagiere der dritten Klasse in einem einzigen Schlafsaal einzupferchen, setzten sie auf Kabinen. Platz würde auch da knapp sein, aber dadurch ließen sich getrennte Bereiche zwischen allein reisenden Männern und Frauen schaffen, und Familien hätten jeweils einen Raum für sich. Außerdem bot sich auf diese Weise die Möglichkeit zur Isolation, sollte eine ansteckende Krankheit an Bord auftreten.

Nichts anderes als ein Wunderwerk modernster Technik und Planung würde dieser Dampfer sein, auf dem auch Reisende mit schmalem Geldbeutel die Überfahrt wagen konnten, daran ließ Cathrin keinen Zweifel.

Seine Tasse in der Hand, trat Grischa interessiert näher und betrachtete die Unterlagen genauer.

»Und was soll diese Arche Noah schlussendlich kosten?«

»Darauf kommt Jakob gleich zu sprechen. Aber da du es gerade erwähnst, möchte ich euer Augenmerk auf die Ausstattung lenken. Unser Dampfer soll in den Räumlichkeiten der zweiten und vor allem der ersten Klasse nicht aussehen wir ein englischer Herrenclub oder ein Boudoir.«

Cathrin öffnete die Kiste mit den Mustern und arrangierte die Stoffstücke und Holzproben auf dem Tisch. Dazu legte sie die Aquarelle, um die sie Marie gebeten hatte; Innenräume wie ein Sommertag am Wasser.

»Uns schwebt ein maritimes Ambiente vor, geradlinig

und schnörkellos in bester Hamburger Tradition. Viel Licht, viel Luft, die ein Gefühl von Leichtigkeit und Freiheit vermitteln. Ein Stil, der unser Markenzeichen werden soll.«

Unausgesprochen schwang mit, dass diesem einen Schiff ein weiteres folgen könnte, mehrere, viele, in den Jahren danach. Eine Vorstellung, die Cathrin und Jakob jedes Mal in einen schwindelerregenden Rausch versetzte, sobald sie auch nur schemenhaft im Raum stand.

»Ganz nebenbei«, ergriff Jakob daraufhin das Wort, »können wir dadurch auch die Kosten für das fertige Schiff erheblich senken. Gleichzeitig werden wir die Fahrpreise gerade für die Passagiere der ersten Klasse ein wenig höher ansetzen als die HAPAG oder andere Konkurrenten.«

Prüfend wog Grischa eines der zurechtgeschnittenen Holzstücke in der Hand und rieb mit dem Daumen darüber.

»Aber warum sollte dann irgendjemand sich ausgerechnet für eine Überfahrt mit euch entscheiden?«, wollte er wissen.

»Weil die Passagiere der dritten Klasse wissen werden«, erklärte Cathrin, »dass sie für die Dauer der Überfahrt nicht nur ein sauberes Bett bekommen, sondern auch zwar einfaches, aber gutes Essen an jedem einzelnen Tag.«

Grischa machte ein zweifelndes Gesicht.

»Das überzeugt mich nicht. Wer seiner alten Heimat den Rücken kehrt, spart sich jeden Groschen für den

Neuanfang im Land seiner Träume auf. Der nimmt bereitwillig alle möglichen Härten auf sich, weil sein bisheriges Leben meist nicht besser war.«

»Aber mit niemandem werden sie schneller in dieses Land ihrer Träume kommen.« Cathrin spielte ihren größten Trumpf aus. »Und gerade für die Passagiere der ersten beiden Klassen wird das ein schlagendes Argument sein.«

»Sechzehn Knoten wird dieser Dampfer machen«, erläuterte Jakob, ein kleines Grinsen im Mundwinkel. »Bei günstiger See und Wind werden uns die Segel, die ihr hier auch am Modell seht, noch etwas mehr bringen. Kaum ein Schiff, das derzeit auf den Meeren kreuzt oder in absehbarer Zeit vom Stapel läuft, ist schneller. Zehn Tage von Hamburg nach New York können wir unter halbwegs normalen Umständen garantieren. Ist Neptun uns hold, wird sich die Dauer der Überfahrt wohl noch verkürzen. Sicher wissen werden wir es nach der Jungfernfahrt.«

Fast beiläufig händigte er die Kalkulation aus. Ihre Achillesferse, das wussten sie, obwohl sie die Kosten für das fertige und bis in den letzten Winkel ausgestattete Schiff, für Besatzung und Proviant letztendlich auf etwas mehr als vierhunderttausend Mark gedrückt hatten.

Kein Geschäft von *Petersen & Voronin* hatte je solche Summen verschlungen, keines im Verhältnis so wenig eingebracht; bislang war jeder Einsatz aus dem Stand um ein Vielfaches wieder hereingekommen. Das war das Geheimnis ihres Erfolgs.

Ludger lachte trocken auf, als er sein Exemplar überflog, von Fräulein Paal mithilfe von Kohlepapier angefertigt.

»Das ist ja wohl ein schlechter Witz!«

Cornelius Overbeck bearbeitete seinen Durchschlag mit spitzem Bleistift, bevor er mit dem scharfen Blick eines Habichts über seinen Kneifer schielte.

»Demnach handelt es sich wohl mehr um eine langfristige Investition?«

»So ist es«, antwortete Cathrin. »Je mehr Fahrten wir unternehmen, umso rentabler wird das Geschäft.«

»Unser Ziel ist es«, sprang Jakob ihr bei, »während der Saison einen möglichst eng getakteten Linienfahrplan anbieten zu können. Auch, um den Winter auszugleichen, in dem der Atlantik kalt und stürmisch ist und deshalb erfahrungsgemäß weniger Passagiere eine Überfahrt planen. Genau deshalb können wir vor allem an der Schnelligkeit des Schiffs nicht sparen.«

Grischa gab sich damit nicht zufrieden.

»Selbst wenn ihr ein halbes Jahr lang ein Mal im Monat einen voll besetzten Dampfer nach New York bringt …«, begann er, doch Ludger fiel ihm polternd ins Wort.

»Vollkommen aussichtslos, dass ihr diesen riesigen Pott auch nur halb voll kriegt. Sämtliche Reeder kommen aus dem Klagen nicht mehr heraus, dass das vor sich hin dümpelnde Geschäft mit der Auswanderung mehr kostet, als es einbringt.«

Die große Schwachstelle ihres Plans, zu augenfällig, zu grundlegend, als dass sie jemand hätte übersehen können.

»Das Risiko besteht in jedem Geschäft«, erwiderte Jakob. »Wer weiß schon, wie sich Angebot und Nachfrage entwickeln.«

»Zum gegenwärtigen Zeitpunkt ist dieses Argument sicher mehr als berechtigt«, stimmte Cathrin zu. »Aber wir werden mit diesem Schiff weder heute noch morgen in See stechen, sondern frühestens im kommenden Jahr, vielleicht auch erst in zwei Jahren. Da kann die Lage schon wieder eine ganz andere sein.«

»Für ein Lotterielos sind vierhunderttausend Mark eindeutig zu viel«, knurrte Ludger.

»Deshalb setzen wir auch vorrangig auf die Passagiere der ersten und zweiten Klasse«, erläuterte Jakob. »Eine Reise nach Amerika soll für sie möglichst attraktiv sein. Gemessen an der weiten Distanz fast so einfach, bequem und schnell wie mit dem Zug von Hamburg nach Berlin.«

»Und die Flaute im Auswanderergeschäft wird nicht von Dauer sein«, fügte Cathrin hinzu. »Dafür ist Amerika als Land der unbegrenzten Möglichkeiten langfristig doch zu verlockend. Ich bin sicher, gerade du wirst mir darin zustimmen, Ludger.«

Ihr Schwager brummte etwas in sich hinein und beschäftigte sich mit seiner Kaffeetasse.

Schmunzelnd fuhr sich Grischa mit dem Fingerknöchel über den Bart.

»Die Passagiere, die zurück nach Hamburg wollen, könnt ihr vermutlich an einer Hand abzählen«, warf er ein. »Lasst ihr dann jedes Mal das Schiff leer zurückfahren?«

»Da haben wir uns eure Fahrten nach Indien zum Vorbild genommen«, erwiderte Jakob. »Den frei gewordenen Stauraum werden wir nutzen, um Baumwolle und Wolle zu importieren. Das ist ein dauerhaft sicherer Markt.«

»Vor allem interessieren uns amerikanische Fabrikerzeugnisse«, ergänzte Cathrin. »Wie die Nähmaschinen von Singer und Remington, die derzeit zu den besten der Welt zählen. Die Nachfrage ist jetzt schon hoch und wird mit der steigenden Wirtschaftskraft hierzulande noch zunehmen. Dabei denken wir nicht nur an Privathaushalte, die sich künftig eine Nähmaschine leisten können, sondern an Schneidereien und ganz besonders an Fabriken für Konfektionskleidung, die zurzeit nur so aus dem Boden sprießen. Von anderen technischen Neuerungen, an denen gerade vor allem an der Ostküste getüftelt wird, nicht zu reden. Wir wollen unbedingt die Ersten sein, die diese Innovationen nach Deutschland bringen.«

»Als Startkapital hierfür«, sagte Jakob, »würden wir gern das Guthaben verwenden, das für mich noch auf der Bank in New York liegt. Sofern ihr nichts dagegen habt.«

Er warf erst Katya, dann Grischa einen Blick zu.

»Damit macht ihr aus der Firma nichts anderes als einen Gemischtwarenladen«, wetterte Ludger.

»Das war sie vorher schon«, äußerte sich Katya, die bislang in aufmerksamem Schweigen zugehört hatte. »Ob nun Seide und Tee oder Nähmaschinen und Füllfederhalter – darin kann ich keinen Unterschied erkennen. Nicht, solange die Bilanz stimmt.«

Ebenso selbstbewusst wie entspannt stützte Jakob sich auf eine Stuhllehne.

»Cathrin und ich werden dieses Geschäft machen. Wenn es sein muss, in einer eigenen Firma, vielleicht als Aktiengesellschaft. Uns wäre es allerdings lieber, wir könnten es mit euch zusammen in die Wege leiten, als neue Sparte von *Petersen & Voronin.*«

»Weil ihr genau wisst«, ätzte Ludger, »dass euch keine Bank der Welt einen Kredit für ein solches Groschengrab geben wird.«

»Was halten Sie davon, Herr Overbeck?«, wollte Grischa wissen.

Der Prokurist begutachtete noch einmal das mit akkuraten Notizen ergänzte Papier vor sich. Im Lauf der Jahre hatte er sich als unbestechlich erwiesen; seine Loyalität galt nie einer Person und deren Ehrgeiz, sondern allein dem, was auf der Habenseite stand.

»Die Kalkulation, die uns Fräulein Petersen und Herr Levgrün vorgelegt haben, sieht solide aus. Meiner ersten Einschätzung nach handelt es sich zweifellos um eine riskante Investition, die sich aber durchaus lohnen könnte. Ich kann die Zahlen aber gern noch einmal anhand der Kostenvoranschläge und Pläne überprüfen, sofern Sie es wünschen, Herr Voronin.«

»Tun Sie das«, erwiderte Grischa. »Und arbeiten Sie uns einen Finanzierungsplan aus. Ich will wissen, wie viel Kapital wir dafür zur Verfügung haben und in welcher Höhe wir Darlehen aufnehmen müssen.«

Ludgers Gesicht, das unter der Schwerkraft der Zeit

zunehmend dem eines Bassets glich, färbte sich rot bis unter das schütter werdende Haupthaar.

»Das ist nicht dein Ernst.«

»Und ob.« Grischas Augen glänzten, als sie sich auf Cathrin und Jakob richteten. »Meine Zustimmung habt ihr.«

Triumphierend ballte Cathrin die Hände zu Fäusten.

»Da hat Christian ja auch noch ein Wörtchen mitzureden«, murrte Ludger. »Sofern er sich in nächster Zeit mal wieder sehen lässt.«

Cathrin und Jakob wechselten einen Blick. Mit einem Räuspern zog Jakob das Dokument aus der Mappe, das Christian ihm mitgegeben hatte, und schob es über den Tisch.

»Christian wird nicht in die Firma zurückkehren. Er hat seine Anteile je zur Hälfte Cathrin und mir überschrieben.«

Die Stille, die sich auf den Raum legte, war erdrückend.

Dieser Moment markierte einen Wendepunkt in der Geschichte der Eisbarone, das war ihnen allen bewusst. Eine Wasserscheide zwischen der älteren Generation und der jüngeren, zwischen vertrauten Pfaden und neuen Ufern, die nicht mehr im Osten des Erdballs lagen, sondern in seinem Westen.

»Wusstest du davon?«, fragte Grischa schließlich seine Schwester.

Katya antwortete nicht.

Alle Aufmerksamkeit richtete sich auf sie, in deren

Macht es nun lag, die Waagschale entweder in die eine oder andere Richtung zu neigen.

Kerzengerade saß Katya in ihrer Witwentracht da, ihre noch immer tintenschwarzen Wimpernbögen fächerten auf und ab, während sie zum Fenster hinaussah. Im Sonnenlicht zeigten sich die feinen Linien, die sich inzwischen in ihr Gesicht graviert hatten wie Risse im Porzellan.

Mit Katyas Gespür für das Eis hatte die Geschichte des Unternehmens begonnen. Sie war die eine Person, an die sie sich alle instinktiv wandten, wenn sie eine Antwort suchten, einen Rat, eine Entscheidung; sie war diejenige, die die Geschicke der Firma und der Familie mit ebenso sicherer wie liebevoller Hand lenkte. Eine Matriarchin im besten Sinne.

Fragil wirkte sie mit einem Mal. Wie jemand, von dem es hieß, er sei vom Glauben abgefallen. Ein Glaube, der einen das halbe Leben begleitet hatte, Anker und totes Gewicht zugleich.

39

Zäh hielt sich die Stille im Raum.

In Katyas Ohren klingelte es, Mund und Kehle waren wie mit Sand gefüllt. Wie damals, nachdem Christian sie in der brennenden Stadt mit sich gezerrt und unter sich begraben hatte. Ehe ein lauter Knall die Luft zerriss und die Wucht der Sprengung sie überrollte, Steinchen und lose Latten und Metallsplitter auf sie einprasselten. Nicht weit von hier, wo sie heute zusammensaßen, nur ein paar Straßen entfernt, dreißig Jahre war es her.

Brandwunden und Schrammen hatte sie an jenem Tag davongetragen, ein verstauchtes Handgelenk. Ihr Knöchel, damals blau und auf die Größe einer Sellerieknolle angeschwollen, war danach gut verheilt und bereitete ihr nur selten Schwierigkeiten; jetzt pochte es wieder darin.

Als ob der Körper genauso Erinnerungen sammelte und verwahrte wie der Kopf.

Katya senkte den Blick auf die Hände in ihrem Schoß. Riefen hatten sich um die Knöchel herum eingegraben. Zwischen dem Delta durchschimmernder Adern war der eine oder andere bräunliche Fleck aufgetaucht wie

Schlammspritzer, die man nicht auf Anhieb abgewaschen bekam, und wenn sie die Hand locker ließ, lag die Haut nicht mehr so stramm an wie früher.

Diese Hände hatten sie mit Putzen und Nähen ernährt, bis Feder und Tinte im Kontor ihr Arbeitswerkzeug wurden. Die Schwielen auf den Fingerkuppen waren geblieben, weil sie bis heute selbst zu Nadel und Faden griff und im Garten jätete, säte und erntete. Männerhaut hatten diese Hände gestreichelt, Tierfell und das Gefieder ihrer Hennen. Diese Hände hatten sich um Kinder gekümmert, die nicht ihre leiblichen gewesen und doch die ihren geworden waren.

Ein ganzes reiches Leben lag in diesen Händen; kommenden Winter würde sie sechzig Jahre alt werden.

»Ich weiß«, begann sie dann langsam, »wie es ist, tagelang in einem schmutzigen und stinkenden Frachtraum zu verbringen. Ich weiß, wie sich Hunger anfühlt. Wie unbarmherzig die Welt zu denen sein kann, die mehr wollen als das, was ihnen das Schicksal zugedacht hat. Und genauso habe ich nie vergessen, wie froh ich war, wenn mir jemand etwas Gutes tat. Ohne die Chancen, die sich mir dadurch geboten hatten, säße ich heute nicht hier.«

Sie hob den Kopf und tauschte einen langen Blick mit Grischa, der diesen Weg mit ihr gegangen war.

»Wenn wir mehr besitzen als andere«, fuhr sie fort, »dann geben wir etwas davon ab. So haben wir es schon gehalten, als Thilo Rüben, Kartoffeln und Kohl, die sich im Gemischtwarenladen nicht mehr verkaufen ließen, in die Hinterhöfe gebracht hat. Diese Tradition haben wir bis heute hochgehalten.«

Ihre Augen richteten sich auf Cathrin und Jakob.

Ähnlich hoffnungsvoll mochten sie selbst einst gewirkt haben, bei ihren ersten Gehversuchen in der Welt der Geschäfte, Katya und Grischa, Thilo und Christian. Genauso erfolgshungrig und von einem an Hochmut grenzenden Selbstbewusstsein, durchsetzt von dem Quäntchen Naivität, das man brauchte, um zu träumen; die Wirklichkeit stutzte einem ohnehin früher oder später die Flügel.

»Wenn wir die Möglichkeit haben«, sprach sie weiter, »unseren Teil dazu beizutragen, dass Menschen sich ein besseres Leben aufbauen können, mit einer sicheren Überfahrt in einem sauberen Bett und mit vollem Magen, dann tun wir das. Und wenn wir etwas daran verdienen, umso besser. Ich setze da mein ganzes Vertrauen in euch. Das wäre auch in Thilos Sinn.«

Die Erleichterung, die von Jakob und Cathrin ausging, schwappte wie eine Flutwelle durch den Raum.

Die Hände auf die Tischplatte gepresst, schob Ludger geräuschvoll den Stuhl zurück.

»Dann ist meine Anwesenheit hier ja wohl überflüssig.«

»Warte bitte«, wandte Cathrin sich an ihn.

Sie schien nicht gleich die richtigen Worte zu finden und versicherte sich mit einem Blick zu Jakob, dass sie auch hier an einem Strang zogen, bevor sie neu ansetzte.

»In geschäftlichen Dingen sind wir meist unterschiedlicher Meinung, du und ich, und auch ganz persönlich stehen wir oft auf dem falschen Fuß miteinander. Das wird sich wohl nie ändern. Trotzdem glaube ich, dass gerade unsere Gegensätzlichkeit ein Gewinn für dieses Projekt wäre. Jakob und ich sind zwar stolz auf die Arbeit, die wir bis hierhin geleistet haben, und trauen uns eine Menge zu. Aber wir sind eben doch noch recht jung. Uns wäre bedeutend wohler, wenn du uns mit deiner Erfahrung und deinem Geschäftssinn zur Seite stehen würdest. Sei es, dass du auf der Werft noch ein wenig Nachlass für uns herausholen könntest, dich darum kümmerst, dass alle Verträge wasserdicht sind, oder wenn es später darum geht, uns so zu präsentieren, dass wir uns deutlich von der Konkurrenz abheben.«

Einladend und mit einem offenen Lächeln streckte sie ihrem Schwager die Rechte entgegen.

»Wir hätten dich gern mit im Boot, Ludger.«

Verlegen kraulte Ludger sich den Backenbart, damit hatte er offenbar nicht im Geringsten gerechnet. Sichtlich geschmeichelt fühlte er sich, aber genauso sichtbar widerstrebte es ihm, künftig Cathrin und Jakob unterstellt zu sein. Schließlich schlug er doch ein.

»Willkommen an Bord«, sagte Jakob, als die beiden Männer sich ebenfalls die Hand schüttelten.

Der letzte Rest Anspannung war verflogen. Lachend redeten sie durcheinander, beglückwünschten sich gegenseitig und öffneten die Karaffen mit Cognac und Scotch.

Katya trat zu Cathrin und schloss sie in die Arme. Wie

sie es damals getan hatte, als Christian sie zu ihr brachte, mit ihrem hellen Haarschopf wie ein flaumiges Küken. Aus dem Jungvogel war ein Adler geworden, der gerade stolz und frei seine Schwingen ausbreitete, die Federn im Wind gekräuselt und die Zukunft scharf im Blick.

»Gut gemacht«, flüsterte Katya, löste einen Arm von Cathrin und legte die Hand an Jakobs Wange. »Alle beide. Für Thilo wäre heute ein glücklicher Tag.«

In langen Schritten eilte Grischa zur Tür und lud die Angestellten zur Feier des Tages auf einen Schluck ein. Im Handumdrehen füllte sich der Raum, Gläser stießen klingelnd aneinander, und Ludger reichte die Zigarrenkiste herum, selbst schon eine Zigarre im Mundwinkel. Gratulationen schwirrten durch die Luft, und Cathrin und Jakob antworteten bereitwillig auf die interessierten Nachfragen zum Schiffsmodell und den ausgebreiteten Plänen.

Im feierfreudigen Trubel fiel es nicht weiter auf, wenn sich Jakobs und Cathrins Finger wie zufällig streiften. Die Art, wie sich Jakobs Hand kurz zwischen Cathrins Schulterblätter legte und Cathrin mit dem Fingerknöchel auf Jakobs Revers klopfte, wenn sie ihn in ein Gespräch mit einbezog.

Katya sah es sehr wohl und lächelte dabei in sich hinein.

Eine Zeitenwende war mit dem heutigen Tag eingeläutet. Womöglich hatte Christian etwas in der Art geahnt und deshalb seine Anteile abgetreten. Ausgerechnet Christian, dem die Firma über alles gegangen war, in mancherlei Hinsicht sogar über seine Familie, sein eigenes Glück, wie Katya immer mal wieder gedacht hatte.

Vielleicht änderten sich manche Menschen doch im Lauf der Zeit und reiften nach wie eine Mango.

Katya warf noch einen Blick auf Cathrin und Jakob. Die neuen Eisbarone, die das Unternehmen in ein anderes Morgen führen würden und dabei die Liebe gefunden hatten.

Dann stahl sie sich aus dem Raum.

Am Tisch drängten sich einige der Schreibkräfte zusammen, die Knie gebeugt oder gleich ganz in der Hocke, um das Schiffsmodell in allen Einzelheiten zu begutachten.

»Und das hier wird der Speisesaal«, erklärte Cathrin und strich mit der Spitze des kleinen Fingers über die entsprechende Stelle des Modells. »Wir wollen die Mahlzeiten im Turnus anbieten, vielleicht sogar nach einem Zeitplan. Dadurch sparen wir Platz, den wir wiederum für weitere Kabinen nutzen können. Für die Passagiere ist es sicher auch angenehmer, wenn sich nicht alle gleichzeitig hineindrängen.«

»Oh, von da sieht man ja sogar aufs Meer hinaus«, staunte Fräulein Wesendonk.

»Den kleinen Luxus haben wir uns erlaubt«, erwiderte Cathrin lachend.

Sie richtete sich auf und sah sich nach Katya um. Nirgendwo jedoch konnte sie deren Witwenschwarz ausmachen, nicht ihr Rabenhaar. Cathrin entschuldigte sich und schob sich zwischen den Angestellten hindurch.

»Hast du Katya gesehen?«, fragte sie Grischa, der bedauernd den Kopf schüttelte.

Jenseits des Stimmengewirrs lag das Kontor still und verlassen da.

Die Tür zu Katyas Büro stand offen, und Margarete Paal trat gerade heraus, wie gewohnt in schwarzem Rock und grauer Bluse, eine Brosche mit schwarzem Stein am hochgeschlossenen Kragen. Übers Jahr hatte ihr Gesicht wieder Farbe angenommen, und ihr rehbraunes Haar war schick frisiert.

»Ich weiß nicht, ob Sie es mitbekommen haben, Fräulein Paal«, sprach Cathrin sie an. »Im Salon findet gerade ein kleiner Umtrunk statt.«

Fräulein Paal blinzelte ein wenig unglücklich hinter der Brille, die sie neuerdings trug und sie flott und sehr modern aussehen ließ.

»Danke, Fräulein Petersen. Aber auf ausgelassenen Feiern mag ich mich noch nicht so recht wohlfühlen.«

Cathrin nickte, das verstand sie.

»Sie haben nicht zufällig meine Tante gesehen?«, setzte sie dann hinzu.

»Doch, natürlich«, antwortete Fräulein Paal erstaunt. »Frau Petersen hat noch ein paar Dokumente unterschrieben und ist dann gegangen. Sie will kurzfristig verreisen. Warten Sie, sie hat etwas für Sie dagelassen. Auf ihrem Schreibtisch.«

Cathrin folgte Fräulein Paal in das Zimmer und

nahm den Umschlag entgegen. Halb stirnrunzelnd, halb lächelnd überflog Cathrin die Vollmacht, die Katya ihr ausgestellt hatte.

Der Zugvogel war wieder auf Reisen gegangen.

Einer plötzlichen Eingebung folgend, drehte Cathrin sich in der Tür noch einmal um.

»Sagen Sie, Fräulein Paal … Herr Voronin wird zwar alles andere als begeistert sein, weil er Sie und Ihre Arbeit überaus schätzt. Dürfte ich trotzdem versuchen, Sie abzuwerben? Damit würden allerdings lange Arbeitstage auf Sie zukommen, voraussichtlich auch an den Wochenenden, und das für ein gutes Jahr oder sogar länger. Was wir Ihnen selbstredend entsprechend vergüten werden.«

Hinter den Brillengläsern blitzten Margarete Paals Augen auf.

»Ich würde meinen Posten bei Herrn Voronin an sich nur sehr ungern aufgeben«, antwortete sie diplomatisch. »Aber wenn Sie und Herr Voronin sich darin einig sind, dass ich bei Ihnen mehr gebraucht werde, Fräulein Petersen …«

»Gut«, erwiderte Cathrin heiter, »dann werde ich gleich mit ihm sprechen.«

Schwungvoll kehrte sie in den Salon zurück, um offiziell ihr neues Leben als Eisbaronin von Hamburg anzupacken. Wohl wissend, dass sie damit erst ganz am Anfang stand.

40

Christian saß vor der Hütte und schnitzte an einem Stück Holz. Nicht, um etwas herzustellen oder mit stetiger Übung irgendwann einmal etwas zustande zu bringen, was einer Figur, einem Gegenstand ähnelte. Er mochte es nur, wenn seine Hände beschäftigt waren, während er dem Kommen und Gehen seiner Gedanken zusah wie der gekräuselten Oberfläche des Sees.

An der Hütte selbst oder ihrer Einrichtung gab es nichts mehr zu reparieren, zu erneuern oder zu verbessern. Auch das Arbeiterhaus war so weit renoviert, jetzt musste er ohne solche Ziele auskommen.

Jahrelang war sein ganzes Sein darauf ausgerichtet gewesen, ein Geschäft zu gründen und das Eis aus Norwegen gewinnbringend an den Mann, die Frau zu bringen. Nach passenden Kontorräumen Ausschau zu halten war der nächste Schritt gewesen, einen Speicher erst zu mieten, dann zu kaufen. Immer bestrebt, neue Kunden zu gewinnen, neue Märkte zu erschließen, im nächsten Jahr größeren Umsatz zu machen und im Jahr darauf noch einmal mehr.

Jetzt saß er untätig hier, Henny auf dem Kirchhof zur

Dreifaltigkeit begraben und seine Töchter aus dem Haus, das längst nicht mehr sein Zuhause war. So selten, wie Jette ihm ein paar Zeilen schickte, hatte sie es ihm nicht verziehen, dass er sich hierher zurückgezogen hatte. Seine eigenen Briefe an sie waren kaum länger, er hätte auch gar nicht gewusst, worüber er schreiben sollte.

Eine merkwürdige Art der Langeweile bestimmte seine Tage, quälend und erholsam zugleich. Er schwamm viel im See und streifte ziellos über die Wiesen, wo ihn die Hirten mit einem Schnack über das Wetter begrüßten, über die Lämmer und die Wolle dieses Jahres oder die Sorge um ein kränkelndes Rentier der Herde.

Wenn es ihm zu einsam wurde, wanderte er zum Eidfjordvatnet und ruderte in einem Boot zur Siedlung im Fjord hinüber. Bei Lejos Frau Anni und ihren Kindern bekam er immer eine Mahlzeit und ein paar freundliche Worte. Meist ließ er eine Liste dessen, was er benötigte, dort; dann und wann brach er auch selbst mit Lejo in einem der Kähne nach Bergen auf.

Auf der Bank hob er dann etwas von dem Geld ab, das Cornelius Overbeck im Auftrag von Jakob und Cathrin dorthin überwies, im Gegenzug für seine Anteile. Viel zu viel Geld für das mehr als bescheidene Leben, das er hier führte, das ihm jedoch ein beruhigendes Gefühl vermittelte. Und sobald er sich neue Hemden oder eine Hose gekauft hatte, etwas Besonderes zu essen und ein paar Flaschen Bier, war er froh, wieder in die abgeschiedene Stille des Fjords und der Seen zurückzukehren.

Ein kauziger Eigenbrötler war aus ihm geworden, das

verriet sein Spiegelbild in den Schaufenstern von Bergen, trotz frisch geschnittener Haare und getrimmtem Bart, sehnig und fast hager und sonnenverbrannt. Selbst in dieser an schrulligen Charakteren nicht armen Gegend ein Sonderling, der zunehmend fremdelte.

Eine der Hündinnen in der Siedlung hatte unlängst geworfen, tapsige und herzzerreißend niedliche Flauschknäuel. Christian dachte daran, einen dieser Welpen als seinen Weggefährten zu sich zu holen, als seinen Kumpan, und konnte sich doch ebenso wenig dazu durchringen wie dazu, seine Zelte hier abzubrechen. Obwohl er mit dem baldigen Ende des Sommers einem weiteren Winter hier entgegensah, der unsäglich kalt und hart sein würde, jede Kleinigkeit zwischen Wachen und Schlafen zu einem mühseligen Kraftakt machte.

Mit Hennys langsamem Sterben war sein eigener Weg versandet, mit ihrem Begräbnis schließlich gänzlich verschüttet. Er sah nicht, wie er jemals wieder dorthin zurückfinden könnte, womöglich war das auch schlicht der natürliche Lauf am Abend eines Lebens. Mit sechsundsechzig Jahren war er schon fast ein alter Mann, obwohl er sich noch jung fühlte, das Herz kräftig, die Muskeln gestärkt vom kargen Alltag hier draußen, und der Verstand so klar und scharf wie eh und je.

Aber wahrscheinlich dachte das jeder über sich, der den Zenit seiner Tage hinter sich gelassen hatte.

Als ob er auf etwas wartete, so fühlte es sich an, hier zu leben. Auf etwas, von dem er nicht wusste, was es sein könnte und ob es überhaupt jemals kam. Warten musste er dennoch, mochte es auch noch so sinnlos erscheinen.

Christian hobelte weitere Späne vom Holz und sah dann wieder müßig in die Landschaft hinaus. In der Ferne flatterte eine Krähe auf der Wiese, vielleicht auch ein Rabe, schwer zu sagen. Erst auf den zweiten Blick erkannte er darin eine Frau in schwarzen Röcken, die geschmeidig und energisch ausschritt, ein Gang, den er unter Tausenden erkannt hätte.

Christians Herz zuckte auf, einen Augenblick traute er seiner eigenen Wahrnehmung nicht mehr.

Katya setzte die sichtlich schweren Taschen ab und hob einen Arm in einem ausgreifenden Winken. Hastig warf Christian die Schnitzerei von sich und rannte los.

»Ist etwas mit Marie?«, rief er ihr schon von Weitem entgegen.

Katya lachte. »Mach dir keine Sorgen. Marie geht es prächtig. Allen zu Hause.«

Atemlos stimmte er in ihr Lachen ein.

»Was tust du dann hier?«, fragte er fast vorwurfsvoll.

Spöttisch funkelte sie ihn an.

»Dies ist auch mein Land, falls du das vergessen haben solltest.«

Christian grinste und bückte sich nach ihrem Gepäck.

»Ich habe einiges mit dir zu besprechen«, fuhr sie fort, während sie mit der einen Tasche, die er ihr gelassen hatte, neben ihm durch die Wiesen stapfte. »Gerade auch, was Marie betrifft. Das geht von Angesicht zu Angesicht nun einmal wesentlich besser als in Briefen. Und außerdem wollte ich sehen, was ihr mit meiner Hütte gemacht habt, du und Jakob.«

Aus halb zusammengekniffenen Augen musterte sie das Dach und betrachtete die Schicht frischer Farbe außen an den Wänden. Ohne ein Wort darüber zu verlieren, trat sie ein. Die Tasche abgestellt, wanderte sie durch den Raum und sah sich gründlich um, fuhr mit der Hand über das eine oder andere neue oder aufgearbeitete Möbel, ihre Augen hell und klar wie ein Frostmorgen. Den wechselnden Ausdruck auf ihrem Gesicht vermochte er nicht zu deuten.

»Ich hätte dich wohl besser erst fragen sollen«, sagte er schließlich und kratzte sich verlegen unter dem offen stehenden Hemdkragen.

Abrupt wandte sie sich um, mit einer Regung der Schulter, als wollte sie etwas von sich abschütteln.

»Ja, hättest du.«

Christian sah ihr zu, wie sie auspackte, und ging ihr mit den Lebensmitteln zur Hand, als sie ihn darum bat, ein verwünschtes und ganz und gar herrliches Pochen in seiner Brust.

Christians Tage hier waren zuletzt still gewesen. Zu still manchmal, stumm geradezu. Jetzt füllte Katya sie mit ihrer Stimme, ohne den Frieden des Sees zu stören.

Christian badete förmlich in ihren Schilderungen von Cathrins und Jakobs Triumph; in allen Einzelheiten ließ er sich deren Pläne für eine künftige Reederei erzählen und konnte nicht genug Fragen dazu stellen. Wie ein

Schwamm saugte er alles über die Reisen auf, die Katya mit Marie unternommen hatte, voller Stolz auf seine Tochter, die es doch noch geschafft hatte, sich in die Welt hinauszuwagen.

Noch mehr staunte er darüber, dass Marie den Wunsch nach einem eigenen Zuhause geäußert hatte. Lange beratschlagten sie, ob und wie das zu bewerkstelligen sein würde, in einem Haus oder einer Wohnung, und wenn ja, in welchem Viertel der Stadt. Ob es Griet, selbst noch so jung und ihr ganzes Leben vor sich, zuzutrauen und vor allem zuzumuten war, rund um die Uhr mit Maries Eigenheiten zurechtzukommen. Nicht nur ein Jahr oder zwei, sondern zehn, zwanzig, dreißig Jahre lang, und was es für Marie bedeuten würde, sollte Griet sich einmal eine andere Stellung suchen oder heiraten wollen.

Fragen und Gedanken, Argumente und Gegenargumente füllten ihre Tage, während sie Hand in Hand in einem nahe gelegenen Bach die Wäsche wuschen und in der Sonne trockneten, gemeinsam kochten und sauber machten. Auf ihren langen Spaziergängen über die Wiesen und Hügel und wenn sie abends noch lange zusammensaßen. Sofern es das Wetter zuließ, im Freien, Christian in einer warmen Jacke, Katya eine Decke über den Schultern, beide einen Becher Tee in der Hand; war es zu kühl, blieben sie zwischen den heimeligen vier Wänden der Hütte.

So wie an diesem Abend. Draußen rauschte der Regen herab und trommelte auf das Dach; der ganze Tag war schon grau und ungemütlich gewesen und hatte eine Ahnung von Herbst mitgebracht.

»Cathrin und Jakob also«, sagte Christian.

Die brennende Lampe spann einen goldschimmernden Kokon um den Tisch.

»Zumindest sieht alles danach aus«, erwiderte Katya heiter über ihrer Näharbeit. »Hast du irgendwelche Einwände?«

»Bestimmt nicht«, wehrte Christian ab. »Keiner wäre mir lieber für Cathrin.«

Katyas Brauen hoben sich. »Das klang anfangs, als er in unsere Familie kam, aber ganz anders.«

Christian nickte. »Ich habe dazugelernt.«

Den Blick, den Katya ihm zuwarf, konnte er nicht einordnen.

»Vermutlich ist er auch der Einzige weit und breit, der ihr gewachsen ist«, sprach er deshalb einfach weiter, »und der ihr dazu noch das Wasser reichen kann. Ich war in seinem Alter nicht annähernd so reif und verständig.«

Katya lachte leise. »Das ist wohl wahr.«

Einmal mehr spürte er ihren Blick auf sich, dieses Mal vorsichtig und wie abwägend.

»Warum hast du ihnen deine Anteile überschrieben?«, fragte Katya dann.

Mit dem Daumen fuhr er über den Hals der Bierflasche.

»Ich dachte, die beiden sollten sie haben«, brummte er vor sich hin. »Sie können etwas damit anfangen.«

»Das ist keine Antwort.«

Christian schwieg einige Herzschläge lang. Er hatte sich diese Frage selbst schon gestellt, ohne dass er je eine greifbare Erklärung gefunden hätte. Offen sah er Katya an.

»Ich weiß es nicht. Es schien mir einfach an der Zeit zu sein.«

Katya nickte, ohne die Augen von dem Leintuch zu nehmen, das sie sorgsam ausbesserte.

»Ich habe mich einmal mit Cathrin darüber unterhalten«, sagte sie nach einer längeren Pause, »was es heißt, ein solches Unternehmen zu führen. Für sie klang es, als wäre die Firma ein Dämon, der einem alle irdischen Wünsche erfüllt, aber einen im Gegenzug in Ketten hält. So in etwa hat sie sich ausgedrückt.«

Widerstreitende Regungen zuckten über Christians Gesicht, während er darüber nachdachte.

»Am Ende habe ich es wohl ganz ähnlich empfunden«, rang er sich schließlich ab. »Vermutlich ist es mir deshalb derart leichtgefallen, mich zurückzuziehen und meine Anteile herzugeben.«

Er trank einen langen Schluck, der bitter schmeckte.

»Aber was bin ich dann für ein Vater, der seiner Tochter den Fluch aufbürdet, von dem er sich selbst zu befreien sucht?«

Konzentriert zog Katya das Garn durch den Stoff.

»Was dem einen Fluch ist, bedeutet für den anderen Segen. Keiner kann das vorher so genau wissen. Cathrin wollte immer schon unbedingt in die Firma, und ich glaube, Jakob hat es sich auch irgendwann gewünscht. Du kannst nie verhindern, dass kleine Kinder sich die Knie aufschlagen. Genauso wenig kannst du verhindern, dass sie Fehler machen, sind sie einmal erwachsen, oder sich gar kopfüber ins Unglück stürzen. Sie wissen zu lassen, dass man da ist, wenn ihre Welt in Trümmern liegt und sie einen brauchen, das ist das Einzige, was man tun kann.«

Ein Lächeln glitt über ihr Gesicht.

»Du hast einmal zu mir gesagt, Cathrin sei nicht aus demselben Holz geschnitzt wie ich. Das mag durchaus sein. Aber sowohl sie als auch Jakob sind aus gutem und vor allem starkem Holz gemacht. Da sei unbesorgt.«

Durchatmend lehnte Christian sich im Stuhl zurück und streckte die Beine von sich.

Seltsam eigentlich, wie unbefangen sie miteinander reden konnten, nach allem, was gewesen war. Als ob sie in den Jahrzehnten zuvor keine gemeinsame Sprache gesprochen hätten, unfähig oder nicht willens, sich mehr als eine Handvoll Worte und Wendungen des anderen anzueignen.

»Glaubst du«, wollte er wissen, »es wäre mit uns anders gekommen, hätten wir nie mit dem Eishandel angefangen?«

»Dann hätten wir ein anderes Geschäft gegründet«, lautete Katyas nüchterne Antwort.

Christians Blick wanderte durch die Hütte, behaglich im Lampenschein der Regennacht.

»Und wenn es immer so gewesen wäre wie jetzt? Du und ich in einem Häuschen, einer Wohnung mit ein paar Zimmern. Ein bescheidenes, kleines, ganz und gar unaufgeregtes Leben.«

Eine ihrer Brauen hob sich ironisch.

»In dem ich die kleine Hausfrau bin, die dir abends das Essen auf den Tisch stellt und dir die Wäsche hinterherträgt? Dass dir das gefallen hätte, glaube ich sofort.«

Christian grinste. Katyas schonungslos ehrliche Art war immer schon wie ein Bad in Eiswasser gewesen, von einer schneidenden Schärfe und erfrischend zugleich.

Versonnen blickte sie einige Herzschläge lang vor sich hin.

»Wäre es so gekommen, hätten wir uns erst recht gegenseitig zerfleischt. Vor lauter Enttäuschung, dass wir nicht mehr aus unserem Leben gemacht haben.«

Sorgsam vernähte sie den letzten Fadenrest und begutachtete ihr Werk, bevor sie das Leintuch lose zusammenfaltete und auf den Tisch legte, dann mit lockerer Hand darüberstrich.

»Wir waren so hungrig, Christian. Hungrig nach einem besseren Leben. Nach Erfolg und Reichtum und vielleicht ein bisschen auch nach Macht. Mit all der Arroganz, aller Rücksichtslosigkeit und Besserwisserei, die genauso zur Jugend gehört wie glatte Haut und volles Haar und ein stürmischer Tatendrang. Niemand kann uns das verdenken. Auch wir selbst nicht.«

Ein wehes Lächeln um den Mund, stand sie auf.

»Wir haben beide genau den einen Menschen gefunden, den wir in diesem Leben brauchten. Du deine Henny und ich Thilo. Du und ich, wir wären früher nie miteinander glücklich geworden. Gute Nacht, Christian.«

Die Schatten jenseits des Lichtkreises verschluckten sie.

Christian schloss die Augen, als er hinter sich Katyas Röcke auf den Boden fallen hörte, das Rascheln, als sie aus ihrer Bluse schlüpfte und ihr Nachthemd überzog. Nicht, weil er fürchtete, der Versuchung zu erliegen, einmal über die Schulter zu spähen. Sondern weil er ganz in diesem Knistern von Stoffen aufgehen wollte. Das trockene Geräusch des aufgeschüttelten Kissens und das Knarzen des Holzes, wenn Katya sich hinlegte, war das Beste am Ende eines jeden Tages.

Katyas Atemzüge auf der anderen Seite des Raumes bedeuteten ihm mehr als nur das Ende seiner Einsamkeit. Ein stilles Glück brachten sie mit, das er nicht mehr missen mochte.

41

Zügig schritt Katya aus, den Kragen ihrer Jacke zum Schutz gegen den Wind hochgeschlagen. Innerhalb weniger Tage war es kalt geworden, Gras und Laub waren schon mit dem ersten Hauch von Bronze und Kupfer gefärbt.

Lächelnd warf sie einen Seitenblick auf Christian, der flott neben ihr hermarschierte, ihrer beider Schritte von einem harmonischen Rhythmus, der sie weiter beflügelte. Der Herbst, der hier in Norwegen so kurz war, mochte schon vor der Tür stehen. Sie beide jedoch lebten in einer eigenen Zeit, die sie sich selbst schufen, irgendwo zwischen gestern, heute und morgen. Jenseits aller Heimlichkeiten, aller verborgenen Gedanken, dafür gingen sie zu offen miteinander um.

In diesen Wochen trugen sie beide ihr Herz auf der Zunge, möglich, dass es am Alter lag, an gewonnener Weisheit und Reife, einer gewissen Furchtlosigkeit.

Am anderen Ufer des Voroninvatnet entdeckten sie zwei große Steine, auf denen sie sich niederließen und über das Wasser blickten, das grau und unruhig war wie Quecksilber.

»Erinnerst du dich«, fragte Katya nach einer Weile leise, »als du in das Eis eingebrochen bist? In unserem ersten Winter hier?«

Angespannt blinzelte Christian auf den See hinaus.

»Natürlich erinnere ich mich«, antwortete er rau. »Ich habe nichts davon vergessen. Nichts, was ich getan, und nichts, was ich gesagt habe.«

Katya schob die Hände in die Jackentasche. Mit der Spitze ihrer Schnürstiefelette scharrte sie durch Sand, Kies und staubige Erdkrume.

»Ich wollte mich noch bedanken«, brachte sie schließlich hervor. »Für die Arbeit, die du dir mit der Hütte gemacht hast.«

Er blickte zerknirscht. »Ich hätte wirklich erst fragen sollen, ob es dir recht ist. Welche Wünsche du dafür hast.«

Katya atmete tief ein, um Mut zu schöpfen; diese eine Wunde tat noch immer weh, nach so langer Zeit.

»Ich habe einmal etwas ganz Ähnliches getan. Bei Pawel. Heimlich habe ich mir bei ihm Zutritt verschafft und in seiner Küche gewerkelt, als wäre es meine eigene, weil ich ihm so unbedingt eine Freude machen wollte. Erst als er in der Tür stand, habe ich begriffen, dass ich keinerlei Recht dazu gehabt hatte.«

Ein Schatten legte sich auf Christians Gesicht, er rang sichtlich mit sich.

»Ich wünschte«, brachte er schließlich mühsam hervor, »ich hätte damals anders gehandelt.«

»Ich auch«, hauchte Katya. »Aber du hattest recht,

damals im Feuer. Er hat das Geld genommen. Du hast ihn zwar in Versuchung geführt, aber er hat es genommen. Und das kann ich euch beiden nicht verzeihen. Bis heute nicht.«

Christian ließ den Kopf hängen.

»Ich wusste mir nicht anders zu helfen«, gestand er schwach. »Ich konnte damit leben, dass du Thilos Frau bist. Vermutlich hätte ich auch damit leben können, dass du mit Pawel glücklich wirst. Aber dass du mit ihm fortgehst und ich dich womöglich nie wiedersehe … das hätte ich nicht ertragen.«

Er stützte die Unterarme auf die Knie und beugte sich vor, die Last der Erinnerung schwer auf seinen Schultern.

»Pawel wusste das«, fuhr er heiser fort. »Er ist nicht deinetwegen gegangen, Katya. Sondern meinetwegen.«

»Er ist aber auch nicht meinetwegen geblieben«, flüsterte Katya in den Wind.

Christians Tragik lag darin, dass er bei aller Rücksichtslosigkeit, aller Selbstsucht ein viel zu weiches Herz hatte, das hatte Katya irgendwann begriffen. Zwei Seiten an ihm, die immer gegeneinandergeprallt waren wie Eisschollen auf hoher See, Splitter und Scherben dabei hinterließen. Jetzt schienen diese Bruchkanten ineinandergeschmolzen, unter der Last der Jahre, dem Gewicht von Verlust und Trauer und dem Alleinsein.

»Und trotzdem hast du Henny geliebt und bist bei ihr geblieben«, sagte sie jetzt.

Christian hob die Schultern. »Ich kann es dir nicht erklären.«

Ein kleines Lächeln um den Mund, gab Katya einen mitfühlenden Laut von sich.

»Das brauchst du auch nicht. Thilo und ich haben einander auch geliebt, obwohl es für uns beide andere Männer gab, im Lauf der Jahre.«

Sie streckte die Beine von sich und kreuzte die Knöchel.

»Ist es nicht merkwürdig? Wir haben nur ein einziges Wort für die Liebe. Als könnten wir alle immer nur ein und dasselbe damit meinen. Genau wie wir Schnee oder Eis sagen, ohne je daran zu denken, wie viele unterschiedliche Gesichter sie haben.«

»Du tust das nicht.«

Katya schmunzelte. »Aber auch ich musste das erst lernen.«

Ein kleines Lächeln flog zwischen ihnen hin und her, bevor Katya lang gezogen den Atem ausblies, fast wie ein Seufzen.

»Und da sitzen wir nun«, sagte sie, vergnügt und melancholisch zugleich. »Beide alt und grau.«

Ein Funke der Erheiterung glomm zwischen ihnen auf.

Christian hob zögernd die Hand und strich ihr dann behutsam eine der Strähnen hinters Ohr, die der Wind aus ihrem Haarknoten gelöst hatte.

»Alt und grau steht dir gut«, raunte er.

Katya musterte ihn. Die Jahre hatten seine ohnehin nie sanften Züge schärfer herausgeprägt, die tiefen Falze und Furchen darin wie mit spitzer Klinge eingeritzt. Im sonnenbraunen Gesicht und gegen das Grau von Haar und Bart leuchteten seine Augen umso blauer.

Ein in die Jahre gekommener Hasardeur, der in Würde verwittert war.

»Dir auch.«

Er hatte sich verändert seit Hennys Tod. An einen Gletscher erinnerte er, der sich unter seiner eigenen Last kaum merklich durch die Landschaft schob. Man musste schon sehr genau hinsehen, um zwischen dem Geröll, das er hinterließ, die Körnchen puren Goldes zu entdecken, die eine Ewigkeit lang unter dem Eis verborgen gewesen waren.

Vorsichtig und wie fragend legte sich sein Arm auf ihre Schultern, und Katya ließ ihn gewähren. Unwillkürlich rückten sie näher zusammen, im kalten Wind war es wärmer zu zweit.

Bis zum Abend hatte der Wind an Kraft zugenommen. Fauchend fegte er um die Hütte und rüttelte an ihrem Fundament. Christian blickte immer wieder zum Dach hinauf; er konnte nur hoffen, dass seine und Jakobs Arbeiten daran etwas taugten.

Umso stiller war es im Inneren der Hütte. Wie auf Zehenspitzen schlichen Christian und Katya umeinander herum. Als ob jede unbedachte Bewegung, jedes Wort zu viel etwas zwischen ihnen zerbrechen könnte wie eine Eierschale.

Nach dem Essen wollte er ihr beim Abwasch zur Hand gehen, mit einem Kopfschütteln hatte sie abgewehrt. Als müsste sie zwischen den Tellern und Töpfen einen Raum für sich schaffen, zu dem er keinen Zutritt hatte.

Die Hände in den Hosentaschen, stand Christian im Lampenschein herum. Ein Mann von sechsundsechzig Jahren und doch so unbeholfen wie ein Schuljunge, rätselnd über das Wesen der Frau.

Bei jeder ihrer Bewegungen pendelte der Flechtzopf über ihren Rücken, das Weiß darin wie verschüttetes Salz. Ein unwiderstehlicher Sog ging von ihrer schlanken Gestalt aus, und Christian trat hinter sie.

Katyas Bewegungen froren ein. Als ob sie besorgt lauschte, was wohl hinter ihr lauern mochte. Wie beruhigend legte Christian ihr die Hände auf die Schultern.

Seine Knie wurden weich, als sie sich an ihn lehnte und in seine Arme schmiegte. Tief sog er den Duft ihres Haars ein, nach gebratenem Speck und dem Rauch des Herdfeuers, darunter nach Katya selbst, wie blühende Wiesen auf dem Höhepunkt eines heißen und trockenen Sommers.

»Ich kann nicht wieder von vorn anfangen«, wisperte sie. »Ich will nicht noch einmal dieselben Fehler machen.«

»Wir werden andere Fehler machen«, raunte er ihr zu. »Bessere.«

In seiner Umarmung drehte sie sich um, in ihren Augen schimmerte es feucht.

»Irgendwann wird einer von uns sterben und den anderen zurücklassen.«

»Aber nicht heute, Katya. Und wohl auch nicht morgen.«

Das Kinn vorgeschoben, schüttelte sie den Kopf.

»Es wird trotzdem nicht genug Zeit sein.«

Christian drückte die Stirn an ihre. Bang war ihm zumute, bang vor Glück und leiser Hoffnung.

»Worauf warten wir dann noch?«

Ihr Mund auf seinem war die Antwort, die er sich erhofft hatte.

Während der Sturm die Hütte mit Zähnen und Klauen bearbeitete, schufen Katya und Christian sich ein behagliches Nest aus Kissen und Laken und vom Leib geschälten Kleidungsstücken. Unter Küssen, die von seltsamer Vertrautheit waren und doch fremd schmeckten, schlossen sie Frieden mit dem, was hätte sein können, aber nie gewesen war.

Das Licht ließen sie brennen, sie wollten einander in die Augen sehen. Ohne Scham, ohne Scheu vor den Stellen ihres Körpers, die unter den Jahren nachgegeben und ihre ursprüngliche Form verloren hatten; die Zeit war zu niemandem gnädig.

Aber wer brauchte schon die blinde und eigensüchtige Lust der Jugend, wenn das Alter eine solch lebendige Sinnlichkeit mit sich brachte? Eine, die keine Eile kannte, nur endlose Zärtlichkeit und Nähe und ein funkensprühendes Verglühen.

Wie der Docht der Lampe, bevor sie im Lauf der Nacht verlosch.

Im Silberlicht, das durch das Fenster sickerte, setzte sich Katya auf und zog die Beine an. Der Sturm war abgeflaut; was an Wind noch zu hören war, klang wie ein Nachhall von Christians tiefen Atemzügen.

Hier, an diesem See, in dieser Hütte, hatte Katya zum ersten Mal von Lust und Sinnlichkeit gekostet, ein Menschenalter schien es her. Unvergessen waren jene Nächte mit Johann Silberberg; unvergessen, was sie von ihm über Eis und Schnee gelernt hatte. Der erste Mann in ihrem Leben, so viel älter, reifer, erfahrener. Bestattet auf der Hochebene der Hardangervidda, wie er es sich gewünscht hätte, dafür hatte Katya damals gesorgt, das war sie ihm schuldig gewesen.

Ihr erster Mann, aber nicht ihre erste Liebe, die lag neben ihr, das Gesicht ihr zugewandt, als wollte er sogar mit geschlossenen Lidern nicht den Blick von ihr lösen. Beide hatten sie Katya geprägt, jeder auf seine Weise, beide den Weg, den sie in all den Jahren zurückgelegt hatte, mit gebahnt.

Dass sie und Christian noch einmal zueinanderfinden würden, nach all den Dornen, die das Leben ihnen vor die Füße gestreut hatte, nach all den Stacheln, mit denen sie einander verletzt hatten, widersprach jeder Wahrscheinlichkeit.

Niemand konnte vorhersehen, wie lang der Schicksalsfaden einmal sein würde, der sich für einen spann, in jungen Jahren nahm man ihn meist nicht einmal wahr. Irgendwann jedoch kam es einem so vor, als bewegte man sich damit nur im Kreis, anstatt sich an diesem Faden vorwärtszuhangeln. Erst später im Leben begriff man, dass sich das Schicksal als Spirale wob, ihre Windungen immer größer und weiter. Ein fein verzweigtes Netz, das die schlimmsten Genickschläge abfederte und einen hielt, wenn man fiel.

Glücklich waren diejenigen, denen es eines Tages gelang, das spinnwebfeine Muster darin zu erkennen, mit dem alles einen Sinn ergab.

Vollkommen gelöst waren Christians Züge. Zwischen den Linien der späten Jahre schien der Junge durch, der er einmal gewesen war.

Am Ende war es wohl nur der Körper, der alt wurde und verfiel, während die Seele jung blieb und nachts auszog, um sich zu erinnern. Um all die Wünsche und Träume und Hoffnungen wiederzufinden, die sie einmal gehabt hatte.

Sanft fasste Katya ihn an der Schulter und wisperte seinen Namen.

»Du setzt mich jetzt aber nicht wieder vor die Tür«, murmelte er schlaftrunken.

Katya gab ein gehauchtes Lachen von sich.

»Ich will dir den Himmel zeigen.«

Mit einem tiefen Durchatmen öffnete Christian die Augen und rollte sich auf den Rücken. In seine Armbeuge geschmiegt, sah Katya mit ihm zu den Sternen hinaus. Wolken glitten über den Himmel, dunkle Schatten, vom Leuchten der Nacht glänzend hell verbrämt.

Katya drückte den Mund auf Christians bloße Brust, die Haut ledriger als früher. Auch sein Geruch hatte sich verändert, nicht länger das frische grüne Holz von früher, erinnerte er an einen alten Wald im Regen.

»Ich werde dich nicht heiraten«, verkündete sie im Flüsterton.

Christian blickte sie überrascht an.

»Ist es wegen der Leute? Darum hast du dich doch bisher auch nicht gekümmert.«

Katya deutete ein Kopfschütteln an.

»Ich bin Thilos Witwe und werde es auch bleiben. Ihm zum Gedenken.«

Christian zeichnete die Linien ihres Gesichts nach und ließ dann eine dicke Strähne ihres Haares durch die Finger gleiten.

»Was immer du willst. Mir soll es recht sein.«

Katya küsste ihn auf das Schlüsselbein. »Und was willst du?«

Seine Hand wanderte über Katyas Hals und fuhr die Rinne ihres Rückgrats entlang; wohlig kräuselte sich ihre Haut, bis zu den Pobacken hinab.

»Ich will die Welt mit dir sehen«, flüsterte er.

»Dann tun wir das«, murmelte sie. »Lass uns weiter in den Norden hinauffahren. Zu Silja. Ihr beide habt euch nie kennengelernt.«

Zweifel malten sich auf Christians Gesicht. »Ob ich vor ihren Augen bestehen kann?«

Sie versetzte ihm einen Knuff gegen die Schulter. »Dann streng dich an.«

Lachend zog Christian sie an sich.

V

Silbertau

Hamburg, 1874

Silbertau, deutsch; *silver thaw* oder *silver frost*, englisch.

Silbrig schimmernde Girlanden aus Eisspitzen, die sich nach strengem Frost durch Tauwetter, Regen oder Sturm an Bäumen bilden.

42

Der offene Wagen rollte über die Elbchaussee, in den grünenden und blühenden Maitag hinein. Bei jedem Ruckeln, jedem Holpern stieß das kleine Mädchen auf dem Schoß seiner Mutter ein entzücktes Quietschen aus.

Das Näschen vergnügt gekraust, hielt es das Gesicht in den Wind, der ihm das karamellfarbene Seidenhaar durchwirbelte. Immer wieder legte es den Kopf in den Nacken, um die Sonnenstrahlen zu bestaunen, die durch das Laub der Bäume fielen, und reckte die kleinen Hände, um einen davon zu fangen.

Emma. Ein Name wie ein Ausrufezeichen. Mit vollem Namen Emma Henriette Helene Levgrün, zu Ehren ihrer beiden Großmütter, die sie nicht mehr kennenlernen würde.

Emmas Augen wanderten zu denen ihrer Mutter. Eines davon war von so hellem Blau, dass es fast grau wirkte, wenn sie zufrieden war und sich angelegentlich mit einem Spielzeug beschäftigte, und schimmerte grün, wenn sie zornig ihren Willen durchsetzen wollte. Das andere war jedoch von tiefem Braun, das umso wärmer glänzte, wenn Emma hingebungsvoll eine der Hennen im Garten von Teufelsbrück umarmte oder eine der Speicherkatzen zu Hause am Kehrwieder.

Eine Besonderheit, die sich in Emmas ersten Lebensmonaten herausgebildet hatte. Scharf wie ein Adler sah sie trotzdem, das hatte der Kinderarzt bestätigt und Emma lachend unter dem Kinn gekitzelt. Womöglich würde es sich in den kommenden Jahren einfach verwachsen.

Die unterschiedlichen Augenfarben gaben Emma etwas Schelmisches, ihrem Blick eine Tiefe, die andere Kinder mit neun Monaten noch nicht hatten. Aber für Cathrin war sowieso alles ein Wunder, was Emma tat und was sie war.

In Emmas Augen spiegelte sich ihr reiches Erbe wider. Das der Levgrüns von der sandigen Küste der Ostsee und das der Pohls aus Lübeck. Das Hamburger Erbe der Petersens und das der Voronins vom großen See von Ladoga, dort, wo in den unendlichen Wäldern Russland und Finnland ineinanderflossen.

Ein Kind des Nordens.

Ein Strahlen schien jetzt auf dem Gesicht Emmas auf, so hell wie die Sonne selbst, und machte ihre Perlzähnchen sichtbar. Die Stirn voraus, ließ sie sich gegen die Brust ihrer Mutter fallen. Cathrin drückte den kleinen, quicklebendigen Kinderleib an sich, und ihr Herz quoll über.

Auf eine merkwürdige Art hatte sie nicht damit gerechnet, je ein Kind zu bekommen, nicht mit diesem überschlanken und geradezu jungenhaften Körper, der ihr immer ganz und gar unmütterlich vorgekommen war. Und dann hatte Emma sich doch angekündigt, fast wie ein Sturm aus heiterem Himmel.

Die erste Zeit hatte Cathrin neben ihrem Schreibtisch im Kontor einen Eimer stehen gehabt und diesen auch weidlich genutzt. Die Mahnungen des Arztes, eine späte Mutter wie sie solle sich schonen, hatte sie mit der Bemerkung pariert, dass andere Frauen in diesem sogenannten Zustand auf dem Feld oder der Fabrik arbeiten mussten, da sei das Beackern von Firmendokumenten in einem bequemen Bürostuhl ja wohl ein Klacks.

Nur Kundentermine hatte sie in jenen Wochen nicht wahrgenommen und schweren Herzens auch darauf verzichtet, die Werft zu besuchen, um den Baufortschritt des Dampfers zu begutachten, der nach und nach auf seiner Helling Gestalt annahm. Sich vor versammelter Mannschaft spontan zu übergeben hatte sie sich lieber erspart.

Emma drehte den Kopf und blinzelte vorwitzig zu ihr auf. Cathrin lächelte, und mit einem seligen Laut schmiegte Emma sich enger an sie.

Die Übelkeit war es genauso wert gewesen wie mit riesigem Bauch durch Zimmer und Flure zu rollen und Treppen hinaufzuschnaufen. Nur die Wehen hätte sie nicht gebraucht, eine Welle heißen Schmerzes nach der anderen. In endlosen Stunden, in denen es kein Vorwärts zu geben schien und schon lange kein Zurück mehr, jegliche Erlösung in unerreichbare Ferne gerückt.

Ohne Betjes erfahrene und zupackende Art, ohne

Katyas tröstliche Stärke und ohne Jakob, der ihr die Hand hielt, hätte Cathrin es nicht geschafft, davon war sie überzeugt. Aber am Ende war Emma doch noch gekommen, stramm und glänzend wie ein Kupferling, die Fäuste triumphierend geballt und eine Glückshaube auf dem nassen Köpfchen, ihr erster Schrei eine Fanfare, die jede Faser in Cathrin zum Vibrieren brachte. Da ließ es sich sogar verschmerzen, dass sie danach wochenlang mit dem Gefühl herumgeschlichen war, in ihrem Schoß wäre ein Feuerwerkskörper explodiert.

Womöglich würde sie sich all dem noch einmal stellen müssen, zum Ende dieses Jahres hin, der Arzt war noch nicht ganz sicher. Sollte es tatsächlich der Fall sein, wäre sie die kommenden Wochen auf dem Schiff sicher nicht die Einzige, der regelmäßig schlecht wurde.

Obwohl sie nicht wusste, wie sie künftig den Alltag meistern sollte, mit zwei kleinen Kindern.

»Wie hast du das damals geschafft?«, fragte Cathrin. »Mit mir und der Firma?«

Katya neben ihr wiegte den Kopf unter dem schwarz bebänderten Strohhut hin und her. Zärtlich streichelte sie Emma, die das Tuten der Dampfer auf der Elbe nachahmte; wie eine kleine Eule klang sie.

»Irgendwie ging es eben. Wir haben uns viel abgewechselt, Thilo und ich. Wie du und Jakob auch. Aber es war auch eine andere Zeit.«

Keine zwei Jahre hatte die goldene Ära nach der Reichsgründung gedauert. Im vergangenen Frühling hatte das Gerücht die Runde gemacht, die Börse in Paris stünde kurz vor dem Zusammenbruch. Nichts als heiße Luft, hieß es beschwichtigend; zur Besonnenheit wurde gemahnt und an das Vertrauen in die Mechanismen des freien Markts appelliert.

Viele Anleger und Geschäftsleute jedoch suchten ihre Schäflein rechtzeitig ins Trockene zu bringen und machten alles an Aktien und Wertpapieren und Gütern zu Geld, was nur ging. Auch die österreichische Creditanstalt, und das gleich in vielfacher Millionenhöhe. Die Franko-Ungarische Bank versuchte vergeblich, noch ausstehende Kapitaleinlagen einzutreiben, und musste Konkurs anmelden, etliche weitere Banken folgten, und mit ihnen ein Unternehmen nach dem anderen. Mit Kursstürzen bis zu neunzig Prozent erlebte die Wiener Börse ihren Schwarzen Freitag. Tumulte brachen im Börsensaal aus, zahlungsunfähige Finanzjongleure flüchteten über die Hintertreppe vor ihren Gläubigern, schließlich räumte die Polizei das Gebäude. Finanziers und Anleger täuschten ihren Selbstmord vor, andere nahmen sich tatsächlich das Leben und brachten zuvor noch ihre Familien um. Ausgerechnet in Wien, wo doch die gerade eben eröffnete Weltausstellung den Glanz dieser neuen Zeit und die Verheißungen der Zukunft präsentierte, folgte auf den Walzerrausch ein Strudel aus Treibsand.

Die Schockwellen dieses Zusammenbruchs rollten im Sommer über New York und London hinweg und erreichten im Herbst dann auch Berlin und damit das Deutsche Reich, wo sich kleine Leute und Spekulanten gegenseitig die Schuld zuschoben und schließlich den

Schwarzen Peter an die jüdischen Bankiers und Geschäftsleute weiterreichten.

Cathrin war heute noch dankbar, dass Christian deswegen aus dem Ruhestand vorübergehend in die Firma zurückgekehrt war. Sie hatten alle Hände an Deck brauchen können, um *Petersen & Voronin* möglichst unbeschadet durch diesen Mahlstrom aus Panik und Pleiten und noch größerer Panik zu steuern.

Ohne Verluste war es nicht abgegangen, aber es hätte schlimmer kommen können. Cathrins Weigerung ein paar Jahre zuvor, in riskante Geschäfte zu investieren, hatte das Unternehmen vor dem größten Schaden bewahrt.

»Es ist gut, dass du dir Hilfe holst, wenn du sie brauchst«, sagte Katya jetzt.

In Cathrins Seidenkleid gekrallt, zog und stemmte Emma sich hoch und holte sich ein Küsschen von Katya ab, bevor sie die Arme um Cathrins Hals schlang und interessiert verfolgte, was sich hinter dem Wagen abspielte. Angeregt brabbelte und plapperte sie dabei vor sich hin. Manchmal glaubten sie, schon etwas wie *Mama* oder *Papa* herauszuhören. *Dada* schien sich gleichermaßen auf Katya, Christian und Grischa zu beziehen, *Tete* stand für Betje und Hanno, und neu in ihrem Wortschatz fand sich *Doon*. Toonbank vermutlich.

Es brauchte ein Dorf, um ein Kind großzuziehen, hieß es. Für Emma bestand dieses Dorf aus Katya und Christian und manchmal auch aus Grischa, der stundenlang mit seinem jüngsten Enkelkind spielen und herumtollen konnte. Seit Emma mobiler geworden war und so schnell krabbelte, wie ein Kaninchen rannte, brachte Cathrin sie oft morgens zu Betje ins Kontor hinunter. Ein Laufstall hatte darin Einzug gehalten, in dem Emma mit den beiden Kleinen von Finja und Famke gut aufgehoben war und sich von den Frauen im Feinkostladen in deren Arbeitspausen reihum herzen und mit Obst füttern ließ.

Wenn Cathrin sie abends abholte, blieb sie oft noch auf einen Tee oder ein Glas Limonade. Die abgeklärte Ruhe und der Rat der erfahrenen Mütter taten ihr gut, und in Finja und Famke, die ganz ähnliche Sorgen und Ängste umtrieben wie Cathrin, genauso im Zwiespalt zwischen Geschäft und Kind steckten, hatte sie gute Freundinnen gefunden.

Eine Trennung auf Raten, in der sich sowohl Cathrin und Jakob als auch Emma bereits hatten üben können. Der große Abschied jedoch stand ihnen noch bevor.

Cathrin zog Emmas Kleid zurecht, das der Wind über dem Windelpaket hochgeblasen hatte, und streichelte über ihre Rippen, die sich bei jedem Atemzug ausdehnten und wieder zusammenzogen. Unwillkürlich drückte sie Emma fester an sich, die einen quiekenden Laut von sich gab und dann giggelte.

Tief sog Cathrin den Kinderduft ein, wie Vanille und Milch und Honig, schon jetzt ein schmerzliches Ziehen in der Brust.

»Ich weiß nicht, wie ich das aushalten soll«, gestand sie bang. »Einen ganzen Monat ohne sie.«

Keine Schiffsreise war ohne Risiko, nicht einmal auf

einem Dampfer, der auf dem neuesten Stand der Technik vom Stapel gelaufen war, das wussten sie. Deshalb hatten Jakob und Cathrin entschieden, ihr Kind so lange in der sicheren Obhut der Familie zu lassen. Cathrin hatte noch ein paar von Emmas Sachen nach Teufelsbrück gebracht, um dann mit Katya zusammen zum Hafen aufzubrechen.

Jakob hatte sich bereits am Morgen von Emma verabschiedet, falls später am Kai keine Zeit mehr blieb; bei der Abfahrt durften sie sich nicht die geringste Verzögerung leisten. Mit Christian war er dann vorausgefahren, um noch alles für diesen Tag Notwendige abzuwickeln und die geladenen Gäste zu begrüßen.

»Jetzt weiß ich, wie meine Mutter sich damals gefühlt haben muss«, fügte Cathrin hinzu.

Mit einem wehen Lächeln sah sie ihre Tante an.

»Ich habe ihr gegenüber so oft Abbitte geleistet in den letzten Monaten. Als es wegen der Börsenkrise im Kontor hoch herging und Emma noch nicht durchschlief, manchmal auch einfach wütend auf mich war, weil sie genau spürte, dass ich mit den Gedanken nicht bei ihr bin. Während auf der Baustelle eine Schwierigkeit nach der anderen auftrat und einer von uns ständig zum Reiherstieg hinausfahren musste, um sich darum zu kümmern, und Emma unter den ersten Zähnchen litt. Scheußlich war das.«

Verstohlen wischte Cathrin sich eine Träne aus dem Augenwinkel. Mutter zu sein, das hatte sie stärker gemacht, aber auch weich wie Butter.

»Immer wieder fällt mir etwas ein, was ich ihr gern sagen oder sie noch fragen möchte. Aber sie ist nicht mehr da.«

»Ich weiß«, erwiderte Katya und drückte Cathrins Hand.

Emma sah ihre Mutter unter zusammengezogenen Brauen fragend an. Dann schmiegte sie ihre Wange, so zart wie das Blütenblatt einer Pfingstrose, an die Cathrins, wie tröstend. Cathrin musste leise lachen und hatte dabei schon die nächsten Tränen in den Augen. Emma zurückzulassen zerriss ihr das Herz, aber genauso wenig hätte sie es ertragen, auf diese Reise zu verzichten.

Erst der Lärm von Pferdehufen und Wagenrädern, von Menschenmengen und Lastkarren und gleich einer ganzen Salve von Schiffshörnern machte Cathrin darauf aufmerksam, dass sie Altona schon hinter sich gelassen hatten und durch den Hafen fuhren.

Hamburg war groß geworden. Nicht nur in seiner Ausdehnung, an Häusern und Warenmengen, an Schiffen und Wagen und Zügen. Bald würden in dieser Stadt fast doppelt so viele Leute leben und arbeiten als noch vor knapp eineinhalb Jahrzehnten, geschätzt gegen dreihunderttausend Menschen. Manche redeten sogar schon von einer Weltstadt, vielleicht, weil der jüngst fertiggestellte Turm von Sankt Nikolai das höchste Bauwerk der Welt war. Ein neues Rathaus oder auch nur ein Entwurf desselben fehlte indes immer noch.

Sorgsam steuerte Jan den Wagen mit Cathrin und Katya durch den Verkehr und hielt an den Landungsbrücken. Kaum ein Wölkchen war am Himmel zu sehen, blau und endlos spannte er sich über die Dächer und Türme von Hamburg, über Masten und Schornsteine und Hafenbauten, und die Sonne lachte.

Kaiserwetter.

Cathrin entdeckte ihren Dampfer sofort, unverkennbar mit dem hellblauen Stern am Bug, der an einen Eiskristall erinnerte. Obwohl sie seine Entstehung von den ersten Eisenbalken an begleitet hatte, bis hin zu der letzten Schicht Farbe, der letzten Serviette, dem letzten Kaffeelöffel, schlug ihr Herz immer noch höher, wenn sie ihn sah. Alles an Energie und Unmengen von Geld, Schweiß und Arbeit hatten sie und Jakob dort hineingesteckt.

Der glücklichste Tag im Leben einer Frau sei ihr Hochzeitstag, hieß es oft. Glücklich waren Jakob und Cathrin zweifellos beide gewesen, als sie sich am Altar von Sankt Katharinen das Jawort gegeben hatten, in einer schlichten Zeremonie und im kleinen Kreis.

Heute jedoch war wahrhaftig Cathrins und Jakobs großer Tag. Der Tag, auf den sie fast zwei Jahre lang hingefiebert hatten.

Die Jungfernfahrt ihres Dampfers nach New York.

43

Majestätisch lag sie an den Landungsbrücken vor Anker, die *Eisbaronin*. Lang und schlank mit ihren rund einhundertvierzig Metern vom Bug bis zum Heck und geradezu schnittig, trotz ihrer rund viertausend Tonnen. Verblüffend filigran mit ihren vier Masten, dem Gespinst aus Leinen und Tauen und noch eingerollten Segeln.

Auf dem Kai drängten sich Schaulustige zusammen, um den Dampfer zu bestaunen, von dem man ja schon einiges gehört hatte. Aus der Zeitung, im Klönschnack mit den Nachbarn und auf dem Markt, oder weil man jemanden am Stammtisch hatte, der auf der Werft oder im Hafen arbeitete. Sicher hatten manche auch die Prospekte gesehen, die in weiten Teilen der Stadt auslagen, die Plakate in den Schaufenstern und an Litfaßsäulen. Vielleicht waren es gerade diese Zuschauer, die so neidvoll zu den Passagieren hinüberschielten, die bereits eine Runde über das Deck drehten, während die Besatzung die letzten Handgriffe vor dem Auslaufen vornahm.

Auch einige Angestellte von *Petersen & Voronin* hatten sich eingefunden, allen voran Cornelius Overbeck und Margarete Paal, um »ihren« Dampfer auf dem Wasser zu sehen und ihren Familien und Freunden das große neue Projekt des Unternehmens zu zeigen.

Über den Köpfen der Menge schwebten bunte Farbtupfer. Luftballons, die Cathrin und Jakob aus London hatten kommen lassen und die im Augenblick der Abfahrt in die Luft steigen sollten. Eine Blaskapelle sorgte für schmissige Musik, und zwei Frauen in blauweiß gestreiften Röcken verteilten aus ihren Bauchläden Tütchen mit Bonbons und gebrannten Mandeln.

Ein mehr als großzügiges Budget hatten Cathrin und Jakob rund um diesen Tag eingeplant, aber gute Werbung kostete eben.

Mit großem Hallo und Glückwünschen wurden Katya und Cathrin am Kai von den Reintjes und den Kopstedes begrüßt, alle in ihren guten Anzügen oder im Sonntagskleid. Auf dem Arm ihrer Mutter tat Emma kieksend ihre Freude kund, gleich so viele vertraute Gesichter auf einmal zu sehen. Verlangend streckte sie die Hände nach ihren Spielkameraden aus, die auf den Hüften ihrer Mütter Famke und Finja saßen und Emma ähnlich verzückt begrüßten.

»Prächtig ist euer Dampfer geworden, Cathrin«, ließ Hanno sich vernehmen und strich sich vergnügt über den Bart. »Ganz prächtig.«

»Jakob hat uns vorhin herumgeführt«, warf Jordis ein. »Da kann man sich wirklich wohlfühlen, zehn Tage lang. Da hätt ich nichts dagegen, mal mit zu verreisen.«

Die halb schicksalsergebene, halb belustigte Miene Fietes verriet, dass er das heute nicht zum ersten Mal hörte, und genauso den Stolz, seinen Beitrag zu diesem Wunderwerk geleistet zu haben.

»Er sieht aus, als wäre er jede Mark wert«, stellte auch Betje fest, ein an Cathrin gerichtetes Zwinkern in den klarblauen Augen.

Hauke und Nils, mittlerweile fast schon junge Burschen, versuchten, sich gegenseitig damit zu übertrumpfen, was sie während der Besichtigung alles entdeckt und sich an Zahlen, Maßen und Fakten über den Dampfer gemerkt hatten.

»Ich glaube, du musst«, bemerkte Katya mit Blick auf die zunehmende Betriebsamkeit rings um das Schiff.

Cathrin nickte, sichtlich hin und her gerissen. Den Mund auf Emmas Wange, murmelte sie ihr Zärtlichkeiten zu, bevor sie sie widerstrebend Katya übergab.

»Gute Reise«, sagte Katya und drückte Cathrin mit einem Arm an sich. »Kommt gesund wieder.«

Mit einem tiefen Durchatmen, das zittrig ausfiel, straffte sich Cathrin und drehte sich auf dem Absatz um. Bei den ersten Schritten zog sie sich die Handschuhe über, die zum guten Ton gehörten, dann raffte sie den schmalen Rock und lief los.

In dem mit dicken Kordeln abgesperrten und von einem roten Läufer markierten Bereich unterhielten sich Grischa und Christian mit den geladenen Honoratioren und Persönlichkeiten der Stadt nebst Gattinnen oder Töchtern, Gläser mit Champagner in der Hand. Jakob war im Gespräch mit gleich mehreren Herren, die an ihren gezückten Bleistiften unschwer als Journalisten zu erkennen waren. Ludger, der ganz auf die Aufmerksamkeit der Presse setzte, hatte gründliche Arbeit geleistet; wie er sich in die Brust warf und mit großen Gesten auf den ohnehin nicht zu übersehenden Dampfer zeigte, erweckte den Eindruck, er hätte das Schiff eigenhändig geplant und gebaut.

Ein Lachen auf dem Gesicht, trat Cathrin hinzu, schüttelte ringsum Hände und stellte sich mit den anderen Eisbaronen und Ludger zu einem Erinnerungsfoto auf, bevor sie mit lebhafter Gestik Fragen der anwesenden Herren und Damen beantwortete.

»Sie macht das gut«, sagte Betje lächelnd.

Katya nickte. Man musste Cathrin schon sehr gut kennen, um ihre Aufregung zu bemerken. In ihrem Seidenkleid in Perlgrau, Bleu und Weiß, ein keckes Hütchen auf dem Kopf, wirkte sie für Außenstehende mit Sicherheit wie eine durch und durch selbstbewusste Geschäftsfrau, die über ihr Herzensprojekt sprach.

Eine Leidenschaft, die sie mit ihrem Mann teilte. Wer sie und Jakob zusammen sah, sie wie aus Glas und Stahl, er wie eine dunkle Eiche, in ihren unterschiedlichen Temperamenten einander ergänzend und befeuernd, der hegte keinen Zweifel daran, dass den Levgrüns die Zukunft gehörte.

Während Martin und Friedrich, die Schwiegersöhne der Reintjes und der Kopstedes, sich über die *Eisbaronin* im Besonderen und die Schifffahrt im Allgemeinen austauschten, berichteten Hanno und Betje die jüngsten Neuigkeiten aus Bombay.

Gerrits Geschäfte liefen gut, selbst in holprigen Zeiten wie diesen; Shilpas Chutneys waren weit über Hamburg hinaus gefragt, und den Musselin verkaufte er bis nach England und Frankreich. Im Herbst wollten Betje und Hanno mit Jordis und Fiete hinfahren, um sich von Henning durch die Universität führen zu lassen, und vor allem, um ihr jüngstes Enkelkind zu sehen. Stolz zeigte Hanno die sepiatonige Photographie, die Gerrit geschickt hatte; mit seinen sechs Monaten war der kleine Jasper Lisje wie aus dem Gesicht geschnitten.

Ein einsetzendes Dröhnen und Wummern rief ein Raunen unter den Schaulustigen hervor, den einen oder anderen Ausruf. Kaum merklich vibrierten die Masten des Schiffs, während rußiger Rauch aus den Schornsteinen quoll.

»Das dauert trotzdem noch«, verkündete Nils altklug. »Erst müssen sich die Maschinen warmlaufen.«

»Und wann werden die Segel gesetzt?«, fragte Levke.

Sie hatte sich bei einem noch milchgesichtigen jungen Mann untergehakt, der sich Katya als Philipp Strathoff vorgestellt hatte. Ein Ingenieur, der mit dem Ausbau der Hafenanlagen am Grasbrook betraut gewesen war und sich nach seinem Feierabend oft im Feinkostladen mit Lebensmitteln versorgt hatte; seit vier Wochen waren sie verlobt.

»Erst auf See«, erklärte Hauke fachmännisch. »Auf der Elbe lohnt das nicht.«

Clara wechselte einen heißblütigen Blick mit einem jungen Mann in der Menge; als ihre Augen auf Katyas trafen, errötete sie, erwiderte aber Katyas Lächeln. Wiebke, die dritte Tochter der Kopstedes, kicherte und erntete dafür einen verlegenen Ellbogenstoß Claras.

Ludger kam auf sie zu, Claudius und Richard im Schlepptau.

»Sind Jette und die Mädchen nicht mitgekommen?«, erkundigte sich Katya.

Ludger kratzte sich im Backenbart und murmelte etwas von Gästen und Tee im Garten.

Nachdem Cathrin sich seinerzeit so vehement dagegen gestemmt hatte, etwas vom Firmenvermögen in amerikanische Eisenbahnanleihen und Bauvorhaben in Wien zu stecken, hatte Ludger kurzerhand nicht nur sein eigenes Geld dafür verwendet, sondern auch ein Darlehen aufgenommen, und Jette hatte etwas von ihrem Erbe beigesteuert. Auch als die Kosten für den Bau und Unterhalt der Eisenbahnen sich in schwindelerregende Höhen schraubten, der Wert der Aktien aber nicht mitzog und die Kredite dafür zu wackeln begannen, hatte Ludger daran festgehalten. Mit dem Gründerkrach im vergangenen Jahr hatten sich diese Investitionen in Luft aufgelöst.

Ludger selbst trug es mit erstaunlicher Fassung. Sein Posten bei *Petersen & Voronin* sicherte ihm ein respektables Einkommen, und mit dem Verkauf der Familienvilla konnte er seine Schulden fast vollständig tilgen. Nur Jette litt sehr darunter; nicht einmal die elterliche Villa in Hamm, die Christian ihnen überlassen hatte, konnte sie darüber hinwegtrösten.

»Wir müssen auch«, brummte Ludger vor sich hin. »Leider.«

»Grüß sie lieb von mir«, sagte Katya. »Ich komme nächste Woche einmal bei Jette vorbei.«

Ludger nickte und schickte einen Abschiedsgruß in die Runde, bevor er Claudius an der Schulter stupste. Mit langen Gesichtern trotteten seine Söhne hinter ihm her und blickten sich immer wieder um, sie wären gern noch geblieben.

Auch Christian schien sich nur schwer vom Schiff lösen zu können und noch weniger von Jakob und Cathrin. Von Jakob verabschiedete er sich mit einem kräftigen Handschlag und Schulterklopfen, bevor er Cathrin lange umarmte. Doch schließlich schlenderte er durch die Menge auf dem Kai, einen versonnenen Ausdruck auf dem Gesicht.

Seine scharfen Züge wurden weich, als sein Blick auf Katya und Emma fiel. Er streichelte seiner Enkeltochter über den Kopf, legte dann den Arm um Katya und zog sie an sich.

»Wir haben uns eine Hälfte der Welt erobert«, sagte sie leise. »Jetzt strecken die beiden die Hand nach der anderen aus.«

Christian nickte. »Ja, das tun sie. Und das wird ihnen auch gelingen.«

»Stolz?«, fragte Katya.

»Sehr«, erwiderte er hörbar bewegt.

Suchend schweifte sein Blick umher und blieb schließlich auf Marie liegen.

Abseits der Menge hatte sie ihren Arm in Griets geschoben, und Griets entschlossener Blick verriet, dass sie jeden zu rüffeln gedachte, der ihnen achtlos zu nahe kommen und Marie damit in Bedrängnis bringen würde.

Katya wusste, dass es für Christian nach so langen, schwierigen und oft bangen Jahren befremdlich war, Marie auf eigenen Füßen stehen zu sehen. Vierzig Jahre alt war sie jetzt, eine auf anmutige Art gereifte Fee. Für die Bilder, die sie in ihrer hellen Wohnung am Neuen Wall schuf, Käufer zu finden war das einzige Geschäft, in dem Christian sich noch betätigte.

»Ich weiß, du machst dir Sorgen«, sagte Katya. »Aber schau sie dir nur an.«

Beide, Marie und Griet, beobachteten die Möwen, die in einem dichten Wirbel über den Landungsbrücken aufflogen und dann weiter über den Himmel zogen. Das Leuchten auf Maries Gesicht gab nicht nur ihr Glück in diesem Augenblick wieder; es erzählte auch von der tiefen Zuneigung und Nähe, die zwischen ihr und Griet gewachsen war.

»Nicht jede Frau braucht einen Mann, um glücklich zu sein«, fügte Katya neckend hinzu.

Lachend legte Christian auch den anderen Arm um sie.

Lange sahen sie sich in die Augen, in einem Moment, der keine Worte brauchte. Emma zwischen sich, in deren Adern durch Christian auch ein paar Tropfen von Thilos Blut flossen, genau wie sich darunter auch durch Grischa etwas von Katyas Blut mischte. Dieses Kind, das aus der

Vergangenheit der Eisbarone geboren worden war und gerade in einem immerwährenden Jetzt lebte, aber eines Tages die ersten Schritte in seine eigene Zukunft machen würde.

Dieser Moment zerstob, als sich das Dröhnen der Schiffsmaschinen zu einem ohrenbetäubenden Lärm steigerte. Vorfreudige Erregung brandete durch die Menge am Kai, und mit einem hallenden Brüllen des Horns legte die *Eisbaronin* ab.

Jubelnd spurteten Hauke und Nils los, wie auch andere Halbwüchsige und Kinder im Zickzack zwischen den Schaulustigen hindurchfegten, um ganz nahe dabei zu sein, wenn der Ozeandampfer ins Fahrwasser der Elbe steuerte. Aus Leibeskräften rannten sie dann den Kai entlang, vielleicht, um dem Schiff Geleit zu geben, vielleicht auch schlicht, um ihre Kraft und Ausdauer mit dem Dampfer zu messen und abends zu Haus dann damit zu prahlen.

»Schau, Emma«, sprach Katya die Kleine auf ihrem Arm an. »Schau, da fahren deine Mama und dein Papa nach Amerika.«

Emma blickte ratlos drein. Das sich entfernende Schiff, dessen Deck dunkel war vor Passagieren, die einen letzten Blick auf Hamburg werfen wollten und das Winken der Zuschauer auf dem Kai erwiderten, konnte sie noch nicht mit ihren Eltern in Verbindung bringen.

Halbherzig wedelte sie mit einer Hand, dann nahmen die aufsteigenden Ballons ihre ganze Aufmerksamkeit gefangen. Den Kopf in den Nacken gelegt, strahlte sie über das ganze Gesicht und streckte die Arme aus, als wollte sie mit den Ballons emporfliegen, geradezu berstend vor Glück und Seligkeit.

Es würde nicht so bleiben, das wusste Katya. Spätestens heute Abend würde sie nach Cathrin und Jakob weinen; dann würden Katya und Christian da sein, um sie zu trösten.

»Was für ein Schiff«, ertönte Grischas Stimme hinter ihnen. »Was für ein Tag.«

Emmas freudig geplapperten Gruß erwiderte Grischa, indem er ihr erst einen Kuss auf die Nasenspitze tupfte und ihr dann übers Haar fuhr.

Bereitwillig übernahm Christian seine Enkeltochter, deren Interesse an den sich entfernenden Ballons schon erlahmt war. Viel lieber tatschte sie in das Gesicht ihres Großvaters und versuchte mit andächtiger Neugierde, ihm einen Finger in den Mund zu schieben.

»Wann fährst du?«, erkundigte sich Katya.

Sobald Cathrin und Jakob zurück waren, würden Katya und Christian nach Tromsø zu Silja reisen; dreiundachtzig Jahre alt war sie jetzt und noch ganz rüstig. Eine Fahrt mit der *Eisbaronin* nach Amerika planten sie und eine nach Sankt Petersburg, vielleicht noch weiter ins Landesinnere hinein, die Newa entlang. Katya war noch hin und her gerissen, an ihrer alten Heimat hingen zu viele schlechte Erinnerungen, auch wenn sie Christian gern gezeigt hätte, wo sie geboren worden war.

Doch zuvor würde Grischa aufbrechen, für unbestimmte und wohl auch längere Zeit.

»Gleich morgen früh«, antwortete er.

Ein leises Lächeln schien auf ihren Gesichtern auf. Bruder und Schwester, die durch mehr verbunden waren als nur ihr Blut. Ein Band, das sich über die Zeit gelockert hatte, heute ausgefranst und verblichen war, aber allen Stürmen, allen Kämpfen standgehalten hatte.

Grischas Hände legten sich um ihr Gesicht.

»Auf bald, Katyuscha«, murmelte er, seine Stirn an ihrer.

Katya sah ihm nach, wie er davonging und sich durch die sich zerstreuenden Zuschauer fädelte. Langsamer als früher, aber genauso ungeduldig, genauso rastlos.

Ein ewig Getriebener, immer noch auf der Suche.

44

Als Jakob von seinem Rundgang durch das Schiff in ihre gemeinsame Kabine zurückkehrte, war Cathrin nicht dort, ihr Hut lag auf dem Bett.

Lange musste er nicht nach ihr suchen. In einem verborgenen Winkel des Achterdecks fand er sie, zwischen den Rettungsbooten an ihren Galgen, im Stampfen und Wummern der Maschinen. Dort, wo der Seegang unter den Füßen deutlicher zu spüren war; immer wieder spritzte Gischt auf.

Strähnen ihres hellen Haares, die sich aus dem Knoten gelöst hatten, umwehten Cathrins Kopf wie ein Heiligenschein; ihr Gesicht war verweint.

Wortlos zog Jakob sie an sich.

»Ich habe mich nicht einmal richtig von ihr verabschiedet«, murmelte Cathrin an seiner Wange, ihre Stimme dick von Tränen.

Auch Jakob fühlte sich, als hätte er sich ein Stück seines Herzens herausreißen müssen, als er am Morgen Emma noch ein letztes Mal an sich gedrückt hatte. Seine kleine Tochter. Zusammen mit Cathrin sein größtes Glück.

Es war schwer, für seine Träume bis an die Grenzen zu

gehen, wenn es einen kleinen Menschen gab, der eine solch wilde und gleichzeitig unendlich zarte Liebe in einem heraufbeschwor.

Unwirklich war es ihm vorgekommen, dass Cathrin neues Leben in sich tragen sollte, das sie beide zusammen geschaffen hatten. Eine Wirklichkeit, an die er sich nur langsam gewöhnte, während ihr Bauch wuchs. Umso größer war der Schock, in den gewalttätigen Strudel der Geburt hineingezogen zu werden und danach dieses Kind im Arm zu halten, das nichts anderes als der reinste Frieden war.

Mit Emma zog ein Kinderkörbchen in das Büro ein, das Jakob und Cathrin von Christian übernommen hatten. Jakobs liebste Stunden waren die gewesen, in denen Cathrin den Stuhl mit dem Rücken zur Tür drehte, die Bluse aufknöpfte und Emma die Brust gab, während sie nebenbei Unterlagen durchsah oder sich mit der freien Hand Notizen machte. Nichts erzählte mehr über Cathrin als Mutter, als Frau, als der Mensch an seiner Seite.

Liebe, so hatte er früher geglaubt, war wie ein kostbarer Schatz, den man unverhofft überreicht bekam und bei dem man fürchten musste, dass er irgendwann zur Neige ging. Er hatte keine Ahnung gehabt, dass Liebe etwas Lebendiges war, das keimte und austrieb und wuchs, mit Wurzeln, die sich tiefer und tiefer in der Seele verzweigten.

»Es war trotzdem das Richtige, sie zu Hause zu lassen«, flüsterte er.

Cathrin nickte. In seiner Umarmung richtete sie sich

auf, wischte sich über die Wangen und schenkte ihm ein zaghaftes Lächeln.

Das liebte er am meisten an ihr. Dass sie sich ihrer Schwächen nicht schämte, sondern aus ihnen neue Stärke zog. Darin war sie ihm eine große Lehrmeisterin.

Wie in den Nächten, in denen ihn die Träume vom Krieg heimsuchten. Gleich, wie fest Cathrin geschlafen hatte, sie tapste dann in die Küche und brachte eine heiße Gewürzmilch nach Katyas Rezept mit zurück, um dann einfach nur neben ihm zu sitzen und mit ihm zu warten, bis der klebrige Schatten des Albtraums von seinem Rücken glitt. Oder wenn sie nackt beieinanderlagen und Cathrin seinen Narben besondere Zärtlichkeit schenkte. Als ob sie anerkannte, wie sehr sie für den Mann standen, der er geworden war. Markierungen des steinigen Weges, der hinter ihm lag.

Cathrin löste sich aus seinen Armen, um ihr Taschentuch hervorzuziehen und sich die Nase zu putzen.

»Wie liegen wir in der Zeit?«, fragte sie schniefend.

Jakob zog ein zusammengefaltetes und mit winzigen Zahlenreihen beschriebenes Papier aus der Westentasche und verglich es mit dem, was seine Taschenuhr anzeigte.

»Mehr als zwei Stunden haben wir schon reingeholt.«

Beide blickten sie zu den Segeln hinauf, prall voll Wind.

»Wir schaffen es«, sagte sie. »Wir holen uns dieses verdammte Band.«

Das Blaue Band ehrte dasjenige Schiff, das den Atlantik am schnellsten überquerte. Der Ritterschlag für einen

Dampfer und der Ehrgeiz eines jeden Reeders, weil es die entsprechende Aufmerksamkeit bescherte und das Interesse möglicher zahlungskräftiger Passagiere weckte.

»Abwarten«, wiegelte Jakob ab. »Noch sind wir nicht dort.«

Doch auch er hatte ein gutes Gefühl.

Schulter an Schulter lehnten sie sich an die Reling und blickten auf das wogende und schaumgekrönte Meer hinaus.

Aus den Augenwinkeln sah Cathrin zu Jakob.

Wähle deinen künftigen Ehemann mit Bedacht, hatte Katya ihr einst geraten.

Am Ende war es nicht einmal eine bewusste Entscheidung gewesen, sondern der natürliche Lauf der Dinge. Die unerschütterliche Gewissheit, dass sie und Jakob einfach zusammengehörten. Mit niemand anderem hätte sie durch dieses Leben gehen wollen. Niemand sonst verstand es, gemeinsam mit ihr zu träumen und Wagnisse zu schultern, während er mit beiden Beinen fest auf der Erde stand.

Der Gründerkrach hatte sich für *Petersen & Voronin* zwar nicht als Fluch erwiesen, aber immerhin doch als ein massiver und scharfkantiger Stolperstein. Einen Segen allerdings hatte er für die neue Sparte der Passagierschifffahrt bedeutet. Die *Eisbaronin* war bis auf den letzten Platz ausgebucht, und für die nächsten geplanten Fahrten lagen bereits zahlreiche Reservierungen vor.

Ob es so bleiben würde, vermochte derzeit keiner zu

sagen. Viele rechneten jedoch damit, dass die Wirtschaft dauerhaft Schlagseite erlitten hatte und einige wenige immer reicher machen würde, während die kleinen Leute zunehmend darbten. Womöglich stand ihnen die Zeit der großen Auswanderung erst noch bevor; darauf verlassen wollten sich Cathrin und Jakob allerdings nicht.

Gerade jetzt nicht, wo sie einen Berg an Schulden für dieses Schiff angehäuft hatten, die nach und nach übernommenen Firmenanteile in Raten abstotterten und noch immer in drei Zimmern über dem Feinkostladen wohnten, weil sie jede Mark, die sie übrig hatten, lieber ins Geschäft steckten.

»Remington hat das Patent für eine Schreibmaschine gekauft«, erzählte Cathrin und klopfte nachdenklich mit der flachen Hand auf den obersten Holm der Reling. »Damit ließe sich die Arbeit in sämtlichen Büros, Schreibstuben und Behörden einfacher und vor allem ungleich schneller erledigen. Ich würde gern wenigstens ein Exemplar davon kaufen und mit nach Hause nehmen, um es auszuprobieren.«

»Hast du die jüngsten Artikel über Elektrizität gelesen?«, fragte Jakob. »Über ihre Nutzung als Strom? Die Norddeutsche Affinerie in der Elbstraße verwendet ihn jetzt schon für die Verarbeitung ihres Kupfers.«

Einige Herzschläge lang ließ er seine Gedanken mit dem Wind über das Wasser ziehen.

»Ich hoffe ja«, sprach er dann weiter, »dass wir in New York die eine oder andere Erfindung dazu entdecken. Zum Beispiel für Licht. Weißt du, woran ich immer wieder denken muss? Wie es wäre, wenn die Kais nachts beleuchtet wären. Nicht mit solchen Funzeln, wie sie jetzt in Gebrauch sind. Sondern richtig hell, fast wie am Tag. Mit Strom. Rund um die Uhr könnte die Fracht verladen werden. Das Gütervolumen ließe sich auf einen Schlag verdoppeln und damit auch der Umsatz.«

Ein Kribbeln jagte durch Cathrins Adern, als sie daran dachte, dass sie wirklich und wahrhaftig auf dem Weg nach New York waren, dem fernen Zwilling Hamburgs. Und das sollte nur der Anfang sein.

»Wenn wir im Winter wirklich weniger Überfahrten anbieten können«, überlegte sie halblaut, »sollten wir vielleicht darüber nachdenken, stattdessen andere Ziele anzusteuern.«

»Wie eine Rundreise durch das Mittelmeer?«, fragte Jakob, ein kleines Grinsen im Mundwinkel.

Cathrin machte ein vielsagendes Gesicht. »Zum Beispiel.«

Lächelnd sahen sie einander in die Augen.

»Zu neuen Ufern«, raunte Jakob.

»Zu neuen Ufern«, flüsterte Cathrin zurück.

Der Werbespruch, den sie unter die Inserate für ihre Atlantiklinie und auf Prospekte und Plakate drucken ließen, und doch viel mehr als das. Eine Verheißung, der sie vertrauten. Ein Versprechen, das sie einander gaben, jeden Tag aufs Neue.

Jakob legte den Arm um Cathrin, und zusammen blickten sie auf den weiten Ozean voller Träume, der vor ihnen lag.

45

Die Fensterscheibe des Abteils trennte Grischa von der emsigen Betriebsamkeit im Gare de Lyon, wo Menschen umherhasteten, um ihren Zug zu erwischen, vor dem Bahnhof einen Wagen zu ergattern, nicht zu spät zu ihrem Termin, einer Verabredung zu erscheinen. Andere hielten gebannt Ausschau; wonach, das wussten nur sie allein, während der Dampf der schnaufenden Lokomotiven die Bahnsteige entlangwaberte und die Sicht vernebelte. Viele warteten einfach nur, seit Ewigkeiten, wie es schien. Als wüssten sie selbst nicht, ob ihr Zug jemals kam.

Grischa spähte auf seine Taschenuhr, steckte sie jedoch gleich wieder ein. Für ihn gab es jetzt keine Frachten mehr, die schnellstmöglich befördert werden mussten. Keine Fristen und Kundentermine, keine Besprechungen und Vorstandssitzungen.

Jeden Wettlauf mit der Zeit hatte er gewonnen, nun hatte er viel zu viel davon.

Nach Kotyn war er der letzte der Eisbarone, der sich aus dem Unternehmen zurückgezogen hatte. Das Vermögen, das sich über die Jahre angesammelt und gut angelegt worden war, und die regelmäßigen Zahlungen von Jakob und Cathrin für seine Anteile ermöglichten ihm das sorgenfreie Dasein, nach dem er sein Leben lang gestrebt hatte.

Als ein Abenteuer hatte es begonnen. Damals, mit den Walfängern auf den Meeren des Nordens, mit grönländischen Pelzen und einer Polarnacht auf Spitzbergen. Kühn hatten sie das Eis aus den zugefrorenen Seen Norwegens in die Tropen verschifft und sich in Madras mit den Schätzen Indiens die Taschen vollgestopft.

Der Stoff, aus dem Legenden gemacht waren.

Die Zeit der Legenden neigte sich jedoch dem Ende entgegen, zusammen mit der Ära der großen Segler. Die Zukunft gehörte dem Dampfantrieb, der die Welt in Windeseile einem neuen Jahrhundert entgegenschob. Bald schon würden Maschinen vieler Hände Arbeit ersetzen, neue Erfindungen das Kreiseln der Welt weiter beschleunigen und dabei die Spreu vom Weizen trennen. Auch in der Welt des Handels.

Immer mehr Eis strömte aus dem Winter Norwegens in den Rest Europas und drückte zunehmend den Preis. Inzwischen deckten sogar die Brauereien im Süden Deutschlands ihren gewaltig angestiegenen Bedarf damit; ein Markt, auf dem die Eisbarone aus Hamburg nie hatten Fuß fassen können. Es würde nur eine Frage von Jahren sein, bis die Technik auch hier so weit war, eine andere Form der Kühlung anzubieten, die einfacher und sicher auch billiger war, das spürte Grischa in den Knochen.

Jetzt machte es sich bezahlt, dass sie nie auf das Eis allein gesetzt hatten. Aus *Petersen & Voronin* war ein etabliertes Handelshaus von Weltruf geworden, eine junge Reederei mit rosigen Aussichten, gut gerüstet für die neue Zeit; bei Cathrin und Jakob wusste Grischa das Lebenswerk der Eisbarone in besten Händen.

Deshalb war er ohne großes Bedauern gegangen, ohne einen wehmütigen Blick zurück.

Grischa setzte sich bequemer im Sessel zurecht und musterte seinen durchscheinenden Doppelgänger in der Scheibe. Seit Tristan im Krieg gefallen war, war er zunehmend ergraut, Haar und Bart wie alter Schnee. Fünfundsechzig Jahre würde er bald zählen. Eine viel zu hoch gegriffene Zahl für einen Mann wie ihn, groß und kräftig wie eh und je, und er hatte auch noch alle seine Zähne. Und doch glich sein Gesicht heute einer Landkarte, die man lange in der Tasche getragen hatte. Manchmal knackte und stach es in seinen Gelenken, verwittert vom Salz der Meere und der Zeit, zog es in seinen Muskeln wie ein unerfülltes Sehnen.

Die Tür des Abteils öffnete sich. Ein verirrter Sonnenstrahl fing sich an Glas und Messing und blendete Grischa. Blinzelnd konnte er die hünenhafte Gestalt eines Mannes ausmachen, umgeben von einer leuchtenden Aureole, die sein Haar fast weiß leuchten ließ.

Thilo.

Grischas Herz setzte einen Schlag aus und sprang dann wild in seiner Brust umher, in einem ungezügelten, unwahrscheinlichen Gefühl von Glück.

»Verzeihen Sie. Ist hier noch frei?«

Eine Stimme wie weite Wiesen und sanfte Hügel und dichte Laubwälder, die ein zwar geübtes, aber sperriges Französisch sprach. Ein Fremder, der ihn einen Wimpernschlag lang getäuscht hatte.

Nein, lag es Grischa auf der Zunge, die wie totes Holz in seinem ausgedörrten Mund steckte. Doch der Schock saß zu tief, und mechanisch nickte er.

Mit selbstsicheren Bewegungen schloss der andere Reisende die Tür und verstaute sein Gepäck, das von ebenso guter Qualität war wie Anzug und Schuhe, aber sichtlich weit gereist. Aufseufzend warf er den Hut auf die Ablage und ließ sich in einen der Sessel fallen. Schräg gegenüber von Grischa, als wollte er ihm möglichst viel Raum lassen, ohne dabei gleich rüde eine Mauer zwischen ihnen hochzuziehen. In Grischas Alter mochte er sein, ein paar Jahre hin oder her, das sandfarbene Haar wich am Ansatz bereits zurück und glimmerte silbern.

»Stört es Sie, wenn ich rauche?«, fragte er.

Grischa deutete ein Kopfschütteln an. Jetzt konnte er die Ecken und Kanten im Französisch des anderen einordnen, von der anderen Seite des Ärmelkanals stammten sie her. Einladend hielt ihm der Engländer das aufgeklappte Zigarettenetui entgegen, und ein Mundwinkel Grischas hob sich zu einem halben Lächeln.

»Ich habe einige Laster«, wehrte er auf Englisch ab, das ihm nach all den Jahren im Geschäft fast so flüssig über die Lippen kam wie Deutsch. »Dies ist keines davon.«

Das Lächeln seines Gegenübers zeigte eine gewisse

Sympathie, als er sich eine Zigarette anzündete und gelassen den Rauch ausblies.

Ein interessantes Gesicht hatte er, die Linien darin energisch, die Querfalten der hohen Stirn wie eine Maserung im Holz. Ein Gesicht, das viel gesehen, viel erlebt hatte. Er wandte den Kopf und lugte zum Fenster hinaus. Im einfallenden Licht leuchteten seine schmalen Augen so blau wie ein Gletscher.

»Verspricht immer bedeutend mehr, als es am Ende auch hält«, kommentierte er in einem schneidigen und blank polierten Englisch, eingekerbt von den Sprachen fremder Küsten. »Eine stark parfümierte Kokotte, die hinter ihrer dicken Schminke eine alte Vettel verbirgt.«

Fragend hob Grischa die Brauen.

Sein Gegenüber ruckte mit dem Kinn zum Fenster hin. »Paris.«

Grischa lachte. Zwischen Notre Dame, dem Louvre und Napoleons Grab im Invalidendom hatte er es ähnlich empfunden, in Montmartre und dem Quartier Latin und auf den Champs-Élysées. Deshalb saß er auch wieder hier im Zug, nach nur ein paar Tagen, Paris war ohnehin nur eine Zwischenstation gewesen.

»Ich halte es mehr mit Italien«, erzählte der Engländer zwischen zwei Zügen an seiner Zigarette. »Gutes Essen, guter Wein. Steine der Antike, wohin man tritt, und die Farben der Renaissance. Schöne Menschen mit einer schönen Seele. Das Wetter ist auch besser.«

Grischas bärtiger Mund kräuselte sich amüsiert.

»Fahren Sie auch dorthin?«, wollte der andere wissen.

Grischa bejahte. Dieser Zug fuhr durch, über Lyon und Aix-les-Bains weiter nach Süden, um am Mont Cenis im längsten Tunnel der Welt unter den Alpen hindurchzutauchen und am Monte Cesino auf der anderen Seite wieder zum Vorschein zu kommen, mit Ziel Turin.

Grischas Pilgerfahrt auf Thilos Spuren.

»Die gnädige Frau Gemahlin ist nicht mitgekommen?«, erkundigte sich der Engländer.

Die Neugierde des anderen reizte Grischa auf der Haut.

»Ich bin nicht verheiratet. Sie?«

Das Lächeln hinter dem Zigarettenrauch hatte etwas Rätselhaftes.

»Not my cup of tea«, lautete die Antwort dazu nicht weniger kryptisch.

Grischa kniff die Augen zusammen, plötzlich auf der Hut. Früher hätte er eine solche Bemerkung nicht auf die Goldwaage gelegt. Doch für Männer wie ihn hatten sich die Zeiten geändert.

Preußen hatte nicht nur ganz Deutschland mit in den Krieg gezerrt, sondern dem frisch gegründeten Reich danach seine puritanischen Werte übergestülpt. Lust und Liebe unter Männern galten jetzt als widernatürlich und abartig, das neue Gesetzbuch stellte sie unter Strafe. Selbst in Hamburg, das doch einmal so freigeistig und großmütig gewesen war.

Wer Gleichgesinnte suchte, fand sie immer noch. In den dunklen Winkeln, den finsteren Ecken, schmutzstarrenden Absteigen. Stets die Furcht im Nacken, entdeckt und verraten zu werden, ein Opfer von Feindseligkeit und Hass.

Nicht nur der Gedanke an den grausamen Tod Thilos hielt ihn davon ab, sich in die Heimlichkeit zu flüchten, er fühlte sich schlicht zu alt dafür. Am Ende steckte wohl doch immer noch etwas Rebellisches in ihm, das sich weigerte, diese Seite seines Selbst entweder zu verleugnen oder unter Druck von oben im Schmutz zu knien.

Auch deshalb zog es ihn nach Italien, nachdem er sich in Frankreich bereits auf sicherem Boden wusste.

»Ich habe noch nie verstanden«, tastete Grischa sich jetzt behutsam vor, »warum man sich zwischen Tee oder Kaffee entscheiden sollte. Ich trinke beides.«

Das Lächeln auf dem Gesicht seines Gegenübers dehnte sich aus und bekam geradezu etwas Verschwörerisches. Mit ausgestreckter Rechter richtete er sich auf.

»Oliver Ashford.«

Sein Händedruck war markig wie er selbst.

»Gregor Voronin.«

Mit dem Erwerb der Bürgerrechte hatte Grischa seinen Namen eingedeutscht.

Oliver Ashford hielt Grischas Hand eine Spur länger als nötig. Aufmerksam wanderten seine eisblauen Augen über Grischas Gesicht.

»Sie sind Russe?«

Grischa schwieg einen Herzschlag lang. Ein einfaches Ja wäre die Wahrheit gewesen und doch zu kurz gegriffen, mehr als fünf Jahrzehnte, nachdem er Russland den Rücken gekehrt hatte.

Was war man gegen Ende eines Lebens, wie Grischa es gelebt hatte?

»Aus Hamburg«, antwortete er.

Die Brauen zusammengezogen, ließ Oliver Ashford sich in den Sessel zurückfallen.

»Von *Petersen & Voronin*, nehme ich an?«

Mit langsamen Bewegungen löschte der Engländer die Zigarette in einem der bereitstehenden Aschenbecher. Sein Blick wanderte zum Fenster hinaus, die Augen wie zum Schutz vor greller Sonne verengt.

»Ich kannte Thilo Petersen«, sagte er nach einer langen und angestrengten Pause. »Aus einem anderen Leben.«

Auf seinem männlich harten Gesicht zeichneten sich genug Trauer und Wehmut ab, um seine Geschichte zu erzählen. Eine tiefe Falte grub sich über seiner Nasenwurzel ein.

»Es gibt auf dieser Welt nicht viele Männer, wie er einer war.«

Hinter Grischas Brustbein fühlte es sich wund an, wie aufgescheuert.

»Nein, mit Sicherheit nicht.«

So etwas wie ein Lächeln zuckte über das Gesicht des Engländers, während er eine seiner Handflächen betrachtete, dann mit dem Daumen der anderen Hand darüberrieb.

»Ich«, begann er und unterbrach sich sogleich, ehe er mit einem Räuspern weitersprach, »ich glaube, es war sein großes Unglück, dass er zu sehr liebte. Nur sich selbst lieben, das konnte er nicht.«

Niemand hatte bisher besser in Worte fassen können, wer Thilo gewesen war.

Draußen schrillte ein lang gezogener Pfiff, und Türen fielen ins Schloss. Der Zug ruckelte an und rollte dann auf seinem Gleis durch die Halle.

Stumm sahen sich Grischa und der Engländer an. Zwei Fremde, die denselben Mann geliebt hatten und heute noch um ihn trauerten. Die sich zufällig am selben Tag im selben Abteil begegnet waren, in einem Zug, der sie unter dem eisigen Herz der Berge hindurchtragen würde. In den sonnigen Süden, wo Ährenfelder voller Klatschmohn auf sie warteten, Pinien und Zypressen und Olivenhaine, wilder Thymian und Wacholder und ein unwahrscheinlich blaues Meer. Zwischen den Ruinen der Vergangenheit gab es ein süßes Leben zu entdecken, inmitten der Säulen und Türme und Kuppeln der Städte mit ihren Piazzen und Palazzi. Eine träge Leichtigkeit, staubig vor Hitze und sommerflirrend. Bis hin nach Venedig, der Stadt der Brücken. Eine auf dem Wasser der Lagune erbaute Fantasie, rätselhaft und ein offenes Geheimnis zugleich. Das Ziel aller Sehnsüchte.

Während der Zug aus dem Bahnhof hinaus- und durch Paris rollte, breitete sich ein Lächeln auf den Gesichtern der beiden Männer aus.

Danke

Mariam und Thomas Montasser. Anker in rauer See, Lotsen in unbekannten Gewässern.

Maria Runge und Emily Modick, Wegbereiterinnen.

Lena Schäfer, Wegbegleiterin.

Ilse Wagner. Die wortschmirgelnd und satzschleifend immer genau spürt, was ich eigentlich hatte sagen wollen.

Jörg. Bis zum Horizont und weiter.

A. K. *We'll always have Hamburg.*

Sanne, die mit mir auf Jakobs Pfaden gewandelt ist.

Peter und Rose, Jutta und Jupp. Meine Familie.

E. L. *Onward.*